퍼펙트 마더

THE
PERFECT
MOTHER
퍼펙트 마더

에이미 몰로이 장편소설

심연희 옮김

마크에게

세 마리의 눈먼 쥐, 세 마리의 눈먼 쥐
쥐들이 뛰는 것 좀 봐, 쥐들이 뛰는 것 좀 봐!

차 례

어머니날

5월 14일

조슈아.

나는 열에 들떠 일어났다. 내 위로 밤하늘 빛이 비에 젖어 흔들렸다. 시트 위를 손가락으로 더듬어보지만, 혼자라는 걸 안다. 눈을 감고 다시 잠 속으로 빠져들었다가, 순간 깊은 고통에 사로잡혀 깨어났다. 그가 떠난 뒤로 매일 아침 일어날 때 구역질을 느꼈지만, 이번에는 그런 게 아니었다. 확실히 달랐다.

뭔가 잘못됐어.

너무 아파 걸을 수가 없어서 침대에서 기어 나왔다. 모래와 먼지로 꺼슬꺼슬한 바닥을 기어가 거실에서 전화기를 찾았지만 누구에게 전화해야 할지 알 수 없었다. 내가 통화하고픈 유일한 사람은 그다. 그에게 지금 무슨 일이 일어나고 있는지 알려줘야 한다. 그리고 모든 게 다 잘될 거라는 말을 들어야 한다. 내가 얼마나 그를 사랑하는지, 딱 한 번만 더 말해주고 싶다.

하지만 그는 전화를 받지 않을 것이다. 아니, 받는다면 상황이 더 나쁘겠지. 그는 수화기에 대고 분노에 찬 목소리로 말하리라. 계속 이런다면 참지 않을 거야. 그리고 경고하겠지. 또 전화했다가는…….

고통이 다시 몰려왔다. 너무 아파서 숨을 쉴 수가 없다. 나는 이 순간이 지나가기를 기다렸다. 다들 말했던 대로라면 잠깐 기다리면 괜찮아질 것이다. 그러나 고통은 멈추지 않았다. 책에는 이럴 거란 말이 없었다. 의사가 말한 상황과는 전혀 달랐다. 진통이 천천히 조금씩 진행될 거고, 어떻게 해야 할지 알게 될 거라고 했었다. 시간 간격을 재고, 벼룩시장에서 산 요가볼 위에 앉아야지. 그리고 최대한 오래 집에서 버티면서 의료기기나 약물의 도움 같은 건 받지 않을 거야. 몸이 완전히 준비되기 전에 아기를 낳게 하는 병원의 처치 같은 건 받고 싶지 않아.

아직 준비가 안 됐어. 예정일은 2주나 남았다. 난 아직 준비가 되지 않았다.

나는 전화기에 집중했다. 그의 번호로 전화한 건 아니었다. 내가 전화한 사람은 산후도우미다. 이제껏 딱 두 번 만났을 뿐인 올버니라는 이름의, 피어싱한 여자였다.

저는 지금 산모의 분만을 돕고 있어 전화를 받을 수 없습니다. 혹시…….

난 노트북을 들고 엉금엉금 기어 화장실로 향했다. 차가운 타일

바닥에 앉은 다음 화장지에 물을 듬뿍 묻혀 목에다 댔다. 그리고 내 아들이 있는 불룩한 배 위에 얇은 노트북을 올려놓았다. 메일함을 열고 '5월맘'들에게 메시지를 보냈다.

자판을 치는 손이 덜덜 떨렸다.

−이거 정상인 걸까요? 구역질이 나고 통증이 심해요. 갑자기 너무 심해졌어요.

그들은 대답하지 않을 것이다. 진통 시점을 앞당기려고 매운 음식을 먹고 있을지도 모른다.* 아니면 남편의 맥주를 슬쩍 빼앗아 홀짝이면서 오붓한 저녁 시간을 보내고 있을 것이다. 아이를 낳아본 엄마들 말마따나, 두 번 다시 기대하지 말아야 한다는 그런 여유를 즐기고 있겠지. 그러니 내일 아침이 되어서야 내 글을 확인할 것이다.

그런데 즉시 메일함에 알람이 울렸다. 다정한 프랜시였다.

−시작되었군요! 수축 시간 간격을 재요. 남편한테 허리 아랫부분을 계속 압박하라고 시켜봐요.

넬도 글을 썼다.

−지금은 좀 어때요?

20분이 지난 뒤, 넬은 다시 물었다.

−아직도 통증이 있어요?

나는 옆으로 누워 있었다. 자판을 치기가 힘들었다.

−네.

---

* 서양에는 출산을 앞둔 임신부가 매운 음식을 먹으면 진통이 빨리 시작된다는 속설이 있다.

방 안이 까매졌다가 다시 빛이 들어왔다. 10분쯤 지났을까. 아니면 한 시간이 흘렀을까. 알 수 없다. 이마에 어렴풋한 통증이 느껴졌다. 난 다시 거실로 돌아가려다 어떤 소리를 들었다. 짐승이 울부짖는 소리. 그제야 그 소리가 내가 내는 소리라는 걸 깨달았다. 조슈아.

겨우 소파로 가서 쿠션에 등을 대고 앉았다. 다리 사이를 만져보았다. 피가 비쳤다.

나는 잠옷 위에 얇은 레인코트를 입고 있는 힘을 다해 아래층으로 내려갔다.

왜 가방을 미리 싸두지 않았을까? 5월맘들이 가방에 챙겨두어야 할 것들을 전부 글로 써놓았잖아. 그런데 내 가방은 텅 빈 채로 침실 옷장에 있다. 마음을 안정시켜줄 음악을 아이팟에 넣어놓지도 않았고, 코코넛 워터도, 챕스틱도 없다. 구역질 날 때 좋은 페퍼민트 오일도, 출산 계획서 인쇄본도 없다. 나는 안개 낀 밤거리의 가로등 아래에서 손을 들어 택시를 잡고 축축한 뒷좌석에 탔다. 그러고는 겁에 질린 운전자의 얼굴을 보지 않으려 애썼다.

아이가 집에 입고 올 옷도 안 가져왔네.

병원에 도착하니 누군가 나를 6층으로 안내했다. 초진실에 앉아 있으라고 했다. 나는 접수대 뒤에 앉은 여자에게 말했다.

"부탁이에요. 저 지금 너무 춥고 어지러워요. 제 담당 의사 선생님께 전화 좀 해주시겠어요?"

하지만 오늘은 담당 의사의 당직 근무일이 아니었다. 오늘 당직은 한 번도 본 적 없는 여자였다. 자리에 앉은 나는 공포에 사로잡했다. 이윽고 흙냄새 나는 액체가 나에게서 조금씩 흘러나오기 시작했다. 액체에서 내가 여섯 살 적 엄마와 함께 벌레를 잡으려고 초록색 플라스틱 의자에 문질러대던 뒷마당 진흙과 비슷한 냄새가 났다.

나는 복도를 걸어 다녔다. 계속 움직이기로, 맨정신으로 깨어 있기로 결심했다. 그러면서 내가 임신했다고 말했을 때 봤던 그의 얼굴을 떠올려보았다. 그는 화를 내며 내가 속임수를 썼다고 했다. 아이를 없애라고 했다. 이러면 내 앞길 망치는 거야. 결혼 생활도, 명성도 사라진다고. 나한테 이러면 안 돼.

너 가만 안 둬.

나는 아무 말도 하지 않았다. 이미 아기의 심장이 뛰고 있다는 증거로 초록색 불이 깜빡거리는 모습을 봤다. 그 심장박동을 들었던 것이다. 천장 스피커에서 흘러나오는 소리가 빠르게 도는 줄넘기 소리 같았다. 내 인생에서 이 아이만큼 바랐던 것이 또 있었던가. 하지만 나는 아무런 말도 하지 않았다.

겨드랑이 아래로 단단한 손목이 들어오더니 나를 바닥에서 일으켰다. 이름표를 보니 그레이스라고 적혀 있었다. 그레이스는 나를 어떤 방으로 안내하더니 침대에 누우라고 했다. 나는 저항했다. 침대에 눕고 싶지 않았다. 그저 아이가 괜찮은지 알고 싶었다. 그리고 통증이 가라앉기를 바랐다.

"경막 외 마취를 하고 싶어요."

"죄송해요. 지금은 너무 늦었어요."

나는 그녀의 손을 꽉 잡았다. 그녀의 손은 비누와 병원 물로 너무 많이 씻은 탓에 거칠었다.

"안 돼요. 제발요. 너무 늦었다니요?"

"경막 외 마취를 하기에는 너무 늦었다고요."

밖에서 급히 들어오는 발소리를 들었던 것도 같다. 날 부르는 그의 목소리가 들렸다고 생각했다.

나는 포기하고 누웠다. 그 목소리가 그의 것이라고 생각했다. 조슈아구나. 저 어둠 속에서 날 부르고 있구나. 의사가 왔다. 나에게 이야기를 하고 있다. 그들은 내 이두박근에 무언가를 감고, 팔꿈치 안쪽 피부에 바늘을 부드럽게 찔러 넣었다. 바늘은 얼음판을 가르는 스케이트 날처럼 파고들었다. 그들은 나에게 누구와 왔느냐고, 남편은 어디 있느냐고 물었다. 방이 빙빙 돌더니 어떤 냄새가 났다. 몸에서 액체가 흘러나온다. 흙과 진흙 냄새다. 뼈가 쪼개지고 있었다. 온몸에 불이 붙었다. 이럴 리가 없어. 이럴 수는 없어.

압력이 느껴진다. 불길이 느껴진다. 내 몸과 내 아기가 둘로 갈라지는 게 느껴졌다.

눈을 감았다.

밀어냈다.

제1장

14개월 후

수신: 5월맘님

발신: 맘동네 친구

날짜: 7월 4일

제목: 오늘의 조언

생후 14개월 우리 아기,

독립기념일을 맞이하여, 오늘의 조언은 바로 독립에 대한 내용이랍니다. 전에는 겁 없던 우리 아가였는데, 이제는 엄마가 눈에 안 보이기만 하면 모든 걸 무서워한다는 걸 혹시 눈치채셨나요? 예전엔 참 귀엽던 이웃집 강아지가 갑자기 무시무시한 맹수로 보이거나, 천장 그림자가 팔 없는 귀신처럼 느껴지는 거죠. 아기가 자신의 세계 속 위험을 감지하기 시작하는 건 정상적인 행동이에요. 그래서 지금부터 엄마가 할 일은, 아기가 이런 공포를 뚫고 나가게 도와주는 거랍니다. 아기 스스로 안전하다고 느낄 수 있게 해주세요. 그리고 눈에 보이지 않더라도, 엄마가 항상 곁에서 지켜주고 있다는 걸 알려주세요.

시간은 어찌나 빨리 흐르던가.

사람들은 항상 우리에게 말하곤 했다. 처음 보는 사람들조차 대뜸 우리 배에 손을 올리고서 이 시기를 행복하게 보내야 한다는 걸 명심하라고 했다. 눈 깜짝할 사이에 이 시기가 지나가 버린다고도 했다. 우리가 미처 알아채기도 전에, 아기들은 걷고 말하게 되어 결국 우리를 떠날 거라고.

411일이 지났는데 시간은 전혀 빨라지지 않았다. 나는 H 박사가 했던 말을 떠올리려 애썼다. 때로 눈을 감고 그의 상담실에 있던 내 모습을 그려본다. 진료 시간이 거의 끝나가고, 다음 환자가 대기실에서 아주 열심히 발끝으로 바닥을 두드리고 있던 그때를. 그가 말했다. *당신은 만사를 곰곰이 생각하는 경향이 있군요. 하지만 재미있게도 인생의 긍정적인 면은 생각하지 않죠. 그러니 긍정적인 걸 생각하도록 합시다.*

긍정적인 것에는 뭐가 있을까.

어머니의 얼굴이 생각난다. 때로 어머니는 평온해 보였다. 우리 둘만 있을 때나, 급한 볼일이 있어 차를 타고 갈 때, 아니면 호수에 갔을 때.

긍정적인 건 또 있다. 아침의 빛. 빗방울의 느낌.

나른한 봄날 오후에 공원에 앉아 있을 때, 내 속에서 맴돌던 아기. 그리고 멍든 복숭아처럼 샌들 안에서 퉁퉁 부은 발. 이 모든 괴로움이 시작되기 전의 그날. 우리의 마이더스가 최근 모든 사람들이 입에 올리는 사회 현상인 '아기 마이더스'가 되기 전의 그때. 그때는 그 애도 그저 브루클린의 갓난아기에 불과했다. 백만 명의 아기 중 하나, 5월맘들이 모일 때마다 엄마 품에 안겨 있던 아기. 밝은 미래와 신기한 이름을 지닌 열두어 명의 아기 중 하나, 아주 특별하다고는 할 수 없는 아기였다.

5월맘. 내가 속한 엄마 모임이다. 개인적으로, 나는 맘이라는 용어를 좋아했던 적이 한 번도 없다. 그건 너무 정치적이고 안 좋은 단어다. 우리는 맘이 아니었다. 우리는 엄마였다. 그저 사람일 뿐인데, 어쩌다 보니 같은 시기에 배란하고 같은 달에 아이를 낳게 된 여자들이었다. 이렇듯 낯선 사이였지만, 아기를 위해, 우리의 정신 건강을 위해 친구가 되기로 선택한 것이다.

우리는 모두 '맘동네'라는 육아 사이트를 통해 5월맘 모임에 들어왔다. 맘동네는 '브루클린에서 가장 유용한 육아 정보 모임'을 자처하는 곳이었다. 우리는 출산하기 한참 전부터, 그러니까 몇 달 동안 서로 이메일을 주고받으며 친분을 쌓았다. 그리고 새로 얻은 엄마라는 삶에 대해서, 현실 친구라면 절대로 참고 들어주지 않을 수준의 이야기를 낱낱이 나누었다. 임신한 걸 알게 됐을 때 기분이 어땠는지, 각자의 엄마에게 얼마나 멋진 방식으로 이 소식을 알렸는지, 아기 이름으로는 어떤 걸 생각해놓았는지, 골반기저근의 상태는 어떠한지에 대해서 말이다. 직접 만나보면 어떻겠느냐고 제안한 건 프랜시였다. 봄이 다가오던 어느 날이었다. 우리는 모두 3월

아침에 만삭이 된 몸을 이끌고 공원에 나왔다. 공기 중에 떠도는 상쾌한 풀 냄새를 맡으며 기분 좋게 그늘에 모여 앉았고, 마침내 누가 누군지 알게 되었다. 우리는 계속 만났고, 같은 출산 교실에 등록했으며, 함께 심폐소생술 강좌를 듣고, 요가 학원에서 나란히 앉아 고양이 자세를 연습했다. 이윽고 5월이 되자 기대했던 대로 아이들이 세상에 나오기 시작했다. 브루클린 역사상 가장 더운 여름에 맞추어 말이다.

　-낳으셨군요!

최근에 온 이메일에 파란빛이나 분홍빛 병원 담요에 싸여 있는 자그마한 아기의 사진이 첨부되어 있을 때마다 우리는 노련한 할머니처럼 아기를 어르는 소리를 내면서 서로의 메일에 답했다.

　-저 뺨 좀 보세요.

　-세상에 나온 걸 축하해, 아가야!

모임의 엄마들 중 몇 명은 몇 주 동안 집에서 나가기를 두려워했다. 하지만 어떤 엄마들은 아기를 자랑하고 싶어서 모임이 언제 열리는지만 기다리고 있었다. (우리는 서로의 아기를 이름으로 부른 적이 없었다. 마이더스, 윌, 포피가 아니라 그냥 '아기'라고만 불렀다. 그래서 아기들은 그때도 우리 모두에게 참 낯설었다.) 경력에 대한 걱정만 없다면 몇 달간은 직장생활로부터 해방되었기에 우리는 일주일에 두 번씩 만나기 시작했다. 장소는 언제나 공원이었다. 보통 야구장 옆에 있는 버드나무 아래에서 모였다. 엄마 중 누군가가 운이 좋으면 먼저 가서 모두가 탐내는 자리를 맡아놓았다. 처음에는 모임 구성이 아주 많이 바뀌었다. 새로운 사람들이 더 들어왔고, 종종 보이던 사람들이 떠났다. 엄마 모임을 회의적으로 보는 사람들도 생겼다. 나이가 많은 엄마들은 모임을 휩쓰는 집단 불안감에 거부감을 느끼곤 했다. 메이플우드와 웨스트체스터 같은 멋신 근교로 떠난 사람들은 더 이상 모임에 나오지 않았다. 하지만 언제나 세 사람만은 모임에 꼬박꼬박 참석했다.

우선 그중 한 명은 프랜시다. 우리 엄마 모임의 마스코트가 있어야 한다면, 그래서 온몸에 깃털을 붙이고 모성애 만세 삼창 응원을 이끌 장본인을 세워야 한다면 프랜시가 딱 맞았다. 프랜시는 만인에게 사랑받고 싶어 하는 젊은 여자이자, 매사 조심스러우면서도 풍요로운 남부 출신 여자의 토실토실한 뱃살만큼이나 희망에도 부풀어 있는 사람이었다.

또 한 명은 콜레트다. 같은 여자가 봐도 반할 만큼 걸크러시를 뿜어내는 존재이자 믿음직한 친구였다. 모임에 나오는 엄마들 중 가장 예쁜 축에 속했다. 샴푸 광고에 나올 법한 갈색 머리에 콜로라도 출신 특유의 태평함을 갖춘 콜레트는 집에서 자연주의 분만으로 아기를 낳았다. 마치 슈거파우더를 뿌린 고급 디저트처럼 완벽한 여성이었다.

마지막은 넬이다. 영국인인 그녀에게는 책이나 전문가의 조언 따위는 귀담아 듣지 않는 대범한 면이 있었다. 그보다는 자기의 감을 믿는 사람, 그러면서도 '아, 나 이러면 안 되는데'라는 말을 달고 사는 사람이었다. (나 저 초콜릿 머핀 먹으면 안 되는 거였는데. 저 감자칩도 먹지 말걸. 진 토닉을 세 잔이나 마셔버렸네, 어떡하지.) 하지만 넬에게는 뭔가 수상쩍은 면이 있었다. 첫날부터 나는 그녀가 재미

있는 외양 아래 비밀을 품고 있다는 사실을 딱 알아챘다. 바로 나처럼 말이다.

나는 매번 참석하는 회원은 아니었다. 그래도 참을 수 있을 만큼은 최대한 많이 나갔다. 처음에는 임신한 몸으로, 그다음에는 공원으로 유모차를 끌고 터벅터벅 언덕을 내려갔다. 나무 아래 그늘진 삼각형 모양 잔디밭에는 이미 다른 엄마들의 유모차가 있었다. 나도 거기에 유모차를 세우고 나서 담요를 깔고 앉아 엄마들의 이야기를 들었다. 사람들이 육아를 두고 뭐는 이렇게 해야 한다며 아주 특이한 방식을 내놓을 때마다 정신이 멍해지곤 했다. 완모 수유라든가, 아기의 잠 신호를 주의 깊게 봐야 한다든가, 어느 때든 아기를 품에서 내려놓지 말아야 한다든가 하는 이야기였다. 아기가 무슨 블루밍데일스 백화점에서 운 좋게 횡재해서 산 고급 장신구라도 된다는 듯이.

그러니 결국 내가 그 엄마들을 싫어하게 된 것도 놀랄 일은 아니다. 정말이지 누가 그런 수준의 이야기를 참으면서 들을 수 있겠는가? 누가 말없이 이어지는 평가를 참아내며 앉아 있겠는가?

만약 그걸 다 못 한다면 어쩔 건데? 완모 수유를 못 하면? 그러니까 예를 들어, 제아무리 한약을 많이 먹어도, 한밤중에 몇 시간이고 유축기를 대고 앉아 있어도 젖이 말라서 결국 나오지 않는다면 어쩔 건데? 아기가 지치지도 않고 우는 소리에 완전히 녹초가 되고, 잠 신호를 해독하느라 시간과 돈을 다 썼는데도 애가 안 잔다면 어떡하라는 거지? 하다못해 같이 나눠 먹을 과자를 가져올 힘도 없는 처지라면?

콜레트는 머핀을 가져왔다. 매번 그랬다. 원래는 타파스를 팔던 술집 자리에 최근 개장한 고급 제과점에서 사 온 스물네 개의 머핀이었다. 콜레트가 송이 상자를 열고서 아기를 안고 둘러앉은 모두에게 빵을 돌렸다.

"위니, 넬, 스칼릿. 어서 들어요. 진짜 세상에 다시없을 맛이에요."

그러면 모여 앉은 이들 중 태반은 예의 바르게 거절했다. 그리고 아직도 빼야 할 살이 몇 킬로그램 남았는지 말하면서 썰어 온 당근과 사과를 꺼냈다. 하지만 난 머핀을 먹었다. 내 배는 임신하기 전처럼 납작하고 탄탄했다. 그런 몸을 물려준 엄마에게 감사해야겠다. 좋은 유전자를 타고났다고, 사람들은 언제나 나를 두고 말했다. 내가 키가 크고 말랐으며, 얼굴의 대칭이 참 완벽하다고 이야기했다. 하지만 내가 물려받은 다른 유전자에 관해서는 이야기하지 않는다. 나와 아주 똑같이 생긴 엄마가 물려준 유전자가 아니라, 심하게 극단적이었던 아버지에게서 받은 유전자는 입에 오르지 않는다.

물론 조슈아의 유전자도 나을 것이 없다. 나는 그 점을 종종 그에게 이야기하곤 했다. 그가 애써 극복해야 할 DNA 때문에 걱정이 된 적은 없느냐고. 그의 아버지는 정신과 의사였지만 미친 사람이었다. 환자를 맞이하는 진료실에서나 강당의 연단에서는 더없이 훌륭하고 따스하고 매력적인 인물이었지만, 아무도 보지 않는 곳에서는 알코올중독자였다.

하지만 조슈아는 내가 자신의 아버지 이야기를 하는 걸 좋아하지 않았다. 그러니 그 이야기는 삼가야 한다는 걸 알고 있었다. 물론 나는 이런 점들, 그러니까 내 유전자라든가, 조슈아나 그의 아버지 이야기는 5월맘들에게 하지 않았다. 조슈아 없이는 모든 게 얼마나 힘든지도 이야기하지 않았다. 내가 그를 얼마나 사랑했는지, 다시 그 순간으로 되돌아갈 수 있다면 모든 걸, 정말로 모든 걸 기꺼이 포기할 수 있다고도 말하지 않았다. 그게 단 하룻밤이라 하더라도.

난 그들에게 말할 수 없었다. 그중 누구에게도 말할 수 없었다. H 박사에게도 마찬가지다. 내게 그 사람이 정말 필요했을 때, 그는 진료실을 닫고 아내와 아이 셋을 데리고 웨스트코스트로 떠나버렸다. 그때 내게는 아무도 없었다. 그래, 맞아. 그래서 처음에는 5월맘들에게 갔다. 혹시 그들과 나 사이에 뭔가 공통점이 있지 않을까 하는 마음에서였다. 엄마가 되었다는 같은 경험을 했으니, 거기서 뭔가 도움을 얻을 수 있지 않을까, 누구나 가장 어렵다고 이야기하는 처음 몇 달의 암흑을 걷어내는 데 도움을 받을 수 있지 않을까 싶었다. "곧 나아질 겁니다. 좀 더 기다려보시죠." 의학 전문가들은 이렇게 말했다.

뭐, 상황은 나아지지 않았다. 7월 4일 밤에 일어난 일은 내 잘못이다. 하지만 내가 여기 앉아서 진실을 떠올리지 않았던 날은 단 하루도 없다.

그건 내 잘못이 아니다. 전부 그들 잘못이다.

마이더스가 실종되고, 그래서 내가 모든 걸 잃어버린 건 그들 때문이다. 1년이 지난 지금도 나는 여기 감방에 홀로 앉아 배 위에 생긴 딱딱하고 비뚤배뚤한 상처를 손가락으로 쓰다듬으며 생각한다. 그들이 없었다면 상황은 얼마든지 다르게 돌아갈 수 있었을 텐데.

내가 그 모임에 가입하지 않았더라면, 그들이 다른 날짜를 택했더라면, 하다못해 다른 술집에 갔더라면, 아니면 그날 밤 알마가 아니라 다른 사람에게 아기를 봐달라고 부탁했더라면, 휴대폰에 그런 일이 생기지 않았더라면.

아니, 그날 넬이 그런 말을 하지 않았더라면. 하늘로 고개를 젖히고 얼굴에 찬란히 쏟아지는 햇살을 받으면서, 마치 예언과도 같은 그 말을 하지 않았더라면.

이렇게 더운 날은 안 좋은 일이 일어나기 마련이죠.

제2장

1년 전

수신: 5월맘님

발신: 맘동네 친구

날짜: 6월 30일

제목: 오늘의 조언

생후 47일 우리 아기,

지난 6주 동안 우리 맘들은 대부분 모유 수유를 능숙하게 해오셨겠죠. 하지만 아직도 어려워하는 분이 있다면, 포기하지 마세요! 모유는 아기에게 줄 수 있는 단연 최고의 것이니까요. 혹시 모유가 잘 나오지 않는다면 식단에 좀 더 신경을 써보세요. 유제품과 글루텐, 카페인 때문에 모유의 양이 줄어들 수 있답니다. 그리고 혹시 통증이나 불편함이 있다면, 모유 수유 상담사와 상의하여 문제를 해결해보시는 게 어떨까요? 절대로 돈이 아깝지 않으실 거예요.

"이렇게 더운 날은 안 좋은 일이 일어나기 마련이라니, 그게 무슨 말이에요?"

프랜시가 걱정스러운 얼굴로 물었다. 녹녈미 쥬빈에서 곱슬미리가 찰랑였다.

넬이 부채질하고 있던 신문을 휘 날려 벌레를 쫓았다.

"지금 37도나 되잖아요. 여기는 브루클린이고 아직 6월인데. 게다가 오전 10시밖에 안 되었고."

"그래서요?"

"텍사스는 이렇게 더운 게 정상일지 모르겠지만……."

"난 테네시 출신이거든요?"

"……어쨌든 여기서는 이렇게 더운 게 정상이 아니에요."

깔개의 가장자리로 뜨거운 바람이 불어와 프랜시 아들의 얼굴을 덮었다. 프랜시가 아들을 어깨 위로 안으며 말했다.

"그래도 그런 말은 하지 말아요. 난 그런 말 믿는단 말이에요."

넬이 신문을 내려놓고 기저귀 가방을 열었다.

"내가 한 말이 아니라 서배스천이 한 말이에요. 그이는 아이티섬에서 자랐거든요. 그쪽 사람들은 우리 미국인보다 대자연에 신경을 많이 쓰는 편이에요. 말하자면 그렇다고요."

그러자 프랜시가 눈썹을 추켜세웠다.

"하지만 넬은 영국인이잖아요."

"무슨 일 있어요?"

콜레트가 스칼릿에게 말을 걸었다. 스칼릿이 그늘에 세워둔 유모차들 사이에 서 있었다. 아기들이 유모차 안에서 자고 있었다. 스칼릿이 자기 유모차 손잡이에 얇은 면 담요 한끝을 매두고는 둘러 앉은 원으로 돌아왔다.

"아기가 깬 줄 알았어요."

스칼릿이 아까 앉았던 프랜시 옆자리에 앉으며 가방에서 손 세 정제를 꺼냈다.

"어젯밤에 힘들었거든요. 그러니 우리 애 옆에는 가지 말아주세 요. 무슨 말씀 나누고 계셨어요?"

"이러다 세상이 망할 거라는 이야기요."

프랜시가 이렇게 말하며 프레첼 위에 코팅된 초콜릿을 빨아 먹 었다. 요즘 그녀가 푹 빠져버린 간식이다. 넬이 말했다.

"세계가 망하고 있다는 건 사실이죠. 하지만 나는 해독제가 있다 고요."

넬이 기저귀 가방 속에서 병을 하나 꺼내 치켜들었다.

"와인 가져온 거예요?"

콜레트가 미소를 지었다. 넬이 마개를 여는 동안 콜레트가 머리 를 한데 묶어 올렸다.

"그냥 와인이 아니라고요. 오전 9시 반에 살 수 있는 12달러짜리 비뉴 베르드 와인 중 최상품이죠."

넬이 기저귀 가방 속에서 자그마한 플라스틱 컵을 꺼내 5센티미 터쯤 잔을 채운 다음 콜레트에게 건넸다.

"빨리 마셔요. 벌써 좀 미지근하네."

"난 됐어요. 이따가 요가 가야 하거든요."

유코가 깔개를 휘휘 매만지고는 딸을 가슴팍에서 얼렀다.

"나도 안 마셔요. 모유 수유 중이라서."

그러자 넬이 말했다.

"오, 그런 소리는 집어치워요. 우리 다들 모유 수유 하잖아요."

그러더니 그 말을 정정하겠다는 듯 손을 들었다.

"물론 모유 수유 한다고 말만 하고 안 할 수도 있고. 누가 알아요. 집에 가서 커튼 딱 쳐놓고 몰래 분유 타는 사람도 있을지. 그래도 상관없긴 하죠. 모유 수유 하나 안 하나 와인 좀 마신다고 탈 나지 않아요."

"하지만 책에서는 그러지 말라고 했는데요."

프랜시가 이렇게 대답하자, 넬이 그녀를 흘겨보았다.

"프랜시, 그런 프로파간다 같은 틀에 박힌 책 그만 읽어요. 괜찮대도. 영국에 사는 내 친구들은 임신 기간 내내 조금씩 마셨는걸."

콜레트도 프랜시에게 괜찮다는 듯 고개를 끄덕였다.

"마시고 싶으면 마셔도 돼요. 월한테는 아무 영향 없을 거예요."

"정말요?"

이윽고 프랜시가 넬을 바라보았다.

"음, 좋아요. 하지만 조금만 주세요."

"나도 한잔 줘요. 축하할 일이 있거든요."

스칼릿도 그다음으로 따라주는 잔에 손을 내밀며 말했다.

"내가 말했던가요? 우리 곧 집을 살 거예요. 웨스트체스터에다."

그러자 프랜시가 신음 소리를 냈다.

"스칼릿도요? 왜 다들 갑자기 교외로 이사 가는 거죠?"

"솔직히 말하면 나는 좀 더 위쪽으로 멀리 떨어진 곳으로 가고 싫어요. 하지만 우리 교수 남편님께서 컬럼비아대학교 종신 교수 직을 따냈거든요. 그래서 멀리 갈 수가 없어요."

스칼릿이 엄마들을 슬쩍 둘러보며 말을 이었다.

"제 말이 언짢았다면 미안해요. 여러분이 다들 여길 참 좋아한다는 건 알지만, 그래도 난 이 도시에서 애를 키운다고는 상상도 못하겠어요. 아주 어릴 때부터 눈에 뵈는 것이라고는 죄다 더러운 광경뿐일 테니까요. 난 아이가 맑은 공기를 마시며 나무 사이에서 뛰놀게 키우고 싶어요."

"난 아니에요. 그냥 우리 애 불결하게 키울래요."

넬이 이렇게 대답했다. 프랜시는 와인을 홀짝거렸다.

"나도 웨스트체스터로 이사 갈 수 있으면 좋겠네요."

"위니? 와인 줄까요?"

넬이 물었을 때 위니는 먼 곳을 바라보고 있었다. 널따란 잔디 위로 이리저리 프리스비 원반을 던지는 젊은 커플을 보고 있었다. 보더콜리 한 마리가 그들 사이를 어지러이 뛰어다녔다. 위니는 넬의 말을 듣지 못한 것 같았다.

"위니, 자기야, 우리 좀 봐줘요."

"미안해요."

위니가 넬에게 미소를 지은 다음 아들을 내려다보았다. 구부려 앉은 다리 안에서 마이더스가 손을 귀에다 대고 자고 있었다.

"무슨 이야기 중이었나요?"

넬이 둥글게 모여 앉은 자리 안으로 컵을 내밀었다.

"와인 좀 할래요?"

위니가 마이더스를 일으켜 품에 안고서 넬을 바라보았다. 아기의 검은 머리카락에 가려 그녀의 입이 보이지 않았다.

"아뇨. 마시면 안 돼요."

"왜요?"

"술이 체질에 안 맞아서요."

"다들 왜 그래요?"

넬은 투덜대며 와인을 자기 컵에 콸콸 따르고는 마개를 닫았다. 검은 티셔츠 소매 아래로 커다란 벌새 모양 문신이 드러났다. 희미한 파스텔빛 문신이었다.

"어휴, 이거 진짜 맛없네. 아, 들어봐요. 어제 아기를 두고 외출했어요. 커피를 사려고요. 그랬더니 어떤 여자가 내 배를 보고는 축하를 해주데요. 예정일이 언제냐고 물으면서요."

"정말 짜증났겠다. 그래서 뭐라고 했어요?"

유코가 말하자 넬이 웃으며 대답했다.

"11월에 낳는다고 했어요."

프랜시가 위니를 보았다. 위니는 다시 잔디밭 너머를 응시하며 정신을 딴 데 팔고 있었다. 얼굴이 딱딱하게 굳어 있었다.

"괜찮아요?"

프랜시가 묻자, 위니는 귀 뒤로 머리카락을 넘기며 말했다.

"괜찮아요. 더워서 점점 참을 수가 없어서요."

"말이 나왔으니 말인데, 우리 다른 데서 만나면 어때요?"

유코가 말했다. 그녀는 아들을 깔개 위에 눕히고는 가방에서 쓰지 않은 기저귀를 이리저리 찾았다.

"여기는 앞으로도 계속 더워지기만 할 거예요. 이러다 애들 녹겠어요."

프랜시가 제안했다.

"도서관에서 보면 어떨까요. 예약하면 뒤편에 있는 빈방을 쓸 수 있을걸요."

"어우, 도서관이라니 너무 싫다."

넬이 대꾸했다.

"혹시 도서관 옆에 새로 생긴 비어가든 가봤어요?"

콜레트가 물었다.

"요전에 찰리랑 점심 먹으러 갔었는데, 거기서도 아기를 데리고 엄마 모임을 하는 사람들이 있더라고요. 우리도 한번 가봐요. 점심 때 봐도 좋고."

그러자 넬이 눈을 반짝이며 말했다.

"그럼 상그리아도 한잔할 수 있겠네요. 아니, 그러지 말고, 우리 밤에도 한번 만나서 노는 거 어때요? 아기 없이 외출해보자고요."

"아기 없이요?"

"그래요. 난 다음 주부터 다시 일하러 가야 해요. 그래서 가능할 때 좀 놀고 싶어 미치겠어요."

다시 프랜시가 대답했다.

"난 안 될 거 같아요."

"왜요?"

"아기 때문에요. 아직 7주도 안 됐는걸요."

"그래서요?"

"그러니까, 애가 너무 어리잖아요? 게다가 얘는 밤에 정말 말도 못 하게 굴어요. 내가 꼭 있어야 해요. 책마다 나와 있기로는, 매시간 젖을 물려야 할 때가 바로 시금이라던데요."

그러자 스칼릿이 말했다.

"그럼 남편한테 봐달라고 해요. 태어나고 몇 달간은 아빠와 아기의 유대가 중요하니까요."

"남편한테요?"

프랜시가 눈살을 찌푸렸다.

"그래요. 로웰한테. 자기 남편이잖아요? 수정된 아기의 반쪽은 남편이 사정해서 생긴 거 아니에요?"

"넬, 징그러운 말 그만해요."

프랜시가 표정을 찡그리고는 위니를 바라보았다.

"위니도 갈래요?"

위니가 미소를 지으며 마이더스를 안고 아기 띠를 맨 다음, 담요를 개켰다.

"모르겠어요."

"아, 그러지 말고 와요. 우리도 아기랑 잠시 떨어져 쉴 수 있으면 좋을 거예요."

콜레트가 말하자 위니는 일어섰다. 입고 있던 여름용 연분홍색 원피스가 발목까지 흘러내렸다.

"아직 마이더스를 봐줄 베이비시터를 못 구했어요."

"그러면 위니의……."

순간, 위니가 가느다란 손목에 찬 은시계를 보며 말했다.

"이런, 시간이 이렇게 된 줄 몰랐네요. 서둘러야겠어요."

"어디 가요?"

프랜시의 물음에 위니가 가방에서 검은 선글라스와 얼굴에서 어깨까지 그늘이 드리워지는 챙 넓은 모자를 꺼냈다.

"아이 키우려면 이런저런 일이 많잖아요. 그럼 여러분, 다음번에 봐요."

깔개에 앉은 사람들은 위니가 떠나는 모습을 바라보았다. 위니의 어깨 위로 검은 머리가 흩날렸다. 원피스 자락이 발목에서 나풀거렸다.

위니가 아치형 공원 입구 쪽으로 사라지자, 프랜시가 한숨을 쉬며 말했다.

"위니는 참 안됐어요."

그러자 넬이 피식 웃었다.

"*위니가* 안됐다고요? 왜요? 너무 예뻐서? 아니, 잠깐, 너무 말라서겠다. 그런 거예요?"

"위니는 싱글맘이에요."

그러자 콜레트가 와인을 한 모금 삼키고는 물었다.

"진짜예요? 어떻게 알았는데요?"

"위니가 말해줬어요."

"말도 안 돼. 언제요?"

"며칠 전에요. 길을 가다가 어디 시원한 데서 스콘이나 먹으려던 참이었는데 줄을 서 있는 동안 애가 또 경기를 일으켰어요. 쉬지도 않고 계속 울어댔죠. 내가 어쩔 줄 모르는 사이에 위니가 나타났어요. 마이더스는 유모차에서 자고 있어서, 위니가 나한테서 월을 받아다가 가슴에 안아줬어요. 그랬더니 바로 진정하더라고요."

넬이 눈을 가늘게 뜨고 말했다.

"위니 가슴은 만병통치약이네요. 그 가슴을 보면 나도 마음이 차분해질 때가 가끔 있으니까."

"그래서 잠깐 같이 놀았어요. 위니는 참 말이 없잖아요? 나도 아는 건 거의 없지만 위니가 그때 혼자서 아이를 키워야 한다고 말했어요. 자기는 싱글이라고."

"위니가 그냥 그렇게 말했다고요?"

"네, 그 비슷하게요."

"그럼 애 아버지가 누구래요?"

"묻진 않았어요. 위니가 결혼반지를 안 끼고 다닌다는 걸 아는데, 어떻게 물어보겠어요? 너무 주제넘잖아요."

프랜시는 아련한 표정이 되었다.

"위니는 내가 월을 참 잘 키우고 있다고 말해줬어요. 그런 말을 들으니까 정말 좋더라고요. 우리가 그런 칭찬을 서로에게 자주 하지는 않잖아요. 월은 정말 키우기 어려울 때가 있어요."

프랜시가 가방에서 물수건을 꺼내 코를 풀고 말을 이었다.

"나는 애를 제대로 못 키우고 있다는 생각이 너무 많이 들어요. 그런데 잘하고 있다는 말을 들으니 좋더라고요."

콜레트가 말했다.

"프랜시, 바보 같은 말 하지 마요. 잘하고 있으면서. 우리도 지금 내가 애랑 뭘 하고 있는지 잘 모른다고요."

"위니에 대해서 우리가 아무것도 모른다는 게 좀 이상하지 않아요? 싱글이라니."

유코가 묻자 넬이 대답했다.

"별로 이상한 일은 아니죠."

넬이 와인 잔을 옆에 놓고 세웠던 티셔츠 깃을 잡아 내렸다. 그리고 딸 베아트리스를 가슴에 안고 젖을 먹이기 시작했다.

"우리가 만나면 기껏해야 아기 이야기밖에 더 하나요."

프랜시가 말했다.

"남편 이야기는요? 아기 키우다 보면 당연히 따라오는 이야기인데. 육아를 혼자 한다니, 상상이나 했겠어요? 얼마나 외로울까요."

프랜시가 눈살을 찌푸리며 묻자, 콜레트가 대답했다.

"난 찰리가 없었다면 죽었을 거예요. 찰리가 밤중 수유를 맡아주고 기저귀를 확실하게 챙겨주지 않았다면…… 난 아마 미쳐버리지 않았을까요."

"나도 그래요. 근데 말이죠……."

스칼릿이 뭐라 말하려다가 이내 입을 다물었다. 콜레트가 되물었다.

"뭔데요?"

"아니, 아무것도 아니에요."

"아니긴요. 뭔데 그래요, 스칼릿? 무슨 말 하려던 거였어요?"

프랜시가 이제 스칼릿을 똑바로 쳐다보자 머뭇대던 스칼릿이 입을 열었다.

"좋아요. 말할게요. 뭔가 사연이 있는 것 같아서 걱정이에요."

"무슨 말이에요?"

"위니의 말을 누설하고 싶지는 않지만, 사실 우리는 가끔 산책을 같이했던 적이 있어요. 난 위니네 집 근처에 살거든요. 그래서 아기를 낮잠 재우려고 할 때마다 산책하는 길이 똑같아요. 말할 필요 없을 것 같아서 안 하고 있었지만, 사실 위니는 우울증이 있어요."

"위니가 그런 말도 했어요?"

콜레트가 물었다.

"그 비슷한 암시를 했죠. 가끔 감정을 주체할 수가 없다고요. 그런데 도와줄 사람이 아무도 없대요. 마이더스가 배앓이를 아주 심하게 한다고, 몇 시간 동안 울 때도 있다고 하더라고요."

그러자 프랜시가 믿을 수 없다는 듯 물었다.

"배앓이라고요? 배앓이라면 윌도 해요. 마이더스는 그에 비하면 키우기 수월해 보이던데요."

넬이 말했다.

"런던에 사는 내 친구 하나는 심각한 산후우울증 진단을 받았어요. 걔가 그 사실을 누구한테 말해야 한다는 걸 너무 창피해서, 결국 남편이 억지로 병원에 보냈죠."

콜레트가 말했다.

"난 모르겠는데요. 내가 보기에 위니가 우울증에 걸린 것 같지는 않던데. 아마 육아가 너무 고되어 우울한 거겠죠. 다들 가끔 그럴 때가 있잖아요?"

"여러분, 안녕하세요."

모여 있는 엄마들 앞에 토큰이 다가섰다. 가슴에 맨 아기 띠 안에서 아이가 불룩 나와 있었다. 그는 티셔츠 소매로 이마를 닦았다.

"어휴, 정말 덥네요."

그가 스니커즈를 벗고 기저귀 가방에서 담요를 꺼내 펼치더니 콜레트 옆에 앉았다.

"아침에 어텀을 재우는 건 항상 고역이죠. 한 시간이나 걸어 다닌 끝에 겨우 재웠네요. 그런데 와인 마시고 있었나 봐요?"

넬이 대답했다.

"네, 그래요. 좀 줄까요?"

"주면 당연히 마시죠. 좋은 거예요?"

"그럭저럭 취할 만은 해요."

프랜시는 스칼릿을 계속 바라보았다.

"우리, 뭔가 해야겠죠, 그렇죠? 뭔가 계획을 짜서 위니가 좀 쉴 수 있게 해줘야 해요. 아기 보는 일에서 잠깐 벗어나서요."

토큰이 물었다.

"누구를 쉬게 한다고요?"

"위니요."

그러자 토큰이 와인을 마시려다 말고 그대로 멈췄다.

"위니한테 무슨 일 있어요?"

프랜시가 그를 슬쩍 쳐다보았다.

"무슨 일이 있는 건 아니에요. 그냥 위니가 하룻밤이라도 쉴 수 있으면 어떨까 이야기하는 중이었어요."

유코가 눈살을 찌푸렸다.

"잠깐만요. 어쩌면 위니는 그럴 여유가 없을지도 모르잖아요. 싱글맘이라면서요? 베이비시터를 부르고, 술값이랑 밥값을 내려면 하룻밤에 2백 달러는 있어야 할 텐데요."

그러자 프랜시가 말했다.

"그건 문제가 안 될 거예요. 위니가 입은 옷 못 봤어요? 돈 걱정 하는 사람으로는 보이지 않던데요. 문제는 베이비시터를 구할 수 있느냐인데."

넬이 그때 말했다.

"내가 알마한테 애를 봐줄 수 있나 물어볼게요."

"알마가 누구예요?"

넬의 눈이 확 빛났다.

"아, 내가 말 안 했었나요? 내가 찾은 베이비시터예요. 내일부터 몇 시간씩 우리 애를 봐주기로 했어요. 그리고 다음 주에 내가 직장 에 복귀하면 온종일 애를 봐줄 거예요. 엄청 좋은 사람이에요. 그럼 내가 위니를 위해서 알마를 부르는 비용을 낼게요. 직장 복귀 기념 선물이라고 해두죠."

넬이 담요에 놓아둔 휴대폰을 집어 들고 일정을 확인했다.

"다음 주 토요일 밤 어때요? 7월 4일."

넬은 모두를 바라보며 이죽댔다.

"아니면 여러분, 미국 여자들은 독립기념일 밤에 어디 안 나가고 집에서 국기에 대한 맹세를 읊나요?"

그러자 콜레트가 농담을 받아쳤다.

"나는 그렇게 해요. 하지만 올해는 나가보려고요."

토큰도 말했다.

"나도 가요."

"나도요."

프랜시도 대답하며 물었다.

"유코랑 스칼릿은 어때요?"

스칼릿은 눈살을 찌푸렸다.

"아마 그때 시댁 식구들이 새로 살 집을 보러 올 것 같아요. 하지만 이 계획에서 나만 빠지는 건 싫은데. 내가 앞으로 브루클린에 얼마나 오래 있을지 누가 알겠어요."

"그럼 5월맘들한테 내가 전부 메일을 보낼게요. 한번 신나게 놀아보자고요. 진짜 재미있을 만한 곳을 찾아놓을게요."

넬의 말에 프랜시가 대답했다.

"좋아요. 그리고 꼭 오라고 위니를 설득해줘요."

넬이 베아트리스를 앞자리에 눕혔다.

"얼마나 좋냐고요. 몇 시간 나가 노는 거죠. 한 줌의 자유랄까."

그리고 컵을 들어 와인을 마저 마셨다.

"후회할 일은 없을 거예요. 딱 한잔하는 건데 뭘."

제3장

7월 4일

수신: 5월맘님

발신: 맘동네 친구

날짜: 2015년 7월 4일

제목: 오늘의 조언

생후 51일 우리 아기,

이제 7주째 접어든 아기는 지금 근육을 제어하는 연습을 하고 있을 거예요. 발차기, 실룩샐룩 움직이기, 고개 가누기를 아주 열심히 하는 거죠. 아기는 지금 점점 몸이 커지면서 환경에 적응하는 중이랍니다. 그러니 기회 될 때마다 뽀뽀해주고, 웃어주고, 잘했다고 만세를 불러주세요! 매일 아기가 쑥쑥 자라나 엄마가 얼마나 뿌듯한지 표현해주시라고요.

밤 8시 23분

술 냄새와 열기로 가득한 공기. 음악 소리가 너무 커서 두통이 날 정도였다. 스피커에서 쿵쿵 울려 퍼지는 소리에 허공에 흩어지는 젊은이들의 왁자지껄한 웃음소리가 섞여들었다. 휴일을 맞아 도시에 온 20대로 보이는 아이들이 술집에 모여서 부모님의 신용카드를 만지작대고 있었다. 사람들은 보체 볼 게임* 코트 옆에서 모래로 만든 레인에 공을 던질 차례를 기다리는 중이었다. 어두운 불빛이 켜진 다른 방에서 춤을 추는 사람들이 보였다. 옆에서는 웃통을 벗은 남자가 레코드판을 돌리고 있었다.

넬이 사람들을 밀치고 나아가 저쪽 야외석에 있는 일행을 발견했다. 토큰이 테이블 몇 개를 이어 붙여놓고 다음 빈 의자를 찾아다니고 있었다. 프랜시는 바닥을 쓸어낼 만큼 길고 검은 면 원피스 차림이었는데, 가슴선이 파격적으로 파여 있었다. 그녀는 일행과 차례로 포옹을 하며 반갑게 인사했다. 유코와 젬마도 보였다. 평소에도 예뻤던 콜레트는 오늘 더 예뻐 보였다. 빛나는 머리카락이 등 뒤로 찰랑거렸고, 환한 핑크빛 립스틱을 발랐다. 다른 여자들도 한데 모여 있었는데 그중 많은 수가 넬이 모르는 사람들이었다. 오랜만에 모임에 나온 사람들이고, 앞으로도 그들의 이름을 기억할 수는 없을 터였다.

"안녕."

---

* 무거운 공을 표적에 던지는 놀이로, 컬링처럼 표적에 공을 가까이 던지면 이기는 게임.

넬이 토큰에게 다가가며 말했다. 토큰은 오늘도 유니폼처럼 언제나 입는 옷차림이었다. 넬이 들어본 적도 없는 밴드의 이름이 찍힌 물 빠진 티셔츠와 반바지, 그리고 낡은 컨버스 스니커즈였다.

"이 술집은 좀 아닌 것 같죠?"

"정말 그러네요."

"누가 여기 오자고 했어요?"

"넬 당신요."

"아, 그랬나. 생각했던 것보다는 좀 시끄럽네요."

넬은 사람들 틈바구니에서 종업원이 어디 있는지 찾아보았다. 솔직히 말하면 토큰이 자신을 샅샅이 훑어보고 있는 것 같아 불편했다. 맥주를 한 모금 마신 토큰의 윗입술에 거품 자국이 남았다. 넬은 엄지손가락으로 그 거품을 닦아주고 싶은 충동을 참았다.

"술은 어디서 났어요?"

"바에 가서 받아야 해요. 지금은 테이블로 주문을 받으러 오지 않아요."

토큰이 넬 쪽으로 얼굴을 가까이 숙이고 말했다. 그때 프랜시가 갑자기 그들 옆에 나타났다. 그녀는 길게 늘어져 가슴 사이에 자리잡은 목걸이를 당기며 말했다. 프랜시의 눈꺼풀 위로 은빛 아이새도가 반짝였다.

"위니는 어디 있어요?"

"인사는 받지 못했지만, 대답부터 할게요, 프랜시. 난 잘 있었어요. 잘 지냈는지 물어줘서 고맙네요."

"미안해요. 인사 먼저 해야 했는데. 그런데 위니는 온대요?"

"응, 분명히 곧 올 거예요."

넬은 이렇게 말했지만 사실은 위니가 정말 나타날지 확신할 수 없었다. 이메일을 두 번 보냈고 전화도 한 번 했지만 위니는 여전히 오지 않겠다고, 시간이 되지 않는다고만 말할 뿐이었다. 그런데 어젯밤 늦게, 문자를 받았다. 마음이 바뀌었다는 내용이었다.

-나도 가고 싶어요. 지금이라도 알마에게 부탁할 수 있을까요?

"지금 마이더스를 알마에게 맡기고 있지 않을까요."

넬이 프랜시에게 말했다.

"그래요, 좋아요. 내가 위니가 오나 안 오나 보고 있을게요."

"난 술 가지러 가야겠어요."

넬이 다시 안으로 들어가 바로 향했다. 바에서 진토닉을 주문하면서 지난주 내내 서배스천과 벌였던 말싸움을 떠올렸다. 그때 넬은 화장실 거울 앞에 서서 이를 닦으며 서배스천에게 말했었다. 그의 말대로 하지 않고 알마에게 일자리를 주었다고 말이다.

"넬."

서배스천의 목소리에는 짜증스러운 기색이 어려 있었다. 넬은 거울 속에 비친 서배스천을 바라보았다.

"왜?"

"우리 이야기는 끝났다고 생각했는데. 정말 이러지 말았으면 좋겠다고."

"뭐가?"

"알잖아. 알마는 불법체류자야."

넬이 세면대에서 입을 헹궜다.

"그러니까 서류가 없다는 말이구나."

"위험을 무릅쓸 이유가 뭐가 있어?"

"뭘 무릅써? 알마를 고용하면 급상승하고 있는 우리의 정치적 위치가 위험해져?"

넬이 입을 헹구고는 서배스천 곁을 지나 주방으로 가서 전기 주전자를 켰다.

"확실히 말하겠는데, 내 정치 생명은 열다섯 살 때 마이클 마컴의 뒷마당*에서 끝났어."

"그런 말이 아닌 거 알잖아, 넬. 너도 조심해야 한다는 걸 알면서……."

누군가 넬의 어깨를 가볍게 쳤다. 콜레트가 넬 옆자리로 비집고 들어와 바텐더에게 손짓하더니 넬의 어깨를 슬쩍 내려다보았다.

"오늘 멋지네요. 자기 문신 정말 마음에 든다고 말했던가요?"

"내가 비밀 하나 말해줄까요?"

넬이 콜레트 쪽으로 가까이 서서 셔츠 자락을 들어 올렸다.

"나 임부복 바지 입고 왔어요. 출산한 지 두 달이나 됐는데, 여전히 임부복 바지를 입네요."

콜레트가 웃었다.

"임신하면 얻는 커다란 깨달음이죠. 쫙 늘어나는 고무줄 바지가 얼마나 편한지 아는 건 엄마들뿐일걸요."

그러다 콜레트가 넬 뒤쪽을 바라보았다.

---

* 뒷마당에서 타임머신을 실험하다가 감쪽같이 사라졌다고 알려진 인물. 여기서는 시간을 되돌릴 길이 없어졌기 때문에 정치 생명이 끝났다는 의미다.

"오, 잘됐네. 위니가 왔어요."

넬이 돌아서서 입구 근처에 홀로 서 있는 위니를 보았다. 위니는 몸에 딱 붙는 노란 원피스 차림이었다. 드러난 목선과 가슴뼈의 매끈한 곡선이 은은히 빛났다. 허리가 어찌나 가는지, 불과 7주 전에 아이를 낳은 여자라고는 볼 수 없을 정도였다. 위니는 자신을 둘러싼 사람들을 탐색하는 것처럼 보였다.

"표정이 어째…… 걱정스러워 보이네요. 맞죠?"

넬의 말에 콜레트도 위니를 지켜보았다.

"그래요? 그렇다 해도 뭐라 할 건 아니죠. 아기가 태어나고 처음으로 애를 낯선 사람에게 맡기고 나온 거잖아요. 난 아직 그렇게 못 하는데."

넬이 위니에게 손짓한 다음 콜레트를 따라 바깥에 잡아둔 테이블로 돌아갔다. 가는 길에 마리화나 냄새를 풍기는 젊은 남자 한 무리를 지났다.

"안녕하세요."

위니가 손에 음료 잔을 든 채로 테라스 자리에 모여든 인파를 헤치고 다가왔다. 넬이 물었다.

"일은 잘 처리했어요?"

"네, 알마가 도착했을 때 마이더스는 이미 잠들어 있었어요."

"아무 걱정도 하지 마요. 알마는 진짜 프로 베이비시터니까요."

모두 테이블에 앉은 다음 건배했다.

"5월맘을 위하여!"

프랜시가 시끄러운 음악 소리 속에서 목소리를 높이더니, 제발 아기 이야기는 하지 말자고 부탁했다.

그러자 토큰이 무미건조한 목소리로 물었다.

"그럼 대체 우리끼리 무슨 이야기를 하죠? 우리 관심사 얘기나 하자고요?"

"우리의 관심사가 뭘까요?"

유코가 물었다.

"요즘 읽은 책 중에 재미있는 거 있어요?"

그러자 프랜시가 말했다.

"나는 요새 새로 나온 수면 교육에 대한 책을 읽어요. 제목이 '12 주면 꿀잠 완성'이에요."

"다른 책도 있잖아요. 요즘 사람들이 죄다 이야기하는 거요.『프랑스식 교육법』인가 하는 책, 읽어봤어요?"

젬마가 묻자, 넬이 대답했다.

"아기 이야기는 하지 않기로 했잖아요. 이것도 아기 이야기 아닌가요? 콜레트, 이 대화 좀 어떻게 해봐요. 요즘 자기는 무슨 책 읽어요?"

"책 안 읽어요. 내가 책을 쓸 때는 다른 책을 읽을 수가 없거든요. 머리가 뒤죽박죽이 되어버리니까요."

"책을 쓴다고요?"

그러자 콜레트가 넬에게서 고개를 슬쩍 돌렸다. 이 정보를 밝힐 의도는 아니었다는 기색이었다.

"잠깐만요. 우리가 서로 알고 지낸 지 벌써 네 달인데, 그 이야기를 이제야 하는 거예요?"

그러자 콜레트가 어깨를 으쓱했다.

"우리 직업이 뭔지 언제 이야기한 적이 있었나요."

"무슨 책인데요?"

테이블 끝에 앉은 여자가 물었다. 손톱에 형광 주황색 매니큐어를 칠했다. 넬이 알기로는 쌍둥이 엄마였다.

"회고록이에요."

"지금 콜레트 나이가 몇 살인데 벌써 그런 걸 써요? 대단하네요."

콜레트가 눈알을 굴렸다.

"대단하긴요. 회고록은 내 이야기가 아니에요. 나는 대필 작가예요."

프랜시가 물었다.

"무슨 말이에요? 그럼 유명한 사람의 책을 대신 써주는 거예요?"

"비슷해요. 나도 누구 책을 쓰는지 말해주고 싶지만 그럴 수가 없네요."

콜레트는 거절의 뜻으로 손을 젓고는, 자리에 앉은 이래로 쭉 무릎 위에 둔 휴대폰만 응시하는 위니를 바라보았다. 넬도 이미 그러는 걸 알아채고 있었다.

"위니, 무슨 일 있어요?"

위니가 미소 지으며 화면을 껐다.

"아뇨, 아무 일도 아니에요."

넬이 위니의 손톱을 보았다. 속살이 다 보일 정도로 뜯겨 있었다. 위니의 미소 아래로 걱정스러운 기색이 옅게 내비쳤다. 가끔 감정이 복받쳐 오른다고 했던 위니의 말을 스칼릿에게 전해 듣기 전부터 이미 넬은 위니가 가끔 정신을 딴 데 팔고 있다는 걸 알아차렸다. 위니가 종종 침울한 상태라는 것, 그리고 5월맘 모임에 자주 빠지기 시작했다는 것도.

머리를 싹 밀고 한쪽 눈썹에 둥근 피어싱을 주르륵 단 웨이터가 테이블로 다가왔다.

"이제 테이블 주문 받겠습니다, 숙녀분들. 뭐 주문하시겠어요?"

넬이 위니의 팔에 손을 얹었다.

"뭐 마실래요? 이번에는 내가 낼게요."

그러자 위니가 미소를 지으며 말했다.

"아이스티요."

넬은 다시 의자에 등을 댔다.

"아이스티요?"

"네, 여기 아이스티 맛있어요. 설탕 넣지 않은 거로요."

"설탕 안 넣은 맛있는 아이스티요? 세상천지에 그런 것도 있다니."

넬이 눈썹을 추켜세웠다.

"물론 난 여기가 중학교 댄스파티인 줄 아느냐는 식으로 잔소리하고 싶지는 않아요. 그래도 오늘 밤은 술을 마셔줘야죠."

하지만 위니는 웨이터를 슬쩍 보며 말했다.

"괜찮아요. 아이스티 주세요."

결국 넬이 잔을 들어 올리며 말했다.

"맘대로 해요. 난 진토닉 한 잔 더요. 언제 이렇게 밤에 나와 술을 마실 수 있을지 모를 일이라서요."

웨이터가 주문을 받고 떠나자 프랜시가 말했다.

"넬이 앞으로 어떻게 살지 난 모르겠네요. 다음 주에 회사로 복귀하다니."

"참 나, 바보 같은 소리 하지 말아요. 다 잘되겠죠. 사실 다시 일하고 싶어서 좀이 쑤신다고요."

넬은 이렇게 말했지만 고개를 획 돌렸다. 아무도 자신의 본심을 눈치채지 못했으면 하는 마음에서였다. 주어진 출산휴가보다 닷새나 앞서 복귀해야 한다는 생각에 속이 상했다. 아직 아기를 두고 나갈 준비가 되지 않았지만 선택지가 없었다. 넬이 다니는 회사, 이 나라에서 제일 큰 잡지사인 사이먼 프렌치 주식회사가 넬에게 복직하라고 압박을 해댔다. 상사인 이언은 3주 전에 상황 확인차 전화를 걸어 이렇게 말했다.

"물론 돌아오라고 강요하는 건 아닙니다, 넬. 다만, 당신이 기술 책임자고, 이번에 새로 도입하는 보안 시스템 전환 때문에 우리가 당신을 고용했다는 말을 전해야 하는 것뿐이죠."

여기서 이언이 말을 잠깐 멈추었다가 다시 이었다.

"타이밍이 안 좋지만, 그래도 중요한 일입니다. 당신의 기술 경험이 지금 당장 필요하단 말입니다. 할 사람이 당신밖에 없습니다."

중요하다고? 넬은 이언에게 묻고 싶었다. 키 크고 번지르르하게 빗어 넘긴 머리 스타일을 한 넬의 상사. 웃기게도 이언은 캐주얼한 프레피 스타일 벨트를 차고 다녔다. 군청색 바탕에 분홍색 고래 무늬가 있다든가, 파인애플이 수놓인 연두색 벨트 같은 것들이었다. 뭐가 중요한데? 아무도 회사의 보안 파일을 해킹하지 못하도록 해놓는 게 그렇게 중요해? 대체 뭐가 걱정인데? 러시아 첩보 요원이 TV 예능 스타인 캐서린 페리스의 인터뷰라도 해킹한다는 건가? 끔찍할 정도로 웃긴 그 인터뷰를? 그래서 엄숭하게 경호받는 일급 기밀인 깨끗한 피부 관리법이 뭔지 밝혀내기라도 한다는 거야? (매일 아침 생선 기름을 두 스푼 먹고 매일 저녁 재스민 티를 한 잔 마신다는 그 팁을?)

넬이 여자들이 둘러앉은 테이블을 지그시 바라보았다. 모두들 동정심에 안쓰러워하는 얼굴이었다.

"아, 왜들 이래요. 엄마가 일하러 나가는 건 애들한테도 좋은 거라고요. 자립심을 길러줄 거 아녜요."

솔직히 내가 뭘 어떡하겠어요? 넬은 그들에게 묻고 싶었다. 해고될 위험을 무릅쓸 수는 없었다. 뉴욕에 살려면 돈이 얼마나 많이 드는가. 공원에서 한 블록 떨어진 방 두 개짜리 아파트 월세가 얼마나 비싼데. 그들은 아직 학자금 대출도 다 갚지 못했는데. 넬이 버는 돈은 지금 뉴욕 현대미술관에서 보조 큐레이터로 일하는 서배스천 월급의 두 배를 넘고도 남았다. 뉴욕에서 살 수 있는 건 넬의 월급 덕분이었다. 4주 더 무급 휴가를 받겠다고 고집 부려 이 모든 걸 망칠 수는 없었다.

그때 콜레트가 말했다. 손목에 여러 겹 두른 금팔찌가 빛에 반짝였다.

"어제 홀 푸드*에 갔었는데요. 거기 계산원 말로는 출산하고 4주

---

* 미국의 유기농 제품 슈퍼마켓.

있다가 복귀해야 한대요. 당연히 무급이고요."

그러자 유코가 말했다.

"불법이잖아요. 3개월 동안은 해고할 수 없을걸요."

"그렇죠. 나도 계산원에게 그렇게 말했지만 그저 어깨만 으쓱이던걸요."

젬마가 말했다.

"내 친구 하나가 코펜하겐에 살고 있는데요. 걔는 아들을 낳고 18개월 휴가를 받았대요. 그것도 유급으로요."

콜레트가 대답했다.

"캐나다에서는 출산휴가 간 여자의 자리를 1년 동안 지켜줘요. 이 세상에 유급 휴가를 의무로 두지 않는 나라가 미국이랑 파푸아뉴기니밖에 없다는 거 알아요? 가족의 가치를 그토록 중시하는 미국이 말이죠."

넬이 잔을 들어 술을 들이켰다. 술의 온기가 근육에 퍼져가는 기분이 들었다.

"아기란 게 사실은 얼마 전까지만 해도 배아에 불과했다는 걸 깨우쳐주면, 사람들이 출산휴가를 좀 더 많이 지원해줄까요?"

그때 유코가 휴대폰을 보며 큰 소리로 말했다.

"이것 좀 들어봐요. 핀란드, 17주 유급 휴가. 오스트레일리아, 18주. 일본, 14주. 미국, 출산휴가 없음."

음악이 바뀌었다. 스피커에서 빌리 아이돌*의 「레벨 옐」이 흘러

---

* Billy Idol. 영국의 록 가수.

나왔다. 넬이 허공에 손가락을 찔러대며 노래를 따라 불렀다.

"그녀는 노예제를 싫어해. 주저앉아 구걸하지 않을 거야. 하지만 내가 지치고 외로울 때, 그녀는 날 보며 짐대로 이끌었지. 이 노래는 모성애의 주제가가 되어야 해요. 우리의 투쟁가라고요. 난 너와 함께 세상을 걸었어, 베이베. 천 마일을 너와 걸었어. 고통스러운 네 눈물을 닦아주었어, 베이베. 널 위해 백만 번을 그랬어."

그때 넬이 위니가 다시 무릎 위에 둔 휴대폰을 보는 걸 알아채고 휴대폰을 빼앗아다가 테이블 위에 올려놨다.

"자, 나랑 같이 춤춰요."

넬은 이렇게 말하며 일어서서 위니를 일으켜 세웠다.

"난 네게 뭐든지 다 줄 거야, 아무도 필요 없어, 베이베. 그냥, 그냥, 그냥, 그냥, 내 옆에 있어줘. 왜냐하면…… 자, 다 같이!"

넬이 위니의 손을 꼭 잡았다. 테이블에 앉은 여자들이 소리치며 후렴구를 따라 부르자 갑자기 노랫소리가 확 커졌다.

"이 밤에 푹 빠져, 우린 더 원해, 원해, 원해, 원해. 우렁차게 우린 외치네, 더 크게, 크게, 크게."

넬이 웃으면서 잔을 들어 올리며 외쳤다.

"가부장제를 철폐하라!"

위니는 미소를 짓고서 넬에게 잡힌 손을 부드럽게 뺀 다음 테이블에서 고개를 돌렸다. 그리고 넬 옆을 지나쳐 몰려드는 사람들 너머로 사라졌다. 누군가의 카메라 플래시가 번뜩였다. 잠시 그 빛이 위니의 완벽한 얼굴을 비추었다.

바에 선 콜레트는 두 번이나 소리쳐서야 겨우 바텐더를 부를 수 있었다. 주문한 건 위스키 온더록스였다. 샷을 추가할까 고민하면서, 음악에 맞추어 몸을 들썩였다. 바텐더가 콜레트에게 잔을 밀어주었다. 콜레트가 술을 쭉 들이켰다. 이렇게 외출한 지가 몇 달 만이던가. 친구들과 만나 한잔하면서, 포피를 돌보거나 마감이 참 빨리도 돌아오는 책 걱정을 하지 않는 게 얼마 만인가. 평소에는 이 시각쯤 침대에 앉아 무릎에 노트북을 올려놓고 있을 터였다(2년 전 찰리의 부모님이 아파트를 사주었을 때, 그녀는 방 하나를 개인 집필실로 쓰기로 마음먹었지만, 아이가 태어난 후 그 방은 아기 방이 되었다). 그러고는 텅 빈 페이지를 바라보며 글이 잘 안 풀릴 거란 생각에 완전히 지쳐버렸겠지. 예전에는 대체 어떻게 글을 썼지? 콜레트는 곰곰이 생각했다. 그때는 나이 든 슈퍼모델 이매뉴얼 두보이스의 자서전을 16주 만에 쓴 적도 있었다. 하지만 포피를 키우고 있는 지금은 단어가 한 줌의 공기처럼 뇌의 능력을 벗어나버려서 잡을 수 없을 지경이었다.

콜레트는 다시 술을 한 모금 마셨다. 목구멍으로 내려가는 위스키의 열기를 느끼고 있는데, 누군가의 손이 등에 닿았다. 뒤를 돌아보자 토큰이 보였다.

"안녕, 여기 정말 덥네요."

콜레트가 옆으로 비켜섰고 토큰이 콜레트와 카우보이 밀짚모자를 쓰고 바텐더와 다투고 있는 여자 사이로 끼어들었다.

"장난 아니게 덥죠. 술 주문하게요?"

"미안, 못 들었어요. 뭐라고요?"

콜레트가 토큰 쪽으로 몸을 숙였다.

"내가 술 한잔 사줄까요?"

그러자 토큰이 아직도 반이나 차 있는 잔을 들어 보였다.

"아뇨. 난 괜찮아요. 당신이 안으로 들어오는 걸 보고 인사라도 하려고 왔어요. 겸사겸사 에어컨 바람도 쐴 겸."

콜레트가 미소를 짓고서 고개를 돌렸다. 찰리와는 15년을 사귀었으니 거의 평생을 산 것 같은 느낌이었지만, 토큰은 한때 콜레트가 매력을 느끼던 유형의 남자였다. 조용하고 잘난 체하지 않는 남자. 그런데 침대에서는 놀랄 정도로 끝내주는 남자 말이다. 넬은 토큰이 게이라고 확신했다. (내가 직접 들었다니까요. 파트너라는 말을 썼단 말이에요, 라고 넬이 말했었다.) 하지만 콜레트는 그렇게 생각하지 않았다. 토큰이 위니를 따라 5월맘 모임에 온 이후 지난 몇 주간 그를 지켜보았기 때문이다. 토큰이 가끔 위니를 바라보는 눈빛이나 두 사람이 이야기를 나눌 때 친근하게 위니의 팔을 건드리는 모습을 보면 누구라도 그가 게이가 아니라는 걸 알 수 있었다.

"그럼 콜레트 당신은 누구 책을 쓰고 있는지 말 못 한다 이거죠. 하지만 책이 잘되고 있는지 정도는 말해줄 수 있지 않아요? 갓난아이를 키우면서 글을 쓴다는 건 쉽지 않을 텐데요."

콜레트는 거짓말을 할까 잠시 망설였다. 언제나 찰리에게 하듯이 '응, 잘하고 있어. 어떻게든 하게 되더라고'라고 말할까. 하지만 진실을 털어놓기로 마음먹었다.

"완전히 망해가고 있어요. 이 일을 시작하고 나서 2주 있다가 임신한 걸 알았죠."

콜레트가 장난스럽게 얼굴을 찡그렸다.

"아기는 계획에 없었거든요."

토큰이 눈을 지그시 마주 보며 고개를 끄덕였다.

"그래도 일을 그만둘 생각은 아니죠?"

콜레트가 어깨를 으쓱이자 묶은 머리카락이 풀리면서 어깨와 등 위로 흘러내렸다.

"글을 쓸 때는 포피랑 있어야 한다는 생각이 들어요. 그런데 막상 애랑 같이 있다 보면 머릿속은 온통 글을 써야 한다는 생각뿐이죠. 앞으로 아이 문제로 4주 남은 마감과 회의 일정에 절대로 차질을 빚지 않겠다고 편집자랑 시장님한테 약속했거든요."

그러자 토큰이 눈썹을 추켜세웠다.

"시장이라고요? 혹시 테브 셰퍼드 시장 말인가요?"

따끔따끔한 후회가 밀려왔다.

"난 대개는 비밀을 아주 잘 지키는 사람인데. 독하고 맛 좋은 위스키를 먹어서 이러나 봐요. 네, 맞아요. 시장님의 두 번째 회고록을 쓰고 있어요."

토큰이 고개를 끄덕였다.

"세상에 시장님의 첫 책을 안 읽은 사람은 없죠. 나도 읽었어요."

그가 맥주를 한 모금 더 마시더니 물었다.

"그 책도 당신이 쓴 거죠?"

콜레트가 고개를 끄덕였다.

"다른 사람한테는 말하지 말아요. 알았죠? 아까도 왜 그런 말을 했는지 알 수가 없네요. 집에서 애 보는 엄마들 모임은 정말 무시무시한데. 내 입장이 참 복잡해요."

그러자 토큰이 몸을 가까이 숙였다.

"걱정하지 말아요. 나도 비밀을 잘 지키거든요."

그때 토큰 뒤에 서 있던 남자가 미는 바람에, 그가 콜레트 쪽으로 떠밀렸다. 이윽고 토큰이 테라스 자리를 가리켰다.

"그럼 갈까요?"

두 사람이 바깥 자리로 돌아가서 의자에 앉았을 땐, 프랜시가 나이프로 잔을 톡톡 두드려 모두의 시선을 끌고 있던 참이었다.

"여러분의 대화를 갑자기 끊기는 싫지만, 이제 시간이 되었네요."

"무슨 시간요?"

넬이 묻자, 프랜시가 위니를 바라보았다. 위니는 아직도 무릎에 놔둔 휴대폰을 보는 중이었다.

"위니?"

위니가 휴대폰을 바라보다 고개를 들었다.

"네?"

"이제 위니 차례라는 거죠."

"내 차례요? 뭐가요?"

테이블에 있던 사람들의 시선을 받은 위니는 허를 찔렸다는 표정이었다.

"위니의 출산 이야기를 들을 차례라고요."

콜레트는 프랜시를 좋아했다. 프랜시는 어리고 사랑스러웠다.

분명히 아직 서른도 되지 않았으리라. 그 나이대 여자들은 말끝마다 느낌표가 세 개씩 붙어 있는 것처럼 명랑한 분위기다. 하지만 콜레트는 모이면 으레 의식처럼 진행되는 출산 이야기를 이제 그만 했으면 싶었다. 그들이 아직 출산하기 전이었을 때, 모일 때마다 누군가의 출산 계획을 이야기하자던 건 스칼릿의 아이디어였다. 하지만 아기가 태어나기 시작하자, 그 규칙이 변질되어 엄마들은 자신의 출산 경험을 길고 자세하게 이야기하기 시작했다. 그 이야기가 정말로 무엇을 의미하는지는 안 봐도 뻔했다. 경쟁이었다. 누가 누가 출산을 가장 잘해냈나? 누가 가장 힘들게 아이를 낳았나? 그중에서 누가 실패했나? (그러니까 제왕절개를 한 여자들 말이다.) 콜레트는 이런 분위기가 어서 사라지기를 줄곧 바라고 있었지만, 그녀도 위니가 뭐라 말할지 궁금하지 않은 건 아니었다.

위니는 테이블을 슬쩍 둘러보았다.

"있잖아요. 먼저 넬의 말대로 해야겠어요. 나도 제대로 술을 마셔야겠네요."

그녀는 토큰의 잔이 비어 있는 걸 보았다.

"나랑 같이 갈래요?"

"그러죠."

토큰이 대답했다.

콜레트는 두 사람이 자리를 뜨는 모습을 보다가 몸을 돌려 주위 사람들이 무슨 대화를 하는지 들어보았다. 최대한 이 자리에 끼려고 애쓰고, 두 번째 술도 너무 빨리 비워버리는 스스로의 모습에 놀라며, 한 잔 더 시켜야 할까 곰곰이 생각했다. 그리고 일어나 화장실에 가려는데, 위니가 바에 서 있는 모습이 보였다. 어떤 남자와 이야기를 나누고 있었다. 깜짝 놀랄 정도로 잘생긴 남자였다. 남자가 쓴 밝은 빨간색 야구모자에는 보스턴 레드삭스를 뜻하는 대문자 B가 있었다. 토큰은 어디 갔는지 보이지 않았다. 콜레트는 그들에게서 시선을 돌려야겠다는 느낌을 받았다. 못 볼 것을 본 듯한 기분이 들었으니까. 하지만 콜레트는 고개를 돌리지 않았다. 오히려 앞을 가리고 있던 연인들을 빙 둘러 가서 그 광경을 더 잘 보려고 했다. 남자가 위니의 허리에 손을 얹더니 드레스 끈을 만지작댔다. 그가 위니의 귓가에 뭐라 속삭였지만, 위니는 물러서서 짜증 어린 눈으로 그를 노려보았다. 그 남자는 뭔가 꿍꿍이가 있었다. 위니에게 그토록 가까이 몸을 밀착시킨 것 하며, 그 표정 하며…….

"괜찮아요?"

갑자기 손에 메뉴판을 든 넬이 콜레트 앞에 나타났다. 그 바람에 위니의 모습이 가려졌다.

"네, 괜찮아요. 화장실에 가려던 길이었어요."

"혹시 배고파요? 나 먹을 것 좀 시키려고요."

"아뇨, 난 먹고 왔어요."

넬은 종업원이 서 있는 곳으로 걸어가고, 콜레트는 다시 바 쪽을 바라보았다. 위니와 남자가 서 있던 곳.

하지만 그들은 사라지고 없었다.

콜레트는 사람들을 죽 훑어본 다음 보체 볼 게임 코트에 모여 선 사람들 사이를 헤치고 화장실 쪽으로 가서 줄을 섰다. 앞에서 똑같은 옷차림을 한 젊은 여자 세 명이 휴대폰으로 문자를 보내고 있었다. 콜레트는 고개를 저었다. 그 남자는 분명히 위니가 아는 사람이었을 거야. 그렇게 생각하기로 했다. 기분이 찝찝한 건 지친 상태에서 위스키를 마셨기 때문이겠지. 그저 기분 탓일 거다. 지난 며칠간 몇 번이고 이런 기분이 들지 않았던가. 오늘 아침만 해도 멍하니 있다가 그만 포피의 젖병 속에 커피를 부을 뻔했다.

화장실에서 볼일을 보고 나온 콜레트는 밖으로 나가 길가에 서서 시끄러운 곳을 피해 찰리에게 전화했다. 찰리는 포피가 자는 걸확인하고, 지금은 소설을 퇴고하는 중이라고 했다. 찰리가 말했다.

"천천히 놀다 와. 집에는 아무 문제 없어."

테이블로 돌아온 콜레트가 프랜시 옆에 앉았다. 핫소스가 담긴 끈적끈적한 도자기 옆에 놓인 휴대폰이 보였다. 토큰이 앉았던 자리 앞이었다.

"토큰은 어디 있어요?"

콜레트가 프랜시에게 물었다. 프랜시는 자기 휴대폰을 가방에 넣고 있었다.

"토큰은 갔어요."

"뭐라고요? 언제요?"

"몇 분 전에요. 솔직히 말하면 좀 이상했어요. 갑자기 나갔거든요. 집에 무슨 일이 생겼다면서."

"이상하네요. 내가 밖에서 찰리랑 전화하고 있었는데. 토큰은 안 보이던걸요. 게다가 이거 두고 갔잖아요."

콜레트가 휴대폰에 손을 뻗으며 말했다. 그때, 넬이 테이블로 돌아왔다. 김이 모락모락 나는 감자튀김 두 접시와 새 술잔을 조심스럽게 들고 있었다.

"무슨 바가 이래. 감자튀김 팔면서 식초도 안 주다니 말이 돼요?"

넬이 이렇게 말하면서 자리에 앉았다.

"영국에서 식초 없이 감자튀김을 팔면 연방법 위반이라고요."

그러다 넬이 콜레트를 보았다.

"지금 뭐 하는 거예요? 처음에는 위니가 이러더니, 이제는 콜레트까지 휴대폰만 보고 있네요. 우리 오늘 밤 여기에 휴대폰 쳐다보려고 모인 거예요?"

프랜시가 감자튀김 접시를 저쪽으로 밀고 물 잔을 쥐며 답했다.

"저 휴대폰 콜레트 거 아니에요. 토큰 거예요. 두고 갔거든요."

"아뇨, 이건 토큰 게 아니라 위니 거예요."

콜레트가 휴대폰을 돌려 액정의 바탕화면에 뜬 마이더스의 사진을 보여주었다.

"안에 열쇠가 있어요. 케이스 안에요."

프랜시가 물었다.

"위니는 어디 있어요? 술 사러 가서 돌아오질 않네요."

콜레트가 액정을 만지자 화면이 확 밝아지며 흐릿한 영상이 나왔다. 해초 색깔 같은 녹색 화면이 빛났다.

"잠깐, 이게 뭐지?"

콜레트가 넬과 프랜시 쪽으로 휴대폰 액정을 돌렸다.

"마이더스 방 아닌가요?"

프랜시가 콜레트의 손에서 휴대폰을 낚아챘다.

"비디오네요. 애 요람인데."

"나 줘봐요."

넬이 말하자 프랜시는 주저하다가 넬에게 휴대폰을 건네주었다.

"프랜시, 나 좀 보여달라니까. 그 앱인 거 같네요."

넬이 손가락에 묻은 소금을 핥고서 프랜시에게서 휴대폰을 받아 들었다.

"맞네. 나, 이거 개발한 사람 알아요."

프랜시가 물었다.

"정말요? 어떻게요?"

"대학 졸업하고 워싱턴 D.C.에서 정보 보안 일을 했거든요. 그때 같이 일했던 사람이에요. 이거 아이디어가 좋아요. 와이파이가 되는 곳이면 휴대폰으로 CCTV에 찍히는 아기를 볼 수 있거든요."

프랜시가 대답했다.

"나도 들어본 적 있어요. '피카부!'던가, 그 이름 맞죠? 나도 다운받을까 생각했었어요. 하지만 25달러인가 하더라고요. 앱 하나에 그만한 돈이라니? 너무 과해요."

넬이 말했다.

"정말 과한 건 따로 있죠. 밤새 위니가 뭘 보고 있나 했더니 결국 보는 게 이거였단 말이잖아요. 제대로 보이지도 않는 마이더스의 요람이라니."

"그게 뭐가 잘못됐는지 난 모르겠는데요."

프랜시의 말에 넬이 대꾸했다.

"외출해서도 계속 애만 보고 있을 거면 뭐 하러 베이비시터한테 돈을 줘요?"

"처음으로 애랑 떨어져 있는 날이잖아요. 너무 그러지 말아요. 그건 그렇고, 위니는 정말 어디 있는 거죠?"

프랜시가 묻자 콜레트가 대답했다.

"어떤 남자랑 이야기하고 있던데요. 엄청 잘생긴 남자였어요."

그러자 프랜시도 대답했다.

"나도 봤어요. 위니가 바 쪽으로 가니까 곧바로 따라가던데요. 하지만 그것도 벌써 15분 전 일이에요. 대체 위니는 어디 갔죠?"

프랜시가 목을 길게 빼고 사람들을 살펴보았다.

"그 남자 좀 들이대는 것 같던데. 위니 쓰다듬는 손길 봤어요? 위니를 찾으러 가야겠어요. 지금 휴대폰이 필요할 거예요."

프랜시가 휴대폰으로 손을 뻗었지만, 넬이 씩 웃더니 그걸 가슴에 꼭 품었다.

"위니는 싱글맘이에요. 애랑 처음으로 떨어져 있는 날이라고요. 여자도 놀 때가 있어야죠."

"넬, 이러지 말아요. 위니한테 휴대폰을 돌려줘야 해요."

콜레트가 넬에게 말하며 넬 앞에 있는 술잔을 슬쩍 바라보았다. 대체 몇 잔이나 마신 걸까.

"그럼 잠깐만요."

넬이 휴대폰의 액정을 밀었다.

"지금 뭐 하는 거예요?"

프랜시가 물었다.

"지금 아주 무시무시한 생각을 하고 있어요."

"뭔데요?"

콜레트가 묻는 말에도 넬은 아무 대답 없이 버튼을 누른 다음 화면을 닫았다.

"다 됐어요."

"뭐 한 거예요?"

"그 앱을 지웠어요. 피카부! 앱. 싹 없어졌어요."

"넬!"

프랜시가 놀라 손으로 입을 막았다.

"아, 제발 좀. 현실을 파악해요. 우리는 위니를 위해서 여기 왔어요. 그러니까 위니도 좀 즐기면서 긴장을 풀고 쉴 땐 쉬어야죠. 애만 보고 있으면 여기 온 보람이 없잖아요."

그러면서 넬은 위니의 휴대폰을 자기 가방에 넣었다.

"괜찮아요. 다 위니 좋으라고 이러는 거예요. 위니가 원한다면 다시 설치하는 건 2분도 안 걸린다고요."

콜레트는 점점 마음이 불편해졌다. 음악도, 플로어 위에 앉은 그들 주위로 이리저리 몰려다니는 수많은 사람도, 지금 넬이 한 행동도 모두 다 불편했다. 이제 집에 가야겠어.

프랜시가 말했다.

"그럼 그 휴대폰이라도 줘요. 위니의 열쇠가 그 안에 있잖아요. 위니가 돌아올 때까지 내가 가지고 있을게요."

"내가 잘 갖고 있을게요. 마음 놓아요."

이렇게 말한 넬이 콜레트에게 등을 돌리고 다른 여자들 쪽으로 몸을 숙였다.

"지금 무슨 이야기 하고 있어요?"

그러자 한 여자가 대답했다.

"내 동생 이야기요. 지금 임신 30주 차인데 자궁탈출증에 걸렸다는 걸 알게 됐어요. 진짜 짜증나죠. 그래서 질을 묶어야 한다네요."

"그게 대체 뭐예요? 처음 들어보는데."

그러자 넬이 좀 크다 싶은 소리로 대답했다.

"나 그거 알아요. 고리를 질에다가 넣는 건데, 그 끝에 갈고리가 있어요. 거기다 유모차를 걸고 다니는 용도죠. 슈퍼마켓에 장 보러 가거나 빨래하러 갈 때 편해요."

넬은 잔 속의 얼음을 흔들더니 남은 술을 다 마셨다.

"잠깐 나갔다 올게요."

그러고는 나지막한 목소리로 노래 부르며 바 쪽으로 걸어갔다.

"*나는 더 원해, 원해, 원해. 더 원해, 원해. 원해.*"

밤 10시 4분

"내가 보기에 넬은 더 원하면 안 될 거 같은데요."

프랜시가 콜레트에게 이렇게 말하면서 손을 저어 담배 연기를 없앴다. 앞에 금연 표지판이 떡하니 있는데도 사람들은 테라스 난간에서 담배를 피워댔다. 프랜시는 참을 만큼 참다가 결국 가방 속에 있는 휴대폰을 살짝 보았다. 문자를 보낸 지 12분이 지났는데도 로웰은 여전히 답장하지 않았다. 밤은 점점 더 덥고 습해졌다. 예전에 살던 테네시에서는 이렇게 후덥지근한 날씨를 한 번도 경험

퍼펙트 마더

한 적이 없었다. 머리가 지끈지끈거렸다. 사흘이나 카페인을 마시지 않아서 금단 현상이 일어나고 있었다. 커피를 한 모금 마시고 싶어 죽을 지경이었지만 그럴 수는 없었다. 이제까지 읽은 책들에서 말하기를, 젖이 점점 줄고 있다면 가장 좋은 방법은 카페인을 끊는 거라고 했으니까. 윌은 짜증을 아주 심하게 부렸고, 요 며칠간 기분이 좋지 않았다. 그 애는 뭐 하나 쉽게 다룰 수가 없었다. 소아과의 비응급 전화를 받는 간호사가 프랜시에게 말했다. 전형적인 배앓이라, 5주 전후로 사라질 거라고. 하지만 7주하고도 이틀이 지났고, 상황은 점점 나빠져만 갔다. 이건 배앓이가 아니라고 프랜시는 생각했다. 엄마의 젖이 너무 적은 탓에 아기가 굶주리기 때문이라고 말이다. 커피를 끊는 게 도움이 된다면 얼마든지 끊을 수 있었다.

프랜시는 로웰에게 한 번 더 문자를 보내야겠다고 마음먹었다. 그러면 로웰이 아기 걱정은 그만하고 재미있게 놀라고 말하겠지. 하지만 아파트를 떠날 때부터 지금까지 윌 생각을 안 할 수가 없었다. 윌은 엄마가 나간 이후로 두 시간 내내 슬픔을 가눌 길 없어 소리를 지르고 있을 게 분명했다. 가끔 저녁 시간에 그랬듯이, 두 시간 내내 너무 심하게 울어서 탈진했을지도 모른다.

　-별일 없지? 내 문자 받았어?

프랜시가 문자를 보냈다. 아, 정말로 감사하게도 로웰이 답장하고 있다는 신호가 떴다. 휴대폰을 꼭 쥐고 답을 기다렸다.

　-좋은 소식과 나쁜 소식이 있어.

그러자 온몸에 타오르는 공포감이 스쳤다.

　-헉, 세상에. 뭔데 그래?

프랜시는 문자를 보내고 기다렸다.

-로웰, 무슨 일이야? 나쁜 소식이 뭔데?

딥하고 있다는 신호가 또 떴다. 하지만 답장은 오지 않았다. 다시 신호가 떴다.

-애리조나 카디널스가 오늘 경기를 망쳤어.

프랜시가 한숨을 쉬었다.

-제발 장난치지 마. 아이는?

-그게 좋은 소식이야. 자고 있어. 젖병을 비우고는 곯아떨어졌어.

마음 한구석이 걱정으로 아려왔다. 프랜시는 준비해둔 분유 젖병을 로웰에게 건네주면서 아기가 *화났을* 때만 주라고 말했었다. 윌은 분유를 먹는 게 이번이 처음이었다. 지난 며칠간 프랜시는 오늘 밤을 위해서 윌이 깨기 전에 일어나려고 아침에 알람을 맞춰놓았었다. 윌이 먹을 충분한 모유를 유축하고 싶었기 때문이다. 하지만 젖은 나오지 않았다. 15그램도 채 되지 않았다. 프랜시가 다시 문자를 보냈다.

-분유를 줬다는 건 애 기분이 안 좋았다는 거야?

그때 누가 프랜시 옆에 와서 앉았다. 위니였으면 좋겠다는 마음으로 올려다보았지만 콜레트였다.

"방금 안을 한 바퀴 돌아보고 왔어요. 위니는 없던데요."

프랜시가 휴대폰을 가방 속으로 던져 넣었다.

"정말 이상하네요. 아직도 그 남자랑 이야기할 리는 없는데."

그러자 콜레트가 물었다.

"왜 안 되나요? 위니는 싱글이에요. 어쩌면 집에 같이 갔을지도 모르죠."

"집에 같이 갔다고요? 그럴 리가요."

"왜 안 되는데요?"

"휴대폰이랑 열쇠를 두고 가진 않았을 거잖아요. 게다가 집에 가면 마이더스를 봐야죠."

콜레트가 걱정스러운 표정으로 주변 테이블을 슬쩍 돌아보았다.

"모르겠어요. 다른 엄마들도 이제 일어나고 있거든요. 사실 나도 가고 싶기는 해요."

"위니를 두고 갈 수는 없어요."

프랜시는 이렇게 말하며 더욱 걱정스러운 기색을 보였다.

"그런데 대체 닐은 어디 있죠?"

젊은 여자 두 명이 요란스럽게 테라스 자리로 다가오더니 라이터 하나로 각자의 담배에 불을 붙였다. 그리고 아기를 보러 집에 가버린 5월맘들이 남긴 의자를 차지한 젊은 남자들의 무릎에 털썩 앉았다.

"내가 가서 찾아볼게요."

프랜시가 말했다.

안으로 들어간 프랜시는 바 주변을 한 바퀴 돌면서 주변에 딸린 방들을 확인했다. 춤추는 커플들 사이를 이리저리 빠져나가는 동안, 쿵쿵 울려대는 베이스 소리에 맞추어 가슴이 뛰었다. 하지만 위니는 없었다. 보체 볼 코트도, 문 밖 보도도, 화장실 칸막이도 있는 대로 살펴봤지만 역시 없었다. 프랜시는 거울 앞에 멈춰 섰다. 샴페인을 두 잔밖에 안 마셨지만 어지러웠다. 휴지를 적셔 목에 대고 테이블로 돌아오는 길에 넬과 그만 부딪칠 뻔했다.

"여기 있었군요. 어디 갔다 왔어요?"

프랜시는 넬의 비틀거리는 걸음설이를 눈치챘다. 눈동자가 멍했다. 넬은 잔을 들어 보였다.

"술 사 왔어요."

"이제껏 내내 술을 샀다고요? 위니랑 있었던 거 아니었어요?"

"위니요? 아뇨. 난 그때 이후로 못 봤는데. 어, 알잖아요."

"아뇨. 모르겠어요. 그때가 언제인데요?"

"그때 이후로요. 내가 봤을 때요."

프랜시가 넬의 팔꿈치를 잡았다.

"정신 차려요."

콜레트가 테이블에 혼자 앉아 있었다. 넬이 물었다.

"다들 어디 갔어요?"

"다들 집에 갔어요. 이제 갈 시간이에요."

"벌써요?"

콜레트가 대답했다.

"그래요. 위니 휴대폰 나한테 줄래요?"

"휴대폰요? 아, 맞아. 휴대폰."

넬이 자리에 앉아 핸드백을 들다가 떨어뜨렸다. 안에 든 물건들이 바닥에 쏟아졌다.

"제길."

넬은 어설픈 자세로 무릎을 꿇고 흠집 난 지갑과 여행용 물티슈를 핸드백 속에 집어넣었다.

"이 망할 놈의 가방. 너무 커."

프랜시도 쪼그려 앉아서 선글라스 케이스를 집었다.

"그 안에 있어요?"

"아뇨."

넬은 이렇게 말하며 콧잔등을 손가락으로 집었다.

"누가 저 음악 좀 꺼줬으면 좋겠네. 머리가 울려서 못 살겠어."

"위니 번호로 전화 걸어봐요. 그럼 소리가 들릴 거 아니에요."

콜레트가 제안했다. 프랜시와 넬은 다시 일어섰다. 넬은 몸을 가누려고 테이블을 짚었다.

"위니가 와서 휴대폰을 가져가지는 않았겠죠? 그랬다면 우리 중 누구라도 봤을 테니."

프랜시는 다시 주변을 둘러보았다.

"집에 간 걸까요? 그럼 정말 곤란한데요. 오늘 밤 위니가 재미있게 놀기를 바랐단 말이에요."

"위니는 알마에게 10시 반까지는 돌아오겠다고 했어요. 알마도 돌 된 아기가 있어서 밤에 아기를 보는 건 바라지 않거든요."

그때 종업원이 테이블로 다가왔다.

"주문 더 하시겠어요?"

넬은 손을 저었다.

"아뇨. 술은 더 안 할래요."

프랜시가 말했다.

"우리 모두 집에 같이 걸어갈 수 있죠? 그리 먼 거리는 아니지만 혼자 걷고 싶지는 않아서요."

콜레트가 대답했다.

"그래요. 난 갈 준비 됐어요. 사실 갔어도 벌써 갔어야 했는데. 내일 일도 해야 한다고요."

그때 넬의 핸드백에서 전화가 울렸다.

"아, 정말 다행이다. 그거 위니 휴대폰이죠?"

프랜시가 말했다. 넬이 다시 가방 속을 뒤졌다.

"아뇨. 이거 내 휴대폰이에요."

넬이 한쪽 눈을 가늘게 뜨고 액정을 노려보았다.

"이상하네. 여보세요?"

전화를 받은 넬이 손가락으로 반대편 귀를 막았다.

"천천히 말씀하세요. 안 들려요."

넬은 말없이 듣기만 했다. 그러다 순간 표정과 눈빛이 확 변했다.

"왜 그래요? 누군데 그래요?"

프랜시의 물음에도 넬은 천천히 고개를 끄덕이기만 했다.

"넬, 뭐라고 말을……."

하지만 프랜시가 말을 채 끝맺기도 전에 넬이 입을 열었다. 목소리가 공포와 술기운으로 탁해져 마치 신음처럼 들렸다.

"안돼애애애애애……."

밤 10시 32분

"마이더스가 없어졌다니 그게 무슨 소리예요?"

"모르겠어요. 알마가 그렇게 말했어요."

"어디 갔다는 거예요?"

"모른다고요. 없어졌다고만 했어요. 요람을 봤더니 없다고."

"요람에 없다고요?"

"네."

"그게 대체 무슨 소리죠?"

"모르겠어요. 가서 확인해봤더니 요람이 비어 있었대요. 무슨 말인지 알기가 어려웠어요. 알마가 너무 흥분한 상태라서요."

"위니도 있었대요? 분명히 위니가 집에 와서 애를 데리고 어디 간 거겠죠."

"위니는 없었어요. 알마가 전화했는데 바로 음성사서함으로 넘어갔대요. 대체 위니 휴대폰은 어디 있는 거지?"

"알마는 경찰한테 연락했대요?"

"네, 그런데 아직 도착 안 했대요. 알마는 지금 거기서 기다리고 있고요."

프랜시가 가방을 확 집어 들었다.

"나와요. 가죠."

밤 10시 51분

인도를 울리는 발소리. 가쁜 숨소리. 평소와는 달리 인적이 드문 거리에 소리가 울렸다. 주말 연휴를 맞은 사람들은 모두 어디론가 떠났거나 강변에 깔개를 펴놓고 모여 앉아 피곤함에 지친 아이들과 맥주를 넣은 아이스박스 옆에서 예상보다 지연되고 있는 불꽃놀이가 시작되기를 기다리고 있었다.

"여기 위쪽이에요. 한 블록 더 가야 해요."

콜레트가 넬과 프랜시보다 앞서 걸으며 소리쳤다.

콜레트는 모퉁이에 있는 화려한 고딕 양식 건물 앞에 섰다. 50번지. 근처에 세워둔 경찰차의 빨갛고 파란 점멸등 빛을 받아 명패가 빛났다.

"여기가 맞아요?"

프랜시가 물었다.

"50번지 맞죠? 알마에게 전해달라며 알려준 주소예요."

넬이 뭉개진 발음으로 헉헉대며 소리쳤다.

콜레트는 L자 모양 계단을 올라가 현관에 서서 세입자들의 초인종을 찾았다.

"초인종이 하나뿐이네요. 위니네 집이 몇 호인가요?"

"잠깐만요. 여길 봐요."

프랜시가 어딘가를 가리키더니 계단을 급히 내려가서 모퉁이를 돌아 예쁘장한 샛길을 달려갔다. 그 길을 따라가자 건물 옆에 살짝 열린 빨간 문이 있었다.

콜레트와 넬이 프랜시의 뒤를 바짝 따랐다. 프랜시는 조용히 현관 입구를 내디뎠다. 창백한 회색 벽에 로스코* 풍이지만 원작보다

---

* Rothko. 러시아 출신의 미국 화가.

수십 배는 더 큰 그림들이 걸려 있었다. 천장은 못해도 6미터는 되어 보였다. 네 개의 넓은 대리석 계단을 올라가자 복도가 나왔고, 그 아래에서 누군가가 흐느끼는 소리가 들려왔다.

"세상에. 이 건물 전체가 위니네 집이었네요."

넬이 말했다. 복도를 따라 소리가 나는 곳으로 가다 보니 이윽고 넓고 커다란 주방에 들어섰다. 주방은 거실로 이어졌다. 불 꺼진 거실 안에 밤거리의 빛이 들어왔다. 제복을 입고 가슴에 '카브레라'라는 이름표를 붙인 경찰관이 계단에 서서 어깨에 붙어 지지직거리는 무전기 소리를 듣고 있었다.

"당신들은 누굽니까?"

경찰의 말에 콜레트가 대답했다.

"우리는 위니 친구예요. 위니 여기 있나요?"

"나가세요."

경찰이 대놓고 짜증을 내며 말했다.

"우리 잠깐만……."

"나가시라고요."

경찰이 대답하다가 주머니에서 울리는 휴대폰을 더듬어 빼고는 갑자기 몸을 돌려 계단을 황급히 올라가며 덧붙였다.

"여기는 범죄 현장입니다."

하지만 그들은 경찰의 말을 무시하고 넓은 거실로 갔다. 거실에 들어서자, 위니가 있었다.

위니는 밤처럼 까만 유리 벽 앞에 놓인 안락의자에 앉아 몸을 둥글게 만 채로, 무릎을 모아 팔로 감싸고 있었다. 어깨에는 부드러운 크림색 담요를 덮었다. 아랫입술을 지그시 깨문 위니의 눈동자는 공허했다. 형사가 조금 떨어져 앉아서 수첩에 뭔가를 적고 있었다. 그의 옆 바닥에는 사놓고 마시지 않은 테이크아웃 커피 잔이 놓여 있었다.

"그게 저 파스타였어요."

알마는 기다란 방의 저 끝에서 이야기했다. 위니에게는 들리지 않을 거리였다. 흐느끼느라 중간중간 말이 막혔다. 부드러운 가죽 소파에 앉은 알마는 한 손에 묵주를 쥔 채로, 말을 하다 말고 번번 이 눈을 감고서 구겨진 화장지 한 움큼을 천장으로 흔들며 알 수 없 는 스페인어로 뭐라 기도를 읊조렸다. 집에서 가져온 파스타를 너 무 많이 먹어 식곤증이 왔고, 소파에 앉아 휴대폰으로 여동생 집에 있는 자기 아기에게 잘 자라는 인사를 해주었다고 했다. 알마는 그 런 뒤에 잠든 게 분명하지만, 그건 자신답지 못한 일이었다고 주장 하며 부끄러워하는 얼굴로 위니를 슬쩍 바라보았다. 알마의 딸이 이앓이를 하고 있어서 전날 밤 네 번이나 깼다면서. 알마는 깨어나 서 모니터를 확인했다. 그런데 요람이 비어 있었던 것이다.

"아무 소리도 못 들으셨습니까?"

경찰관이 물었다. 이마 아래 희끗희끗한 눈썹이 위협적으로 보 였다. 두꺼운 손가락에 대학 졸업 반지를 끼고 있었고, 뉴욕 경찰 (NYPD) 배지에는 굵은 글자로 이름이 새겨져 있었다. 스티븐 슈워 츠. 배지는 가느다란 체인으로 목에 걸려 있었는데, 멈춰버린 시계 의 진자처럼 보일 듯 말 듯 앞뒤로 움직이기만 했다.

"아무 소리도 못 들었어요."

알마가 이렇게 말하고는 다시 흐느껴 울기 시작했다.

"발소리 같은 것도 안 들렸습니까? 울음소리도요?"

"전혀요. 울음소리도 안 들렸어요."

슈워츠가 테이블에서 크리넥스 티슈 상자를 가져다가 알마에게 내밀었다. 알마가 휴지를 뽑자 먼지가 휙 일어나 그의 얼굴을 덮쳤다. 알마는 또 휴지를 뽑았다.

"아기 모니터가, 바로 저기 있었어요."

알마는 눈물을 닦고서 형사가 앉아 있는 자리를 가리켰다.

"지금 앉아 계신 자리에 있었어요. 그 시간 내내."

"모니터는 켜져 있었습니까?"

"네."

"끄지 않았단 말이군요."

"네. 건드리지도 않았어요. 그냥 몇 번 확인은 해봤지만요."

"모니터를 확인했을 때 뭘 봤습니까?"

"아기를 봤어요. 자고 있었어요. 다시 일어났을 때에야 아기가 없어진 걸 알았어요."

"처음으로 알아챘을 때는 뭘 했습니까?"

"내가 뭘 했냐고요?"

"그래요. 아기 방 창문을 확인했습니까? 집 근처를 돌아봤습니까? 계단 위쪽은요?"

"아뇨. 말씀드렸잖아요. 바로 여기로 달려와서 휴대폰을 찾았어요. 테이블 위에 있었죠. 위니에게 전화했지만 받지 않았어요."

"그다음엔요?"

"그다음엔 넬에게 전화했어요."

"그리고 드신 음식 말인데요. 집에서 가져온 겁니까?"

"네, 집에서 먹고 남은 음식이었어요."

"술은 안 마셨습니까?"

"술을 마셨냐고요? 당연히 안 마셨죠. 위니가 만들어준 아이스티 말고는 먹지 않았어요."

"아이스티를 만들어주었군요."

슈워츠가 이렇게 말하며 공책에 무언가를 적고 목소리를 낮추어 물었다.

"다시 묻겠습니다. 아이 어머니는 어디 있었다고 하셨죠?"

"외출했어요."

"외출이라. 그렇군요. 아이 어머니가 정확히 어디에 간다고 말했습니까?"

"잊어버렸어요. 적어두고 갔는데. 술 마시러 나간다고 했어요."

슈워츠가 눈썹을 추켜세우고 알마를 바라보았다.

"술 마시러 나간다고요?"

그때 계단에 있던 카브레라 경찰관이 경찰복을 입은 여자와 함께 일행 곁을 지나가며 말했다.

"마지막으로 경고합니다, 숙녀분들. 어서 나가세요. 같은 말 반복하게 하지 말고요."

"갈 거예요."

넬이 대꾸했다. 프랜시와 콜레트도 넬을 따라 현관으로 나가서 조용한 밤거리에 다시 섰다. 하지만 나오기 전, 그들은 모두 위니에게 가서 위니의 손을 꼭 잡아주었다. 마치 자신의 심장을 잡는 것만 같았다. 그리고 위니를 아주 오랫동안 안아주었다. 얼마나 오래 안았던지 집으로 돌아가는 세 사람의 몸에서 위니의 샴푸 향이 묻어났다. 프랜시가 무릎을 꿇고는 위니의 얼굴을 두 손으로 잡고 가까이서 그녀의 눈을 바라보았다.

"곧 아이를 찾을 거예요, 위니. 경찰이 찾아줄 거라고요. 우리 모두 마이더스를 찾을게요. 약속해요."

그리고 세 사람은 위니의 집 테라스 난간에 서서 브루클린 거리에 펼쳐진 수백만 개의 창문을 바라보았다. 그 창문 안에서는 아기들이 안심하고 새근새근 자고 있으리라. 거리를 지나던 주민들이 넋 나간 엄마 셋을 흘끔 돌아보았을지도 모른다. 무더운 7월의 바람에 머리카락을 이리저리 흩날린 채, 마음 가득 두려움을 담고 걸어가는 엄마들을.

제4장

1일째

수신: 5월맘님

발신: 맘동네 친구

날짜: 7월 5일

제목: 오늘의 조언

생후 52일 우리 아기,

이런 말 수도 없이 들어보셨을 거예요. 아기가 잘 때 엄마도 같이 자라. 지루하게 들리겠지만 (훗! 지루한지 아닌지는 해보세요!) 이 말은 진리랍니다. 어떤 엄마들은 아기가 잘 때 마음 놓고 같이 자는 걸 힘들어하기도 해요. 그분들을 위해서 팁을 드릴게요. 카페인과 설탕이 든 음료를 끊으세요. 출산을 준비하면서 배웠던 호흡 운동을 해보시고요. 자기 전에 따뜻한 우유 한 잔이나 치즈 한 조각, 칠면조 가슴살을 조금 드셔보세요. 이 음식들에는 잠이 잘 오게 도와주는 트립토판 성분이 들어 있답니다.

프랜시는 자그마한 주방에 멍하니 서 있었다. 열려 있는 찬장은 떠오르는 태양 빛을 받아 분홍색이었다. 그녀는 찬장 앞에서 넋을 잃은 채로, 어젯밤 냉장고에서 본 다이어트 콜라를 마시고 싶은 그릇된 충동을 억누르는 중이었다. 어제는 두 시간도 자지 못했다. 결국 로웰의 어깨에 기대어 잠들었다가도 엄청난 공포에 시달려 잠에서 깨버렸다. 꿈에서 그녀는 유모차 안에서 잠든 윌을 슈퍼마켓 요구르트 판매대에 두고 와버렸다. 여덟 가지 종류의 서로 다른 맛 요구르트 중에서 뭘 고를까 너무 오래 고민한 나머지, 지금 무슨 짓을 저질렀는지 깨달았을 때는 벌써 집에 반쯤 온 상태였다. 프랜시는 후들거리는 몸으로 땀을 뻘뻘 흘리면서 슈퍼마켓에 달려갔지만 유모차의 차양막을 열어보자 안은 텅 비어 있었다. 윌은 온데간데없었다.

프랜시는 너무 놀라 벌떡 일어났다. 그리고 침대 옆에 붙여둔 아기 침대 쪽으로 손을 확 뻗었다. 손바닥이 윌의 가슴을 눌렀을 때에야, 이윽고 아기의 가슴이 들숨과 날숨에 따라 부드럽게 움직이는 걸 느끼고 나서야 방금 일이 꿈이었다는 걸 믿을 수 있었다. 윌은 여기에, 그녀의 곁에 잠들어 있었다. 하지만 소동에 놀란 아기는 겁먹고 깜짝 놀라 깨어났다. 아기의 울음소리가 이렇게 필사적인데 어떻게 로웰은 계속 잘 수 있는지 이해할 수가 없었다. 결국 아기를 안은 채 거실을 빙빙 돌고 좁은 복도를 계속 왔다 갔다 하며 달래고 어르다가, 오른쪽 가슴을 불에 지지는 듯한 고통을 참아가며 젖을 먹였고, 두 시간 만에 겨우 아기를 재울 수 있었다. 프랜시는 아이를 흔들 침대에 눕히고 전전히 흔들었다. 아이는 손가락을 눈가에 대고 괄호처럼 구부린 채 잠이 들었다.

그동안 프랜시는 잠이 달아나버렸다. 그래서 두 시간 동안 일곱 걸음이면 끝에 닿는 거실을 왔다 갔다 앞뒤로 거닐면서 아기 손수건으로 감싼 얼음을 목덜미에 대고 더위와 싸웠다. 프랜시는 지난밤 형사와 이야기하던 위니의 얼굴을 떠올렸다. 대체 무슨 일이 일어난 건지 필사적으로 이해하려고 어젯밤 사건을 짜맞춰 보았지만 아직도 잘되지 않았다. 위니가 술집에 도착했었지. 말은 없었지만 기분이 안 좋아 보이지는 않았어. 출산 이야기를 들려달라고 했더니 위니는 토큰을 데리고 술을 사러 바로 갔었지. 그 자리에서 어떤 남자와 이야기를 했고, 그 후로 갑자기 사라졌어.

프랜시는 죄책감에 사로잡혔다. 그때 자신이 위니를 계속 보고 있었더라면. 넬에게 위니의 휴대폰을 건네주지 않았더라면. 넬을 믿고 휴대폰을 건네준 자신에게 분노가 치밀어 올랐다. 넬은 그날 밤 막바지에 누가 봐도 아주 많이 취해 있었다. 넬이 감자튀김 접시를 무릎에 엎는 모습을 본 게 프랜시 하나뿐일 리 없었다. 게다가 지난주 5월맘 모임에는 심지어 와인도 가져왔었지.

프랜시는 달걀을 꺼내려고 냉장고를 열었다. 초록색 파프리카는 어디 있을까. 분명히 사두었는데. '그랬더라면'이라고 생각하는 버릇을 고치라고, 로웰은 항상 프랜시에게 말했다. 하지만 만약 자신이 그 전화기를 계속 갖고 있겠다고 고집 부렸더라면 어떻게 되었을까? 만약 넬이 피카부! 앱을 지우지 않았더라면 어땠을까? 프랜시라면 휴대폰을 탁자 위에, 자기 바로 앞에 두었을 것이다. 분명히 그랬으리라. 그러면 마이더스의 방에서 누가 움직였을 때, 화면이 켜지면서 생생히 나타나고, 요람에 있는 마이더스 위로 어떤 사람이 서 있는 모습을 봤을 것이다. 그랬다면 알마에게 전화하라고 넬에게 말했을 거고, 알마는 잠에서 깨어났겠지. 그리고 경찰에게 전화했을 것이다. 그랬다면 마이더스는 지금…….

순간 누군가 프랜시의 허리를 손으로 감는 게 느껴졌다. 그 손은 잠옷의 고무줄 위로 솟아오른 두꺼운 뱃살을 잡았고, 프랜시는 몸을 홱 빼다가 달걀을 떨어뜨렸다. 달걀 통 전체가 떨어지면서 발가락 사이에 미끄러운 노른자가 스며들었다.

"미안, 놀라게 할 생각은 아니었어."

로웰이 말했다. 그의 피부에서 아이리시 스프링 비누의 향기가 풍겼다.

"일어난 소리를 못 들었어."

달걀 세 개가 조리대 위에 깨져 있었다. 그 순간 프랜시는 깨진 달걀들을 어떻게든 써볼까 생각했다. 껍질 조각을 골라내고 우유를 넣어 스크램블드에그를 하면 어떨까. 슈퍼마켓에 갈 생각은 꿈에도 할 수가 없었다. 오늘은 아니야. 사람 많은 좁은 복도나 끝없이 줄이 늘어선 계산대에 가고 싶지 않아. 이 더위에 아이를 아기 띠에 넣고서 먼 길을 오가는 것도 싫어. 치마 밑에서 허벅지가 쓸리고 양팔에서 흔들리는 장바구니 때문에 아픈 것도 싫어. 프랜시가 종이행주로 발밑에 스며든 노른자 범벅을 닦아내는 동안 로웰은 대걸레를 꺼내러 벽장으로 갔다. 그제야 프랜시는 그가 출근 옷차림을 한 걸 알아보았다.

"오늘도 일하러 가?"

"어, 곧 나갈 거야."

"하지만 아직 7시도 안 됐잖아. 같이 아침 먹을 수 있을 줄 알았는데."

로웰이 대걸레로 프랜시의 발가락을 살짝 밀었다.

"알지. 하지만 내일 준비를 해야 하니까."

"내일 무슨 일이 있는데?"

그러자 로웰이 믿을 수 없다는 듯 눈썹을 추켜세웠다.

"몰라서 물어?"

물론 안다. 면접이 있다. 로웰은 내일 있을 면접 준비로 요 며칠간 바빴다. 전에 교회였던 건물을 부티크 호텔로 개조하는 작업의 최종 면접이었다. 어떻게 이걸 잊을 수가 있지? 이 일은 그가 맡은 일 중 제일 큰 계약이었다. 1년 전 렉싱턴에서 회사를 그만두고 뉴욕으로 이사를 와서 건축학교 친구와 함께 개인 사무실을 연 뒤로 지금까지 번 돈보다 더 많은 돈을 벌 기회였다. 그전까지 프랜시는 뉴욕에 한번 와본 적도 없었다. 그때 프랜시는 남편에게 다시 생각해보라고 설득했다("테네시 주에도 건물을 디자인할 사람이 있어야 하잖아." 프랜시는 계속해서 말했었다). 하지만 로웰은 이게 자신의 꿈이라고 말했다. 그러니 그녀는 남편의 의견에 찬성하고 이사할 수밖에 없었다. 그는 이런 논리도 폈다. "게다가 뉴욕 병원이 더 좋아. 아마 시험관 아기 시술도 더 잘할 거야."

"미안해. 당연히 기억하고 있지."

프랜시는 셔츠에 손을 닦았다. 임신 기간 내내 입었던 헐렁한 민소매 티셔츠였다. 지금은 크림치즈와 모유가 점점이 찍힌 얼룩으로 더러워진 옷이다. 프랜시는 로웰에게서 대걸레를 받아 들었다. 지친 데다 겁에 질려 손이 덜덜 떨렸다.

"그 일은 반드시 따내야 해. 준비는 다 됐어?"

로웰은 고개를 끄덕이고는 옆으로 지나가 냉장고를 열었다.

"거의 다 되어가. 당신은 괜찮아?"

"어제 일이 신문에 났어."

그러자 로웰이 동작을 멈추었다.

"벌써?"

"응,《뉴욕 포스트》에 났어."

프랜시는 새벽 3시에 아기에게 젖을 먹이며 휴대폰을 보다 기사를 찾았다. 「브루클린에서 사라진 아기─유괴 추정」이라는 작은 크기의 헤드라인을 클릭해보니 그 기사였다.

"짧은 기사야. 경찰은 문을 따고 들어온 흔적이 보이지 않는다고 했대. 위니 이름은 언급하지 않았지만 그 일이 맞아."

"뭔가 오해가 있었던 걸로 밝혀질 거야. 아빠가 와서 데려갔을 수도 있지."

"아빠? 아빠는 없는데."

그러자 로웰이 얼굴을 찡그렸다.

"정말로? 그럼 그 여자는 무슨 성모마리아처럼 동정녀 수태를 했다는 말이야?"

"그런 말이 아냐. 만약 그랬다면 그 말도 썼겠지. 기사에서는 이 걸 유괴 사건으로 다루고 있어."

"걱정하지 마, 프랜시. 아이를 찾게 될 거야."

로웰이 그녀의 팔을 어루만졌다.

"뭔가 착각했던 거겠지. 가족 중에 데려간 사람이 있거나 뭐 그 런 거 아니겠어. 보통 그렇잖아."

로웰이 조리대의 볼에서 바나나 두 개를 슥 빼 노트북 가방 앞주 머니에 넣었다.

"그 일은 생각하지 마. 점심 먹으러 돌아올게."

프랜시는 그에게 잘 다녀오라는 키스를 하면서 사실은 남편이 일하러 가서 서운해하고 있다는 걸 드러내지 않으려고 애썼다. 이 토록 끔찍한 뉴스를 듣고도 자신을 혼자 버려두다니.

로웰은 우리를 위해서 일하는 거잖아. 프랜시는 이 생각을 되새 기며 그가 어젯밤 조리대에 올려둔 빈 맥주잔을 씻었다. 남편은 월 세를 내려고 일하는 거다. 건강보험료를 내려고, 방금 자신이 깨버 린 달걀 값을 벌려고 말이다. 당연히 오래 일해야 한다. 그러니 아 기에게 더 많은 시간을 쓰고, 두 식구에게 더 잘하고 싶은 마음이 있어도 어쩔 수가 없다. 자신이 이해해야 한다. 결혼하고 시부모님 에게 받은 돈을 시험관 아기 시술에 써야 한다고 설득했던 것도, 첫 번째 시도가 실패하자 로웰에게 간청해 재차 시도해보자고 했던 것도 결국 자신이었으니까. 그 바람에 로웰은 멤피스에서 마취과 의사로 잘나가는 그의 형에게 돈을 빌려야 했다.

로웰이 아파트 문을 쾅 닫고 나가는 소리에 윌이 잠에서 깼다.

프랜시는 서둘러 달려가 아기가 울기 전에 흔들 침대에서 따뜻하고 작은 몸을 일으켜 안고는 복도를 지나 침실로 향했다. 침실에는 임시변통으로 윗부분을 기저귀 교환대로 꾸며놓은 옷장이 있다. 순간 아침 시간이 갑자기 비어버렸다는 걸 깨달았다. 로웰이 집에 돌아오기 전까지 적어도 다섯 시간이나 맘대로 쓸 수 있다. 왜 뭔가 할 일을 계획하지 않았지? 지금 마음 같아서는 5월맘들에게 메일을 보내서 번개 모임을 할 수 있는 사람이 있는지 묻고 싶었다. 엄마들과 같이 있고 싶은 마음, 버드나무 아래에 아기들과 같이 모여서 마이더스를 생각하며 일이 어떻게 될지 이야기하고 싶은 마음이 간절했다. 하지만 그럴 수는 없었다.

어젯밤, 콜레트가 위니의 집에서 나오면서 이 일을 모임에 알릴 수는 없다고 두 사람을 설득했다. 위니가 말해주기 전까지는 기다려야 한다는 것이었다. 물론 다른 엄마들도 《뉴욕 포스트》 기사를 봤을 수는 있다. 하지만 브루클린에서 아기가 유괴되었다는 기사를 읽었더라도 그게 자기가 아는 사람이라고, 본인이 나가는 모임 멤버라고 생각했을 리는 만무하다는 걸 프랜시도 알고 있었다.

사실 어제 프랜시가 콜레트, 넬과 함께 위니의 집에 있는 동안, 집에 간 유코가 5월맘 페이스북 페이지에 앨범을 만들어놓고 그들이 모였던 술집 졸리 라마에서 찍은 사진을 공유해달라고 메시지를 보냈다. 앨범 제목은 '오랜만의 외출'이었다. 하지만 차마 그 앨범을 열 수가 없었다. 마이더스가 요람에서 유괴되는 그 순간, 엄마의 품에서 사라지는 그 순간 웃으며 놀고 있던 모든 이들의 얼굴을 볼 수가 없었다.

월을 안고 셔츠와 엄마 턱받이*가 수북이 쌓여 있는 바구니를 넘어 거실로 갔다. 빨래만 해도 오전 시간이 다 지나갈 만큼 빨랫감이 많다는 걸 프랜시도 알고 있었다. 그 순간 전화기 울렸다.

"여보세요."

인사말이 너무 간절하게 나왔다. 프랜시는 번호를 보지도 않고 받았다. 그저 위니가 마이더스를 찾았다고 말해주는 전화이기를 바랐다. 로웰의 말이 맞았기를, 그 일이 그저 오해였기를 바라는 마음이었다. 하지만 전화한 건 위니가 아니었다.

"안녕, 메리 프랜시스. 엄마다."

프랜시는 몸이 싹 굳었다.

"엄마, 안녕."

리모컨을 집어 TV를 음소거 모드로 바꿨다. 전화기 저편에서 정적이 흘렀다.

"미안해요. 번호를 못 알아봤어요."

"나 휴대폰 샀다."

"휴대폰을 샀다고요?"

프랜시는 믿을 수가 없었다. 메릴린 클레티스는 집에서 음악 듣는 것도 금지했던 여자인데. 가족들 입을 옷을 직접 바느질해 만들고, 아이들에게 신선한 우유를 먹이려고 젖소를 키우던 여자였다. 그런 여자가 휴대폰을 샀다고?

"그래, 성당 친구 하나가 이제 살 때도 되었다고 설득하더라. 이

---

* 엄마가 아기를 안고 있을 때 아기의 토사물을 받아내는 천.

제 문자도 보낼 줄 안단다."

"정말 잘됐네요, 엄마."

"네가 보내준 출산 카드 잘 받았다. 사진이 귀엽더구나. 그런데……."

"왜요?"

"애 이름이 칼라니라고?"

"네, 윌리엄 칼라니예요. 말씀드렸잖아요. 우리는 윌이라고 불러요."

"그거 흑인 이름이니?"

프랜시는 자기도 모르게 코웃음을 쳤다.

"흑인 이름요? 아니요. 하와이 이름이에요."

프랜시는 신혼여행지에서 그 이름을 들었다. '하늘에서 보내준 자'라는 뜻이었다. 아들의 이름으로 더할 나위가 없었다.

"뭐, 뉴욕에서는 이름을 그렇게 짓나 싶었다."

엄마가 접시를 치우는 소리가 전화기 너머로 들렸다.

"네 할아버지께 말씀드렸다. 이해하셨는지는 모르겠다만, 네가 윌리엄이라는 이름을 고른 걸 두고 감격하시는 것 같았어."

프랜시는 사실 아기의 이름이 엄마 메릴린의 아버지, 그러니까 정신이 오락가락할 때가 대부분인 자신의 외할아버지의 이름을 딴 게 아니라 로웰의 이름을 땄다고 말하고 싶지 않았다. 윌리엄은 로웰의 미들네임이었다. 프랜시는 윌을 동물농장 음악대 모빌을 세워놓은 놀이 매트에 부드럽게 내려놓았다. 그리고 창문 환풍기 앞에 서서 셔츠를 펄럭이며 몸의 열을 식혔다.

"그간 연락 못 해서 죄송해요. 정신이 없더라고요."

"말 안 해도 알아. 나도 엄마였던 적이 있으니까."

이렇게 말한 네틸린은 잠시 밀이 없었지만 프렌시는 무슨 대답을 해야 할지 알 수 없었다.

"아기는 잘 크고 있니?"

"잘 지내요. 대개는요. 하지만 수유하는 데 좀 문제가 있어요. 아이가 충분히 먹을 만큼 젖이 안 나오나 봐요."

"그럼 분유를 먹여. 아기용 시리얼을 조금 넣어서."

"아, 요즘은 보통 그렇게들 안 해요. 전 지금 할 수 있으면 최대한……."

"성당 사람들이 널 위해 기도해왔다. 네가 아이를 어떻게 낳았는지 코라 리가 묻더구나. 그때야 비로소 내가 아무것도 모른다는 걸 알았지. 네가 말해주지 않았으니까."

그러자 프렌시는 마음이 가벼워졌다.

"말씀 안 드렸던가요? 출산은 완벽했어요. 자연스러운 방식으로 아기를 낳을 수 있었어요. 진통제 안 쓰고요."

사실 그러기는 쉽지 않았다. 진통하는 아홉 시간 동안 다 포기하고 무통 주사를 맞고 싶다는 마음이 천 번쯤 들었지만 온 힘을 다해 이겨냈다. 고통이 오는 내내 병실 안을 수도 없이 돌면서 로웰과 천천히 춤을 추었다. 지금은 가끔 로웰이 자신을 우러러본다는 사실을 알아차리지 않을 수가 없다. 그저 161센티미터의 아담한 키에 허벅지에 살이 찌고 곱슬머리가 벌써 세기 시작하는 평범한 서른한 살 여자가 아니라, 아무도 막을 수 없는 불을 뿜어대는 전사이자

3.5킬로그램짜리 건강한 아들을 낳은 존재로 보는 것이다. 그것도 어머니날에 말이다.

"자연스럽게? 그게 무슨 뜻이니? 너 무통 주사 안 맞았니?"

"네. 출산 후에도 진통제 안 먹었어요."

그러자 침묵이 흘렀다.

"일부러 그랬니?"

"네."

"왜 그런 짓을 하는 거니?"

프랜시는 눈을 감았다. 다시금 열 살 때로 돌아간 기분이 들었다. 그녀는 목소리를 가다듬었다.

"왜냐하면, 그러고 싶었으니까요. 로웰과 전 가장 자연스러운 방법으로 출산하고 싶었어요. 요즘은 약 안 쓰고 낳는 게……."

메릴린은 킬킬 웃었다.

"아, 메리 프랜시스. 정말 너답구나. 넌 다른 사람들이 하는 대로는 절대로 못 하지."

프랜시는 울고 싶은 욕구가 목구멍에서 확 치밀어 올라서 좀 놀랐다.

"어쨌든 내가 전화한 건 윌리엄에게 줄 게 있어서다. 유아 세례복 말이야."

메릴린은 잠시 침묵하다 말을 이었다.

"그래서 너희 집을 방문하고 싶구나."

프랜시의 몸이 굳었다.

"방문이라고요?"

메릴린이 뉴욕에 올 거란 생각은 한 번도 해본 적이 없었다. 엄마는 테네시주를 한 발짝이라도 벗어난 적이 없었으니까.

"엄마, 그리지 않아도 괜찮아요. 로웰과 내가 비행기표 값을 모으고 있어요. 엄마에게 월을 보여주려고요."

"곧 세례식을 할 텐데. 나도 비행 편은 알아볼 수 있다. 아마 다음 주쯤? 내가 보기에 너는 도와줄 사람이 있어야 해."

프랜시는 어떻게든 변명거리를 찾으려 머리를 굴렸다.

"미안해요, 엄마. 다음 주는 안 돼요. 로웰한테 중요한 면접이 있거든요. 요즘 그이는 종일 일해요. 엄마가 오면 같이 있어주지 못해서 속상할 거예요. 거기다 5월맘 일도 있고요. 우리는……."

"5월맘이 뭐니?"

"내가 만든 친목 모임이에요. 엄마 모임요."

그 엄마들을 보면 엄마가 뭐라고 할까. 프랜시는 그저 상상만 해볼 뿐이었다. 넬은 어깨에 커다랗고 요란한 색깔의 문신이 있었다. 유코는 커피숍에서 가슴을 내놓고 아기에게 젖을 먹인다. 심지어 다른 여자들의 남편이 있는 자리인데도 거리낌이 없었다. 토큰은 게이 가정주부다.

"그 모임에서 너무 안 좋은 일이 일어나서……."

"애한테는 세례복이 필요해. 네가 입던 거고, 그 전에는 내가 입었지."

메릴린은 이렇게 말하고 대답을 기다렸다. 프랜시는 엄마가 뭘 하려는지 알았다. 엄마는 프랜시가 유아 세례를 하지 않을 거라는 사실을 알고 있었다. 그래서 지금 프랜시가 거짓말을 하도록 압박하는 것이다.

"세례식이 언제니?"

"아직 정하지 않았어요. 말했다시피 지금 로웰은 아주 바빠요."

환풍기를 틀어놓았는데도 목덜미와 등에서 땀방울이 솟는 느낌이 들었다. 창문에서 물러서서 매트에 눕혀둔 윌을 슬쩍 본 다음 무음으로 해놓은 TV 쪽으로 고개를 돌렸다. 이제 엄마에게 무어라 말해야 할까.

그런데 그 순간 가슴이 덜컥 내려앉았다.

위니가 TV에 나왔다. 하지만 자신이 알던 위니가 아니었다. 화면 속 위니는 훨씬 어린 10대였다. 무대에 서서 어깨끈 없는 금빛 드레스를 입고 머리를 뒤로 느슨하게 묶어 올린 모습이었다. 그리고 아주 똑같이 생겼지만 좀 더 나이 든 여자의 팔을 잡고 있었는데, 그 여자는 위니의 어머니가 분명했다. 또 다른 화면이 나왔다. 위니는 파스텔색의 레오타드 상의에다 긴 튤 스커트를 입고 무릎까지 끈을 묶은 발레슈즈 차림이었다. 프랜시는 조리대에 있던 리모컨을 집어 들고 TV 소리를 높였다.

"……그웬돌린 로스는 1990년대 초반에 방영된 인기 드라마 「블루 버드」의 주인공으로 유명했습니다."

"메리 프랜시스?"

"미안해요, 엄마. 나 끊어야 해요. 아기가 깼어요."

프랜시는 휴대폰을 탁자에 놓았다. 낙엽 쌓인 인도에 서 있는 리포터 뒤로 경찰이 친 샛노란 테이프가 보였다. 화면으로 더 가까이 다가갔다. 리포터가 뒤로하고 서 있는 건물은 위니의 집이었다. 리포터가 말했다.

"경찰 내부 정보는 현재 아주 엄격하게 제한된 상태로, 지금 시점에서 밝힐 수 있는 사실은 이 사건을 유괴로 다루고 있다는 것뿐이며, 모든 단서를 추적하고 있습니다. 아기는 지금으로부터 약 아홉 시간 전에 사라졌습니다. 지금까지 브루클린에서 자라 세코어였습니다."

"고맙습니다, 자라. 다음 소식은 더욱 마음이 좋지 않은 이야기입니다. 기후변화 정상회담이 이제……."

프랜시는 침대 곁으로 가서 노트북을 켰다. 블루 버드. 젬마인가 누군가가 위니가 배우라는 말을 언젠가 하긴 했었다. 하지만 프랜시가 지난해 뉴욕으로 이사 온 다음 만난 사람의 절반은 자신이 배우라고 말했었다. 젬마가 말했던 게 이런 뜻이었을 줄이야. 위니는 유명인이었다. 1990년대 초반 드라마 스타였던 것이다. 드라마는 뉴욕 발레단의 견습 무용수 자리를 두고 오디션을 치르는 젊은 발레리나의 이야기였고, 위니가, 예전에는 이름이 그웬돌린이었던 그녀가 바로 그 발레리나였다. 드라마의 제목인 '블루 버드'는 그녀를 가리키는 말이었다.

프랜시는 몰랐다. 「블루 버드」가 방영될 당시 그녀는 아홉 살이었고, 그 드라마는 어느 면으로 봐도 어머니가 집에서 보는 걸 절대로 허락하지 않을 내용이었다. 은연중에 10대의 성을 다루며, 인종 간의 사랑을 소재로 하는 드라마였기 때문이다. 프랜시는 위키피디아 페이지를 열고 위니의 항목을 찾았다. 아메리카 발레 스쿨에서 정식으로 훈련을 받았었구나. 여름학기에는 로열 발레 스쿨에 들어가기도 했단다. 위니 어머니의 이름을 딴 가족 재단이 젊은 무용수들에게 장학금을 지급하기도 했다.

하지만 프랜시는 놀랍지 않았다. 네 달 전, 5월맘의 첫 모임에서 위니를 처음 본 순간, 그녀에게 뭔가 특별한 점이 있다는 걸 알아봤으니까. 아직도 생생하게 기억하고 있다. 그때 젬마는 제대혈* 은행에 아들의 혈액을 맡겼다고 이야기하던 참이었다. 프랜시는 그런 게 있다는 이야기를 처음 들었다.

"비싸긴 하지만 앞으로 치명적인 질병에 걸렸을 때 제대혈로 아이들 생명을 구할 수도 있잖아요. 대비해두면 좋죠."

젬마가 계속 말하려던 찰나, 사람들이 갑자기 시선을 돌리더니 잔디밭 어딘가를 주목했다. 청록색 원피스 아래로 배가 봉긋 솟은 한 여자가 다가왔다. 그녀의 손목마다 넓은 은팔찌가 걸려 있었다. 모두 서둘러 돗자리를 조금씩 움직이고 아기를 옮겨 그녀에게 자리를 만들어주었다. 위니는 그때 프랜시 바로 옆에 앉았다. 위니가 옆에 자리 잡고 긴 다리를 접어 앉은 모습을 보고, 프랜시는 반바지를 끌어 내리고 뱃살에 접혀 축축해진 면 티셔츠의 매무새를 정리했다.

"위니라고 해요. 늦어서 미안해요."

위니가 가슴 바로 아래까지 솟아오른 배 위에 손을 얹으며 말했었다.

프랜시는 위니를 멍하니 바라보지 않으려고 애써야 했다. 얼마

---

* 탯줄에서 나온 혈액.

나 아름다웠던지 빠져들지 않을 수가 없었으니까. 잡지 표지나 런웨이에 나올 만한 미모였다. 콧날 위로 퍼진 주근깨하며, 흠 없는 올리브빛 피부라니. 프랜시의 얼굴은 아까 바른 컨실러가 땀에 빈져 진작에 흘러내리고 있었지만, 위니는 컨실러 따위를 쓸 필요가 없을 만큼 예뻤다.

그다음으로 기억나는 건 둘이서 커피숍에 갔을 때다. 윌이 갑자기 울음을 터뜨려서 얼마나 놀랐던가. 창가 근처에 앉아 노트북으로 일하고 있던 젊은 남자 두 명이 날카로운 눈초리로 째려보았고, 카운터 뒤에 있던 젊은 여자는 눈살을 찌푸리면서 프랜시의 주문을 받기도 전에 지겹다는 표정을 지었다. 그때, 어디선가 위니가 나타나서 윌이 우는데도 전혀 동요하지 않고 프랜시의 팔에서 아기를 받았다. 그리고 테이블 사이를 8자로 걸어 다니면서 아기 엉덩이를 가볍게 두드리고 귓속말을 해서 아기를 진정시켰다.

프랜시는 구석 테이블에 위니와 마주 앉아 물었다.

"어떻게 하신 거예요? 나 혼자만 아기 키우는 법을 모르고 있는 것 같은 느낌이 들어요."

그러자 위니가 말했다.

"바보 같은 소리 말아요. 여기 5월맘들을 보면요, 다들 겉으로는 여유 있는 척하려고 무척 애쓰고 있어요. 그 모습 보고 기죽을 필요 없어요."

위니가 눈 속에 수줍은 기색을 떠올리며 말했다. 프랜시와 평생 친구였기라도 한 듯이.

"아이 키우는 일은 *누구에게나* 쉽지 않거든요. 내 말 믿어요."

월을 아기 침대에서 겨우 재우는 데 한 시간이 훌쩍 넘게 걸렸다. 곁에서 진공청소기를 돌려놓고 선 채로 꼼짝도 못하고 아기를 달랜 결과였다. 그런 다음에야 위니의 엄마인 오드리 로스의 사망 기사를 보게 되었다. 오드리 로스는 위니가 열여덟 살 생일을 맞이한 날 죽었다. 위니의 케이크와 같이 내놓을 아이스크림을 깜빡 잊어서 그걸 가져오던 길에 죽은 것이다. 오드리 로스의 사망 기사는 전국 단위 중앙지 여러 곳에 실렸다. 오드리 로스는 유명한 젊은 배우 위니 로스의 어머니일 뿐 아니라 위니의 할아버지가 설립한 이 나라에서 가장 큰 개발 회사의 상속녀였기 때문이다.

그래서 그랬구나. 프랜시는 생각했다. 위니의 집이며 옷이며, 자신이 부러워했던 비싼 유모차에는 이유가 있었다. 그 유모차는 프랜시가 아기용품 전문점에서 애타는 눈빛으로 살펴본 것이었는데, 나중에 알고 보니 로웰과 자신이 사는 집 한 달 월세와 맞먹는 가격이었다. 프랜시는 장례식 사진도 한 장 찾아냈다. 위니와 아버지가 뉴욕 북부의 집 근처 교회로 걸어가는 사진이었다. 그곳은 오드리 로스가 사고로 죽은 곳에서 멀지 않았다. 끔찍한 사고였다. 무슨 이유에서인지 브레이크가 말을 듣지 않았던 것이다. 오드리의 차는 가드레일을 뚫고서 언덕에서 떨어져 25미터 아래 낭떠러지로 추락했다. 위니는 몇 달 후 「블루 버드」에서 하차했고 드라마 역시 곧이어 폐지되었다.

저 멀리 교회 종소리가 정오를 알리자 프랜시는 믿을 수 없다는 심정으로 일어서서 노트북을 닫았고, 화장실 바깥 복도에 그대로 쌓여 있는 빨래 더미를 보고 얼굴을 찡그렸다. 그리고 이내 점심을 준비하러 부엌으로 갔다. 로웰이 집에 왔을 땐 마음이 진정된 상태여야 한다는 걸 알면서도 자꾸만 힘이 쭉 빠지고 눈이 흐릿해졌다. 남편은 배고프고 지친 채로 돌아올 것이고, 그녀를 아주 많이 보고 싶어 할 텐데. 하지만 프랜시는 어젯밤 본 위니의 모습을 떠올리면 배 속에서 감정이 치밀어 오르는 걸 막을 수 없었다. 얼마나 공허해 보였던가. 이제까지 위니가 이루었다가 잃어버린 모든 것, 배우로서의 성공, 자기가 주연인 드라마 시리즈, 음악가와의 행복한 사랑까지. 어머니가 돌아가시고 나서 했던 인터뷰에서, 어떻게 이 모든 걸 극복했느냐는 리포터의 질문에 위니는 이렇게 대답했다.

"나는 대니얼에게 쭉 의지해왔어요. 대니얼이 있었기 때문에 슬픔을 이겨낼 수 있었어요."

그게 전부 열일곱 살 때 일이었다니.

프랜시는 마카로니를 삶을 물을 올리면서 그 나이 때 자기는 뭘 했는지 그려보았다. 성당 성가대 활동을 했고, 주일학교 선생님도 맡았다. 그리고 자습실에서 과학 담당 콜번 선생님이 자신의 치마를 들추고 그 안에 손을 넣게 허락했다. 그게 시작이었을 것이다. 그가 학교 수업을 마친 뒤, 번화가에 있는 한때 신발 가게였던 곳 뒤에 차를 주차해놓고 일을 치르게 되기까지는 그리 오래 걸리지 않았다. 그다음은 그의 집에서였다. 천주교에서 주관하는 자원봉사 프로그램에 등록한 사람에게 제공하는 우중충한 원룸이었다. 아이비리그 학생들은 이 프로그램에 따라 졸업 후 교육적으로 낙후된 지역에 가서 수업을 하면서 1년을 보냈다. 프랜시가 다니던 테네시주 에스터빌의 '영원한 도움의 성모 수도회 고등학교' 같은 미국 시골 학교로 가는 것이다. 콜번 선생님의 그 아파트에서 프랜시는 처음으로 레드 와인을 마시고 마리화나를 피워보았다. 그리고 거기서 콜번 선생님, 둘만 있을 때는 제임스라고 불러볼 수 있었던 그 남자는 저항하는 그녀를 눕히고 배구 유니폼을 벗겼다.

프랜시는 계단을 오르는 로웰의 무거운 발걸음 소리를 들었다. 참치 통조림을 숟가락으로 깨끗이 긁어내 볼에 담고 바지에 손을 문질러 닦고는 급히 화장실로 달려가 거울을 보며 곱슬머리를 손질하고, 손목에 꽃향기 바디 스프레이를 뿌렸다. 이윽고 프랜시는 로웰이 구멍에 열쇠를 넣기 전에 문을 열었다.

"깜짝 놀랄 일이 있어. 위니가 뉴스에 나왔어. 유명한 여배우였대……."

하지만 프랜시가 본 것은 짙은 빛깔의 짧은 수염이 난 남자의 얼굴이었다. 허리에는 넓적한 끈이 보였고, 엉덩이에는 총이 불룩 나와 있었다. 프랜시는 물러섰다. 그리고 공포에 휩싸여 앞에 선 사람을 올려다봤다. 뉴욕 경찰 모자 아래 낯선 이의 회색 눈동자가 그녀의 눈과 마주쳤다.

* * *

"넬."

넬은 어깨에 닿는 손길을 느꼈다.

"일어나봐."

넬, 경찰이 왔어.

15년 전 일이었다. 넬은 워싱턴 D.C.의 아파트 안에 서 있었다. 커튼을 젖히자 길 건너편에 검은 세단이 서 있었고, 검은 티셔츠 차림의 남자가 선글라스를 낀 채로 세단에 기대어 담뱃불을 붙였다. 그의 시선이 넬의 집 창문가로 향했다.

"넬."

서배스천이 넬의 어깨를 흔들었다. 기억은 사그라졌다.

"일어나."

입속에 신물이 올라오는 게 느껴졌다. 일어나 앉으려 했지만 머리가 지끈지끈 울렸다. 서배스천이 손에 커피 잔을 들고서 넬의 눈을 가린 머리카락을 넘겨주었다.

"경찰이 왔어."

"정말? 왜?"

"당신이랑 이야기하고 싶대. 어젯밤 일로."

어젯밤.

그러자 모든 게 마구 밀려들었다. 위니. 마이더스. 집까지 걸어왔었지. 서배스천을 깨우고, 무슨 일이 있었는지 말한 다음에 고문당하듯 자다 깨기를 반복했었다.

"다들 거실에서 기다리고 있어."

넬은 침대에서 일어나 옷장 위 거울에 비친 자기 모습을 흘끔 바라보았다. 옷차림은 어젯밤 그대로였다. 눈 밑에 마스카라가 다크서클처럼 스며들었고, 립스틱이 말라붙은 입술은 건포도 같았다.

"애는 어디 있어?"

"자고 있어."

넬이 커피 잔을 쥐었다. 커피가 목구멍 안쪽을 뜨겁게 지져댔다.

"알았어. 갈게."

부부침실로 들어가자 방 안이 빙빙 돌았다. 수도꼭지를 틀고서 물이 최대한 차가워지기를 기다린 다음 얼굴에 끼얹었다. 그리고 눈을 질끈 감았다.

무슨 일이 일어났던 거지?

어젯밤의 초반은 기억할 수 있었다. 외출 준비를 하면서 와인을 한 잔 홀짝였지. 모임 장소에 도착해서 저 뒤쪽에 앉았다. 둘러앉은 이들의 몸에서 발산되던 열기와 대화들. 첫 잔으로 진을 머금었을 때 입에 퍼지던 알싸한 느낌도 기억났다. 빌리 아이돌 노래를 불렀지. 위니의 휴대폰을 잡고, 화면을 끈 다음 핸드백 속에 넣었다. 그 다음부터는…… 자세히 기억이 나지 않았다. 프랜시와 콜레트가 위니를 걱정했던 것만 기억났다. 위니가 어디로 갔는지 몰랐지. 넬이 위니의 휴대폰을 찾아봤지만, 온데간데없었다.

서배스천이 어머니가 영국에서 보내준 다이제스티브 초콜릿 쿠키를 접시에 담아 형사가 앉은 커피 테이블에 놓았다. 넬은 빨래바구니 제일 위에 있는 요가 바지와 얇은 면 튜닉을 집어 입고 나왔다. 형사는 40대 초반의 미남으로, 그윽한 갈색 눈동자 아래 짙은 턱수염이 짧게 돋아났는데 얼핏 보면 톰 크루즈를 닮았다. 오른팔 위쪽에 커다란 독수리 문신과 1775라는 숫자가 보였다.

"해양 경찰 문신입니다. 숫자는 경찰 창립 연도죠. 거기서 6년 근무했습니다."

형사가 넬의 시선을 알아채고서 문신이 잘 보이게 팔을 돌리고는 고갯짓으로 넬의 오른쪽 어깨를 가리켰다.

"그건 벌새인가요?"

"네, 정확히 말하자면 갈리오페 벌새죠. 탈출과 사유를 상징해요."

넬의 목소리는 자갈이 구르는 소리 같았다. 악수한 형사의 손바닥이 차고 찐득찐득했다.

"마크 호이트 형사입니다. 집에서 쉬셔야 하는데 죄송합니다."

호이트 형사의 뒤에는 회색 눈썹이 덥수룩이 난 남자가 서 있었다. 넬은 그를 기억했다. 스티븐 슈워츠. 어젯밤 위니의 아파트에서 알마와 이야기하던 사람이다. 호이트 형사가 소파에 앉아 쿠키를 하나 집은 다음 슈워츠에게 접시를 내밀었고, 슈워츠는 세 개를 집고서 이렇게 말했다.

"미안합니다. 어젯밤에 바빠서 아침도 걸렀거든요."

호이트가 테이블 위에 접시를 다시 놓고는 넬과 눈을 마주했다.

"어젯밤에 일어난 일에 대해서 들어볼까 하고 왔습니다. 위니 로스 씨와 같이 있던 분들 이야기를 들으려고요."

넬이 소파에 앉았다. 머리가 지끈거렸다.

"그러세요."

넬은 가늘고 긴 삼각대 위에 설치된 카메라를 보았다. 슈워츠가 그 뒤에서 버튼을 눌렀다. "녹화에 동의하십니까?"

호이트가 물었다. "새로 생긴 부서 규정에 따라 묻도록 되어 있습니다."

"네, 그런데 저 시작하기 전에 물 한잔 마셔도 될까요?"

호이트는 넬을 뜯어보더니 웃었다.

"밤에 잠을 못 주무셨습니까?"

"갓난아이가 있는 집은 밤에 다들 못 자요." 넬은 미소로 답하지 않았다.

그러자 서배스천이 말했다. "물 갖다줄게."

"자, 그 5월맘이란 모임에 대해 좀 이야기해주실 수 있습니까?"

호이트의 말에 넬이 목을 가다듬었다.

"아시다시피 엄마 모임이에요. 우리는 모두 같은 나이의 아기가 있어요. 임신했을 때부터 만났죠."

"술집에서 만납니까? 어제 모였던 졸리 라마라는 곳에서요?"

넬이 피식 웃었다.

"아뇨, 공원에서 모여요."

"만나자는 건 누구 아이디어였습니까?"

"프랜시가 제안했죠."

슈워츠가 수첩을 슬쩍 바라보았다.

"메리 프랜시스 기븐스 씨 말입니까?"

"네, 뭐, 처음부터 모임에서 직접 만난 건 아니었어요. 우리는 모두 육아 사이트인 '맘동네'에 회원가입한 사람들이었죠. 하지만 프랜시가 정기적으로 만나자고 제안했어요."

주방에 가서 레드 와인을 한 잔 따라 오고 싶다는 생각이 머릿속을 스쳤다. 그래야 이 방이 빙빙 도는 증상이 멈출 것 같았다. 넬은 손에 쥔 커피 잔에 양 손바닥을 세게 눌렀다.

호이트가 고개를 끄덕였다.

"그렇군요. 그러면 모임에서 뭘 했습니까?"

"아시잖아요. 초보 엄마들이 하는 게 별거 있겠어요?"

그는 눈썹을 추켜세웠다.

"예를 들면 뭐죠?"

"아기 이야기를 하고, 애들을 사랑스럽게 바라보고, 그러다 또 아기 이야기를 하고 그랬어요."

호이트는 미소를 지었다.

"위니 로스 씨는 모임에 매번 참석했습니까?"

"많이 왔어요. 처음에는 대부분 참석했죠."

넬은 위니가 모임 장소로 걸어오던 광경을 떠올렸다. 위니는 보통 15분쯤 늦게 오곤 했다. 위니가 자리를 잡고 앉으면 비싼 향수의 향기가 주위로 부드럽게 퍼졌다. 그런 향기가 풍길 만한 아름다운 여자를 상상하면 딱 위니의 모습이었다.

"로스 씨는 자기 이야기를 많이 했습니까?"

"꼭 그랬던 건 아니에요."

호이트는 씩 웃었다.

"로스 씨가 배우라는 건 알고 있었습니까?"

넬은 커피를 마시려다 말고 우뚝 멈추었다.

"위니가 배우라고요?"

"한때 배우였습니다. 20년 전쯤엔가 아주 선풍적인 인기를 끌었던 드라마의 주연이었죠. 「블루 버드」 모르십니까?"

"몰랐어요."

"한 번도 본 적 없으시다고요?"

그러자 고등학교 다닐 적에 여자애들이 그 드라마 이야기를 했던 게 떠올랐다. 유행을 선도한다고, 게다가 등장인물 중에 게이나 임신한 10대 캐릭터가 나오는 등 파격적인 소재를 다룬다고 아이들이 열변을 토했었다.

"들어본 적은 있지만, 본 적은 없어요. 솔직히 그 나이 때 난 TV 프로그램보다는 수학에 푹 빠져 있었거든요."

슈워츠가 앞으로 와서 쿠키를 하나 더 집어 들었다.

"그리고 그날 밤 알마 로메오 씨를 베이비시터로 고용한 게 그쪽이었죠."

방금 말은 질문이 아니었다.

"네."

호이트가 커피를 한 모금 마시더니, 넬에게 줄 물을 가져온 서배스천을 바라보았다.

"커피 맛이 아주 좋네요. 고맙습니다."

호이트가 잔을 쥐고 계속 물었다.

"로메오 씨한테 마이더스를 맡겨서 위니 로스 씨가 외출할 수 있도록 해주자고 주장한 게 맞으시죠?"

"주장까지 했는지는 모르겠지만……."

"로스 씨가 스스로 시터를 구할 수는 없었습니까?"

"있었겠죠. 그런데……."

"그리고 보내신 메일을 봤는데요. 위니 로스 씨가 모임에 나온다고 하면 알마 로메오에게 본인이 돈을 내겠다고 하셨죠?"

"지금 생각하니 바보 같은 짓이었죠. 하지만 그때는 우리 모두 몰랐어요. 위니가 돈이 많은지 말이에요."

"흠, 그러면 로메오 씨는 어디서 알게 된 겁니까?"

"맘동네에 있는 추천 시터 항목에서 이름을 봤어요."

"그러면 본인 아기를 로메오 씨에게 맡기기 전에, 두 분은 얼마나 알고 지냈습니까?"

넬은 알마를 처음 만났을 때를 떠올렸다. 면접이 한 시간을 넘기지는 않으리라고 생각했었다. 사실 알마는 넬이 여섯 번째로 면접을 본 베이비시터였다. 다른 여자들 중에는 괜찮은 사람이 없었다. 그런데 알마가 온 것이다. 그것도 햇살을 한가득 받은 채 환하게 웃으면서. 알마는 오후 내내 거실에서 넬과 함께 앉아 차를 마셨다. 두 사람은 알마가 가방 속에 넣어 온 엠앤엠스 초콜릿을 나눠 먹으면서 베아트리스를 번갈아 보았다. 알마는 온두라스에서 살았던 이야기를 해주었다. 그녀는 조산사로 일했으며 열두 살 때 첫 아이를 받아보았다고 했다. 미국에는 3년 전에 왔는데, 임신 6개월 차에 혼자서 리오그란데강의 얕은 지류를 넘어 미국행 배를 탔다고 했다. 아들에게 더 나은 삶을 주려는 필사적인 마음 때문이었다.

떠나기 전, 알마가 넬에게 샤워하고 혼자 몇 분간 좀 쉬라고 했다. 그동안 자신이 베아트리스를 방으로 데려가 옷을 갈아입히고 얼러주겠다며 말이다. 그래서 넬은 침대에 앉아서 출산한 다음 처음으로 다리 제모를 했다. 그동안 아기 모니터에서 알마가 아이에게 스페인어 노래를 불러주는 소리가 들려왔다. 그러다 자기도 모르게 잠이 들었는데 깜짝 놀라 깨보니 거의 두 시간을 자버린 게 아닌가. 넬은 알마가 아기를 두고 집에 갔을 거라 생각하며 겁에 질린 채 방으로 달려갔다. 그런데 아이 방을 연 순간, 베아트리스가 알마의 가슴에서 곤히 잠든 모습이 보였다. 아기의 손가락이 알마의 엄지를 꼭 쥔 채였다. 알마는 무릎에 읽다 만 로맨스 소설을 펴놓고 있었다.

"다섯 시간 정도요."

넬은 호이트에게 대답했다.

"누가 그 사람을 추천했는지 확인했습니까?"

"네."

"그럼 범죄 경력도 확인했습니까?"

"아뇨."

"안 했다고요? 그거 좀 놀랍네요."

"그래요?"

호이트가 고개를 저으며 코웃음을 쳤다.

"우리 아내도 베이비시터를 쓸까 생각했던 적이 있었죠. 아, 그런데 그 여자들 경력을 어찌나 많이 조사하던지. 그래서 내가 그랬죠. 난 집에서 살림할 테니 당신이 FBI에 가서 일하라고. 하지만 그런다고 누가 뭐라 할 수 있겠습니까. 무서운 일이 일어날지도 모르니 말입니다. 유아 대상 범죄 이야기를 많이 들어 아시잖습니까?"

넬이 말했다.

"난 걱정하지 않았어요. '거미가 줄을 타고 올라갑니다'라는 동요를 2개 국어로 부를 줄 아는 사람이 범죄자일 리 있을까요. 하지만 생각해보니 그냥 내가 태평한 사람인가 보네요."

호이트가 물었다.

"그리고 그 사람이 불법 이민자라는 건 알고 있었습니까?"

넬은 서배스천과 눈을 마주치지 않으려 조심하며 잠시 침묵하다 말했다.

"우리는 거기까지 말해보진 않았어요."

서배스천이 넬 옆 소파 자리에 앉았다. 쿠션이 움직이자 멀미가 나듯 구역질이 올라왔고, 목구멍에 신물이 확 끼쳤다. 서배스천은 몸을 숙여 무릎 위에 팔꿈치를 대고서 말했다.

"왜 이런 질문을 하시는 겁니까? 혹시 알마가 이 사건에 연루라도 되었다고 생각하시는 건 아니겠죠?"

"돌다리도 두들겨봐야 하지 않겠습니까."

호이트는 피식 웃고서 자신의 수첩을 살피며 질문했다.

"바에 갔을 때는 어땠습니까? 이상한 점은 없었습니까? 오고 가는 사람 중에 뭔가 수상한 사람은 없었습니까?"

"아뇨. 우리끼리만 놀았어요. 우리는 모두 가게 뒤편에 앉아 있었어요. 테라스 자리에요."

"그럼 위니 씨도 계속 같이 있었습니까?"

갑자기 넬의 머릿속에 어젯밤 광경이 떠올랐다. 여자 화장실 세면대였다. 소변의 악취와 락스 냄새가 나는 곳이었다. 수돗물을 손으로 모아 마셨었다. 앞이 흐릿했다. 거울 뒤로 어두운 형체가 나타났다.

"넬 맥키 씨?"

"한 시간쯤 있었을 때였어요. 그때 위니가 토큰이랑 같이 술을 파는 바로 갔던 것 같아요. 그리고 나서는 못 봤어요."

머릿속에 단어들이 메아리쳐 울렸다.

"엄마 모임에 토큰이라는 엄마가 있었습니까?"

"아뇨. 토큰은 남자예요. 아빠죠."

생생히 떠올랐다. 그때 자신의 허리를 감아오는 손길이 있었다. 그리고 목에 훅 끼치는 더운 숨결도.

슈워츠의 눈썹이 다시 올라갔다.

"아빠라고요? 엄마 모임에요?"

"네, 내 생각에 토큰은 게이인 것 같아요."

슈워츠가 고개를 끄덕였고, 호이트는 수첩에 무언가를 적었다.

"토큰. 근데 이게 어디 이름입니까? 그 사람은 인디언인가요?"

"아뇨. 토큰은 백인이에요. 별명이죠. 처음 만났을 때 내가 붙여 줬어요. 왜냐하면, 아시다시피 엄마 모임에 나온 유일한 남자잖아요. 토큰*이라는 말이 딱 맞았어요. 솔직히 진짜 이름이 뭔지는 기억도 안 나요. 아마 다른 사람들도 다들 마찬가지일걸요."

서배스천이 불안한 듯 웃으면서 넬의 손을 잡았다.

"아내가 사람 이름을 정말 못 외우거든요."

"잠시만요. 화장실 좀 다녀올게요."

넬은 일어섰다. 몸을 지탱하려고 서배스천의 어깨를 잡아야 했다. 복도를 지나 침실로 간 다음 화장실로 들어가 문을 닫았다. 그리고 거울을 들여다보았다. 꿈이었을 거야. 그래야만 해.

넬은 변기 앞바닥에 쪼그려 앉았다. 그런 악몽을 꾼 건 몇 년 만이었다. 하지만 한때는 매일 밤 꾸던 꿈이었다. 깜짝 놀라 열에 들

---

* Token. 화폐 대용으로 쓰는 토큰이라는 뜻 외에도 상품권, 선물이라는 뜻이 있다.

뜬 채로 앓다 일어나, 뭔가 끔찍한 일이 일어났으리라고 생각할 수 밖에 없었던 그 밤들. 누군가에게 쫓기고, 모퉁이를 돌면 사람들이 자기를 기다리고 있던 그날들. 꿈이었을 거다. 화장실에서 누군가와 함께 있었고, 그 사람이 자신을 만졌다면 분명 기억했을 테니까.

베아트리스가 우는 소리가 들리더니 누군가 문을 두드렸다. 서배스천이었다.

"넬, 괜찮아?"

그녀는 바닥에 둥글게 뭉쳐져 있는 옷을 보았다. 샤워하기 전에 벗어놓은 옷이다. 서배스천이 문을 더 세게 두드렸다.

"넬."

"금방 나갈게."

넬은 셔츠를 집어 들었다. 왼쪽 어깨의 재봉선 부분이 찢어져 있었다.

거실로 돌아온 넬은 호이트에게 미안하다고 말했다.

"괜찮습니다. 걱정하지 마세요. 몇 가지 질문만 하고 곧바로 사라져드리겠습니다. 혹시 아버지에 대해서 아십니까?"

"위니의 아버지요?"

넬이 녹화 카메라를 슬쩍 바라보며 묻고는 답했다.

"모르겠는데요."

"아뇨, 마이더스의 아버지 말입니다."

"아, 그건 몰라요. 위니가 싱글이라는 것도 최근에 알았어요."

주변이 점점 더워져서 넬의 귀가 마구 울려댔다.

"내가 위니 휴대폰을 잠깐 갖고 있기는 했지만, 찾아보니 없어졌더라고요. 열쇠가 휴대폰 케이스 안에 있었는데."

넬이 숨을 꿀꺽 삼키고 덧붙였다.

"열쇠를 누가 주웠던 걸까요? 그래서 안에 들어간 건가."

호이트가 말했다.

"우리도 그걸 알아내려고 하는 겁니다."

"그럼 어제 술을 얼마나 드신 겁니까?"

방금 질문은 슈워츠가 했다. 넬이 그를 바라보았다.

"얼마나 마셨냐고요?"

"네."

"모르겠어요. 두 잔이던가? 그런데 두 번째 잔은 거의 입도 안 대다시피 했는데."

"그때 취하셨습니까?"

지금은 진실만을 말해야 할 때였다. 경찰에게 거짓말하는 건 아주 위험하다는 것도 알았다. 속이 죄어들어 갔다.

"아뇨, 당연히 아니죠."

넬 앞에 서배스천이 다시 나타나 테이블을 돌며 모두의 커피 잔을 채워주었다. 넬이 서배스천을 슬쩍 바라보았다. 단정한 갈색 곱슬머리, 축구로 다져진 마른 몸. 넬은 그를 처음 봤던 순간이 떠올랐다. 날이 뉘엿뉘엿 저물던 일요일 늦은 오후, 한적한 런던의 바저 끝에 앉아 기네스 한 잔을 홀짝이며 몰스킨 노트에 스케치를 하던 남자의 얼굴은 예술에 푹 빠진 표정이었다. 잠시 뒤 넬에게 다가온 그의 눈빛은 다정했다. 그는 술을 한잔 사고 싶다며, 옆자리에 앉아도 되겠느냐고 물었다.

넬은 무릎 위로 손을 꽉 쥐고 목구멍이 타들어가는 걸 애써 참아냈다. 이어지는 호이트의 질문에 애써 집중하느라 손톱이 피부 속을 파고들었다. 하지만 지금 딸을 품에 안고 거실을 느릿느릿 맴돌고 있는 서배스천은 6년 전 그날과는 전혀 다른 얼굴이었다. 겁에 질려 걱정하고 있는 남자의 얼굴이었다.

그녀처럼 무서운 생각에 사로잡힌 이의 얼굴이기도 했다. *제발. 이러지 마. 다시는.*

제5장

2일째

수신: 5월맘님
발신: 맘동네 친구
날짜: 7월 6일
제목: 오늘의 조언

생후 53일 우리 아기,

아기와 같이 자면 어떨까 생각 중이신가요? 아직도 늦지 않았답니다. 모든 엄마가 다 아기와 같이 잘 수는 없을지 모르지만, 같이 자면 좋은 점이 많지요. 엄마와 같이 자는 아기는 더 많이 자는 경향이 있답니다. 엄마 젖이 잘 돌게 해주기 때문에 모유 수유도 더 쉬워지지요. 무엇보다도, 같이 자면 아기와 엄마에게 아주 특별한 유대감이 생긴답니다. 밤중에 서로 꼭 껴안고 행복하게 자는 걸 싫어할 사람이 있을 리 없으니까요!

지하철 승강장은 무덥고 붐볐다. 사람들은 선로 쪽으로 몸을 숙여 열차가 들어오는 불빛이 보이는지 확인하려고 했다. 콜레트 왼쪽에 선 남자가 소고기 육포를 실성실성 씹고 있었다. 이 근저 식료품점에서 파는 비싼 제품이다. 오른쪽에 선 여자 둘은 너무 크게 떠들어댔다. 팔에 커다란 명품 가방을 걸고 휴대폰을 꽉 쥐고 있었다.

"내 친구 중에 남자친구랑 수영하는 애가 있어. 너라면 하겠니?"

"바다 수영 말이야?"

"응."

"절대 안 해."

여자가 왼손을 쫙 펴고 반짝반짝 빛나는 커다란 다이아몬드 반지를 매만졌다.

"솔직히 난 남자친구랑 같이 샤워하는 것도 싫어."

콜레트는 승강장 안쪽 신문 가판대가 있는 곳으로 갔다. 터번을 쓴 남자가 서서 온종일 지하철 매연을 마시며 생수와 달가닥거리는 틱택스 통을 팔고 있었다. 위니의 얼굴이 《뉴욕 포스트》1면에 커다랗게 실렸다. 몇 년 전 사진으로, 위니가 긴 코트 차림에 검은 선글라스를 낀 채로 거리 쪽을 바라보며 집에서 나오는 모습이었다. 콜레트는 그걸 보고 놀라야 했겠지만, 사실은 놀라지 않았다. 이 소식은 어제 위니가 마이더스를 돌려달라고 간청하는 비디오를 발표한 이후로 지금 전국에 퍼졌으니까.

콜레트는 어젯밤 침대에 누워 그 영상을 열두 번도 더 보았다. 포피는 포대기에 단단히 싸여 옆에서 자고 있었고, 찰리는 자기 방에서 일하는 중이었다. 콜레트는 불을 끈 채로 한 시간쯤 멍하니 누워 있다 자기를 포기했다. 너무 걱정된 나머지 머릿속은 꼬여만 갔다. 영상 속 위니는 자기 집 테라스 창문 앞에 회색 안락의자를 놓고 앉았다. 위니는 그 와중에도 얼마나 예쁘던지. 뒤로 늘어뜨린 머리와 단단해 보이는 턱선, 소박하니 하늘하늘한 검은 블라우스 위로 길고 가느다랗게 드러난 목덜미까지 전부 아름다웠다.

"제발 부탁합니다."

위니가 카메라를 응시하며 갈라진 목소리로 말했다.

"우리 아기를 해치지 말아주세요. 누구신지 모르겠지만 제발 아기를 돌려주세요."

이윽고 열차가 다가오며 끼익 멈추는 소리가 들렸다. 열차가 들어오는 동안 가방 바닥을 뒤져서 25센트짜리 동전 두 개를 꺼냈다. 그런 다음 몰려들어 밀어대는 사람들을 이리저리 피해 균형을 유지하며 열차 안에서 신문을 펼쳤다. 엘리엇 폴크라는 기자가 쓴 기사가 보였다.

국장은 대체 뭘 하나!

여론이 로한 고시 경찰청장의 대처 방식을 두고 혀를 차기 시작했다. 경찰 당국은 현재 생후 7주 된 아기 마이더스 로스가 지난 7월 4일 밤 브루클린의 자기 집 아기 침대에서 유괴된 사건을 수사하고 있다. 아기가 없어졌다고 처음 보고한 사람은 베이비시터인 알마 로메오 씨다. 본지는 로메오 씨가 911에 전화를 건 지 23분이 지나서야 경찰이 응답한 사실을 확인했는데, 경찰은 그 이유가 7월 4일 독립기념일 행사 때문에 보안을 강화하느라 부서의 인력이 모자랐던 데다, 브루클린 다리 근처에서 교통사고가 일어났기 때문이라고 밝혔다. 사고 차량 중에는 버스도 두 대 있어서 어린이 두 명과 젊은 어머니를 포함해 수십 명의 부상자가 발생했다. 경찰이 현장에 도착한 다음에도 로스 씨의 가택을 제대로 보호하지 못했기 때문에 당시 집 안에 있던 사람 역시 아무도 지키거나 잠그지 않은 문을 통해 빠져나갔을 가능성이 있다.

아기의 어머니인 배우 위니 로스 씨는 당시 엄마 모임의 회원으로 알려진 사람들과 외출 중이었다.

여기까지 읽던 콜레트는 그만 멍해졌다. 그러다 다시 문장을 읽었다. ……*당시 집 안에 있던 사람 역시 아무도 지키거나 잠그지 않은 문을 통해 빠져나갔을 가능성이 있다.*

그게 가능한가? 마이더스를 데려간 사람이 여전히 집 안에 있었다고? 그래서 옆문이 열려 있었던 걸까?

콜레트는 기사에 같이 나온 마이더스의 사진을 보았다. 줄무늬 우주복을 입은 아기가 옆에 소피 기린 인형을 둔 채로 양모 양탄자 위에 누워 카메라를 응시하고 있었다. 도자기 같은 피부에다 반질반질 윤이 나게 닦은 것처럼 아주 환한 갈색 눈동자. 그 아래 다른 사진도 있었다. 공원 돗자리 위에 앉아 마이더스를 품에 안고 있는 위니의 사진. 어제 오후에 자신이 마크 호이트 형사에게 준 사진이었다. 사진을 알아본 콜레트는 숨이 턱 멎는 것 같았다. 어제 오후 늦게, 호이트 형사가 콜레트의 아파트를 찾아왔었다. 찰리가 포피를 데리고 조깅을 나간 사이 저녁을 준비하던 참이었다.

호이트는 이렇게 물었다.

"위니 로스 씨의 배경에 대해서 아시는 게 있습니까? 로스 씨가 자신에 대해 자세하게 말한 사항은 뭐가 있습니까?"

위니를 봤을 때 뭔가 어렴풋이 낯익다고 생각했었다는 걸, 콜레트는 인정했다. 하지만 위니가 TV에 나온 지 벌써 20년이 넘었고, 위니와 그웬돌린 로스를 연결해서 생각해본 적은 없었다. 콜레트의 학창 시절, 다른 여자애들은 끼리끼리 모여 집에서 훔쳐온 부모님의 와인을 마시곤 했던 반면, 콜레트는 엄마와 함께 소파에 앉아 하이틴 잡지인 《세븐틴》에서 본 대로 얼굴에 흰자와 꿀을 섞은 끈적끈적한 팩을 붙이고서 가운데 팝콘 통을 두고 「블루 버드」를 보곤 했다. 물론 콜레트의 엄마 로즈메리가 출장 가지 않은 주말에나 가능했기에, 별로 자주 있는 일은 아니었지만.

이윽고 열차가 콜레트의 목적지에 도착했다. 그녀는 계단을 올라 시청 공원으로 이어진 벽돌 길을 따라 걸었다. 프레첼을 굽느라 기름 냄새가 쫙 퍼진 가운데 분수대 앞에서 사진을 찍는 관광객 무리 사이를 지나쳤다. 사실 마크 호이트에게 이야기하지 않았던 위니와의 일화가 하나 있었다. 그날의 일을 콜레트는 아직도 어제 일처럼 기억하고 있다.

어느 날 오후, 콜레트와 위니는 5월맘 모임을 마치고 함께 집으로 가는 길이었다. 두 사람은 느긋하게 공원 벽을 따라 걸으면서 그늘이 나오면 쉬기도 했다. 콜레트는 아직도 저 모퉁이에서 상인이 팔던 구운 견과류의 향기를 기억하고 있다. 위니는 캐슈너트 한 봉지를 샀었다. 콜레트가 그때 불쑥 고백했다. 임신했다는 사실을 알았을 때 무척 겁먹었었다고.

"난 몇 달 동안이나 이건 전부 실수야, 라고 말했어요. 물론 지금은 참 신나지만, 이제까지는 사연이 많았어요. 준비가 하나도 안 된 때였으니까요."

그러자 위니가 강렬한 표정으로 콜레트를 바라보며 말했다.

"그 마음 이해해요."

"날 이해한다고요?"

콜레트가 순간 한 줄기 안도감을 느끼며 말했다. 5월맘 모임에 들어와서 지금껏 외톨이가 된 것 같았다. 사기꾼까지는 아니었지만, 외톨이는 맞았다. 다른 엄마들은 모두 아기를 갖고 싶어 평생을 기다려온 것만 같았으니까. 배란 주기를 몇 년씩 체크하고, 체온을 재고, 관계 후에 다리를 높이 쳐들고 있었다고 했다. 유코 같은 여자들은 약혼한 날 밤부터 피임약을 끊었다고 했다. 스칼릿은 임신과 출산을 준비하기 위해 채식주의자가 되었노라고 말했다. 그리고 프랜시는 모임 초기부터 눈물을 그렁그렁하게 달고서 두 번의 유산을 견뎌내고 수천 달러의 빚을 지며 시험관 아기 시술을 두 번받은 끝에야 임신에 성공했다고 고백했다.

"위니는 어땠나요?"

콜레트가 이렇게 물었지만 위니는 가볍게 넘겼다.

"그 이야기는 다음에 해요."

위니가 이렇게 말하고 지갑을 꺼내려 했다. 그때 앞에 서 있던 노부인이 고개를 돌렸다. 한 손에 구운 땅콩이 든 종이컵을 들고 있었다. 노부인이 다른 손을 위니의 팔에 얹고서 눈물이 핑 도는 얼굴로 말했다.

"이게 얼마나 큰 축복인지 지금은 모르겠지요. 아기는 세상에서 가장 멋진 선물이랍니다."

노부인이 사라지자 콜레트가 말했다.

"감동적이네요."

"그렇게 생각해요?"

위니는 콜레트를 쳐다보지도 않고 말했다. 그러면서 콜레트 뒤쪽에 있는 돌벽 너머 공원을 응시하며 말을 이었다.

"왜 사람들은 임신한 여자가 어떤 축복을 받는지에 대해서만 이야기하려 드는 걸까요? 왜 우리가 입는 손해에 대해서는 아무도 말하지 않는 거죠?"

시청 계단 위를 오르면서, 콜레트는 아까 본 마이더스의 사진을 애써 떠올리지 않으려 했지만 머릿속은 온통 사진 아래 달린 캡션에 사로잡혀 있었다.

아기가 갖고 놀던 소피 기린 인형(소리가 나는 플라스틱 인형으로 미국 부모 사이에서 인기가 많은 프랑스 제품입니다)과 파란색 아기용 담요도 함께 사라졌습니다. 정보를 알고 있는 분은 1-800-NYPDTIP로 경찰에 제보해주시기를 부탁드립니다.

누가 마이더스를 데려갔는지는 모르겠지만, 저 물건들을 왜 같이 가져간 걸까? 그건 희망적인 신호라고, 콜레트는 엘리베이터에

오르며 생각했다. 결국 아이를 사랑하는 사람이니까, 그것까지는 아니더라도 아이를 해칠 의도가 없는 사람이니까 아이가 가장 좋아하는 담요와 장난감도 챙겨 가야겠다는 생각을 했을 것이다.

4층에서 내리자 로비가 평소와 다르게 조용했다. 앨리슨만 책상을 지키고 앉아 컴퓨터를 응시하고 있었다. 콜레트의 하이힐 소리가 대리석 바닥을 울리자 앨리슨이 이쪽을 바라보았다.

"안녕하세요."

앨리슨이 인사했다. 콜레트가 앨리슨의 컴퓨터 화면에 뜬 이미지를 보니 높은 의자와 카시트, 고래 모양의 플라스틱 욕조였다.

"이게 뭔가요? 출산 준비 페이지네요?"

1주일 전에 앨리슨은 콜레트에게 자신이 임신했다는 사실을 이야기하면서 절대 비밀로 해달라고 신신당부했었다.

"지금 8주밖에 안 됐거든요. 아무에게도 이야기하지 말아주세요. 특히 셰퍼드 시장님한테는 절대 안 돼요. 그러지 않아도 선거에다 이 책까지 걱정이 많은 분이니까요."

앨리슨은 몸을 숙이고는 말을 이었다.

"진짜 미치겠어요. 콜레트는 아이까지 있으면서 할 일을 다 하다니, 어떻게 그럴 수 있어요?"

콜레트가 컴퓨터 스크린을 슬쩍 보았다.

"지금부터 다 사둘 필요는 없어요. 아기는 상온에서 씻겨도 죽지 않아요."

그러자 앨리슨이 콜레트를 올려다보며 말했다.

"우리 언니도 똑같이 말하더라고요. 전문가의 말을 따라야겠죠.

고마워요. 근데 말이죠, 시장님은 늦으실 거예요."

콜레트가 짐짓 놀랍다는 식으로 눈썹을 추켜세웠다.

"농담이시죠? 셰퍼드 시장님이 늦으신다니요?"

앨리슨이 웃었다.

"시장님 말씀으로는 시장님 드리려고 내려둔 커피를 콜레트가 다 마셔도 된다고 하셨어요. 늦는 벌이라면서. 방금 커피 내려놨어요. 저기 아침 회의 때 먹고 남은 빵도 있어요."

"고마워요."

콜레트는 대답하고 보니 갑자기 배가 고팠다. 이틀 전 밤에 졸리라마에서 감자튀김을 먹은 뒤로 제대로 먹은 게 거의 없었다.

시장의 사무실은 평화로웠다. 이곳에 드나든 지도 벌써 일곱 달이었지만, 올 때마다 대단하다는 느낌이 새록새록 들었다. 브루클린 다리가 내려다보이는 커다란 창문이나 정말로 장작을 지피는 벽난로, 그리고 시장의 책상까지. 그 책상은 한때 제임스 볼드윈*이 쓰던 것으로, 그의 가족이 시장에게 선물한 것이다. 콜레트와 테브가 2년 전 함께 수많은 시간을 보낸 브롱크스 212번지 공립학교의 창문 없는 교장실과는 딴판이었다. 그곳에서 두 사람은 동네 멕시코 음식점에서 사 온 부리토와 맥주를 들며 테브의 첫 번째 회고록 작업을 했다. 책은 예상을 훌쩍 뛰어넘는 성공을 거두어 서평란 맨 앞에 실리고 잡지 표지에 등장했으며 전국적인 강연회가 이어졌다. 그리고 1년 뒤, 테브는 뉴욕 시장 선거에서 당선됐다. 출판사는

---

* James Baldwin. 미국의 대표적인 현대 흑인 작가.

그에게 거액을 내걸고 후속작을 제안했고, 다음 책은 셀마에서 마틴 루서 킹 목사와 함께 행진했던 시민권 활동가인 어머니와 시장의 관계를 숭섬석으로 나두기로 했다.

콜레트는 커피를 잔에 따른 다음 시청 공원이 내려다보이는 둥근 탁자에 앉았다. 그리고 번번이 시장을 기다려야 하는 상황이 짜증났지만 애써 참아보았다. 지금처럼 혼자 있는 시간을 활용해서 글을 써야 한다. 새로운 원고를 며칠 후에 주기로 하지 않았던가. 가방에서 노트북을 꺼내 초고를 열고 어제 오후에 테브의 수석 참모인 애런 닐리에게 보낸 부분을 빠르게 훑었다. 그러자 민망해서 피부가 따끔따끔할 지경이 되었다. 이 부분은 정말 못 썼다. 글이 부자연스럽고 유치했으며, 대화 부분에 가독성이 전혀 없었다.

휴대폰에 메일이 왔다는 신호가 와서 휴대폰을 집어 들었다. 잠시 정신을 팔게 된 게 고마울 지경이었다. 발신자는 프랜시였다. 지난 이틀간 넬과 프랜시와 계속 연락해왔다. 세 사람은 언론에 노출되어 벌써 '아기 마이더스'라는 키워드가 붙어버린 위니의 아들에 관한 기사를 서로에게 보내 확인하고, 혹시 위니로부터 소식이 있는지 물었다.

콜레트가 전날 위니에게 메일을 보내자, 몇 시간 후 위니에게 답장이 왔다.

–누가 내 아기를 데려갔을까요? 지금 이 시기를 난 어떻게 살아야 하죠?

콜레트는 즉시 답장했다. 혹시 옆에 있어주기를 바라느냐고, 가게에서 뭐라도 사서 갖다주면 어떻겠느냐고. 하지만 위니는 콜레트의 메일에 아직도 답장이 없었다. 몇 시간 전에 보낸 문자에도 답이 없기는 마찬가지였다.

이메일은 프랜시가 보낸 것이었다.

―이거 봤어요?

프랜시는 범죄를 다루는 블로그의 기사 링크를 보내왔다. 그 블로그는 온라인상에 존재하는 소위 네티즌 수사대가 활동하는 곳 중 하나로, 콜레트는 이제껏 그런 게 있는지도 몰랐다. 참으로 놀랍게도 자기 시간을 엄청나게 들여가며 미해결 범죄들을 파헤치는 사람들이 있다니. 이런 글이었다.

―이웃 사람 말에 따르면 그날 밤 9시 30분경에 위니의 아파트 근처에서 어떤 여자를 봤대요. 마이더스 나이쯤 돼 보이는 우는 아기를 안고서 언덕을 내려갔대요.

그러자 넬이 즉시 답장했다.

―여기가 브루클린이라는 거, 사람들은 모른대요? 우는 아기 안고서 걸어 다니는 게 뭐 그리 수상쩍은 일이라는 거예요? 여기 사는 사람 중에 우는 아기 안고 가는 모습 안 보여주는 여자 있으면 벌금이라도 물리려는 건지 원.

"안녕, 콜레트. 기다리게 해서 미안합니다."

콜레트는 이메일을 닫았다. 문가에 애런 닐리가 서 있었다. 구겨진 셔츠 차림에 턱에 수염이 거뭇하게 돋아난 걸 보니 면도하는 것도 잊은 모양이었다.

"일은 잘돼가세요?"

콜레트가 묻자, 애런이 가슴께에 들고 있던 서류철 더미를 하나씩 테브의 책상 위에 내려놓았다.

"네. 시장님은 지금 고시 국장을 만나고 있어요. 유괴 사건 때문에요. 악몽이 따로 없죠."

애런이 콜레트를 힐끗 보았다.

"당신도 소식 들었죠?"

콜레트가 목을 가다듬었다. 위니를 알고 있다는 것뿐만 아니라, 그날 밤 거기 있었다는 사실도 밝혀야 했으니까. 그런데 그 순간, 무언가가 콜레트에게 기다리라고 말했다. 나중에 테브 시장과 둘이서만 있을 때 이야기하자. 아무리 콜레트가 이름이 알려지지 않았다 해도, 테브가 사건에 연루된 사람과 일하고 있다는 것 때문에 상황이 복잡해질 수 있다는 걸 콜레트는 잘 알았다.

"들었어요."

"패티가 지금 몇 살이죠?"

"포피예요. 이제 8주 돼가요."

애런이 고개를 흔들었다.

"우리 집 쌍둥이들은 일곱 살인데. 8주라니 상상도 안 되네요."

"경찰이 뭘 알아냈나요?"

"아, 그건 나도 몰라요. 지금 국장이 방어 태세라서. 경찰관 중에 경찰학교를 졸업한 지 일주일 된 애가 하나 있었는데, 걔 때문에 망했다니까요. 장갑도 안 끼고 사방에 지문을 다 묻히고 다니질 않나. 완전 난장판이라니까."

애런이 한숨을 쉬고서 콜레트를 올려다보며 미소를 지었다.

"어쨌든, 시장님은 금방 오실 겁니다. 당신이 어제 보내준 원고에 대해 논의하려고 목 빠지게 기다리고 있죠. 이제 막바지로 접어들고 있는 거죠?"

"그럼요."

애런이 문을 살짝 닫고 떠나자 콜레트는 다시 모니터를 켰다. 로한 고시와의 미팅이라. 고시와 테브 시장은 퍼처스주립대학에 다니던 시절부터 친구였다. 테브가 고시를 클리블랜드의 경찰 부국장으로 임명했을 때, 모두들 전형적인 낙하산 인사라고 비난했고, 대부분은 뉴욕 경찰국 최고위직 인사 중 고시가 가장 경험이 없다고 생각했다.

원고를 다시 열고서 어떻게든 집중해보려고 했지만, 애런이 테브의 책상 위에 놓은 서류철을 보자 혹시 어제 보내준 원고에 메모를 적어놓았는지 궁금하지 않을 수가 없었다. 콜레트는 일어서서 대니시 페이스트리를 하나 집으려고 진열대에 갔다가 자리로 돌아오는 와중에 서류 더미를 슬쩍 보고, 멈춰 서서 지금 본 게 진짜인지 눈을 의심했다. 서류 더미 맨 위에 있는 폴더에는 검은색 손 글씨로 이렇게 적혀 있었다.

로스, 마이더스.

콜레트는 몇 걸음 걸어가서 복도를 들여다본 다음 문을 슬쩍 밀어 좀 더 닫았다. 그리고 대니시 페이스트리를 손에 꼭 쥔 채로 테브의 책상으로 다가가서 천천히 서류철을 열어 들여다보았다. 어떤 남자의 사진이 보였다. 키가 크고 마른 체형이었다. 남자는 후드 티셔츠 차림으로 점원에게 무언가를 건네고 있었다. 같은 보안 카메라에 찍힌 다른 사진도 있었다. 그가 계산대에서 돌아섰을 때 찍은 옆모습이었다. 그는 문으로 나가면서 마침내 고개를 슬쩍 들었는데, 그때 카메라를 마주 보았다. 콜레트가 서류를 이리저리 넘겼다. 손 글씨 메모를 복사한 내용이 나왔다. 다음은 마이더스의 요람 사진이었다. 민트색 시트와 새들이 날아가는 가늘고 섬세한 데칼코마니 무늬의 벽지까지. 또 다른 사진도 있었다. 그 사진은 선명한 색채로 어떤 남자의 모습을 담았다. 남자는 중동 출신으로, 팔에 검은 머리 아기를 안은 채 검은색 선글라스를 머리에 올려 쓰고, 히죽 웃으며 카메라를 응시하고 있었다. 아기의 얼굴은 담요에 가려 잘 보이지 않았다.

콜레트는 더 잘 보고 싶은 마음에 서류에서 사진을 뽑아 들었다. 그런데 그때 문 바깥에서 발소리가 들려 재빨리 사진을 서류에 돌려놓은 다음 서류철을 닫고 황급히 탁자로 돌아왔다. 발소리가 테브의 사무실 바깥으로 지나갔다. 그녀는 자신의 원고를 훑어보려고 했다. 테브의 이야기는 어머니를 학대하던 어머니의 남자친구와 마침내 맞서는 대목에 이르러 있었다. 하지만 머릿속에서 그 사진이 떨쳐지지가 않았다. 그 남자가 미소를 짓고 있었다. 그의 손. 그 손이 아기의 두개골을 감싸고 있었는데.

누가 내 아기를 데려갔을까요? 지금 이 시기를 난 어떻게 살아야 하죠?

자신이 지금 뭘 하고 있는 건가 미처 깨닫기도 전에, 콜레트는 의자 옆에 놓아둔 가방을 들고 테브의 책상으로 가서 그 서류철을 가방에 넣었다. 그리고 복도로 조용히 걸어가 복사실로 들어가서는 문을 닫고 잠갔다. 안에 든 서류를 넘기는 손바닥에서 땀이 나 페이지마다 찍힌 도장 잉크에 스며들었다. '기밀 정보.' 콜레트는 지금 자신이 테브와 했던 계약을 얼마나 심각하게 위반하고 있는지 알고 있었다. 그녀가 서명한 기밀 유지 계약에 따르면, 테브가 특별히 공유한 정보 외에는 아무것도 접근해서는 안 된다. 일하면서 알게 된 사실에 대해서 아무에게도 이야기해서는 안 된다. 심지어 '친지, 친구, 일반 사회 구성원' 그 누구에게도 콜레트가 시장 대신 책을 쓰는 사람이라는 사실을 시인해서도 안 된다.

순간 누군가 문을 두드렸다.

"여보세요? 안에 누구 있어요?"

앨리슨이 밖에서 문손잡이를 돌리려 했다.

콜레트는 서류를 서류철에 집어넣어 복사기 선반 위에 있는 상자 아래 감추었다. 그리고 바닥에 둔 가방을 집어 들어 안을 뒤지더니 셔츠 단추를 위에서부터 네 개 풀어놓고 수유 브래지어의 윗부분을 드러냈다. 잠시 숨을 고른 콜레트가 문을 살짝 열었다.

"미안해요."

콜레트가 앨리슨에게 미안한 기색으로 미소 지으며 수동 유축기를 들어 보였다.

"시장님이 아직도 안 오셔서요. 그런데 유축을 해야겠더라고요. 화장실에서 하는 건 좀 비위가 상하고요. 어렵네요."

그러자 앨리슨이 이맛살을 찌푸리며 민망한 표정을 지었다.

"어머나, 방해해서 미안해요. 어서 하세요. 저는 나가볼게요."

"정말 고마워요."

콜레트는 미소를 짓고 나서 문을 도로 잠그고 잠시 기다렸다가 다시 서류철을 집었다. 10분 후, 슬그머니 복도로 빠져나와 천천히 앨리슨에게 다가갔다.

"아기 용품 뭘 사야 하는지 좀 봤나요?"

다시 테브의 집무실에 돌아온 콜레트는 서류철을 서류 더미 위에 올려놓았다. 그리고 앉아서 노트북을 여는 순간 테브가 안으로 들어왔다. 정장 재킷도 입지 않고 팔꿈치까지 셔츠를 걷어 올린 모습이었다. 튼튼하고 억센 등 근육 위로 면 셔츠가 팽팽히 펴졌다.

"내가 밉죠?"

테브가 책상 위에 공책을 던지며 물었다. 그리고 돌아서서 커다랗고 환하게 미소를 지었다. 그 미소는 랄프 로렌의 광고 캠페인인 '진정한 영웅'의 이미지 컷이 되어 전국 광고판을 장식하고 있다. 방금까지 어려운 회의를 하고 온 기색은 없었다.

"그럴 리가요, 시장님."

그러자 테브는 얼굴을 찌푸렸다.

"그렇게 부르지 말라고 수도 없이 말하지 않았나요? 당신이 그렇게 부르면 너무 이상하다고요."

"미안해요. 그리고 저는 당신을 미워하지 않아요, 테브 마커스 아메데오 셰퍼드 씨."

"어이쿠, 그렇게 짜증낼 필요까지 있을까."

테브가 애런이 남기고 간 서류 더미를 넘기더니 등 뒤에 있는 진열대로 옮겼다.

"안 좋은 소식이 있어요."

콜레트의 심장이 덜컥 내려앉았다.

"마이더스 일인가요?"

"마이더스라니? 그게 뭔데요?"

콜레트가 고개를 저었다.

"마이더스 로스요. 신문에 난 아기 있잖아요. 앨리슨 말로는 고시 씨와 회의를 하셨다고 해서 그 이야기인 줄 알았어요……."

"그 뉴스 보고 당신도 마음이 몹시 안 좋겠거니 생각했어요. 그 애가 포피랑 같은 나이니까."

테브는 콜레트에게 등을 돌린 채 커피를 컵에 따르며 말했다.

"대체 어떤 미친놈이 아이를 데려간 걸까요?"

"혹시 아시는 게 있으신지……."

그러자 테브가 고개를 흔들며 손을 내저어 질문을 막았다.

"아니, 나쁜 소식은 아기 이야기가 아니에요. 당신과 나 사이의 일이지."

테브가 그녀를 바라보자 콜레트는 마음을 굳게 다잡았다.

"나 지금 당신과의 회의를 취소해야 하거든요. 어제 보내준 걸 읽을 틈이 없었어요. 그런데 지금은 또 다른 회의가 있네요."

콜레트는 가슴속 긴장감이 풀리고 안정감이 찾아오는 느낌이었다. 그럼 이 끔찍한 책을 두고 몇 시간 동안 떠들 필요가 없겠구나. 여기서 나가서 방금 읽은 내용이 뭔지 알아볼 수 있게 되었다.

"테브……."

콜레트가 목소리에 짜증을 확실하게 실었다.

"알아요. 내가 죽일 놈이죠. 미안합니다. 내일 들를 수 있어요?"

콜레트는 노트북과 공책을 챙기기 시작했다.

"물론이죠."

"아니, 잠깐만요. 내일은 온종일 롱아일랜드에서 자선기금 행사가 있네. 모레는 괜찮은지?"

콜레트는 고개를 끄덕였다.

"언제든 되시는 시간에 올게요."

"고마워요, 콜레트."

테브가 책상에 앉아서 휴대폰 화면을 쭉 내렸다.

"딸애는 어때요?"

"사랑스럽죠."

"그래요? 엄마 고생시키는 건 아니고? 만약 아기가 힘들게 하면 내가 걔랑 이야기 좀 해볼게요."

"그 애를 설득하실 수 있을지는 잘 모르겠지만, 그럼 와서 걔한테 밤에는 잠 좀 자라고 말해주세요."

테브가 휴대폰을 보다 말고 손을 불쑥 내밀더니 콜레트를 올려다보았다.

"애 좀 보여줘요. 최근 사진으로."

콜레트의 휴대폰은 가방 속에 있었다. 테브가 일어섰고 콜레트는 테브에게 등을 돌리고 섰다. 조심스럽게 가방 지퍼를 여는 순간, 마침 애런이 문가에 나타났다.

"실례합니다만, 시장님, 손님들이 기다리고 계십니다. 더는 오래 기다릴 수 없답니다."

"알겠어. 가지."

테브가 커피를 쭉 들이켜고는 진열대에 쌓인 파일 옆에 컵을 놓왔다.

"사진 파일을 문자로 보내줘요."

테브가 말하고 콜레트의 팔을 두드린 다음 밖으로 나갔다.

콜레트는 앨리슨에게 작별 인사를 하고 밖으로 나와 사람들 사이를 재빨리 지나갔다. 역하게 풍겨오는 구운 프레첼의 기름 냄새를 맡으며 지하철로 향했다. 열차에 올라 차가운 전동차 뒷좌석 빈자리에 앉았다. 그리고 10분 뒤, 열차가 터널을 통과하여 브루클린 다리로 진입하자, 뜨거운 7월의 태양 아래 터벅터벅 길을 걷는 사람들이 보였다. 콜레트는 휴대폰을 꺼내들었다. 문자를 보내는 그녀의 눈가에 눈물이 핑 돌았다.

−내일 아침에 시간 되면 우리 집에 올래요? 할 말이 있어요.

제6장

2일째 밤

이젠 어떡해야 할까.

나는 산후도우미가 해준 말을 잊지 않으려 애쓰고 있다. 심호흡을 하면 부교감 신경계가 활성화되어서 긴장이 완화되고 차분해진다고 했지. 하지만 소용이 없었다. 가슴이 턱 막혔고, 산소를 충분히 마실 수가 없다. 여기서 나가야 한다. 신선한 공기를 마셔야 한다. 하지만 밖에는 기자들이 진을 치고 내게 질문하려 든다. 《뉴욕포스트》의 그 남자, 이름이 엘리엇 뭐라고 했는데. 남루한 옷에 싸구려 미용실에서 이발한 머리를 하고 얼굴에는 개기름이 낀 남자다. 하지만 그 남자 어머니는 아들 이름이 신문에 난다며 자랑스러워하겠지. 엘리엇 폴크는 자리를 뜨지 않고 계속 이웃 주민들과 이야기를 나누는 중이다. 어젯밤에는 어디에 있었습니까? 무슨 일이 일어났다고 생각하십니까? 아이 어머니에 대해서 아시는 게 있습니까?

난 어찌할 바를 몰라 그저 복도를 왔다 갔다 걷기만 했다. 아이 방 앞쪽 여섯 번째 나무판자는 삐걱거리는 소리가 나서 밟지 않으려고 조심했다. 커튼은 꼭 닫아놓았다. 내가 여기 있다는 걸 아무에게도 알리고 싶지 않았다. 형사들이 전화해서 혹시 이야기할 수 있겠느냐고, 또 할 말은 없느냐고 묻는 것도 더는 원치 않았다.

나는 더 할 말이 없었다. 뭘 더 어떻게 말한단 말인가. 거의 기억나지 않는데. 그날 밤 일의 세부 사항은 정전기가 확 일었다가 사라진 것처럼 너무 어렴풋하다.

넬의 이메일을 받은 건 기억난다. 밤에 놀러 나가자고, 아이는 몇 시간만 다른 사람에게 맡기라고.

안 돼. 당연히 안 갈 거야. 이렇게 생각했던 건 기억난다. 하지만 나는 메일을 몇 번이나 읽으며 고심했다. 넬은 참 끈질겼다.

―다들 온다고요. 특히 위니는 와야 해요. 거절은 거절하겠어요.

좋아. 가자. 나는 급히 결정을 내렸다. 거절하지 않을 참이었다. 간다고 말할 거라고! 왜 안 돼? 나도 누구 못지않게 하룻밤 나가서 놀아도 괜찮은 사람이야. 재미있게 놀 자격이 있어. 왜 집에 남아서 아기에게만 집착해야 해? 다른 엄마들은 다들 나가서 잘만 노는데. 기념일도 축하하고, 술도 한잔하잖아? 그 엄마들은 이 새로운 세상을 참 쉽게도 헤쳐 나가고 있잖아. 너무나도 평온하게. 너무나도 자신만만하게. 짜증나도록 완벽하게.

왜 나라고 그런 엄마들처럼 못 하겠어?

난 옷을 입었다. 그건 기억이 난다. 양손으로 허리를 꽉 조이는 듯한 스타일의 원피스를 고른 것도 기억난다. 그 술집으로 가서 엄마들을 찾아냈던 것도. 검은 아이라이너에 씨든 얼굴들. 눈 밑 다크서클을 가리려고 덕지덕지 바른 컨실러. 몇 달 동안 발라본 적 없는 립스틱을 칠해 은은히 빛나는 입술들.

「레벨 옐」. 나는 그 노래를 따라 부르고 춤을 췄다. 엄마들 사이에 섞여서, 바로 그 배타적인 족속의 일원들을 따라. 그러다 갑자기 여기서 나가야 한다는 강렬한 느낌이 들었던 것도 기억난다. 그때 그 남자가 불쑥 나타났다. 나에게 술을 한잔 사겠다고 말했다. 눈동자가 바다처럼 푸르고 그윽하며, 입술이 도톰한 남자였다. 빌어먹을 평생을 그렇게 생긴 남자들과 엮여 내가 얼마나 고생했던가.

그 후로는 기억나는 게 거의 없다.

가끔 눈을 감고 잠을 청하면, 그날 공원을 걸었던 장면이 떠오른다. 그늘을 골라 걸었지. 그리고 기도했다.

주여. 제발 조슈아를 돌려주세요. 조슈아만 돌아온다면 뭐든지 할게요.

"괜찮으세요?"

그때 나는 벤치에 앉아 있었다. 어떤 남자가 내 앞에 섰다. 발 옆에는 개가 있었다. 가로등을 등지고 있어 그늘이 지는 바람에 얼굴이 보이지 않았다. 정말로 사람일까. 아니면 또 환상을 보는 걸까. 모르겠다.

나는 그 남자에게 소리 지르고 싶었다.

왜 날 버렸을까요? 나는 이런 대접을 받아도 되는 사람이 아닌데.

그를 위해 무엇이든 했는데.

"괜찮아요."

나는 개를 데리고 있는 남자에게 말했다. 그는 내 옆자리에 앉았다. 그의 허벅지가 내 다리를 건드리고 팔은 내 어깨 뒤 벤치 등받이에 걸쳐졌다.

"고마워요. 그냥 누구랑 이야기를 좀 하고 싶었어요."

그래. 내가 바란 건 그뿐이었다. 정말로. 그냥 조슈아에게 말하고 싶었다. 조슈아랑 같이 있는 것만이 나한테는 중요한 일이라고 말해주고 싶었다. 내가 쓴 편지들에 대해 알려주고 싶었다. 한두 통은 읽어줄 수도 있었으리라. 그러면 내가 어떤 마음이었는지 정확히 알 텐데. 내가 아직도 얼마나 조슈아를 원하고 있는지. 혹시라도 내가 잘못한 게 있다면, 얼마나 미안한지.

아뇨, 형사님. 죄송해요. 아무것도 못 말하겠어요.

미안해요, 뚱뚱한 엘리엇 기자님. 더 이상 할 말이 없네요.

이 글을 쓰고 있는 손이 덜덜 떨린다. 힘이 빠지고 혼란스럽다. 나는 좋은 엄마가 되려고 정말 열심히 노력했었다. 최선을 다했다. 정말로 다했다.

세상에, 내가 대체 무슨 짓을 한 거지?

제 7 장

3일째

수신: 5월맘님

발신: 맘동네 친구

날짜: 7월 7일

제목: 오늘의 조언

생후 54일 우리 아기,

오늘은 아이를 엎드리게 해놓는 이야기를 해볼까요! 아이를 엎드리게 해놓는 건 아주 중요하답니다. 몇 시간마다 10분씩이라도 해보세요. 엎드리면 아기의 배근육과 목근육이 강화되니까요. 지금쯤이면 아이가 엎드린 채로 장난감이나 엄마의 손가락, 심지어 엄마 코에 손을 뻗고 있을지도 모르겠네요. (그러니 지금이 아기용 손톱깎이를 하나 사야 할 때일 수도!)

프랜시는 엘리베이터의 은빛 문에 비친 자신의 일그러진 모습을 유심히 바라보았다. 그리고 아기 띠에 넣은 윌의 무게를 받치느라 꽉 맨 끈 사이로 뱃살이 밀려 나온 모습을 애써 외면했다. 넬 옆에 서 있으니 자신이 얼마나 땅딸막해 보이던지. 넬은 적어도 프랜시보다 10센티미터는 컸다. 게다가 금발 머리카락을 픽시 컷 스타일로 짧게 쳤고 커다란 문신까지 있었다. 프랜시는 곱슬머리를 매만졌다. 머리를 감고 올 시간이 있었으면 좋으련만. 아니면 적어도 마스카라를 하고 립글로스라도 바르고 올걸. 오늘 아침은 특히나 힘들었다. 윌은 오늘 새벽 5시에 일어나서 한 시간 내내 울어대며 모유를 거부했다.

프랜시는 몸을 앞으로 살짝 숙이고는 셔츠 안을 들여다보았다. 오늘 아침에 감자를 얇게 썰어 브래지어 안에 붙여놓았다.

넬이 프랜시를 슬쩍 보았다.

"옷 속에서 감자칩이라도 튀겨요?"

프랜시는 뜨겁고 붉어진 젖꼭지를 가리기 위해 감자를 매만져 위치를 조정했다.

"아니에요. 스칼릿이 이렇게 하라고 해서요."

이게 다 유선이 막혀서라고 확신한 프랜시는 스칼릿에게 조언을 구했었다. 스칼릿은 이런 쪽에 정통한 엄마였다. 이럴 땐 어떻게 해야 하는지 자연스럽게 알고 있는 엄마, 그래서 언제나 동료 엄마들에게 쓸 만한 조언들을 이메일로 알려주는 엄마. 스칼릿은 기저귀 발진으로 아이가 고생하고 있는 유코에게 목욕물에 카모마일 티백 열두 개를 넣으라고 조언하고, 스타벅스 옆 아기 옷가게에서 파는 신상품 포대기의 리뷰를 알려주었다.

–마침 잘 물어봤어요. 나도 그거 막 알아냈거든요.

어쩔 줄 몰라 도와달라고 요청한 프랜시에게 이젯밤 스칼릿이 답장했다.

–첫째, 카페인을 끊으세요. 둘째, 얇게 자른 유기농 감자를 아침마다 세 시간 동안 브래지어 안에 붙여요. 이상한 방법 같다는 건 나도 알지만, 그러면 금방 가라앉거든요.

감자를 붙인 지 벌써 다섯 시간이나 되었지만, 프랜시의 가슴은 아직도 심하게 쓰라렸다. 하지만 프랜시는 자기 탓을 했다. 조언대로 유기농 감자를 사지 않고, 3달러를 아끼자고 일반 감자를 사서 소용없는 거라고 말이다. 스칼릿의 조언을 정확히 따르려면 돈을 그냥 썼어야 했다. 차도가 없는 건 유기농이 아니라서 그런 거다.

엘리베이터 문이 열렸다. 두 사람은 아파트 3A호로 갔다. 그들이 노크도 하기 전에 콜레트가 문을 열었다. 프랜시는 콜레트의 모습을 보고 얼굴이 붉어졌다. 콜레트는 윗옷을 입지 않은 차림이었다. 분홍색 레이스 브래지어 밖으로 가슴이 죄다 드러났고, 팔과 복부에는 옅은 갈색 주근깨가 별자리처럼 퍼져 있었다.

"이런 차림이라 미안해요. 아기가 방금 내 옷에 많이 토했는데 깨끗한 옷이 남은 게 없어서요."

콜레트가 목덜미 높이로 머리를 묶으며 말했다. 겨드랑이에 잘게 돋아난 털이 보였다. 콜레트가 말을 이었다.

"오늘 아침에 빨래를 두 바구니나 개켰는데 그걸 넣어놓고 나니까 찰리가 글쎄, 내가 방금 빨지도 않은 옷을 개켰다고 하는 거 있죠. 나 정말 사람 하나 죽일 뻔했다니까요."

"정말요?"

프랜시는 이렇게 대구했지만, 사실은 콜레트의 아파트를 보고 너무 얼이 빠져서 방금 들은 말이 무슨 소린지 귀에 들어오지 않았다. 위니의 아파트를 제외하면, 프랜시는 뉴욕에 온 뒤로 이토록 멋진 아파트에 들어와본 적이 없었다. 반짝반짝 빛나는 원목으로 바닥을 깔아놓은 거실은 긴 소파 두 개 그리고 안락의자 두 개가 들어가고도 남을 정도로 컸다. 식탁은 커다란 통 유리창 앞에 있었는데 열 명도 앉을 수 있을 만큼 컸다. 주방 공간 하나가 프랜시의 아파트 면적보다 더 넓었다. 프랜시의 아파트는 너무 좁아서 저녁 식사에 누구를 초대할 수도 없었다. 그래서 프랜시는 아이 옷을 하나뿐인 침실 구석의 플라스틱 통에 보관하고, 아이는 거실에서 키워야 했다. 거실에서 바라보면 맞은편 거리에 최근 공사를 시작한 고급 아파트가 올라가는 모습이 보였다. 로웰은 더 큰 집으로 이사하는 게 어떨지 고민하기 시작했다. 브루클린에서 좀 벗어나면 어떨까. 퀸스에서조차 벗어나야 할지도 모른다. 하지만 프랜시는 그 말을 듣지 않을 참이었다. 지금 사는 곳의 학군이 아니면 마음에 들지 않았다. 아기를 위해서 견뎌야 한다. 이곳은 주변 환경도 좋고, 좋은 교육을 받을 가능성이 있는 곳이니까.

"어땠어요?"

콜레트가 넬에게 묻자, 넬이 소파에 털썩 앉았다.

"끔찍했어요."

넬이 대답했다. 넬은 어젯밤 둘에게 메일을 보냈다. 어제가 알마를 해고하고 베아트리스를 '해피 베이비 어린이집'에 보낸 첫날이라는 내용이었다. 이틀 뒤 직장으로 복귀하기 전에 아기를 어린이집에 적응시키기 위해서는 몇 시간 동안만이라도 보내야 했다.

"울고불고 난리 났죠. 다른 엄마들이 죄다 째려보더라고요."

"베아트리스를 편하게 해주던가요?"

"베아트리스가 아니라 날 편하게 해줬죠. 나 어제 완전 추태 부렸다니까요."

넬이 손에 쥔 구겨진 화장지로 코를 닦았다.

콜레트가 넬의 어깨를 다독였지만, 프랜시는 너무 놀라 그 자리에서 굳었다. 어떻게 그럴 수 있지? 모르는 사람의 손에 자기 아기를 온종일 맡겨두다니? 아기가 태어나면 적어도 6개월간은 가능한 한 아이를 많이 안아주는 게 엄마로서 제일 잘하는 건데. 스킨십을 최대한 자주 하는 게 아주 중요하다. 어린이집 교사나 유모는 그렇게 해주지 않으니까. 프랜시는 가끔 월을 돌보면서 휴대폰으로 isawyournanny.com 사이트에 올라온 최근 게시물을 읽곤 했다. 베이비시터가 아이에게 하는 짓을 목격한 부모가 글을 올리는 사이트였다. 글에 나오는 베이비시터들은 아기를 무시하고, 윽박지르고, 혼자 놀게 내버려두고서 전화로 수다를 떨어댔다.

"괜찮아지겠죠, 그렇죠? 아이를 다치게야 하겠어요?"

넬이 이렇게 말하며 화장지에 코를 풀었다.

"당연히 괜찮아지죠. 수백만 명의 여자들이 매일 그렇게 하고 있잖아요."

콜레트의 말에 넬이 고개를 끄덕였다.

"나도 알아요. 그러려고 어린이집에 돈을 내는 거니까. 이따 오후에 아이가 오면 잘 해줘야겠어요. 손톱 관리도 해주고 얼굴에 오이 마사지도 해주고, 우유로 팔꿈치 각질도 제거해줄까 봐요."

넬이 눈물을 닦자 오른뺨을 따라 검은 마스카라 자국이 남았다.

"알마를 해고해서 마음이 너무 안 좋아요. 하지만 난들 어쩌겠어요? 지금 기자들이 알마를 개떼처럼 따라다니고 있어요. 베아트리스를 그런 환경에 둘 수는 없으니까요."

콜레트가 말했다.

"정말 역겹네요. 오늘 아침에 찰리가 사 온 신문을 봤어요. 알마가 딸이랑 놀이터에서 놀고 있는 사진이 실렸더라고요. 어쩜 사람을 이리 몰아댈 수 있을까요."

넬이 덧붙였다.

"완전 기운이 쪽 빠졌어요. 요즘 서배스천이랑 온종일 싸워요. 말끝마다 사람을 짜증나게 하잖아요. 게다가 애는 몇 시간에 한 번씩 깨고."

콜레트가 일어서서 주방으로 가더니 조리대에서 디저트가 담긴 종이 상자를 가져왔다.

"별 도움은 안 되겠지만, 오늘은 초콜릿칩 머핀을 사 왔어요. 여러분 기분이 좀 나아질까 해서요."

콜레트는 접시에 머핀을 담아 커피 테이블에 차려놓은 다음 뒤편에 있는 침실로 향했다.

"잠깐 셔츠 좀 찾을게요. 커피도 내려놨으니 함께 들어요."

넬은 소파에 자리를 잡고 앉았다.

"난 괜찮아요. 벌써 네 잔이나 마셨거든요."

프랜시는 주방으로 들어갔다. 주방은 커다란 도마가 있는 조리대를 사이에 두고 서실과 나뉘어 있었다. 프랜시는 손을 들어 매끄러운 목재와 흠 없는 하얀 조리대, 개수대가 두 개나 되는 싱크대를 쓸어보았다. 그리고 냉장고 문을 열기에 앞서 줄지어 붙은 폴라로이드 사진을 찬찬히 훑어보았다. 분홍색 침대보 위에 아기 베개를 베고 누운 포피의 사진이 보였다. 프랜시는 훤칠하니 잘생긴 남자가 콜레트와 함께 찍은 사진을 보고 이 사람이 찰리일 거라고 생각했다. 두 사람은 갈색으로 그을린 팔로 서로의 허리를 감싸고 있었다. 콜레트의 갈색 머리가 해변의 바람에 휘날리고 새로 난 주근깨가 지도처럼 얼굴에 흩어져 있었다. 남자의 손 글씨로 보이는 메모도 있었다. 메모는 커다란 창문에서 쏟아지는 햇살을 받아 빛바래고 쭈글쭈글해져 있었다.

주방 도구들, 아직 다 못 쓴 책들, 이제는 안 쓰는 어린 시절 물건들, 일반 가정용품 여러분, 모두 조심하시기 바랍니다. 콜레트 예이츠가 이곳에 둥지를 틀었습니다. 모두의 안전을 보장할 수 없습니다.

콜레트가 자신에게는 너무 큰 남성용 티셔츠를 입고 나타났다. 넬이 책장 앞에 서서 액자를 손에 든 채 콜레트에게 물었다.

"이분 알아요?"

콜레트가 넬을 슬쩍 보더니 주방으로 가서 잔에 커피를 따랐다.

"네."

"어떻게 알아요?"

"우리 엄마거든요."

"말도 안 돼."

"누군데요?"

프랜시가 물었다. 넬이 사진을 돌려 액자 속 인물을 보여주었다. 선명한 흰색 단발을 한 노부인이 서핑보드 위에 서서 의기양양하게 머리 위로 손을 든 모습이었다.

"로즈메리 카펜터예요."

넬의 놀란 표정을 보아하니, 프랜시도 이 사람이 누군지 알 거라고 생각하는 게 분명했다.

"죄송하지만 누구신지 모르겠는데요."

넬은 액자를 내려놓았다.

"WFE의 창립자세요."

프랜시는 충격을 받았다.

"레슬링 연맹 말이에요?"

그러자 콜레트와 넬이 웃었다. 프랜시는 민망해서 얼굴이 빨개졌다.

"아뇨. 여성평등연맹요. 페미니스트 단체예요."

넬의 말에 콜레트가 대꾸했다.

"따지고 보면 확실히 레슬링 연맹이랑 *비슷한* 점이 많죠."

넬이 액자를 제자리에 돌려놓았다.

"우리 엄마가 나한테 고등학교 졸업 선물로 이분 책 사인본을 줬는데."

"재밌네요. 우리 엄마도 그랬거든요."

콜레트가 대답했다.

"와, 정말 놀랍네요."

프랜시는 무슨 말을 해야 할지 몰라 그냥 이렇게 대답했다. 왜 뉴욕에 사는 사람들은 전부 유명한 사람이거나 유명한 사람들의 지인일까. 위니도 그렇고, 콜레트의 어머니까지. 뉴욕으로 이사 오기 전 프랜시가 본 가장 유명한 사람은 웨스턴 테네시에서 제일 큰 자동차 딜러 체인의 사장이었다. 프랜시는 당시 일하던 스튜디오에서 그의 가족사진 찍는 것을 도와주면서 그를 만났었다.

넬이 콜레트에게 물었다.

"기분이 어땠어요?"

"어땠느냐고요? 그 유명한 말을 한 걸로 알려진 여성의 딸로 사는 게 어땠느냐는 거죠? '남자에게 의지하며 사는 것보다 여자에게 더 나쁜 건…….'"

그러자 넬이 말을 이어받았다.

"'아이가 자신에게 의지해 살게 만드는 것이다'라고 말한 분의 딸이죠, 당신은."

"끔찍하네요."

프랜시가 자기도 모르게 대꾸하자 콜레트가 말했다.

"내 기분이 어땠느냐 하면, 좀 복잡했어요. 하지만 그건 나중에 이야기해요. 찰리가 오기 전에 두 사람에게 꼭 할 말이 있거든요."

프랜시가 물었다.

"마이더스 이야기죠?"

"그래요."

"아, 그렇구나. 나도 하고픈 말이 있어요. 그날 밤 일을 많이 생각해봤거든요."

프랜시는 윌을 아기 띠에서 풀어 바닥에 눕혀놓은 다음 기저귀 가방에서 노트를 꺼냈다. 그리고 소파 앞에 깔린 부드러운 러그 위에 무릎을 꿇고 노트를 폈다. 노트에는 그날 밤 일을 시간 순서대로 적어놓은 표가 있었다. 그날 밤 졸리 라마에 있던 사람들의 명단과 그들이 각각 몇 시에 떠났는지도 다 기록해놓았다.

"사건이 일어난 순서대로 정확히 연결하려고 해봤어요. 혹시 빈 구멍을 채울 수 있는 누군가가 있지 않았을까 싶어서요. 위니는 어디 있었을까요? 언제 떠났을까요? 혹시 같이 떠난 사람이 있을까요?"

넬이 바닥에 내려와 프랜시 옆에 앉았다. 프랜시가 계속 말했다.

"경찰도 이 일을 하고 있지만— 뭔가가 잘못됐어요. 로웰의 삼촌이 경찰 쪽에 계셔서 이야기를 듣거든요. 이 뉴스를 남편에게 읽어주었는데, 경찰이 저지른 실수를 전부 듣고 엄청나게 충격을 받더라고요. 이거 보셨어요?"

프랜시는 가방에서 종이 뭉치를 꺼내서 그날 아침《뉴욕 포스트》웹사이트에 실린 엘리엇 폴크의 기사 출력본을 찾았다.

"듣자 하니 사진을 찍기 전에 누군가 마이더스의 방 창문을 열었대요. 게다가 장갑도 끼지 않은 사람이 아기 요람 시트를 옮겼다더라고요."

콜레트가 물었다.

"어제 기사도 봤어요? 마이더스를 데려간 사람이 어쩌면 경찰이 도착했을 때에도 집 안에 있었을 가능성이 있다고 추측한 거?"

넬이 대답했다.

"알아요, 나도 봤어요. 그래서 우리가 도착했을 때 문이 열려 있었던 걸까요?"

프랜시가 소파에 기대어 넬을 바라보았다.

"누가 어떻게 들어왔는지부터 따져봐요. 넬, 다시 물을게요. 위니의 열쇠랑 휴대폰이 어떻게 되었는지 생각 안 나요? 혹시 무슨 일이 일어났는지 기억나는 것 없어요? 열쇠랑 휴대폰이 멋대로 그냥 *사라질* 리는 없잖아요."

넬은 프랜시의 노트를 바라보기만 했다.

"모르겠어요. 분명히 위니 휴대폰을 핸드백에 넣었거든요. 그건 확실해요. 두 분도 봤을 거 아녜요."

"핸드백을 떨어뜨렸을 때 안에 든 게 쏟아졌었잖아요. 그때 휴대폰도 떨어진 거 아닐까요? 어쩌면 근처 테이블 아래로 들어갔을지도 모르잖아요?"

"내가 핸드백을 떨어뜨렸어요?"

"기억 안 나요? 위니의 휴대폰을 찾으려고 했을 때였는데."

프랜시는 목소리에 짜증스러운 기색을 담지 않으려고 애썼다.

"아, 맞아. 하지만 휴대폰이 그때 떨어지지는 않은 것 같은데요."

넬이 말했지만 프랜시가 듣기에는 목소리에 확신이 없었다.

"그럼 기억하는 것부터 차근차근 짚어봐요."

프랜시가 말했다. 넬은 손을 눈두덩에 대고 눌렀다.

"종업원에게 가서 감자튀김을 주문했어요. 그리고 조금 있다가 스칼릿이랑 바에 가서 술을 주문했어요. 그랬다가 돌아와서……."

"아니, 틀렸어요. 스칼릿은 그날 오지 않았어요."

프랜시는 그 사실을 확실히 알고 있었다. 넬은 자기가 생각한 것보다 훨씬 더 취해 있었던 거다.

"스칼릿이 안 왔다고요?"

"그래요."

프랜시는 새삼 후회스러웠다. 어째서 위니의 휴대폰을 넬이 잘 가지고 있을 거라 믿었을까? 넬이 술을 너무 많이 마셨다는 걸 잘 알고 있었는데. 왜 좀 더 똑똑하게 굴지 못했을까?

프랜시가 노트를 넬에게 가까이 밀고서 명단을 가리켰다.

"스칼릿은 안 왔어요."

그러자 넬이 방어적인 어조로 말했다.

"알았어요. 진정해요, 프랜시. 그럼 내가 이름을 착각했나 보네. 말했잖아요. 사람 이름 외우는 데 젬병이라고. 그때 왔다가 엄청 빨리 떠난 사람이 누구죠? 필라테스 한다던 사람? 나랑 바에 같이 가서 술 샀는데."

"젬마 아니에요? 파란색 탱크톱에 청바지 입은 여자."

"아, 젬마, 젬마였어요."

"그런 다음에는요?"

"그게 전부예요. 그다음에 화장실에 갔죠. 그리고 다시 테이블로 와서 다 같이 수다를 떨고 있었는데 알마에게 전화가 온 거예요."

프랜시가 물었다.

"정말이에요? 그럼 아무도 핸드백에서 위니의 휴대폰이랑 열쇠를 가져가지 않았다고요?"

"프랜시, 숨 좀 돌려요. 그러나 기절하겠네."

콜레트가 말했다. 프랜시는 무릎을 꿇고 앉았다.

"내가 보기에는 앞뒤가 하나도 안 맞아요. 그럼 알마가 전화했을 때 위니는 어디 있었던 거죠? 그리고 그날 밤 언제 집에 갔던 거죠? 아, 참, 오늘 아침 퍼트리샤 페이스가 「페이스 아워」에서 한 말 들었어요?"

넬은 짜증난다는 듯 한숨을 쉬었다.

"퍼트리샤 페이스, 그 여자 진짜 싫어요. 어떻게 미스 캘리포니아였던 여자가 케이블 TV에서 한 시간짜리 토크쇼 진행자 자리를 꿰찰 수 있는 거죠?"

그러자 콜레트가 말했다.

"미인 선발 대회에서 그 여자가 자기 재능이 뭐라고 했는지 알아요? 사회 비판이었어요."

넬이 대꾸했다.

"아, 제발. 그게 무슨 소리죠? 그럼 비키니 차림으로 연단에 서서 초등학교 애들을 총기로 무장시키는 데 찬성하는 토론이라도 했단 말인가요?"

"그 여자 진짜 입에 거품 물고 토론해요. 부잣집 아이가 유괴당했는데, 그 애 엄마가 한때 유명 배우였고, 지금은 싱글맘이라는 뉴스거리가 던져졌잖아요. 그러니 퍼트리샤 페이스는 자기 방송을 있는 대로 이용해서 한몫 단단히 챙길 마음이겠죠."

콜레트의 말에 프랜시가 대답했다.

"그건 나도 알아요. 하지만 내 말은, 오늘 아침에 한 말을 들었느냐는 거예요. 그쪽이 우리를 알아요. 우리가 들어갔다는 걸요."

그러자 넬이 숨을 헉 몰아쉬더니 프랜시의 손목을 잡았다. 핏기가 싹 가신 얼굴이었다.

"무슨 말이에요? 퍼트리샤 페이스가 우리 이름을 언급했어요?"

"이름은 말하지 않았어요."

프랜시가 이렇게 말하고는 일어서서 짜증을 부리기 시작하는 윌을 얼렀다.

"우리를 '위니 로스의 친구들'이라고 했어요. 그리고 범죄 현장에 들어왔다고 말했어요."

프랜시는 그 말을 들었을 때 묘하게 가슴이 두근댔다는 걸 부정하지 않았다. 저거, 나야. 테네시주의 작은 마을, 인구가 6360명밖에 되지 않는 에스테빌 출신의 프랜시 기븐스를 두고서 퍼트리샤 페이스가 위니 로스의 친구라고 언급했다니(비록 이름은 밝히지 않았지만). 프랜시는 종이 더미 위에 있던 기사를 발끝으로 넬에게 밀어주었다.

"그게 벌써 기사로 났어요."

넬은 소리 내어 기사를 읽었다.

"방송인 퍼트리샤 페이스의 쇼에서 최초 보도된 바에 따르면, 위니 로스의 친구는 세 명이었고, 이름은 밝혀지지 않았지만 사건 당일 로스의 집에 도착한 것으로 보이며 안으로 들어왔다. 하지만 그이후 뉴욕 경찰은 무력까지 써서 그들을 강제로 내보내야 했다."

콜레트가 말했다.

"무력을 써서 강제로 내보냈다고? 그건 좀 과장이 심하네요."

"그러게요. 하지만 더 심한 말이 있어요."

프랜시가 말했다. 제일 심한 말은 퍼트리샤 페이스가 한 말이었다. 프랜시도 전에 어딘가에서 같은 내용을 읽었던 적이 있지만, 지금 다시 읽게 되자 속이 죄어들었다. 유괴된 아이가 생존한 상태로 발견되기 위해서는, 사건 발생 후 24시간 안에 찾아내는 게 정말 중요하다는 점이었다.

"이 기사에서 지적하는 대로 경찰이 사건을 이 지경으로 망쳤다면, 이게 무슨 뜻인지 여러분도 아시겠죠?"

프랜시는 생각하고 싶지도 않았다. 혹시라도 마이더스가 무능한 경찰들이 저지른 실수 때문에 엄청난 위험에 빠질 수도 있다는 사실을 말이다.

콜레트가 테이블에 커피 잔을 내려놓고 몸을 숙였다. 그 표정이 심상치 않아서, 프랜시는 윌을 어르던 손길을 멈추고 물었다.

"왜 그래요?"

"있죠, 들어봐요. 이 내용을 알려줘도 될지 모르겠지만, 나한테 정보가 있어요. 마이더스에 관한 거예요."

프랜시가 다시금 물었다.

"무슨 말이에요? 이제까지 나온 기사는 내가 다 읽었어요. 만약 언론 기사라면⋯⋯."

"언론 기사가 아니에요. 일하다가 알아낸 거예요."

"일하다가요?"

"그래요. 내가 회고록 쓴다는 말 했죠? 그 책, 테브 셰퍼드 책이에요."

그러자 넬이 말했다.

"말도 안 돼. 셰퍼드 *시장* 책이라고요?"

"그래요. 내가 그 사람 대필 작가예요."

"시장님이 뭐 하러 대필 작가를 써요? 첫 책도 엄청 대단했는데."

"그 첫 책도 *내가* 썼어요."

"정말이에요?"

프랜시가 말했다. 그 책은 그녀도 알고 있었다. 몇 달 동안 사람들이 그 책 이야기만 해댔던 적이 있었으니까. 테브 셰퍼드의 회고록은 사우스브롱크스 지역의 젊고 끝내주게 잘생긴 고등학교 교장 선생님의 이야기를 유려한 문체로 담아냈다. 로웰 역시 그 책을 밤새 읽었었다. 프랜시의 어머니가 가입한 북클럽에서도 그 책을 읽고 토론했었다. 셰퍼드의 책에는 그의 어머니가 살고 있는 워싱턴 하이츠의 그리스 식당에서 식사하는 대목이 자주 나왔는데, 덕분에 그 식당은 아직도 장사가 아주 잘되고 있다. 셰퍼드는 그곳에서 토요일 아침마다 옥수수 머핀에다 베이컨을 곁들여 아침을 먹었다고 썼고, 그걸 읽은 중년 여성들은 혹시 안쪽 좌석에 앉은 그를 볼 수 있지 않을까 싶은 마음으로 그 식당에 삼삼오오 줄을 서서 기다렸다.

"그게 내 일이에요. 다른 사람들은 당사자가 썼다고 알고 있는 책을 대신 써주는 거요. 밝히면 안 되기 때문에, 지금 이 말도 실은 절대로 하지 말아야 한다는 거, 여러분도 잘 아시겠죠. 그런데 어제 시장님 사무실에 갔다가 마이더스 사건 수사 내용에 관한 파일을 발견했어요."

콜레트의 말에 넬이 대답했다.

"말도 안 돼. 그래서요? 봤어요?"

"아뇨. 보기만 한 게 아니에요. 더 심각하죠."

콜레트는 바닥에 무릎을 꿇고 소파 아래에 손을 넣어 담황색 서류철을 꺼냈다.

"복사해 왔어요."

프랜시가 윌을 바닥에 눕히고 콜레트 옆에 앉았다.

"세상에. 이거 또 누가 알아요?"

콜레트는 한숨을 쉬었다.

"아무도 몰라요. 찰리한테도 말 안 했어요. 게다가, 나는 이 책 작업도 한참 늦었어요. 남편은 내가 일하고 있다고 생각하겠지만, 실은 어젯밤에 이거 읽느라고 시간을 얼마나 썼는지 몰라요."

"당신이 위니 친구였다는 거 시장님도 알아요?"

그 말에 콜레트는 한숨을 쉬었다.

"아뇨. 사실 다짜고짜 말하는 것도 너무 이상하단 생각이 들었어요. 그리고 이제는 말할 수가 없어요. 말하면 왜 처음부터 이야기하지 않았냐면서 오히려 이상하다고 생각할 테니까."

프랜시는 콜레트가 손에 든 서류철을 바라보았다.

"무슨 내용이에요?"

"가장 최근 뉴스 같아요. 셰퍼드 시장이 봐야 하는 내용이죠. 여길 보면……."

순간 초인종이 울렸다.

"제길."

콜레트가 일어나 창문 쪽으로 걸어가서는 아래층 문 앞에 누가 왔는지 엿보았다.

"그냥 안 나갈래요. 분명히 찰리 택배일 거예요. 계단에 두고 가겠죠."

"지금 온 사람, 토큰일 거예요."

프랜시가 말하자 콜레트가 짜증 섞인 눈빛으로 쏘아보았다.

"토큰을 여기 불렀어요?"

오늘 아침 토큰이 프랜시에게 이메일을 보내서 더 스폿 커피숍에서 커피나 한잔하면 어떻겠느냐고 물었다. 너무 이상한 제안이었다. 토큰은 한 번도 프랜시에게 둘이서 뭘 하자고 제안한 적이 없었다. 게다가 몇 달간 토큰이 모임에 계속 참석해왔다지만 프랜시는 그에 대해서 아는 게 거의 없었다. 토큰이 처음 나타났을 때, 얼마나 깜짝 놀랐던가. 아직도 기억이 생생하다. 6월 둘째 주 화요일이었다. 프랜시는 모임에 10분 늦었고, 허둥지둥 언덕을 내려가 버드나무 그늘로 달려갔다. 그때, 둥글게 앉은 사람들 사이에 웬 남자가 있는 걸 보았다. 남자는 위니 옆자리에 앉아 그녀 귓가에 무어라 속삭이고 있었다. 위니는 즐거운 표정으로 귀를 기울여 들었고, 갑자기 둘은 커다랗게 웃었다. 프랜시는 그 남자가 위니의 남편이라고 확신했다(물론 위니의 남편에 대해 프랜시가 그 나름대로 상상한 매력적인 생김새와는 전혀 달랐지만). 그는 빛바랜 하늘색 야구모자를 썼다. 그의 눈빛과 똑같은 색이었다. 옷차림은 브루클린에 사는 남자들이 흔히 입는 물 빠진 티셔츠와 반바지였다. 낡은 스니커즈를 신고 티셔츠 앞섶에 선글라스를 꽂아둔 것까지 전형적이었다. 그러니 자리를 잡고 보니 그 남자는 가슴에 갓 태어난 여자아이를 슬링*으로 안고 있었다. 위니의 남편이 아니었던 거다. 그는 아빠였다.

잠시 후 그가 자기를 소개했다.

"나는 새드(SAD)예요."

그러자 넬이 눈썹을 추켜세우며 말했다.

"당신이 새드(sad)하다고요? 슬픈 분이라면 이 모임에 딱 맞네요."

"아뇨. 슬픈 게 아니라, 새드(SAD)라고요."

그러자 넬이 그를 지그시 쳐다보았다.

"새드가 뭔데요? 원래 있는 말이에요?"

"SAHD(Stay-At-Home-Dad)요. 전업주부를 줄여서 SAHM (Stay-At-Home-Mom)이라고 하잖아요. 나같이 살림하는 아빠도 그 비슷하게 줄임말로 만들어봤어요. 보통 이렇게 말하면 다들 알아듣고 재미있어하던데요."

그가 미소를 지으며 어깨를 으쓱였다.

"내 파트너는 패션 쪽 일을 하고 출장을 많이 다녀요. 난 돈을 안 벌고 어텀을 보면서 집에 있죠. 나의 임무는 파트너의 비위를 건드리지 않기 위해 최선을 다하는 거고요."

---

* sling. 해먹처럼 아기를 감싸는 아기 띠.

그는 곧바로 모임의 정규 멤버가 되었지만, 본인 이야기를 자세히 한 적은 거의 없었다. 프랜시에게는 그에 대해 떠올릴 만큼 이렇다 할 정보가 하나도 없었다. 프랜시는 그날 밤 졸리 라마에서 토큰이 갑자기 사라진 뒤 어디로 갔는지 알 수가 없었다. 그래서 오늘 아침, 토큰이 자신에게 이메일을 보내서 만나자고 했을 때, 뭔가 그에게서 정보를 캐낼 수 있지 않을까 싶어 넬과 함께 콜레트의 집에 갈 거라고 말하고 토큰도 그 자리에 오라고 초대했던 것이다. 프랜시는 콜레트의 아파트 복도를 걷는 그의 발소리를 들으며 조용히 말했다.

"혹시 자기도 와도 되냐고 묻더라고요. 나는 오늘 모여서 이 이야기를 할 줄은 몰랐어요."

콜레트는 문을 열어주었다.

"안녕하세요."

인사하는 토큰은 꼴이 말이 아니었다. 수염도 안 깎은 데다 티셔츠는 땀에 흠뻑 젖었다. 프랜시는 그가 언제나 어텀을 안고 다니던 슬링을 차고 오지 않아 놀랐다.

"아기는 저희 어머니랑 있어요."

토큰은 프랜시가 뭐라 묻기 전에 먼저 대답했다.

"그럼 여기는 왜 왔어요? 그러니까, 아이를 안 봐도 되는 시간이 있다면 난 잤을 거라서요."

프랜시는 저도 모르게 날카로운 말투가 튀어나왔다.

토큰은 소파에 앉았다.

"여러분을 만나고 싶어서요."

토큰이 손으로 이마를 짚었다. 프랜시는 그가 관자놀이에 회색 파스를 붙인 걸 알아보았다.

"마이디스 때문에 마음이 너무 안 좋아요. 일어난 일이라고는 죄다…… 내가 진짜로 터놓고 이야기할 사람은 여러분뿐이니까요."

콜레트가 그에게 커피 한 잔을 따라준 다음 바닥에 다시 앉았다.

"좋아요, 그러니까, 이야기를 계속하죠. 토큰, 그리고 여러분. 지금부터 내가 하는 말은 절대로 *아무한테도* 이야기해서는 안 돼요."

콜레트가 서류철을 열고 바닥에 종이 세 장을 늘어놓았다.

"경찰이 용의자를 지목했어요. 이 남자예요."

그러자 토큰이 고개를 홱 들었다.

"용의자라고요?"

"그래요. 이름은 보디 모가로예요. 경찰은 이 사람이 연관되어 있다고 생각하고 있어요."

프랜시가 콜레트 옆에 무릎을 꿇고 앉았다. 사진 속 남자는 눈매가 깊은 황갈색이고 피부는 연한 갈색이었다. 검은 머리카락은 거의 밀다시피 짧게 깎았다.

"그 사람이 왜 혐의를 받는 거죠?"

토큰이 물었다.

"이 남자는 위니의 집 근처에서 두 번 목격됐어요. 7월 3일에 건너편 거리의 잡화점에서 맥주와 담배를 샀죠. 직불 카드를 이용했어요. 그래서 이름을 알아낼 수 있었던 거예요. 점원은 그 사람이 어딘가 불편한 기색이었다고 기억하고 있어요. 물건을 산 다음 나가서 벤치에 앉아 위니의 집을 지켜봤다는군요. 미리 살펴본 것 같아요. 그리고 다음 날 밤에 괴상한 행동을 하는 게 또 목격되었어요. 휴대폰에 대고 소리를 질렀대요."

넬이 말했다.

"마이더스가 없어진 날 밤이었네요?"

"맞아요."

"이 남자 디트로이트에 살고 있네요."

토큰이 서류철에서 빼낸 서류를 보며 말했다. 창문으로 비친 햇살이 토큰이 앉은 소파 위로 드리워져 얼굴을 가리는 바람에 프랜시는 그의 표정을 볼 수 없었다.

콜레트가 대답했다.

"그래요. 모가로는 7월 3일에 뉴욕에 왔고 5일에 비행기를 타고 돌아갈 예정이었죠. 그런데 비행기를 타지 않았어요. 경찰은 그가 어디 있는지 몰라요."

프랜시가 물었다.

"어디 있는지 모른다는 게 무슨 말이에요?"

"경찰이 못 찾았다고요. 그 남자는 사라졌어요."

넬이 말했다.

"세상에."

프랜시가 물었다.

"몸값을 뜯으려는 거라고 생각하세요? 여배우들은 분명 이런 일을 항상 겪을 테죠. 하지만 로웰이 그러는데요, 몸값을 뜯을 생각이었다면 지금쯤 이미 연락이 왔을 거랬어요."

프랜시는 여전히 로웰이 틀렸을 거라고 굳게 믿고 있었다. 로웰이 경찰 쪽 정보를 얻는 사람은 그의 삼촌인데, 따지고 보면 그분은 에스테빌에서 일하는 일개 보안관일 뿐이다. 이건 한때 유명했던 여배우이사, 연줄 많은 개발업자의 백만장자 딸이 연루된 큰 사건이다. 이토록 대단한 사건에 대해 그분이 뭘 알겠는가?

"몸값에 대한 말은 전혀 없어요. 적어도 이 서류에는."

넬이 물었다.

"이 남자 예멘 출신이라는 거, 봤어요?"

콜레트가 대답했다.

"봤어요. 하지만 미국에 온 지 12년이나 되었어요. 인터넷에서 찾아봤거든요. 정보는 많지 않았어요. 페이스북이 있기는 한데 비공개로 되어 있고, 공개된 내용은 아랍어로 쓴 글이에요. 그 이름을 가진 사람을 찾아봤는데, 디트로이트 근처에 있는 회사에서 정비사로 일하는 사람이었어요. 부유한 고객에게 개인용 제트기를 빌려주는 회사더라고요. 그러니 그 사람이 맞을 거예요."

비행기라니. 그건 또 무슨 말일까. 프랜시가 말했다.

"그 사람이 비행기에 접근할 수 있다고요?"

그 순간, 복도 저 끝 어딘가에서 포피가 울었다. 콜레트가 일어서면서 말했다.

"어젯밤에 위니한테 다시 전화해봤어요. 세 번째로요. 그런데 안 받더라고요."

넬이 눈가를 비볐다.

"위니의 아파트 주변은 온통 카메라랑 기자들 천지예요. 어떻게 손쓸 수가 없을 정도로. 근처를 지나가고 있는데 기자가 나를 잡더라고요. 혹시 여기 사냐면서, 뭐 하고 싶은 말 있냐고."

위니의 이웃 중 상당수가 이미 인터뷰를 했다. 기자들은 위니에 대해 알고 있는 사항이나 그날 밤 수상한 걸 보지 못했는지에 대해 물어댔다. 프랜시는 기분이 더러워졌다. 얼마나 많은 사람이 기꺼이 맞장구치며 한마디씩 보탰을까. 그들은 자신의 이름이 신문에 나오는 걸 보기 위해서라도 무슨 말이든 했을 것이다. 위니는 조용한 사람으로 약간 냉담해 보였노라고, 남자랑 있는 건 한 번도 본 적이 없노라고, 그래서 아빠가 누군지 궁금했다고.

토큰이 일어서서 천천히 창가 쪽을 거닐며 거리 너머 공원을 바라보았다.

"기자들은 이 상황을 빌어먹을 광대놀음으로 바꾸고 있어요. 여러분도 익히 알다시피요."

콜레트가 일어나 울고 있는 포피를 보러 갔고, 그동안 프랜시는 서류철 안의 내용을 다시 살피며 마크 호이트가 휘갈겨놓은 메모들을 훑어보았다. 아무 말도 하고 싶지 않았지만, 지난 며칠간 그녀도 위니의 집 앞에 몇 번 찾아갔다. 물론 기자들이 다 떠나고 난 저녁 시간에 맞춰 갔다. 월은 매일 저녁 7시쯤마다 아주 심하게 보채는데, 그때는 로웰이 아직 퇴근하기 전이라 도와줄 수 없는 시간이다. 애가 그렇게 우는데 무더운 아파트 안에 있기는 힘들었다. 그래서 아기를 데리고 언덕을 올라 공원 쪽으로 산책하러 갔다.

프랜시는 위니의 집 앞 거리에 있는 벤치에 앉아서 유모차를 앞뒤로 흔들었다. 위니의 집은 언제나 불이 꺼진 채였고, 프랜시는 그 안에 아무도 없다고 확신했다. 하지만 어젯밤 땅거미가 깔려 어둑

해지려는 하늘 아래서, 벤치에 앉아 칭얼거리는 윌을 안고 제발 조용히 하라고 속삭이던 찰나, 그녀는 누군가 집 안에서 움직이는 걸 분명히 보았다.

제8장

4일째

수신: 5월맘님	
발신: 맘동네 친구	
날짜: 7월 8일	
제목: 오늘의 조언	

생후 55일 우리 아기,

배우자의 미소가 마음이 스르르 녹아내릴 정도로 좋으신가요? 잠깐만 기다려보세요. 그보다 더 멋진 미소가 있답니다. 문화권에 상관없이, 아기가 처음으로 웃는 시기는 대개 동일하지요. 그러니 아기가 아직 미소를 짓지 않았다면, 아기가 이도 안 난 입으로 엄마에게만 보내는 환한 미소를 보여줄 그 순간을 기다려보세요. 그동안 베풀었던 사랑이 모두 보답받는 순간이죠. 아기의 미소를 보시면 아마 뛸 듯이 기뻐하게 될 거예요! (그 전날 밤 다시없이 심하게 고생했다 하더라도 힘들었던 게 싹 사라진답니다.)

넬은 얇은 철봉에 뼈 없는 몸뚱이처럼 걸려 있는 원피스 옷걸이 사이를 따라 걸었다. 손목시계를 확인해보니 베아트리스를 어린이집에서 데려오려면 아직도 두 시간이나 남았다. 젊은 여자 하나가 다가와서는, 깜짝 놀랄 정도로 하얀 치아를 드러내며 체리빛 입술로 미소 지었다.

"다른 옷들도 좀 더 보시겠어요?"

여자는 곱슬곱슬한 금발에 검은 천으로 만든 장미 모양 핀을 꽂았다. 셔츠는 너무 짧아서 앙상한 갈비뼈 아랫부분이 다 드러났다.

"아뇨. 지금 이 옷 입어보려고요."

넬은 이렇게 말하고서 그녀를 따라 가게 뒤편에 있는 자그마한 탈의실로 갔다. 넬이 이케아에서 보고 하나 살까 생각했던 얇은 꽃무늬 커튼으로 옷걸이 진열대와 구별 지어놓은 곳이었다.

"혹시 다른 사이즈가 필요하시면 알려주세요."

점원은 이렇게 말하고 커튼을 닫았다. 넬은 반바지와 셔츠를 벗으면서 눈물이 핑 도는 걸 느꼈다. 오늘 아침부터 이러기를 벌써 세 번째였다. 내일이면 다시 일터에 복귀해야 하다니 믿을 수가 없었으니까. 이제부터 베아트리스는 매일 아홉 시간을 어린이집에서 보내야 한다. 넬은 서배스천에게 사정했다. 알마에게 전화해달라고, 그리고 당분간은 베아트리스를 어린이집에 보내는 게 낫겠다는 결정을 내렸다고 말해달라고 말이다. 알마는 지금 제정신이 아니었다. 넬은 서배스천의 전화에 귀를 기울여 알마의 말을 들었다. 알마는 정말 미안하다고, 그 이후로 제대로 자지도 못했다고, 기자들이 계속 전화하고 아파트에 나타난다고, 벌써 경찰에게 세 번이나 신문당했다고 이야기했다.

"나한테 전부 다 물어봐놓고 물어보고 또 물어봐요. 뭘 봤느냐? 엄마가 어떻게 행동했느냐? 어머니는 좋은 사람이었다고 했어요. 아주 좋아 보였다고. 내가 얼마나 미안한지도 말했어요. 신부님이 오셨어요. 용서해달라고 언제나 기도하고 있어요."

넬은 바지를 입어보기 위해 커튼과 벽에 난 틈을 마저 닫으려 애썼다. 임신하기 전에 입었던 옷보다 두 치수가 큰 바지였는데도 허벅지조차 들어가지 않았다. 블라우스를 입어봐도 마찬가지였다. 팔은 너무 꽉 끼어 피가 안 통할 정도였고, 가슴은 터질 것 같았다. 무늬 없는 까만색 일자 원피스를 머리에 뒤집어쓰자, 등허리에서 땀이 주르르 흘러 허벅지 안쪽으로 미끄러졌다. 탈의실 안에 거울이 없는 게 너무 짜증이 났다. 넬은 조용히 밖으로 나가 세일 코너 옆에 있는 커다란 거울 앞에 서보려고 했지만, 나가자마자 여자가 앞에 와서 섰다.

"잘 어울리시네요."

넬은 미소를 지었을 뿐 아무 말도 하지 않았다. 아무 말 않고 있으면 점원이 눈치껏 피해주리라고 기대했지만 점원은 고개를 옆으로 갸웃했을 뿐, 아랫입술을 씹는 넬을 보면서 자그마한 새 같은 얼굴로 뭘 그리 골똘히 생각하는지 얼굴을 살짝 찌푸렸다.

"이 옷에 더 필요한 게 뭔지 알려드릴까요?"

"알아요. 60퍼센트 할인이죠."

넬의 말에 여자는 웃었다.

"스데이드민드 목걸이가 필요해요. 뭔가 시선을 확 끌 만한 걸로 목에 걸어보세요. 그러면 가리고 싶은 곳으로부터 시선을 분산시킬 수 있거든요."

"근데 목을 가리고 싶으면 어떡하죠?"

그러자 점원이 손가락을 하나 들더니 웨지 굽 앵클부츠를 휙 돌려 뒤로 돌았다.

"저희가 가진 물건을 좀 보여드릴게요."

넬은 탈의실로 돌아왔다. 좌절감과 걱정만 들 뿐이었다. 저 여자는 뭐라 생각했을까. 이 원피스를 입은 자신의 모습이 얼마나 꼴사나워 보였을까. 어제 오후 보디 모가로의 사진을 보고 난 뒤로 왜 이리 마음이 불안한지 넬은 스스로가 의아했다. 원피스를 벗어 옷 무더기 위에 놓고는 탈의실을 나와 아예 가게 밖으로 나갔다. 문에 달린 종에서 소리가 딸랑, 울려 퍼졌다. 넬은 인도를 걷는 사람들 사이를 지나서 어디로 가는지도 모르고 계속 걸었다. 회사에 새로 입고 갈 옷을 사러 가야겠다고, 7킬로그램이 더 늘어난 현재 몸에 맞는 옷을 찾으러 가야겠다고 마음먹었던 부티크들이 옆에 보였다. 하지만 그녀는 지금 거기 들어갈 수가 없었다. 오늘은 아니야. 다른 가게는 더 가지 말자. 더는 옷을 입어보지 말자. 또 젊은 여자 점원을 만나서, 85 사이즈를 입은 몸이 풍겨대는 시나몬 껌과 헤어 제품의 달콤한 향기를 맡을 수는 없어.

그 남자가 범인일까?

그날 밤 바에 있었던 게 보디 모가로였을까?

사진을 본 뒤로 머릿속에서 그 질문을 떨쳐낼 수가 없었다.

셔츠를 찢은 게 그 남자일까? 눈을 감으면 아른대는 흐릿한 사람의 그림자, 화장실에서 뒤로 어깨에 손을 얹은 사람이 그 남자일까?

그렇다면, 그가 따라와서, 몸싸움 끝에 위니의 열쇠를 빼앗았는데, 정작 이쪽은 기억을 못 하고 있는 걸까?

아니야.

바보 같은 생각이었다. 넬은 킥보드를 탄 소년 둘과 아이스크림 카트 앞에 서서 갈래머리를 한 어린 딸에게 레인보우 셔벗 한 컵을 사주는 젊은 엄마 사이를 빠져나갔다. 그랬다면 기억 못 할 리가 없다. 지금 제정신이 아니라서 그렇다. 이게 다 수면 부족에다 걱정까지 겹쳐서 정신이 없는 탓이다. 어젯밤 그녀는 몇 시간이나 거실을 왔다 갔다 맴돌며 머릿속을 샅샅이 뒤져 그날 밤의 빈 기억을 애써 맞춰보려 했다.

신문 기사라도 제대로 나와서 빈 기억을 채워줄 수 있다면 좋으련만. 하지만 보디 모가로에 대한 언급은 없었다. 경찰이 용의자에게 초점을 맞추고 있다는 낌새조차 드러나지 않았다. 그 대신 뉴스는 경찰이 수사 과정에서 저지른 실수만 부각하고 있었다. 그날 아침, 엘리엇 폴크가 《뉴욕 포스트》에 쓴 기사에 따르면, 제임스 카브레라 경관이 유급 휴가를 받고 자리에서 물러났다고 했다. 문이 열린 채로 내버려두고, 증거를 수집하기도 전에 위니의 집에 사람을 들였다는 비난을 받은 사람이었다. 넬이 기억하기로, 그는 그날 밤 위니에 집에 들어갔던 그들에게 나가라고 했던 자였다. 소식통에 따르면 그는 분명히 해고될 거라고 한다.

프랜시는 이미 메일을 보내 그 사실을 알렸다.

잘됐네요. 경찰은 그 사람 잘라야 해요. 수사 현장을 이렇게 망쳐놨으니 누군가 책임을 져야 했던 거예요.

퍼트리샤 페이스는 신난 듯 날뛰었다. 고시 국장이 즉각 사임해야 한다고 외치면서 모든 걸 셰퍼드 시장의 책임으로 돌렸다. 무능력한 친구를 경찰청장 자리에 올려놓더니 죄 없는 애들은 보호하지 않고 랄프 로렌 광고판에 얼굴을 내미는 데만 신경을 썼다는 것이다. 퍼트리샤 페이스는 이렇게 물었다.

"제가 미친 걸까요? 하지만 시장이란 분께서 이 사건이 해결되기를 그다지 원치 않는 것 같지는 않으신가요?"

넬은 모퉁이에서 걸음을 멈추고 신호를 기다렸다. 양털 담요를 덮은 것처럼 더웠다. 곁을 지나는 사람들이 그녀의 팔을 이리저리 밀쳤다. 건너편 은행의 창문에서 반사되어 환하게 뿜어져 나오는 햇빛이 빛의 벽을 이루어 눈이 부셨다. 넬은 눈을 꼭 감았다.

그러자 다시금 기억이 떠올랐다. 그녀는 차가운 술잔을 든 채 바에 서 있었다.

더, 더, 더 원해.

누군가 그녀에게 노래를 불러주고 있었다. 그녀의 목에 턱을 대고, 귓가에 입술을 댄 채.

그녀는 눈을 더 꼭 감았다. 누군가 원피스를 당겼다. 허리에 손을 감았다. 그녀의 팔을 잡았다.

난 더, 더, 더 원해.

넬은 눈을 뜨고 달리기 시작했다.

* * *

바 끝에 앉은 남자는 30대 초반이었다. 그는 검은 티셔츠에 카모플라주 반바지 차림이었고, 양쪽 팔목에서 어깨까지 뒤덮은 검은색과 회색 문신이 보였다. 그는 맥주를 홀짝이면서 술병이 놓인 찬장 위에 달린 커다란 TV 스크린에서 나오는 축구 경기에 눈길을 주고 있었다. 손에 쥔 펜은《뉴욕 타임스》의 십자말풀이 위에서 달랑거렸다. 그 외에 바에 있는 사람은 싱크대에서 잔을 닦는 바텐더뿐이었다. 바텐더는 넬이 다가가자 올려다보더니 손목에 남은 비눗기를 씻었다.

"뭐 드릴까요?"

"탄산수 주세요."

넬은 바에 자리를 잡기도 전에 물을 반 잔이나 비웠다. 공기를 메운 시큼한 맥주와 락스 냄새가 저 뒤 테라스 자리까지 심하게 풍겼다. 넬은 의자를 하나 빼 앉고서 나흘 전 밤에 앉았던 자리를 바라보았다. 그리고 그 상황을 다시 그려보려 했다. 콜레트와 프랜시는 맞은편에 앉았었지. 위니는 자신의 오른쪽에 앉았다. 토큰은 일찍 자리를 뜨긴 했어도 그 사이 어딘가에 앉았었다. 넬은 눈을 감고 위니가 아이스티를 홀짝이며 무릎에 놓인 휴대폰을 흘긋 바라보던 모습을 떠올렸다.

그리고 다시 눈을 뜨자, 바에 있던 남자가 이쪽을 쳐다보고 있었다. 넬은 다시 눈을 감고서 이번에는 자기 모습을 떠올렸다. 그날 밤의 습한 열기, 쿵쿵대던 음악, 주변에 밀려들던 사람들까지. 넬은 위니의 휴대폰을 프렌시에게서 건네받았다.

그리고 앱을 지웠다.

왜? 난 왜 그랬을까?

예전에 이미 호되게 당해본 적 있잖아? 충동적인 결정으로 인생이 완전히 망가질 수도 있다는 거 알잖아? 그걸 아주 잘 알아야 할 사람은 다름 아닌 바로 그녀 자신이었다.

넬은 일어서서 텅 빈 테라스 자리로 성큼성큼 다가갔다.

생각해. 생각하라고. 생각을 하란 말이야.

넬은 안으로 들어갔다. 주크박스를 지나치고, 보체 볼 코트를 지나갔다. 지금 그곳은 어둡고 텅 빈 공간이었다. 그녀는 웨이터들이 있는 곳으로 올라가서 감자튀김을 주문했었다. 감자튀김을 가지고 왔고, 그다음엔 젬마랑, 아니, 누구였는지는 모르겠지만 어떤 사람과 같이 또 술을 사러 갔다.

넬은 순간 눈을 번쩍 떴다. 담배가 있었지. 넬은 주위를 둘러보다 벽 끝의 화장실 근처에 달린 문을 보았다. 마시던 잔을 바 위에 내려놓았다. 문은 열려 있었다. 밖으로는 자갈이 깔린 작은 테라스가 이어졌다. 아직도 크리스마스 조명이 걸려 있는 울타리에 둘러싸인 그곳에는 기우뚱한 바 테이블과 의자들이 쌓여 있었다. '여기서는 조용히 해주십시오. 이웃에게 폐가 됩니다'라는 경고문도 붙어 있었다. 머리카락에서 담배 냄새가 났었다. 니코틴과 타르의 맛에 혀끝이 아렸다. 넬은 어떤 남자와 이야기했고, 담배를 한 대 달라고 했고, 그가 웃는 소리를 들었고, 영국 영어를 사용해야 한다는 사실을 잊었다. 다음 날 속이 뒤집힐 것 같았던 게 담배 때문이었군. 담배를 끊은 지 벌써 1년도 넘었다. 그녀와 서배스천은 아이를 위해 금연하기로 했었다.

넬은 이리저리 걸으며 끝으로 갈수록 흐릿해지는 남자에 대한 기억을 애써 떠올려보았다. 담뱃갑을 주고받던 것과 불이 붙기 전 찰칵, 또 찰칵거리던 라이터가 생각났다. 그의 눈동자는 검었다. 넬은 여기 왜 왔는지 이야기했었다. "나는 엄마 모임 멤버예요"라고 말했지. '엄마 모임'이라는 말을 할 때는 자신이 생각해도 참 터무니없다는 걸 인정하듯 잡아 끌어 발음했었다. "내가, 엄마 모임 멤버라니, 믿겨요?" 손이 자신의 팔에 닿았다. 열기가 몸에 훅 끼치더니 남자의 웃음소리가 그녀의 머리카락 사이로 흩어졌다.

"탄산수 한 잔 더 드려요?"

넬이 바 안으로 다시 들어오자 바텐더가 물었다.

"네. 이번에는 보드카도 좀 넣어주세요."

넬이 대답했다. 바텐더는 넬에게 음료를 밀어주었다. 한 모금 마시자 기포가 혀끝을 따끔하게 쏘았다.

"이런, 제길."

바텐더는 가까이 있던 TV에서 현지 뉴스가 나오는 걸 힐끔 보더니 이렇게 내뱉고 리모컨을 집어 들었다.

"또 나왔네."

화면 속 여자는 검은 민소매 블라우스에 밝은 노란색 치마를 입었다. 이마에는 걱정스러운 기색으로 주름이 졌다. 여자 주변의 광경을 자세히 본 넬은 자리에서 일어서서 창문으로 다가갔다. 그러자 건너편 거리에 땅벌 색깔처럼 노란 여자의 옷과 카메라 불빛 옆으로 주차된 중계차가 보였다.

바텐더가 음량을 더 높이자 바에 걸린 스피커에서 여자의 목소리가 확 튀어나왔다.

"아기는 현재 실종 나흘째지만 하루하루 시간이 흘러가는 상황에서 용의자에 대한 단서는 나오지 않아 사건은 점점 미궁 속으로 빠지고 있습니다. 소식통에 따르면 아기의 베이비시터였던 온두라스 출신의 알마 로메오 씨는 오늘 아침 다시금 경찰 조사를 받으러 나왔다고 합니다. 경찰은 시민 여러분께서 도움이 될 만한 정보를 제보해주시기를 기다리고 있습니다. 아래 화면에 보이는 번호로 연락 주시기 바랍니다."

여자는 돌아서서 바의 입구를 가리켰다.

"요나, 모두 아시다시피 아이가 유괴되었던 시간, 엄마인 배우위니 로스 씨는 엄마 모임 회원들과 함께 외출 중이었습니다. 졸리라마라는 이 술집은……."

화면이 꺼졌다. 바텐더는 맥주가 말라붙은 잔들이 쌓여 있는 싱크대 옆으로 리모컨을 던졌다.

"이제 또 시작이겠네. 우리 가게가 뉴스에 뜰 때마다 10대 애들이 몰려와서는 가짜 신분증을 내놓거든요. '그 유명하신' 아기 마이더스 사건이 연루된 술집이라고 페이스북에 누가 올린 글을 보고서 여기 직접 와보려는 거죠."

바텐더는 다시 팔을 휙휙 뻗으며 설거지를 시작했다.

"그 자식들은 팁도 안 준다고요."

넬이 창문 너머를 응시했다. 리포터가 카메라맨과 함께 거리를 건너는 모습이 보였다. 넬은 가방 속을 뒤져 10달러 지폐를 꺼내 바에 놓은 다음 옆문을 밀고 흡연 구역으로 빠져나갔다. 동시에 리포터가 술집 안으로 들어와 바텐더에게 자신을 소개했다.

"저는 CBS 지역방송의 켈리 마리 스텐슨입니다. 혹시 질문 하나 해도 될까요……."

넬은 울타리로 바 의자 하나를 옮겼다. 그리고 의자 위에 올라가 코일 전선을 쥐고 몸을 끌어 올린 다음 다리를 꼭대기까지 당겼다. 그러다 손바닥에 땀이 차서 그만 전선을 놓쳤다. 샌들이 선에 걸려 벗겨졌다. 넬은 반대편으로 떨어져 옆 건물 주차장 바닥에 세게 부딪쳤다. 입술을 깨문 자국에서 피 맛이 났다. 손바닥 아래쪽과 무릎에 칼로 벤 듯한 상처가 났지만, 넬은 일어서서 주차장을 가로질러 인도로 달리기 시작했다. 그러다 어떤 남자와 어깨를 세게 부딪치고 말았다. 넬은 고함을 질렀다.

"야, 이 자식아. 길 똑바로 보고 다녀."

언덕 위로 올라가서 공원 쪽으로 접어들고 나서야 넬은 속도를 늦추었다. 거리를 지나자 누군가 뒤에서 가까이 따라붙으며 자신의 뒤를 밟고 있다는 느낌이 들었다. 그러자 옛 기억이 모두 되살아났다. 사람들이 모퉁이마다 기다리고 있었고, 그녀를 지켜보며 행동거지 하나하나를 모두 기록하려 들었다. 넬은 다시 서툴게 달리기 시작했다. 제왕절개 수술을 받은 부위에서 고통이 밀려와 가랑이 사이로 퍼지다가 오른쪽 허벅지 안까지 스며들었다. 거리를 건

너고 블록을 하나 지나 다시 어린이집이 나올 때까지 달렸다. 아직 베아트리스를 데려오려면 한 시간이나 남았지만, 더 빨리 달리라고 자신을 몰아붙였다. 얇은 샌들을 신은 발바닥에 불이 붙는 것 같았다. 10분도 되지 않아 어린이집에 도착했다. 호흡을 가눌 수 없을 정도로 숨이 찼다. 넬은 해바라기와 나비 무늬 장식 테이프가 붙은 유리창 너머를 들여다보았다. 흔들 침대 앞에 여자 둘이 무릎을 꿇고 앉아 침대에 띠를 둘러놓고 그 안에 눕혀둔 아기 쪽으로 몸을 숙이고 있었다. 여자들의 표정이 심각했다. 그중 한 명은 아기의 가슴을 누르고 있었다. 아기는 지금 목이 졸려 질식하고 있다. 넬은 다른 각도에서 그 장면을 보려고 몸을 움직이다가 그만 자신도 모르게 신음을 뱉고 말았다. 저 사람들이 보고 있는 저 아이. 베아트리스잖아.

넬은 문으로 뛰어가 문고리를 비틀어보았지만 잠겨 있었다. 주먹으로 유리창을 두드렸다. 베아트리스가 저 안에 있어. 얼굴이 파랗게 질렸잖아. 벨을 누르고 누르고 또 눌렀다. 마침내 문이 달칵 열렸다. 넬은 복도로 달려 들어가 문을 확 열어젖혔다. 찢어진 청바지와 티셔츠 차림의 젊은 여자가 놀란 표정으로 넬을 맞이했다. 그 티셔츠에는 분홍빛 컵케이크 무늬가 그려져 있고 '해피 베이비 어린이집'이라는 문구가 적혀 있었다.

"맥키 씨, 어떻게……."

넬이 그녀 옆을 휙 지나가 두 여자 옆에 무릎을 꿇고 앉아 아기에게 손을 뻗었다. 그때 가방 속에서 휴대폰이 울렸고 동시에 딸애의 표정이 눈에 들어오기 시작했다.

아기가, 웃고 있잖아.

넬이 여자를 돌아보았다. 그녀가 들고 있던 것은 휴대폰이었다. 사진을 찍고 있었던 것이다.

"아기가 웃고 있네요. 어쩜 저렇게 귀여울까요."

여자가 베아트리스를 보고 활짝 웃으며 말했다.

"웃는다고요?"

"네, 보세요. 미소 짓고 있네요."

"그냥 트림하는 게 아니고요?"

여자가 웃었다. 넬의 휴대폰이 다시 울렸다.

"아뇨. 지금은 트림하는 게 아니고요. 웃는 게 맞아요. 전에 본 적 없으세요?"

"없어요. 언제 웃나 기다려왔거든요."

넬은 목이 콱 메었다. 다시 뒤로 물러 앉아 휴대폰을 집어 들었다. 눈물이 그렁그렁 맺히는 가운데, 프랜시의 문자를 읽자 다시 숨이 확 막혔다.

-찾았대요.

* * *

엄마 보고 싶어.

콜레트는 언덕 꼭대기의 마지막 구간을 전력 질주했다. 이런 생각을 하기에는 너무 나이가 들기는 했지만 어쩔 수가 없었다. 지금 마음 같아서는 콜로라도에 있는 친정집의 넓은 식탁에 엄마랑 둘이 앉아서, 강아지들을 발치에 앉혀두고 싶었다. 그리고 정원으로 이어진 유리문을 열어둔 채로 아빠가 우리 둘이 마실 걸 가져다주면, 엄마에게 모조리 이야기하고 싶었다. 마이더스를 나시는 찾을 수 없으면 어쩌나 걱정된다고, 테브의 사무실에서 서류를 가져왔고, 그걸 복사해서 넬과 프랜시에게 보여주었다고, 게다가 잘 알지도 못하는 토큰에게 그 정보를 알려주기로 마음먹었던 걸 지금은 깊이 후회하고 있노라고 말이다. 그리고 지금까지 쓴 글이 너무 심각하게 엉망이라 어쩌나 창피한지 모르겠다고 털어놓고 싶었다. 오늘 아침에 두 번째로 산후 검사를 받으며 있었던 일도 이야기하고 싶었다. 베렉 박사의 진료실에서 홀쩍이면서 지금 자신이 감정에 복받쳐 불안한 심정이라 밤에 잠도 못 잔다고 시인하고야 말았던 일도.

베렉 박사는 물었다.

"정확히 어떤 게 불안하신 건가요?"

"전부 다요. 주로 포피 때문이고요. 애가 혹시 잘못된 건 아닐까 걱정이 들어요."

콜레트는 걱정하지 않으려 애썼지만 소용이 없었다. 포피의 팔다리는 너무 약해서 가끔 불안정했으며, 아직도 목을 완전히 가누지 못하고, 가끔은 당연히 해야 할 눈 맞춤도 힘겨워했다.

"엄마 모임에 나오는 다른 아기들을 보면요…… 모르겠어요. 그 애들은 우리 애랑은 달라 보여요. 더 튼튼하다고요."

콜레트는 결국 눈물을 터뜨리며 베렉 박사에게 물었다.

"그리고 '맘동네'에 올라온 글도 읽어봤는데요. 아이가 제때 해야 할 걸 못 하고 있는 것 같아요."

그러자 베렉 박사가 말했다.

"우선 말씀드리고 싶은 건, 그런 글 읽지 말라는 겁니다. 그런 글들은 모든 아기가 정확히 같은 속도로 발달하고 있다고 가정하니까요. 그건 사실이 아니에요."

"저도 알아요. 하지만 그래도 걱정돼요. 혹시 애가 잘못된 거면 어떡하나 생각하면 견딜 수가 없어요. 찰리 말로는 내가 미쳤대요. 아이는 멀쩡하다고요. 하지만 저는 엄마잖아요. 느낌이 와요. 뭔가가 잘못될 수도 있다는 느낌요."

콜레트는 엄마에게 이 일을 전부 말하고 싶었지만 그럴 수가 없었다. 사실 엄마가 어디 있는지도 몰랐다. 2주 전 수신 상태가 별로 좋지 않던 10분간의 통화가 마지막이었다. 로즈메리는 지금 논문을 쓰기 위해 지구상에 몇 안 남은 모계 사회를 연구하러 파나마 해안가에 있는 산블라스섬에 가 있다. 최근 콜로라도대학교의 생물학과장 자리에서 은퇴한 콜레트의 아버지도 어머니의 여행에 동행했다. ("나 역시 모계 사회의 일원이니, 거기에 잘 맞을 거란 생각이 드는구나." 아버지는 이렇게 말했다. 부모님은 콜레트에게 전화해 포피의 출산 예정일로부터 1주일 뒤에 떠나 석 달 동안 여행을 다녀올 거라고 알려주었다.)

경비원인 알베르토가 문을 열어주었을 때, 콜레트는 숨이 너무 가쁜 상태였다. 3층에 멈춘 엘리베이터에서 내린 뒤 운동화 끈을 풀려고 멈춰 서자, 아파트 안에서 찰리가 누군가와 통화하는 소리가 들렸다. 찰리는 주방에 있었다.

콜레트가 들어가자 찰리는 귀에서 전화기를 떼고 입 모양으로 말했다.

"외, 지기, 정말 확 달아오르네."

콜레트는 복도 테이블 위에 둔 거울을 흘끔 보았다. 머리는 땀에 젖어 있고, 주근깨는 주홍빛이었다. 의사 진료실에서 나올 때 두껍게 발랐던 선크림은 얼굴 위에서 여기저기 뭉쳐 있었다. 오늘 콜레트는 출산하고 나서 처음으로 조깅을 했는데, 뛰는 도중에 몇 번이나 멈춰서 걸어야 했다.

"지금, 내가 더워서 빨개졌단 말이지?"

그러자 찰리가 속삭였다.

"아니, 섹시하다는 뜻이었어."

찰리가 콜레트의 손에 키스하고서 다시 전화기에 대고 말했다.

"우리는 해낼 수 있어요. 새로운 책을 쓰고 있는 중에 이런 일로 방해받을 수는 없단 말입니다."

찰리는 커피를 한 잔 따라 콜레트에게 건네주었다.

"그리고 명절 때는 꼭 쉬어야 할 겁니다. 휴일에 일하면 우리 애가 날 가만두지 않을 거예요."

"애 엄마도 가만있지 않을 거고."

콜레트가 대꾸했다. 보아하니 찰리는 지금 어딘가에서 초대받은 건을 두고 편집자와 논의 중이었다. 찰리는 두 달 전에 북부 투어를 마쳤지만, 작가를 초대하고 싶다는 요청이 계속해서 들어왔다. 콜레트는 물 한 잔을 따랐다. 식탁에 2인분의 식사가 차려져 있었다. 작년 크리스마스 때 찰리가 산 낡고 고풍스러운 목재 식탁 위에는 콜레트의 외할머니가 물려주신 접시와 리넨 냅킨이 놓였다. 밝은 파란색 국화도 몇 송이 있었다. 이파리가 군데군데 축 늘어져 시든 자그마한 꽃다발은 여행용 스테인리스 머그컵에 담아 식탁 한가운데 놓아두었다.

콜레트는 찰리가 안은 볼에서 포도 한 알을 집은 다음 그의 허리에 팔을 감았다. 그리고 남편의 어깨뼈 사이, 움푹 파인 익숙한 가슴께에 뺨을 꼭 갖다댔다. 데오도란트와 구운 마늘의 향이 그녀를 감쌌다. 선반에 놓인 아기 모니터에서 엄마의 *자궁 소리 백색 소음*이 흘러나왔다. 콜레트는 마음 놓고 이 순간이 주는 소박한 사치를 음미했다. 찰리의 따스한 몸. 방에서 자고 있는 포피. 이 순간 느껴지는 집 안의 리듬. 모든 게 영원히 변치 않는다면 얼마나 좋을까.

콜레트는 찰리를 껴안았던 팔을 풀고 조리대 위 커피 주전자 옆에 놓인 책을 보았다. 책 제목은 『가족 되기』였다. 콜레트는 커피 잔과 책을 들고 아일랜드 조리대 의자에 살그머니 앉았다. 그동안 찰리는 전화기를 어깨로 받쳐 귀에 댄 채로 파슬리 한 다발을 재빨리 썰었다. 그렇게 썰면 파슬리가 사방에 확 흩어질 텐데. 콜레트는 책에서 임신 초기를 다룬 부분을 펴고 찰리가 책 여백에 써놓은 메모를 재빨리 읽었다. 어떤 페이지는 다시 보려고 귀퉁이를 접어놓기도 했다.

임신 9주: 아기는 포도알 크기입니다.

출산하는 아내, 어떻게 준비할까

176

피해야 할 것: 날생선과 익히지 않은 고기, 심한 운동, 뜨거운 목욕

콜레트는 목구멍 지 아래서부터 무언가 울컥 치밀어 오르는 걸 느꼈다. 메모를 읽자 벌써 여러 달 전인 그 시기가 기억났다. 계단을 오를 때 가슴 깊은 곳에서 전에 없던 통증이 느껴지고, 지하철을 타면 낯선 이의 비누와 향수 냄새가 너무 역해서 속이 뒤집혔다. 두 번째 책의 방향을 논의하다가, 출판사의 여자 화장실에서 얼마나 심하게 구역질을 했던가.

플라스틱 임신 테스트기의 분홍색 두 줄을 보고 하늘이 무너질 것같이 충격을 받았지.

그녀 몸 어딘가에 문제가 생긴 것이라고 생각했다. 그 달이 이상한 거였다. 콜레트는 자연 피임을 할 수 있을 만큼 자신의 몸을 잘 알고 있었다. 몇 달 동안 피임약을 먹어보기도 했지만, 부작용으로 화가 나고 우울해질 뿐이었다. (찰리는 이걸 두고 농담했다. 피임약을 먹는 여자들이 모두 콜레트처럼 변한다면, 약효가 정말 좋은 거라고. 피임약을 먹는 여자들이 이렇게 비참하게 변한다면 아무도 그런 여자랑 자고 싶지 않을 거라면서.) 콜레트는 몸의 변화를 확인하기 위해 베렉 박사에게 진료를 받았다. 그러자 베렉 박사는 '몸이 달라졌다'라고 말했다. 나이가 들어서 주기가 변한 것이다. 그녀는 당시 거의 35일 주기로 생리를 했다.

임신 5주: 아기는 양귀비 씨앗 크기입니다.

임신 5주째. 9월의 어느 날 밤 콜레트는 찰리에게 임신 소식을 알렸다. 그 후에 둘은 사랑을 나누었고, 찰리는 콜레트 뒤에 누워 그녀의 등을 가슴에 꼭 감싸 안고서 허리에 손을 대고 말했다.

"바로 이거야. 당신과, 아기와, 내 책. 내가 항상 바라왔던 거야."

콜레트는 움직이지 않고 누워 있었다. 배 속이 꽉 막힌 상태로, 애써 상상해보려고 했다. 임신이라니. 아기라니. 엄마가 된다니.

자신은 그럴 수 없었다. 상상해본 적도 없었다. 이제껏 그려왔던 건 죄다 다른 것들이었다. 찰리의 책이 끝나면 둘이서 동남아시아를 두 달 동안 여행하기로 했는데. 마라톤에 나가려고 이제 막 훈련을 시작했는데. 대필 작가를 그만두고 다시 자신의 이름으로 책을 출판하려고 했는데. 이런 것들만 상상해왔었는데. 그런데 임신이라니?

다음 날 콜레트는 울면서 엄마에게 전화를 걸어 엄마는 어떻게 이걸 다 해냈느냐며, 그러면서도 어떻게 자기 자신을 지켜낼 수 있었느냐고 말했다. 그리고 어느 날 밤에는 임신한 걸 모르고 위스키를 석 잔이나 마셨다고도 고백했다. 몇 번이고 죽을 만큼 힘들 정도로 달리기 연습을 했다고도 말했다.

"혹시 아기에게 해를 끼치면 어떡해?"

그러자 어머니가 말했다.

"콜레트. 낙태가 불법인 상황에서 아이에게 해를 끼칠 수 있는 유일한 방법은 계단에서 구르는 것밖에 없단다. 아기를 우연히 죽일 수는 없어."

찰리가 전화를 끊고 콜레트에게 다가와 이마에 키스하자 그때의 기억이 사라졌다. 그녀는 책을 덮었다.

"나 주려고 스크램블드에그를 만든 거야? 또 무슨 바람이 불어서?"

"당신 의사 선생님 진료 받았잖아."

찰리가 이렇게 말하고는 턱짓으로 책을 가리켰다.

"그래서 내가 저 책에 나온 전문가랑 상의를 좀 해보려고 읽어봤지. 그런데 말을 들어보니까, 우리는 이제 한고비 넘겼대."

"한고비 넘겼다고?"

찰리가 식기세척기 옆에 있는 붙박이 와인 냉장고로 다가가서 샴페인 한 병을 꺼내 단번에 코르크 마개를 땄다.

"그래, 아기는 이제 웃기 시작할 거래. 아기가 밤낮을 구분하기 시작하면 발달이 제대로 될 거라고. 아, 그리고……."

찰리는 콜레트의 빈 물 잔에 샴페인을 조금 따른 다음 콜레트를 끌어다 앉혔다.

"우리 다시 섹스해도 된대. 자, 쭉 들어요, 아내님."

찰리의 팔이 허리를 감쌌다. 그의 하복부가 그녀의 아래에 닿았다. 그러자 두려움에 몸이 확 달아올랐다. 이제 찰리는 콜레트를 냉장고에 밀어붙이고 있었다. 섹스라고? 그 생각을 하자 몸이 화들짝 놀랐다. 지금 기진맥진해서 소진된 상태인데. 가슴과 등도 쓰라렸다. 콜레트는 어젯밤 자다 깨기를 반복했다. 그러다 포피가 자정에 깬 뒤로 찰리가 거실을 부산하게 돌아다니며, 아이를 진정시키려고 재즈 음반을 계속 틀어놓고 아이에게 자기 소설을 읽어주는 소리를 들었다. 읽어준 부분은 젊은 군인이 어머니를 두고 전쟁터로 떠나는 대목이었다. 콜레트는 자신이 일어나 포피를 봐주어야 한다는 걸 알았다. 엄마 품에 안기면 아이는 금방 잠드니까. 하지만 에어컨을 튼 방에 누워 이불의 무게를 느끼고 있으려니 몸뚱이를 억지로 일으킬 수가 없었고, 마이더스 생각을 떨쳐버릴 수가 없었다. 위니 생각도 났다. 보디 모가로도 떠올랐다. 그 남자가 마이더스를 납치했을까? 아기는 무사할까?

콜레트는 부드럽게 남편을 밀쳤다.

"나 지금 나가야 하는 거 알잖아. 일해야지. 테브와 약속이 있어."

찰리의 몸이 싹 굳었다. 찰리는 눈을 감더니 자신의 이마를 콜레트의 이마에 댔다.

"테브를 만난다고?"

"잊었구나."

"잊었어."

"오늘은 당신이 아기 보는 날이야. 난 어제 봤잖아. 그리고 말했을 텐데. 지난번에 약속을 조정해야 했다고……."

"아냐, 나도 알아. 잠시 깜빡했어. 어젯밤에 포피가 세 번이나 깼거든. 완전히 지쳐서 그래."

"미안해. 하지만 나 오늘 밤은 쉬어야겠어. 당신은 내일 온종일 쉬도록 해."

찰리는 한숨을 쉬며 콜레트를 놔주었다.

"유축 더 해둬. 냉동실에 얼려둔 모유 내가 다 먹였어."

"오늘 아침에 해뒀어. 안에 있어."

"그리고 우리 전부 다 이야기 좀 해."

"뭘 전부 이야기해?"

"우리가 지금 애를 절반씩 나눠서 보는 거 말이야. 안 되겠어."

그러자 목덜미에서 짜증이 확 치밀어 올랐다. 콜레트는 프라이팬에서 스크램블드에그 한 숟갈을 퍼 입에 넣으며 말했다.

"난 더는 시간 못 내. 테브의 책도 일정이 좀 밀렸다고."

콜레트는 지금 자신이 얼마나 정신이 없는지 찰리에게 사실대로 털어놓지 않았다. 이 상태로 가다가는 절대로 마감을 맞추지 못할 거란 사실도, 지금 글이 얼마나 엉망진창인지도 말하지 않았다. 지금 얼마나 힘든지 인정하기에는 감정이 너무 격앙된 상태였다. 그래도 어떻게든 해보려고 애쓰고 있다고, 빨래 세제는 떨어졌고 샤워기 헤드에서는 물이 새고 있는 걸 안다고, 물 새는 소리 때문에 신경 쓰여 미칠 것 같다고, 대필 작업이 많이 밀렸다고, 그런데도 베렉 박사의 조언에 따라 내일 소아과 의사에게 포피를 데려가려고 진료 예약을 방금 마쳤다고 차마 말할 수가 없었다.

"콜레트, 당신한테 아기를 더 보라고 하는 게 아니야. 베이비시터를 고용해야 한다고 이야기하는 거지."

찰리의 표정이 누그러졌다. 그는 계속 말했다.

"무서워한다는 거 알아. 마이더스 일을 보면 참 끔찍하지. 하지만 우리는 둘 중 하나를 선택해야 해. 우리는 종일 일하는 걸 포기할 수 없는데 거기다 갓난아기를 도움 없이 키울 수는 없어."

그는 콜레트의 손을 잡았다.

"돈이 없는 것도 아니잖아. 우리 엄마 아빠 돈을 좀 쓰면 돼."

하지만 콜레트는 찰리의 손을 밀쳐냈다.

"찰리, 나는 베이비시터를 쓰고 싶지 않아."

마이더스에게 일어난 일을 보고 나니 생각만으로도 참을 수가 없었다. 콜레트는 남편을 휙 지나쳐 침실로 가서 축축한 티셔츠를 벗었다.

"그러면 우리는 어떡해? 베이비시터를 고용하지 않으면, 당신이 아기를 봐야 해."

찰리가 욕실까지 콜레트를 따라왔다. 콜레트는 샤워기를 틀고 욕조 바닥에서 분홍색 플라스틱 아기 욕조를 꺼냈다. 하수구를 막은 검은 머리카락을 보자 속이 뒤틀렸다.

"우리 그렇게 합의하지 않았잖아."

"나도 알아. 하지만 아기를 키우는 게 우리 예상보다 더 힘들잖아. 다시 조정해야 해. 나 책 마감이 두 달 남았다고."

"내 책 마감은 한 달 남았어."

찰리의 얼굴이 굳었다.

"나도 알아, 자기야. 하지만 지금 내 책이 얼마나 중요한지 당신도 알잖아."

"나 나갈 준비 할게."

콜레트는 문을 닫고 천천히 샤워했다. 그리고 어제 슈퍼마켓에서 충동적으로 산 솔트 스크럽으로 몸을 문지르며 이 좌절감과 피곤함을 씻어버리려 애썼다. 20분 후, 콜레트가 깔끔한 블라우스와 치마를 입고서 방에서 나섰을 때, 찰리는 문을 닫고 작업실에 들어간 뒤였다. 콜레트는 조용히 아기 방으로 들어갔다. 자궁 소리 CD가 고래 울음처럼 울리는 어두운 방 안에 딸아이의 향기가 한가득

떠다녔다. 요람 위로 몸을 굽혀 포피의 가슴에 손을 대고픈 충동을 억누를 수 없었다. 숨을 잘 쉬고 있는지 확인한 다음 얼굴을 만져보고, 호박 파이색 주홍빛을 띤 비단결 같은 머리카락을 쓰다듬었다. 아이의 얼굴은 콜레트의 어머니 얼굴을 참 많이 닮았다.

콜레트는 찰리를 방해하지 않기로 마음먹고 조용히 아파트를 빠져나와 지하철 역으로 걸어가서 신문 가판대에서 멀찍이 떨어진 승강강 끝에 섰다. 몇 시간만이라도 마이더스의 소식을 듣지 않고 싶었다. 열차가 들어오자, 콜레트는 찰리와 언쟁한 게 얼마나 우스운 일이었는지 생각했다. 찰리는 지금 정점에 오른 작가였다. 처음 쓴 책의 선인세로만 수백만 달러를 받았다. 서평은 칭찬 일색이었고, 당대의 유망한 신인 작가라는 찬사가 이어졌으며, 지금은 모두의 기대를 한 몸에 받고 두 번째 책을 쓰는 중이다.

그런데 콜레트는 어떤가.

지금 가면 시장의 사무실에 앉아 그를 기다리게 되겠지. 테브가 썼다고 주장할 책을 쓰면서, 그에게 인세로 엄청난 돈을 벌어다 주면서도 정작 다시 자기 책을 쓰는 건 너무나 두려워하고 있지 않은가. 콜레트가 쓴 첫 번째 책은 6년 전에 출판되었는데, 여성 최초로 대통령 선거에 출마한 빅토리아 우드헐의 전기였다. 당시 콜레트는 몇 년 동안 자료를 수집하고 아주 자랑스러운 마음으로 작품을 내놓았다. 하지만 판매량은 형편없었고, 그 뒤로 책을 두 권 더 썼지만, 관심을 보이는 출판사는 하나도 없었다. 다시 뭘 시도하기에 너무 주눅 들어버린 콜레트는 담당자의 조언에 따라 대필 일을 맡기 시작했다. 아주 잠깐 동안만 할 일이라고 생각하라고 담당자는 말했었다. 다음에 대박 날 책 아이디어가 떠오를 때까지만 해보라는 것이었다. 그게 벌써 4년 전이었다.

시청 근처 역의 지하철 계단을 오르는 동안, 휴대폰에서 문자 알림음이 울렸다. 그 소리에 콜레트는 옛 기억에서 벗어났다. 문자를 보낸 건 찰리였다.

-나 쭉 생각해봤는데.

-뭘?

-지구 온난화 문제가 심각해. 완전 망했어, 그렇지?

콜레트는 다음 메시지를 기다렸다.

-그리고 말이야, 오늘 밤 집에서 오붓하게 둘이서 로맨틱한 저녁을 먹는 거야. 아이는 재우고.

-그거 좋지.

-원한다면 당신이 요리해도 좋아.

콜레트는 시청 공원 입구에 있는 커피를 파는 차 앞에서 안에 선 남자에게 말했다.

"아이스 블랙커피 라지로 주세요. 글레이즈드 도넛도요."

그녀는 문자를 보냈다.

-당신 정말 너그럽구나. 그런 걸 다 허락해주고.

-나도 그렇게 생각해. 오늘 뭐 요리할 건데?

-수플레.

-우와, 어떤 수플레?

-눈에 안 보이는 투명 수플레.

-그건 어제 벌써 만들었잖아.

테브와 약속한 시각이 되려면 아직 10분 더 있어야 했다. 그래서 콜레트는 커피를 들고 공원 벤치에 앉았다. 옆에 보라색 부들레야 꽃송이가 만개해 있었다. 찰리에게 사실대로 털어놓으면 모든 게 훨씬 쉬울 텐데. 일을 그만두고 싶었다. 포피만 오롯이 신경 쓰며 살고 싶었다. 콜레트는 도넛을 반으로 가르며 자신이 원하는 삶을 그려보았다. 지금 마음 같아서는 다 필요 없고 오로지 엄마로 살고 싶었다. 그래서 어떻게든 꼭 포피가 괜찮아질 수 있게 해주고 싶었다. 그 애를 사랑해주고 건강하게 지켜주고 싶었다.

하지만 콜레트는 그 생각을 떨쳐버렸다. 그런 말을 찰리에게 할 수는 없다.

그녀는 그렇게 될 수 없다.

콜레트 예이츠는 로즈메리 카펜터의 딸이다. 모성이라는 곤경에 대해서, 가정 내의 부부관계에서 일어나는 내재적인 성차별에 대해서, 여성이 남자에게 의존하지 말아야 할 필요성에 대해서 글을 써서 유명 인사가 된 바로 그 로즈메리 카펜터의 딸이란 말이다. 그런데 그 딸이 집에서 애를 보는 엄마의 길을 선택한단 말인가?

콜레트는 도넛을 다 먹은 다음 이메일을 열었다. 이제 마음을 단단히 먹고 테브와의 회의를 준비해야 한다. 메일함에 애런 닐리가 보낸 메시지가 있었다. 오늘 논의하기로 한 장에 대한 의견이 첨부되어 돌아온 것이다.

이 부분을 제대로 표현하지 못했습니다. 마고가 죽었을 때 시장님이 느낀 감정적인 고통이 잘 드러나지 않았어요. 시간 순서도 전부

뒤죽박죽입니다. 되돌아가서 에스콰이어에 실린 연표를 잘 파악하세요. 그거 쓴 작가는 제대로 했습니다.

콜레트는 태양 쪽으로 얼굴을 들고 피부에 닿는 온기를 느꼈다. 또 문자 메시지가 오는 소리가 들렸다. 콜레트는 애런이 보낸 메시지나 앞으로 책에 대해 논의하며 보내야 할 시간을 생각하고 싶지 않았다. 위니가 집에 혼자 앉아 있다는 사실이나 텅 빈 마이더스의 침대, 아기가 없어졌다고 알려주는 것들도 생각하고 싶지 않았다. 지금 바라기로는 그냥, 단 5분만이라도 더 얼굴에 내리쬐는 햇볕을 느끼면서 찰리와 저녁을 먹는 것만 생각하고 싶었다. 그리고 내일 포피를 진료할 소아과 의사가 아이는 괜찮다고 말해줄 거라고만 생각하고 싶었다. 포피는 정상일 거야. 이 두려움은 근거가 없어.

콜레트는 휴대폰을 집어 들고 또 찰리가 뭐라고 보냈나 보았다. 하지만 문자를 보낸 건 찰리가 아니었다.

프랜시였다.

* * *

콜레트는 애써 태연한 표정으로 앨리슨에게 인사했다.

"들어가서 앉아 계세요. 시장님은 곧 회의 끝나고 오실 거예요."

테브의 사무실에 들어간 콜레트는 커다랗고 둥근 테이블에 앉아 노트북을 열었다.

-찾았대요.

프랜시가 보낸 메시지는 그게 다였다.

콜레트는 인터넷에 로그인해서 《뉴욕 포스트》 사이트 주소를 치면서 끔찍한 기사를 보게 되리라 각오했다. 기사는 홈페이지에 실려 있었다.

마이더스 로스 유괴 용의자가 펜실베이니아에서 발견되다

콜레트는 천천히 숨을 내쉬고 손바닥으로 이마를 짚었다. 프랜시는 마이더스를 찾았다는 이야기를 한 게 아니었구나. 보디 모가로를 찾았다는 이야기였어.

마이더스 로스 유괴와 연관이 있는 것으로 추정되는 24세의 예멘 출신 남자가 오늘 아침 뉴욕에서 서쪽으로 두 시간 거리에 있는 펜실베이니아 토비해너에서 체포되었다.

토비해너 육군 보급창 부지에 주차된 그의 차량을 발견한 경찰은 그를 불법 침입죄로 구속했다. 육군 보급창은 국방부에서 사용하는 관리 장비를 보유한 곳이다. 7월 4일 밤 유괴 당시 목격자들이 로스 씨의 집 근처에서 모가로를 봤다는 증언이 있고 난 뒤, 경찰은 이틀 동안 모가로의 행방을 추적했다. 2015년형 포드 포커스인 모가로의 차 트렁크에서는 현금 2만 5천 달러에 달하는 돈 가방이 들어 있었으며, 차량은 그가 7월 5일 아침 JFK 공항에서 빌린 것이었다.

현금 2만 5천 달러라니.

콜레트는 다시 한번 그 부분을 읽었다. 이 남자는 왜 돈을 갖고 있었던 거야?

국토안보부 역시 이에 개입하여, 모가로가 무슨 이유로 보급창에 침입하려 했는지, 혹시 군 내부에 모가로와 내통한 사람이 있는지 수사하고 있다. 웨인주립대학교의 경제학 교수인 모가로의 아내는 이에 대한 질문에 아무런 대답을 하지 않았다.

콜레트의 휴대폰이 다시 울렸다. 넬이었다.

−세상에. 이게 무슨 뜻이죠?

"콜레트."

앨리슨이 문 앞에 서서 말했다.

"글 쓰는 데 방해해서 죄송해요. 하지만 시장님이 몇 분 더 늦으신대요."

콜레트는 고개를 끄덕이며 대답했지만 목소리가 제대로 나오지 않았다.

"알았어요. 고마워요."

앨리슨이 목소리를 낮추고 말을 이었다.

"그리고 알려드릴 게 있어요. 복사기가 고장났어요. 수리하는 사람이 오긴 할 텐데 한 시간은 있어야 올 거예요. 제가 앞에다가 '고장'이라고 써서 붙여놓을게요. 그러면 혹시 저 방을 쓸 때 방해받지 않고 유축할 수 있어요."

콜레트가 기사를 다시 슬쩍 본 다음 앨리슨에게 말했다.

"타이밍이 좋네요. 화장실이 비었는지 보려던 참이었는데."

그러자 앨리슨이 활짝 웃었다.

"잠시만 기다리세요."

콜레트는 의자 아래 두었던 가방을 집어 들고 시장의 책상 옆에 있는 진열대로 조용히 다가갔다. 서류철은 아직 거기 있었다. 집어 든 서류철은 이틀 전보다 더 무겁게 느껴졌다. 콜레트가 복사실로 다가가는 모습을 본 앨리슨이 책상에 앉아 엄지를 치켜들었다. 콜레트는 복사실 문을 닫고 탁 소리 나게 잠갔다. 가방 속에서 서류철을 꺼내는데 뭔가가 발밑으로 떨어졌다. USB였다. 콜레트는 복사기 옆에 앉아 재빨리 서류를 넘기며 보디 모가로의 이름을 찾았다. 서류철에서 묶음 하나를 꺼내다 그만 종이가 스쳐 엄지와 검지 사이 살을 베였다. 베인 자국에 고통이 확 일면서 맨 위 페이지에 핏자국이 묻었다.

"제길."

콜레트는 중얼거리며 글자 위에 묻은 피를 문질러 지웠다. 글자는 다음과 같았다.

'회원 목록: 5월맘'

콜레트의 가슴이 마구 뛰었다. 회원 가입 신청서를 이리저리 넘겼다. 몇 달 전에 맘동네 사이트를 통해 5월맘에 가입했을 때, 그녀 역시 모임 가입 신청서를 작성했다. 넬의 신상 정보가 보였다. 유코 것도 있었다. 스칼릿과 프랜시의 이름도 보였다. 경찰이 어떻게 여기 정보를 빼낸 거지?

그러다 콜레트는 자신의 정보를 보았다.

콜레트는 신청서에 첨부했던 자신과 찰리의 사진을 바라보았다. 포피가 태어나기 전, 새니벌섬으로 여행 갔을 때 찍은 사진이었다. 그날 밤 찰리가 청혼했었다. 둘의 첫 데이트 기념일이었다. 둘이 처음으로 하룻밤을 보내고서 브루클린하이츠에 있는 찰리의 아파트에서 함께 아침을 맞이하다가 비행기가 세계무역센터를 들이받는 모습을 본 날이기도 했다.

"당신과 영원히 함께할 거야. 하지만 당신도 날 알잖아. 나는 결혼이랑 맞지 않아."

그때 콜레트는 소금기와 모래에 헝클어진 머리카락을 나부끼면서, 손에 반지를 쥐고 그렇게 말했었다. 사진에서 그때의 얼굴을 간신히 알아볼 수 있었다. 불과 2년 전이건만, 사진 속 자신은 너무나도 젊어 보였다.

그러다 문득 이런 생각이 들었다. 테브도 이걸 보겠지. 어쩌면 이미 봤을지도 몰라. 내가 위니를 알고 있다는 게 밝혀지겠지. 그럼 내가 말을 안 했다는 걸 깨달을 테고. 왜 그랬는지 알고 싶을 거야.

콜레트는 복사기 옆에 있는 문서 파쇄기를 보고 깊게 생각하기도 전에 그 종이를 파쇄기 입구에 밀어 넣었다. 서류는 순식간에 안으로 빨려 들어가 갈기갈기 조각이 났다.

콜레트는 서류철을 들고서 그 안의 서류를 넘겼다. 졸리 라마의 테라스 사진이 있었다. 위니의 집 사진도 보였다. 주방 사진까지 있었다. 이해할 수 없는 실험실 분석 보고서도 보였다. 이윽고 나타난 것은 몇 페이지에 걸친 어떤 인터뷰 기록이었다.

호이트: 성함을 한 글자씩 말씀해주시겠습니까?

머로드 스풀: M-E-R-A-U-D-S-P-O-O-L입니다.

호이트: 당신은 위니 로스 씨의 친구시죠?

머로드 스풀: 예전에 친구였어요. 안 만난 지도 꽤 오래되었지만, 어렸을 때는 친했어요.

호이트: 대니얼과 있었던 일을 목격하셨다는 것도 듣고 싶습니다 만, 그 전에 먼저 로스 씨와의 관계를 말해주실 수 있습니까?

머로드 스풀: 우리는 「블루 버드」 오디션 장소에서 만났어요. 서로 공통점이 많아서 대번에 딱 통했죠. 둘 다 발레리나였으니까 그야 당연했지만, 그 이상의 무언가가 있었어요. 우린 둘 다 무명 밴드 를 좋아했어요. 같은 책도 읽었고요. 엄마랑 내가 드라마 때문에 여기로 이사 왔을 때, 로스 부인은 우리가 자신의 집에서 함께 머 물도록 초대해주었죠. 우리가 빌린 자그마한 아파트가 수리 중이 었거든요. 그땐 정말 재미있었어요. 매주 뉴욕 북부에 있는 위니 의 집에서 주말을 보냈고, 나랑 위니는 같은 방을 썼어요. 위니는 내 자매 같았죠.

호이트: 그랬군요.

머로드 스풀: 그래서, 어쨌든 우리는 둘 다 캐스팅이 됐어요. 물론 위니가 주인공이 되었고요.

(웃음)

호이트: 그때 기분이 어떠셨나요?

머로드 스풀: 기분이 어땠냐고요? 정말 솔직하게 말하자면, 속이 상했죠. 나뿐만 아니라 모든 여자애들이 다 그랬어요. 위니가 춤을 제일 잘 춘 건 아니었거든요. 물론 위니가 제일 예뻤던 건 확실해요.

호이트: 로스 씨는 다른 여자아이들과도 잘 지냈습니까?

머로드 스풀: 아뇨. 그렇지는 않았어요. 좀 어색하게 굴었죠.

호이트: 어색하다고요?

머로드 스풀: 그래요. 위니는 꼭 있는 그대로의 자기 자신으로 사는 게 어떤 건지 전혀 모르는 사람 같았어요. 언제나 줏대 없는 사람처럼 굴었죠. 다른 사람이 바라는 대로 자기 모습을 만들려고 했어요. 그 상황에 어울리는 이미지가 있다면 그대로 되려고 애썼어요. 하지만 대니얼을 만난 다음부터는 자신감이 좀 붙더라고요.

호이트: 두 사람은 어떻게 만났습니까?

머로드 스풀: 솔직히 말하면 모르겠어요. 그 애는 삐삐 마르고 여드름투성이인 남자애였는데. 그래서 둘이 사귄다니까 다른 여자애들이 진짜 충격받았거든요. 하지만 저는 아니었어요. 둘이 함께 다니는 모습을 보니까 이해가 되더라고요. 둘은 아주 잘 맞았어요. 대니얼은 위니랑 아주 비슷했죠. 학구파에다가 예술적 감성이 있었거든요. 둘은 정말로 서로를 사랑했어요. (웃음) 물론 그 사랑이라는 게 열일곱 살 먹은 애들이 하는 방식이긴 했죠. 풋사랑 있잖아요. 그런데 말이죠, 이제 서른아홉 먹어서 애 셋 둔 결혼 12년 차 유부녀다 보니, 솔직히 사랑이라는 게 다 뭔가 생각하게 되긴 하네요. 지금 결혼 생활은? 그럭저럭 사랑이긴 해요. 제가 너무 말

이 많았나요? 맞게 대답하고 있는 건지 모르겠네요.

호이트: 잘하고 계십니다.

머로드 스풀: 뭐, 어쨌든, 드라마는 아주 잘됐어요. 위니는 대니얼을 만났고, 또 나를 친구로 뒀죠. 그러다가 위니 어머니가 돌아가셨어요. 그래서…….

호이트: 그래서요?

머로드 스풀: 그래서 모든 게, 그게 참…… 이것 보세요, 그쪽에서 저한테 연락해서 인터뷰할 수 있냐고 물어봤을 때, 저는 기꺼이 돕겠다고 했어요. 마이더스에게 이런 일이 일어나다니 믿어지지 않아요. 저도 아들이 셋 있어요. 솔직히 상상이 안 가요. 하지만 제가 말을 잘못할까 봐 무섭네요.

호이트: 그런 걱정은 하지 마세요. 우리는 사실만을 수집하고 있습니다.

머로드 스풀: 위니는 정신이 나가버렸어요. 정말로, 진짜 미쳤었다고요. 누군들 그러지 않겠어요? 열여덟 살에 엄마를 떠나보냈잖아요. 끔찍한 일이었어요. 수상한 사고였지만 아무도 원인을 밝혀내지 못했죠. 어머니가 몰던 차 브레이크가 고장나다니, 그것도 언덕을 내려가고 있는데 어떻게 딱 맞춰 그럴 수가 있겠어요? 너무 이상했어요. 무엇보다도, 그때가 스토커가 다시 나타났던 때거든요. 아치 앤더슨 말이에요.

콜레트는 순간 몸이 굳었다. 어제, 프랜시가 이메일을 보내서 위니를 따라다니는 스토커가 있었다며, 혹시 「블루 버드」 이후에도

위니를 따라다닌 건 아닌지 모르겠다고 했었다.

머로드 스풀: 그놈은 접근 금지 명령이 떨어진 뒤로 몇 달 동안 나타나지 않았던 참이었어요. 그런데 위니 엄마의 장례식에 갑자기 나타났던 거예요. 위니는 정말 큰 부담을 느꼈어요.

호이트: 괜찮으십니까?

머로드 스풀: 괜찮아요. 그 생각에 너무 슬퍼서 그랬어요. 위니랑 위니 엄마는 정말 가까운 사이였어요. 우리 또래 여자애들이라면 엄마랑 그렇게 지내고 싶다고 바랄 만한 그런 사이였죠. 그런데, 하, 어머니가 세상을 떠나신 거예요. 그걸 보니까 우리 새엄마 생각이 나더라고요.

호이트: 새엄마요?

머로드 스풀: 네, 그때 새엄마가 제 여동생을 낳았거든요. 그분은, 말하자면 우리 아버지보다 훨씬 어려요. 새엄마는 아이를 낳고 완전 맛이 가버렸죠. 울고, 잠도 못 자고. 그래서 결국 병원에 얼마 동안 입원해야 했어요. 산후우울증 처방을 받아서요.

호이트: 그런데 위니를 보니까 그 생각이 나셨단 말씀이십니까?

머로드 스풀: 뭐, 위니는, 그러니까…… 그때 제정신이 아니었어요. 그러다가 사건이 일어났죠.

호이트: 그 얘기를 좀 해주시죠.

누군가 문을 두드렸다. 콜레트는 서류를 서류철 안에 쑤셔 넣고

USB와 함께 잽싸게 가방 속에 담았다.

"잠시만요."

그녀는 문틈 사이로 들어오는 가느다란 빛에다 대고 말했다.

"다 짰어요. 마지막이에요."

그런 다음 브래지어 아랫부분 셔츠 단추를 풀고서 심호흡한 다음 문을 열었다.

밖에는 애런 닐리가 서 있었다.

"별 문제 없었습니까?"

애런 닐리가 콜레트의 가슴 부분을 바라보았다. 콜레트는 더듬더듬 셔츠 단추를 다시 잠갔다. 민망한 마음에 얼굴이 달아올랐다.

"네, 좋아요."

"기다리고 있었습니다."

"아, 그렇군요. 준비됐어요."

콜레트는 유축기를 가방 속에 집어넣었다.

애런을 따라 테브의 사무실로 돌아오자, 앨리슨이 미안한 눈초리로 이쪽을 바라보았다. 시장이 다리를 책상에 올려놓은 채 의자에 앉아 원고를 읽는 중이었다. 드러난 양말은 빨강과 하양 물방울무늬였다. 애런은 책상 앞 빈 의자를 가리키며 앉으라고 손짓했다. 테브가 말했다.

"잠깐만 기다려요."

콜레트는 무릎 위에 가방을 놓고 애런을 슬쩍 바라보았다. 이윽고 콜레트의 눈길은 테브가 앉은 곳 뒤쪽 벽으로 옮겨갔다. 그 벽에는 다양한 유명 인사와 함께 찍은 테브의 사진이 어지러이 걸려 있었다. 지금 보니 최근에 찍은 사진들이 추가되었다. 영화배우 벳 미들러와 찍은 사진, 얼마 전 뉴욕 양키스에 입단한 젊은이와 같이 찍은 사진, 그리고 라흘란 레인 전 국무장관과 찍은 사진이었다. 오늘 아침 발표된 뉴스에 따르면, 레인이 시리아에 설립한 재단의 업적으로 인해 노벨 평화상 후보로 추천될 가능성이 크다고 했다.

"멋지죠?"

테브가 콜레트를 바라보며 말했다.

"정말 멋지네요."

"2주 전에 일이 있어 치프리아니 레스토랑에서 레인을 만났지요. 내 시장 경선에 수백만 달러를 모아주고 있는 분이기는 한데, 진짜 맛이 간 사람이에요. 농담이 아니라 진짜로 말이죠, 여종업원이 보일 때마다 수작을 걸어대더라고요."

"그거 충격적인데요."

콜레트는 애써 목소리를 나긋나긋하게 유지했다. 테브는 키득키득 웃었다.

"그렇죠. 충격적이죠."

이윽고 테브가 단정히 쌓아둔 원고 위로 마지막 장을 올려놓았다.

"자, 콜레트. 솔직하게 말해야겠어요. 몇 군데는 방향을 잘못 잡았습니다."

콜레트는 머리카락을 귀 뒤로 넘기면서 일부러 무심한 듯 보이려 애썼다.

"알겠습니다."

애런은 지루함과 피곤함이 뒤섞인 표정이었다.

"정확히 어떤 점이 마음에 안 드시는지 말씀해주시겠어요?"

테브는 의자 안에 털썩 등을 대고 앉았다.

"첫 책 말인데요. 그때 평론가가 내 글을 누구랑 비교했었죠?"

대답은 애런이 했다.

"헤밍웨이 같은 문체에 세다리스 같은 위트가 있다고 했죠."

콜레트는 헛기침을 했다.

"솔직히 말하자면, 테브. 그건 좀 과찬이었어요."

"맞아요. 하지만 이건? 이 글을 읽고서 감탄하는 사람은 없을 겁니다."

테브는 고개를 흔들며 말하다가 애런을 보았다.

"자네도 동의하지?"

애런은 길게 한숨을 내쉬었다.

"네, 시장님. 전적으로 동의합니다. 콜레트, 우리가 이걸 빨리 써달라고 요구하고 있는 건 압니다. 하지만 우리는 실망스러운 회고록을 내놓을 여건이 안 됩니다. 첫 책에서 기대치를 엄청 올려놓았으니까요."

콜레트는 고개를 끄덕였다.

"알겠습니다. 해보죠."

이어지는 한 시간 동안 콜레트는 집중해서 그들의 말을 들으며 수정 작업을 해야 할 곳에 메모하려 노력했지만 마음은 온통 번잡하기만 했다. 가방 속에 넣어버린 서류철 때문이었다. (혹시 시장이 벌써 그 서류를 봤으면 어떡하지? 자신의 회원 가입 신청서를 봤다면?) 구석에 놓인 TV는 음소거 상태로 뉴스 채널 「뉴욕1」에 맞추어져 있었다. 화면에 보디 모가로의 사진이 보였다. 경찰이 언론에 공개한 사진이 분명했다. 콜레트의 집 소파 아래 둔 서류철에서 본 사진이었다. "예멘 남자가 불법 침입 죄로 구금 중. 마이더스 로스의 유괴 사건과 연관 가능성." 앨리슨이 문을 조용히 두드린 다음 안으로 고개를 살짝 들이밀자 콜레트의 가슴에 안도감이 번졌다.

앨리슨이 미안한 표정으로 콜레트를 한번 본 다음 말했다.

"시장님, 다음 약속 시각이 되었습니다. 6B호에서 다들 기다리고 계십니다. 점심도 준비해놓았습니다."

"아주 잘했어요, 앨리슨. 고마워요."

테브는 종이를 가지런히 정리한 다음 탁자 너머에 앉은 애런에게 건네주고서 휴대폰을 확인했다. 테브는 이쪽을 올려다보며 미소를 지었다.

"도움이 되었겠죠? 이제 제대로 되는 거 맞죠?"

"물론 그래야죠."

애런이 대답했다. 콜레트는 노트북과 공책을 챙겨 서류철이 들어 있는 가방 안에 넣었다. 일어나 사무실 바깥으로 나가자, 언론 담당 부서의 젊은 보조 직원들이 학생 한 무리를 이끌고 투어를 진행하고 있었다. 직원들은 벽에 걸린 그림들을 가리키고서는 브루클린 다리가 보이는 커다란 창문으로 학생들을 데려갔다. 콜레트는 그들을 지나쳐 화장실로 향했다. 그리고 문 안에 바로 서서 테브의 사무실을 지켜보았다. 잠시 후, 테브와 애런이 밖으로 나와 다음 회의 장소로 이동하는 것을 본 콜레트는 시장실로 가서 앨리슨에게 다가갔다. 앨리슨은 책상에 앉아 누군가와 통화를 하고 있었다.

"여기에 지갑을 두고 온 거 같아서요."

콜레트가 속삭이자 앨리슨이 안으로 들어가라는 손짓을 했다. 콜레트는 아까 앉았던 의자 근처 바닥에서 뭔가 찾는 척하다가 데 브의 책상 옆으로 가서 서류철을 제자리에 슬쩍 올려놓았다.

콜레트는 앨리슨에게 손짓으로 작별 인사를 한 다음, 엘리베이 터 버튼을 눌렀다. 문이 닫히기 직전 커피와 라이터를 든 여자 둘이 안으로 비집고 들어왔다.

한 여자가 담배 때문에 탁해진 목소리로 다른 여자에게 말했다.

"예멘 출신이라던데. 무슬림이래. 그쪽 사람이 좋은 사람일 리 있겠냐고."

그러자 다른 여자가 고개를 저었다.

"내가 궁금한 건 대체 그 아기 엄마는 어디 있냐는 거야. 왜 인터 뷰를 안 한대? 뭔가 숨기고픈 게 있는 여자들이 언론에 나서는 걸 거부하잖아."

그러다 두 사람 다 콜레트를 바라보았다. 콜레트는 미소를 지은 채 로비 층 버튼을 눌렀다. 하지만 버튼을 누르는 손은 덜덜 떨렸 고, 가슴속 심장이 쿵쿵댔다. 콜레트의 가방, USB가 그대로 들어 있는 가방이 그녀를 짓누르는 것 같았다.

제9장

4일째 밤

이곳에서는 기분이 나아진다.

나무와 짙은 그림자, 모자챙으로 내 모습을 가렸다. 세상에서 멀리 떨어진 피난처. 도시에서 두 시간밖에 되지 않는 거리지만 온 세상과 멀어진 것만 같다. 내가 정말로 떠날 수 있을 줄 몰랐는데. 하지만 오늘 아침 일찍, 태양이 뜨기 전 그냥 차에다 짐을 싣고 나왔다. 아무에게도 말하지 않고, 이웃들이 깨기 전에 화분 아래 둔 열쇠를 꺼내 몰래 집으로 들어왔다.

도시를 떠나 여기에 온 건 잘한 결정이었다. 고요한 곳에 있으니 좀 더 맑은 기분이 들고 안정이 된다. 심지어 지나칠 정도로 기쁘기까지 하다. 솔직히 말하자면, 지난 몇 달간 이런 기분을 느껴본 적이 없을 정도다. 아마 시골 공기가 좋아서일 것이다. 퇴원하고 나서 의사가 준 약 때문에 기분이 무뎌져서 그럴지도 모르고.

그래, 이제 본론으로 들어가자. 이 글을 쓰면서 왜 이리 안락하게만 느껴지는지 모르겠지만…….

조슈아와 나는 다시 함께 있다.

믿을 수 없을 정도로 좋구나. 징크스라면 지긋지긋하지만, 결국 이렇게 되었다. 내가 해낸 것이다. 나는 그를 보러 갔다. 내가 나타난 걸 보고 조슈아가 나에게 화낼 거라고 생각했었다. 한마디만 하게 해달라고, 정말 이번을 마지막으로 다시는 이야기하지 않겠다고 말하려고 마음먹고 나타났었다. 하지만 그는 화내지 않았다. 나는 마음을 애써 다잡으며 설명했다. 헤어져 있는 동안 얼마나 힘들었는지, 내가 얼마나 좌절하고 우울했는지 다 말했다. 그리고 우리가 처음에는 얼마나 행복했는지, 함께 목욕하며 보냈던 그 긴긴 밤이 어땠는지 다시금 떠올리게 해주었다. 일요일 아침마다 침대에 누워 큰 소리로 책을 읽지 않았느냐고. 셰익스피어도, 마야 안젤루의 시도, 『나를 있게 한 모든 것들』도 읽지 않았느냐고. 그런데 어떻게 된 걸까? 그는 내 말을 들어주었다. 아니, 아니야. 그는 내 말을 듣고 싶어 했다.

"내가 다 알아서 할게. 널 위해서. 우리를 위해서."

나의 말에 그는 미소를 지었다.

"그러면 나랑 같이 집에 갈래?"

나는 더 가까이 다가가 그를 내 품에 끌어당겼다. 피부의 감촉과 향기, 그의 몸과 맞닿은 느낌에 나는 넋을 잃었다.

"너도 내가 필요했구나. 나한테 네가 필요했던 것만큼이나. 너도 그걸 알고 있었구나."

거짓말은 하지 않겠다. 난 지금 불안하다. 내가 내린 결정을 신뢰하기는 언제나 힘들었고, 지금도 마찬가지다. 나는 H 박사의 대기실에 걸려 있던 문구를 계속 생각하고 있다.

누군가는 변화가 일어나기를 바란다. 누군가는 변화가 일어나면 참 좋겠다고 생각한다. 누군가는 변화를 일으킨다.

지금 생각하면 우스운 일이다. 나는 그곳을 방문한 첫날 그 찐득 찐득한 액자를 벽에서 떼어내 박사의 진료실 안으로 가지고 들어 갔다. 진료실에는 그전 환자가 풍기던 히피 장미유 향기와 카펫 세정제 냄새가 감돌았다.

"지금 장난하세요?"

나는 슬리퍼를 벗어던지고 다리를 꼬며 말했다. 무릎 위에는 액자를 올려놓았다.

"무슨 말씀이시죠? 제가 무슨 장난을 했다는 겁니까?"

그는 부드러운 가죽 소파에 앉아 커다란 손을 무릎 위에서 깍지 낀 채로 물었다. 그 눈빛에 자비로운 기색이 보였다. (그는 밀워키 출신이다.*)

"이런 액자는 뭐 하러 걸어 놨어요? 대기실에 걸어둘 만한 귀여운 고양이 사진 같은 건 다 팔리고 없었어요?"

---

* 위스콘신주의 도시 밀워키에는 아동 입양 전문기관 '먼저 자비를'이 있다.

하지만 그 액자의 문구는 맞는 말이다. 나는 이제껏 아무것도 하지 않은 채로, 조슈아와 함께 있는 모습을 *생각만* 했다. 하지만 그렇게 *바라고만* 있어서는 안 된다. 난 그렇게 되도록 만들어야 했다. 무슨 수를 써서라도 말이다.

앞으로 쉽지만은 않을 것이다. 우리 둘 다 그 사실을 알고는 있다. 우리는 가능한 한 여기 오랫동안 머무르면서 다음에는 어디로 갈지, 결국엔 어디에 정착할지 생각해볼 것이다. 모두가 좋아하는 그 책에 나온 대로 인도네시아가 어떨까 생각하고 있다. 난 머리를 자를 것이다. 그리고 우리는 논에 딸린 작은 집을 빌려 살면서 요가를 하고 요리하는 법도 배우고 우리의 자아를 찾을 것이다.

하지만 세부 사항은 좀 기다려야 한다. 지금 당장은 그냥 여기 있으면서 조슈아와 함께 맑은 공기와 따스한 바람을 만끽하고 싶다. 오늘 밤, 나는 저녁으로 스테이크를 굽고 지하 저장고에서 가장 비싼 와인을 꺼내어 땄다. 그 후 우리는 침대에 누웠다. 그가 잠든 모습에서 눈을 뗄 수 없었다. 그는 곧 있으면 분명히 깨어나 내가 어디 있는지 궁금해하겠지만 나는 지금 부드러운 가운으로 몸을 감싼 채로 귀뚜라미 울음소리를 들으며 농사 지을 여유가 없는 사람들이 남기고 떠난 들판에 별빛이 빛나는 광경을 바라보는 게 참 만족스럽다.

이렇게 말하고 싶다. 난 뉴스를 그만 봐야 한다. 언론은 죄다 무언가 이야깃거리에 미쳐 있다. 모든 걸 다 가졌던 전직 여배우의 이야기에.

돈!

아름다움!

어여쁜 아기까지!

퍼트리샤 페이스는 심지어 날짜에 의미를 부여하려고도 했다. 아이가 유괴된 날이 7월 4일이었다는 우연의 일치를 보면, 독립기념일에 엄마가 모성애의 굴레에서 해방된 거라고 말이다. 그 날짜는 아이의 이름처럼 상징성을 띠게 되었다. 마이더스. 손에 닿는 것을 죄다 금으로 바꿔버렸던 그리스의 위대한 왕. 아리스토텔레스의 말을 빌리자면 '헛된 소원'을 빌었기 때문에 결국은 굶어 죽었다는 왕 말이다. (물론 다른 판본에는 죽음 직전의 순간에 구원받았다는 내용도 있다.)

난 뭘 기대했던가? 언론은 당연히 끈질길 수밖에 없는 것을. 언론이란 것들은 죄다 이런 이야기를 둘러싸고 자라왔는데 말이다. 내가 기사를 읽고 있을 때면 조슈아는 기분 나빠했지만, 지금 완전히 신경을 끊기란 힘들다. 나는 사람들이 뭐라 말하는지, 누구에게 손가락질을 하고 있는지 알아야 한다. 게다가 오늘은 보디 모가로가 발견되었다. 사람들은 기사의 댓글란에 성난 군중처럼 모여들었다. *2만 5천 달러를 현금으로 지니고 있다 잡혔다고? 이 인간, 전기의자에 앉아 사형당하려고 작정했군.*

아프리카와 미 대륙의 중부 도시에서도 항상 아동 유괴가 일어나는데 그건 아무도 신경 쓰지 않는 것 같군요. 거기서 일어난 사건은 《뉴욕 타임스》 1면에 실리지 못하고, 유명 인사가 그 애를 찾기 위한 기금을 모으지도 않으니까요.

왜 이 신문은 그날 밤 목격된 키 큰 백인 남자에 대한 목격자 증

언을 신지 않는 거죠? 그 아파트 건너편 벤치에 남자가 앉아 있었단 말입니다. 범죄 전문 블로그를 찾아보면 전부 실려 있어요. 뉴욕 경찰 내부의 익명 소식통도 인정했다고요. 그 남자는 어린 남자애를 성추행한 죄로 성범죄자로 등록되어 있단 말이에요.

인정할 건 해야겠다. 그 정보까지 듣자 미소가 나왔다. 내가 직접 준비해둔 일이었다. 일어난 일을 두고 누군가는 대가를 치러야 하고, 그게 절대로 내가 되지는 않으리라는 점을 빌어먹을 정도로 확실하게 만들어야 하니까.

어쨌든, 이제 머리를 좀 쉬게 해야겠다. 그리고 참으로 평화로운 이곳을 누려야겠다. 아니, 사실은 이토록 궁지에 몰려 있지 않았다면, 내가 그런 상상을 하지 않았다면 얼마나 평화로웠을까, 매 순간 그렇게 생각하고 있었다. 그러다 내 아기가 우는 소리를 들었다.

제10장

5일째

수신: 5월맘님

발신: 맘동네 친구

날짜: 7월 9일

제목: 오늘의 조언

생후 56일 우리 아기,

태어난 걸 축하해, 아가야! 우리 맘님 아기는 오늘로 8주가 되었어요. 축하드려요! (엄마가 되기 전에는 어떻게 살았는지 기억도 안 나시죠?) 기적과도 같은 작고 소중한 아기를 보살피고, 먹이고, 꼭 안아주고 사랑해줄 수 있는 것도 몇 주 남지 않았으니 누리세요. 어서 가서 케이크라도 한 조각 드셔보세요. 엄마는 그럴 자격이 있으니까요.

뉴저지에서 어린 남자 아이가 발견되었다.

자그마한 해변 마을의 경찰 인원 전체가 소집되었지만, 아이를 찾은 건 자원봉사 수색팀의 일원이었다. 해변에서 약 1.6킬로미디 떨어진 곳에서 발견된 아이는 갈대 사이를 걸으며 조개를 찾고 있었다. 부모님과 떨어져서 두 시간이나 걸었던 것이다. 아이를 잃어버렸을 당시 어머니는 샌드위치를 차리느라 정신이 없었다.

메인주에서 실종된 소녀는 집 근처 스쿨버스 정류장에서 내린 뒤로 모습을 감추었다. 경찰은 밤새 아이를 찾았고, 8번 국도를 따라 지휘소를 만든 다음 수색견까지 풀었다. 하지만 다음 날 아침, 아이는 삼촌의 집에서 무사히 발견되었다.

이런 일은 언제나 일어난다. 실종된 아이들은 오래지 않아 건강한 모습으로 발견되는 일이 많다. 하지만 스크롤을 내리며 실종아동센터 웹사이트에 실린 이야기를 읽던 프랜시는 어쩔 수 없이 다음과 같은 사실을 알아채게 되었다. 이렇게 무사한 아이들의 공통점은 대개 24시간 이내에 발견된다는 것이다.

지금 벌써 5일째야.

5일이 지났는데도 경찰은 쓸 만한 정보를 아무것도 발표하지 않았다. 마이더스의 흔적을 찾지 못했을뿐더러 무사한지도 밝혀내지 못했다. 심지어 보디 모가로가 유괴와 어떤 연관이 있는지에 대한 정보조차 내놓지 않았다. 보디 모가로는 여전히 불법 침입 혐의로 억류되어 있었다.

프랜시는 휴대폰을 끈 다음 스토브 위의 끓고 있는 냄비 속에서 병을 꺼냈다. 그리고 윌을 창문 선풍기에서 조금 떨어진 흔들의자로 안고 가서 창문으로 쏟아져 들어오는 햇볕을 가려준 다음 품에 꼭 안았다. 프랜시는 아기의 입에 젖병을 대면서 아이가 분유를 거부할 거라는 희망(희망이 아니라고 부인할 수 없었다)을 품어보았다. 아기가 엄마 젖 외에는 아무것도 먹으려 들지 않을 거라고, 분유에서 나는 화학 약품의 냄새에 질색하며 울 거라고 말이다. 프랜시가 주황색 공갈 젖꼭지를 아들의 입에서 간질여 빼자 아이는 입을 벌렸다. 윗입술에 가느다란 줄기의 회색 액체가 퍼져갔다. 그러자 아기는 정신없이 꿀꺽꿀꺽 분유를 들이켰다.

프랜시는 가슴이 무겁게 가라앉는 기분을 애써 무시하면서 리모컨을 찾아 TV 음량을 높였다. 올리버 후드가 「CNN」과 인터뷰를 하고 있었다. 그는 관타나모에 수감된 죄수 여섯 명을 석방해야 한다며 논쟁을 벌여 유명세를 탄 인권 변호사로, 어제는 보디 모가로 사건을 무료로 변론하겠다고 선언했다.

검은 테 안경을 쓰고 큼직한 체크무늬 셔츠를 입은 중년의 남자 사회자가 말했다.

"제가 알기로 모가로는 현재 불법 침입 혐의로 구속된 상태입니다. 하지만 진짜 쟁점은 모가로가 아기 마이더스의 행방에 관해 어떤 역할을 했느냐겠죠. 올리버 후드 씨, 어떤 말씀을 해주시겠습니까?"

후드는 둥그렇고 커다란 눈에 몸집이 마른 남자였다.

"자, 저는 드릴 수 있는 말씀이 상당히 많지만 제가 말씀드리고 픈 가장 첫 번째 사안은 바로, 제가 변호를 맡은 그분은 죄가 없다는 겁니다. 고의로 불법 침입을 한 게 아닙니다. 그리고 아기 마이더스의 실종에 대해서는 분명히 아무런 혐의도 없습니다. 이 사건은 교과서에 실릴 법한 전형적인 인종차별적 프로파일링입니다. 증거가 대체 뭡니까? 위니 로스의 집 근처에서 목격되었다, 그런데 중동 출신 사람이었다. 그저 그것뿐입니다."

"그렇게 말씀하신다면……."

"더 나쁜 건 뭔지 아십니까? 저는 수사에 관련된 형사 두 분과 이야기를 해보았습니다. 그분들 말로는, 7월 4일 밤에 보디 모가로라고 목격자들이 지목한 남자, 그러니까 유괴가 벌어졌다고 추정되는 시간에 위니 씨의 집 근처를 걸어 다니며 휴대폰에 대고 소리를 지르면서 이상하게 행동했던 남자는 말입니다……."

올리버 후드는 극적인 효과를 주려고 잠시 말을 멈추었다.

"보디 모가로가 아닙니다."

"그게 무슨 말씀이십니까?"

그러자 올리버 후드가 하얀 의사 가운을 입은 남자의 사진을 보여주었다.

"그 남자는 바로 이 사람, 레이 초프라라는 의사입니다. 브루클린 감리교 병원의 외과 과장이시죠. 그때 그분은 비번이었는데도 병원으로 급히 달려가고 있었습니다. 버스 사고로 여성 한 명이 사망하고 어린아이 두 명이 심각한 중상을 입은 상황에 도움을 주려고 말입니다."

프랜시는 눈을 감고 지금 들은 사실을 파악해보았다. 보디 모가로가 그날 밤 거기 있지도 않았다고? 그게 사실이라면, 경찰은 믿을 만한 단서가 전혀 없다는 건데.

"글쎄요. 어떤 분들은 형사가 이 사건을 두고 한 말을 액면가 그대로 받아들여서는 안 된다고 보실지도 모르죠. 경찰이 이제껏 사건을 망쳐왔으니까요. 하지만 변호사님 말씀을 들어봐도, 모가로가 왜 차에 현금을 두고 있었는지는 밝혀지지 않습니다."

"저는 보디와 그의 아내, 또 부모님과도 아주 오랫동안 이야기를 해보았습니다. 모가로 씨는 뉴욕에 사는 친구와 친지들에게 돈을 걷으려고 왔던 겁니다. 예멘에서 돌아가신 숙모의 장례비용에 보태기 위해서였죠. 무슬림 문화에서는 그렇게 한다고 합니다."

그러자 사회자는 빈정대는 미소를 지었다.

"그래서 보디 모가로는 애도의 마음을 품고서 7월 3일 밤에 벤치에 앉아 위니의 집을 바라보며 맥주를 마시고 담배를 피웠단 말인가요? 무슬림 문화에서는 *그렇게도* 애도하나 보죠?"

올리버 후드는 웃었다.

"보세요. 모가로 씨 부부는 이제 막 부모가 된 사람들입니다."

그리고 앉은 자리에서 책상의 다른 종이 한 장을 들어 올려 카메라에 비추었다. 프랜시는 숨을 헉 들이켰다. 콜레트의 아파트에서 봤던 보디 모가로 사진이었다. 선글라스를 머리에 올려 쓰고, 아기를 품에 안은 채 활짝 웃고 있던 바로 그 사진이었다.

"여러분의 눈에는 6주 된 아들을 안고 있는 이 남자가 유괴범으로 보이십니까? 그가 어느 날 밤 술 한잔하고 담배 한 대 피운 게 어쨌다는 겁니까. 그럴 수도 있죠. 생각해보세요. 아빠가 된 지 얼마 안 된 남자니 좀 봐주세요."

"그럼 비행기는 어떻게 된 겁니까?"

"모가로 씨는 늦잠을 자서 비행기를 놓쳤습니다. 그건 순전한 실수입니다. 그런데 비행기표를 또 살 돈이 없었기 때문에 차를 빌려서 집까지 운전하기로 한 겁니다."

그러자 사회자는 눈을 가늘게 뜨고 올리버 후드를 바라보았다.

"하지만 비행기를 놓치고 나서 사흘 후에야 잡혔죠. 브루클린에서 디트로이트까지 운전하는 데 사흘이나 걸릴 리는 없잖아요. 제 아내의 할머니께서는 올해 연세가 여든넷이시지만 그 거리를 하루만에 운전하실 수 있습니다만."

"모가로 씨는 뉴저지에 들러 삼촌을 보려고 했는데 길을 잃은 겁니다. 육군 소유지로 들어가고 있는지조차 몰랐다고 했어요. 크리스, 제가 다시 말씀드리는데 이분은 결백합니다. 지금 일어나고 있는 일은 비극이에요. 경찰은 좀 더 확실한 증거를 제시하고 기소하거나, 아니면 보디 모가로 씨를 풀어줘야 합니다."

"알겠습니다. 앞으로 어떻게 될지 지켜보면 재밌겠네요. 올리버 후드 씨, 감사합니다. 자, 이제는 산타 모니카의 위성 연결을 통해 저의 두 번째 게스트이신 안토니아 프레이밍햄 작가님을 모셔보겠습니다."

프랜시는 앞으로 몸을 당겨 앉았다. 그녀는 이 작가를 좋아했다. 프레이밍햄은 청소년을 대상으로 한 미스터리 시리즈로 돈을 아주 많이 벌었고, 프랜시는 그 책들을 모조리 읽었다. 프레이밍햄은 어제 아기 마이더스가 무사히 돌아올 수 있도록 뉴욕 경찰에 15만 달러를 기부하겠다고 밝혔다. 그녀의 딸 역시 15년 전에 유괴되었지만 경찰은 믿을 만한 단서조차 찾지 못했었다.

"안토니아, 어째서 이 돈을 기부하기로 하신 거죠?"

"아이를 잃어버린 엄마보다 더 가슴 아픈 존재는 이 세상에 없다는 걸, 저도 알기 때문입니다."

프랜시는 윌을 내려다보았다. 아기가 분유를 먹으면서 커다란 눈망울로 프랜시를 빤히 쳐다보았다.

"아이를 잃은 적 있는 어머니들이라면 알 거예요……."

프랜시는 음량을 줄이고 눈을 감았다. 창밖에서 버스가 끼익 급제동하는 소리가 났다. 정류장에 멈춘 몇몇 버스의 문이 열렸고, 창문가로 풍겨온 디젤 연기의 맛이 입술에 내려앉았다. 프랜시는 지금 안토니아 프레이밍햄이나 위니가 잃어버린 아이에 대해 생각하고 싶지 않았다. 이 며칠 동안, 자신이 잃어버린 세 명의 아이들은 더더욱 생각하고 싶지 않았다.

첫 번째로 잃었던 아이는 딸이었다. 홀로 있을 때마다, 머릿속에 그때의 기억이 수도 없이 생생히 떠오른다. 하얀 타일이 깔린 방이었다. 살균제 냄새가 풍기던 그곳에는 프랜시 옆으로도 겁에 질린 표정의 10대 소녀들이 딱딱한 플라스틱 의자에 앉아 있었다. 그래도 그 애들 곁에는 누군가가 있어주었다. 똑같이 겁에 질린 표정이었던 남자애들이나, 겁먹은 친구 옆에서 불안한 모습으로 앉아서 껌 하나를 반으로 나누어 씹던 여자 친구들이 같이 왔으니까. 심지어 어떤 여자애는 어머니와 함께 왔다. 그 애 엄마는 커다란 링 귀걸이에다 굽슬굽슬한 회색 파마머리를 하고서 딸의 손을 잡은 채로 간호사에게 말했다. 본인은 병원의 규칙 따위 신경 쓰지 않겠노라고, 수술방에 딸애와 같이 들어갈 거라고. 프랜시의 엄마는 차에서 기다리고 있었다. 그녀는 성당 신도가 혹시라도 본인을 알아볼까 두려워 병원 옆에 있는 빅롯* 주차장 주위를 이리저리 운전해댔다.

마침내 프랜시는 서늘한 멸균실로 들어가 파란색 종이 가운을 받았다. 간호사가 프랜시에게 물었다.

"본인 몸이 위험할 수도 있다는 거 이해했어요?"

"네."

"아버지 허락은 받았어요?"

"아버지는 안 계세요. 제가 아기였을 적에 떠나셨어요."

"본인 아버지 말고. 아기 아버지 말이에요."

프랜시는 순간 한 줄기 공포를 느꼈다.

"아…… 허락이 필요한가요?"

간호사가 그녀를 바라보았다.

"법적으로는 아니지만 있으면 좋죠. 아기 아버지 이름이 뭔가요?"

프랜시는 바닥을 내려다볼 뿐이었다.

"그 사람 이름요?"

간호사의 펜은 클립보드 위에 그대로 떠 있었다. 그녀는 심하게 짜증난다는 듯 한숨을 내쉬었다.

"그래요. 애 아버지 이름. 알고 있을 거라 생각하는데?"

물론 그의 이름을 알고 있다. 제임스 크리스토퍼 콜번. 스물두 살이고, 세인트제임스대학교 졸업생이고, 천주교 봉사 활동 프로그

---

* 미국의 가구 판매점.

램의 자원봉사자로 '영원한 도움의 성모 수도회 고등학교'에서 과학 교사로 일했던 남자. 프랜시는 과학 시간이 끝나고 자리에 남아 그에게 말했다. 아침에 속이 메스꺼워서 임신 테스트를 해봤더니 양성이 나왔다고. 그는 물건을 챙기더니 지금은 가봐야 한다고, 그날 밤 다시 전화하겠다고 말했다. 하지만 다시는 그를 볼 수 없었다. 다음 날 교실에서는 체육 선생님이 대신 교단에 섰다.

"아뇨. 이름 몰라요."

간호사가 고개를 젓자 형태가 잡힌 금발 곱슬머리가 흔들렸고 그녀는 나지막이 중얼거리며 서류에 메모했다.

"여기에 서명해요. 절차에 동의한다는 내용이에요. 본인은 결코 모르겠지만, 이번이 아기를 가질 수 있는 유일한 기회가 될 수도 있어요."

간호사는 사정없이 이를 드러내며 말했다.

"후회하지 않는다고 장담하는 거죠?"

서명하는 프랜시의 손이 덜덜 떨렸다. 절차에 동의하지 않는다고 말하고 싶었다. 무엇보다도 이 아이를 지키고 싶었다. 그럴 수 있다고 생각했다. 아기는 여름이 지나야 태어날 것이다. 그렇다면 졸업 후에 아기를 낳으면 된다. 일을 하면 키울 수 있다.

그러나 어머니는 결사반대했다.

"안 된다, 메리 프랜시스. 네 말은 들어줄 수 없다. 내 인생에 이런 일이 있어서는 안 돼."

메릴린은 밀가루 반죽을 거칠게 뭉치며 말했다.

"지금도 사는 게 힘들다. 난 혼자서 딸을 둘 키웠어. 거기다 젖먹이까지 더 키우라는 거냐."

한 시간 뒤 프랜시가 어머니의 커틀러스 승용차 조수석에 앉았을 때, 메릴린은 물었다.

"괜찮니?"

"네, 빨리 끝났어요."

그 말을 끝으로 두 사람은 다시는 그 이야기를 꺼내지 않았다.

그 후로 프랜시는 아기 둘을 더 잃었다. 유산이었다. 그때도 역시 똑같이 마음이 무너져 내렸다. 첫 아이의 유산은 결혼한 지 넉 달째에 일어났는데, 너무 초기라 진짜 아기 같지도 않았다. 녹스빌의 산부인과 의사는 그렇게 이야기했다. "아주 초기였어요. 아기가 아니라 그냥 세포 주머니에 불과했어요. 걱정하지 마시고 계속 노력하세요."

'대체 뭐가 진짜가 아닌데요?' 프랜시는 의사에게 묻고 싶었다. 그날 아침 진료실에서 로웰이 프랜시의 손을 잡고 있을 때, 음산한 파란색 초음파 젤이 그녀의 배 위에서 말라붙었다. 무엇이 진짜가 아니라는 건가? 골라두었던 이름들이? 그녀가 상상해왔던 삶이?

두 번째 유산은 2년 뒤였다. 임신하려고 노력했지만 전혀 소용이 없어 고문과도 같았던 열일곱 달을 보낸 후에 처음으로 체외수정 시술을 받았다. 하지만 결과는 비정상 배아였다. 그때 의사가 말했다.

"저희도 왜 그런지 설명할 수가 없습니다. 20대인 분이 난임인 경우는 드문데 말입니다. 그래도 다시 해보세요. 두 번째 시도에서 성공할 수도 있습니다."

하지만 프랜시는 왜 그런지 이유를 알았다. 그 옛날 병원에서 간호사가 경고했던 일이 현실로 나타난 것이었으니까. 나중에 후회할 일이 생길 거라고 했었지. 나중에 다 돌려받게 된다고 했었지. 결국 낙태 수술을 받으러 가기 전에 프랜시는 침대에 누워서 아기가 딸일 거라고 확신하면서, 어떻게 생겼을지 상상하곤 했다. 그리고 엄마에게 맞서서 어떻게든 아이를 지켜내야겠다고, 자신이 원하는 대로 키우고 싶다고 생각했었다. 하지만 프랜시는 아무것도 하지 못했다. 그저 무력한 존재였을 뿐.

프랜시는 눈가에 맺힌 눈물을 닦았다. TV를 바라보자 마이더스가 바닥에 누워 뺨에 주먹을 댄 채 카메라를 응시하고 있는 사진이 화면에 나오고 있었다. 프랜시는 리모컨을 들고 음량을 높였다. 안토니아 프레이밍햄이 화장지를 코에 대고 눈물을 참는 중이었다.

"나는 마이더스를 볼 때마다 우리 딸이 사라지고 나서 침대에 누워 그 애를 그리워하던 내 모습이 떠오른답니다. 그래서 남 일 같지가 않아요. 지금 마이더스도 엄마 없이 어딘가에서 그 작은 가슴을 아파하며 애타게 엄마를 그리워하고 있겠지요. 언제 나를 찾으러 와줄까 생각하면서 말이에요."

프레이밍햄이 코를 훌쩍였다.

프랜시는 TV를 끄고 리모컨을 소파 위에 던졌다. 오늘은 더 이상 마이더스의 이야기를 듣고 싶지 않았다. 그래서 주방으로 걸어가 젖병을 조심스레 싱크대에 넣었다. 분유를 먹은 윌은 조용히 잠들어 있었다. 프랜시는 아기를 유모차에 조심스럽게 눕힌 다음 유모차를 들고서 낑낑대며 계단 층계참을 네 개나 거쳐 건물 현관으

로 갔다. 더위를 뚫고 언덕을 올라 여섯 블록 떨어진 공원으로 가
다가 중간에 다이어트 콜라를 하나 사려고 가판대에 들렀다. 일주
일 만에 한 모금 맛보는 카페인이었다. 프랜시는 이윽고 벤치에 자
리를 잡았다. 위니의 집 앞에 있는 벤치는 프랜시의 전용 좌석이나
다름없었다. 이제는 땀에 흠뻑 젖어서 입고 있던 올드네이비 면 원
피스가 등 아래에 착 달라붙은 채였다. 프랜시는 유모차를 그늘에
두고는 기저귀 가방에서 카메라를 꺼내 렌즈의 먼지를 털어낸 다
음 벤치 위에 올라서서 돌벽 너머 공원을 바라보았다. 이리저리 잔
디밭을 둘러보자 이윽고 버드나무가 보였다. 30분 후에 5월맘들이
모일 장소였다.

　프랜시는 엄마들이 보고 싶어 견딜 수가 없었다. 지난번 모임 이
후로 1주일이 조금 넘는 시간 동안 그녀는 깊은 상실감을 느꼈다.
모임 때마다 자신이 얼마나 기대했던가. 다른 엄마들이 둥글게 둘
러앉은 사이에 자신의 자리가 있고, 서로 조언을 나누며 아이들에
게 둘러싸여 있던 그 시간이 그리웠다. 이윽고 프랜시는 벤치에서
내려와 카메라 초점을 거리 건너편에 맞추고 위니의 집 앞을 서성
거리는 기자 몇 명을 유심히 관찰했다. 근처에 주차된 중계차도 보
고, 몇 집 건너 창문도 보았다. 창문 안으로 소파 위 벽에 걸려 있는
흑백 가족사진 몇 점과 저 구석에 놓인 커다란 야자나무 화분 몇 개
가 보였다. 렌즈의 줌을 당겨 좀 더 자세히 들여다보자 책꽂이에 가
지런히 꽂힌 책들의 제목도 읽을 수 있었다.

　갑자기 개 짖는 소리가 들렸다. 프랜시는 카메라의 방향을 돌려
두꺼운 안경을 낀 남자를 보았다. 40대 후반의 남자는 전에도 본

적 있는 사람으로, 자그마한 갈색 강아지의 목줄을 잡고서 위니가 사는 건물 앞을 걷고 있었다. 그는 언제나 창문을 올려다보았는데, 꼭 안을 엿보려는 것 같았다.

프랜시는 혹시 저 남자가 시어도어 오드가드는 아닐까 궁금해서 참을 수가 없었다. 시어도어 오드가드는 이 블록 어딘가에 산다고 등록된 성범죄자였다. 프랜시는 범죄 블로그에서 그에 대한 글을 읽은 다음, 어젯밤 늦게 월에게 젖을 먹이면서 휴대폰으로 성범죄자 목록을 내려가며 그 이름을 찾아내 확인했다. 어쩌면 저 사람이 자신이 범죄 블로그에서 봤던 그 사람일지도 모른다. 7월 4일 밤, 위니의 집 맞은편 벤치에 앉아 있던 바로 그 남자 말이다.

프랜시는 카메라 뷰파인더로 개를 끌고 가는 남자를 관찰했다. 그가 위니의 집 앞을 지나는 순간, 위니의 집 문이 열렸다. 프랜시의 가슴이 뛰었다. 위니가 안에 있어!

프랜시는 카메라의 줌을 당겨 문을 바라보다가 바깥으로 나온 사람이 위니가 아니라 어떤 남자인 걸 보고 실망했다. 그는 인도로 걸음을 옮기며 등 뒤로 문을 닫았다. 남자는 60대쯤 되는 나이 든 사람으로 군청색 바람막이 점퍼 차림이었다. 주머니 앞에 '헥터'라는 이름 자수가 보였다. 작은 개가 그에게 달려들어 날카로운 소리로 짖기 시작하다가, 이내 목줄에 끌려갔다. 헥터는 강아지에게 손을 뻗어 쓰다듬고는 목줄을 잡은 남자에게 미소를 지었고, 다음으로는 근처 연석에 앉아 있던 기자들에게도 웃어 보였다. 그는 이제 뒷짐 진 채로 걷다가, 근처 오솔길 덤불 앞에서 멈추고는 그 위로 떨어져 있는 시든 꽃잎들을 털어냈다. 프랜시는 꼼짝하지 않고 그를 지켜보았다. 프랜시는 위니의 아버지에 대한 정보는 거의 알지 못했기 때문에, 혹시 저분이 위니의 아버지는 아닐까 생각해보았다. 아니, 아버지는 아닐 것이다. 집 앞을 왔다 갔다 걷는 모습을 보니 경호원인 듯하다. 아마도 은퇴한 경찰이겠지. 위니가 집을 지키라고 고용한 사람일 것이다. 아무도 안으로 들어오지 못하게 막거나, 기자들이 초인종을 누르지 못하게 하거나, 아니면 좋은 의도로 길거리 수레에서 이런 날씨에 금방 시들어버릴 장미꽃 한 다발을 사서 집 앞에 놓아두려는 낯선 사람들을 쫓아버리려는 목적으로 고용했을 것이다. 낯선 이들은 인형도 가져왔다. 그들이 두고 간 소피 기린 인형은 벌써 열을 지어 위니의 집 앞을 지나서 다른 블록까지 뻗어갔다.

프랜시는 마침내 위니에게 전화해보았다. 세 번이나 했다. 위니는 받지 않았지만 프랜시는 매번 위니에게 음성을 남겼다. 자신이 위니를 걱정하고 있다고 말하고, 혹시 식료품을 가져다줄까, 냉동실에 보관할 수 있는 음식 몇 가지를 만들어줄까 제안도 했다. 프랜시는 「블루 버드」를 얼마나 재미있게 보았는지도 말하고 싶었다. 이베이에서 시즌3까지 다 포함된 DVD 박스 세트가 단돈 60달러에 올라온 걸 찾아낸 프랜시는 다음 달 은행 계좌에서 그 돈이 빠져나간 걸 로웰이 눈치채지 못하기만을 빌며 그걸 샀다. 드라마는 정말 좋았다. 위니는 참 매력 있고 타고난 연기자였으며 춤추는 모습이 감탄스러웠다.

위니에게 전화했다고 로웰에게 말했을 때, 그가 보인 태도 때문에 프랜시는 아직도 화가 나 있었다.

"그건 별로 똑똑한 처사가 아니었어, 프랜시."

"어째서?"

"지금 위니는 사생활을 보호받고 싶을 거야. 게다가……."

"게다가 뭐?"

"됐어. 당신은 절대 모르겠지."

"그게 무슨 소리야? 절대 모르다니?"

프랜시가 물었다. 그러자 로웰은 한숨을 쉬더니 더 이상 말하고 싶지 않다는 태도를 보였지만 프랜시는 다그쳤다.

"마이더스가 납치되었을 때 그 여자는 어디 있었는데? 그리고 어떻게 집 문을 따고 들어간 흔적이 전혀 없을 수 있지? 그러니까 내가 하고픈 말은 이거야. 지금 그 여자랑 가까이 지내서 당신한테 좋을 게 없어. 그리고 월을 데리고 그 여자 가까이 가지 않았으면 좋겠어."

프랜시는 불같이 화를 냈다.

"당신이 무슨 얘기 하는지 듣고 싶지 않아."

프랜시는 헥터가 위니의 집 옆으로 사라지는 모습을 지켜보았다. 아까 남편과 나눈 대화를 잊고만 싶었다. 그러다가 기저귀 가방에서 휴대폰 진동 소리를 듣고서 카메라를 목에 걸었다. 로웰의 문자였다. 미안하다는 말이겠지. 프랜시는 생각했다.

―나쁜 소식이야. 리모델링 일을 못 땄어. 다른 사람한테 맡겼대.

프랜시는 휴대폰을 가방에 넣었다. 걱정이 물밀듯 밀려왔다. 그 일거리가 유일한 수입원이 될 예정이었는데. 3주 후에는 월세도 내야 하는데. 월이 유모차에서 버둥댔다. 프랜시는 카메라를 케이스에 넣고 지퍼를 잠근 다음 유모차를 공원 입구 쪽으로 밀었다. 윌이 제발 다시 잠들어주기만을 바랄 뿐이다. 머릿속에서 어두운 생각들이 꿈틀댔다.

프랜시는 그 생각들을 몰아내려 했다.

자신은 로웰을 사랑한다. 좋은 남편이고, 상냥한 남자다.

그렇지만, 자신도 5월맘들이 다들 결혼한 그런 남자를 골랐더라면 얼마나 좋았을까. 찰리처럼, 공원이 내려다보이는 화려한 아파트를 살 돈이 있고, 언제나 페이스북에 콜레트와 포피의 사진을 올리면서 엄마와 아기가 얼마나 아름다운지, 자신이 얼마나 운이 좋은 사내인지 달콤한 말을 곁들이는 남편과 살았다면 어땠을까. 아니면 스칼릿의 남편처럼 종신 교수직을 보장받아서 교외에 저택을 살 수 있고 아내가 돈 걱정 없이 집에 머물게 해줄 남자랑 살았다면 어땠을까. 언젠가 스칼릿은 말했었다. 남편은 저녁 6시면 꼬박꼬박 퇴근해서 같이 저녁식사 자리에 앉고, 아이를 목욕시키고 재우는 걸 도와준다고. 언제나 일만 하는 로웰 같은 남자랑 결혼하지 않았다면 좋았을까. 로웰은 단 한 번도 아기를 씻겨본 적이 없었다. 로웰의 사업은 꼬여가고 있었고, 로웰은 점점 더 자주 프랜시 역시 어떻게든 돈 벌 방법을 궁리해야 한다고 이야기하기 시작했다. 5월맘 모임을 꾸려서 아기들 사진을 자원봉사로 찍어주자는 의견도 로웰이 낸 것이었다. 그걸로 아기 사진 사업을 시작할 포트폴리오를 만들 수 있을 테니까. 프랜시는 그저 그러면 어떨까 이야기만 해본 것뿐이었는데.

15분 뒤 프랜시는 버드나무 아래에 도착했다. 기저귀와 카메라가 들어 있는 가방 무게 때문에 몸의 무게중심이 한쪽으로 쏠렸고, 곱슬머리는 부스스한 데다 목덜미에 땀이 차고 원피스에는 땀으로 젖은 얼룩이 또 생겨버렸다. 콜레트는 벌써 와서 돗자리를 깔고 있었다. 오늘 콜레트는 짧은 하늘색 원피스를 입고 머리를 지네 모양으로 땋아 등에 드리웠다. 프랜시는 콜레트가 어떻게 저렇게 꾸미고 나올 수 있는지, 어떻게 언제나 차분하고 정돈되어 보일 수 있는지 알 수가 없었다. 프랜시는 오늘 아침에 이를 닦고 나왔는지도 기억이 나지 않았다.

"넬 소식 들었어요?"

프랜시가 윌의 유모차를 그늘에 세우며 콜레트에게 물었다. 콜레트는 미니 머핀이 든 종이 상자를 열면서 말했다.

"아직 소식 없어요. 아마 오후쯤 전화해서 불평하겠지요. 잘하고 있었으면 좋겠는데."

토큰이 나타났다. 선글라스를 벗자 빨갛게 충혈된 그의 눈동자가 드러났다.

"괜찮아요?"

콜레트가 묻자, 토큰이 눈길을 돌리며 대답했다.

"네, 이렇게 더운데 알레르기까지 겹쳤네요. 견디기 힘들어요."

다른 사람들도 도착했는데, 프랜시는 그들 중 아는 사람이 아무도 없었다. 여기 처음 온 여자들이었다. 무료로 아기 사진을 찍어준다고 하지 않았다면 모임 같은 건 참석할 생각조차 안 했을 사람들이다. 그들은 조심스럽게 나무 밑으로 와서 여기가 5월맘들 모임 장소인지 물었다. 반면 유코나 스칼릿, 젬마처럼 프랜시가 보고 싶었던 사람들은 올 기미가 보이지 않았다. 프랜시는 실망스러운 마음을 애써 누르면서 사진을 찍으려고 가져온 도구들을 배치했다. 그런 다음 사람들에게 차례대로 일어서달라고 했다. 아기 사진을 찍어본 적은 한 번도 없지만, 지금은 이 일에 기꺼이 몰두할 수 있었다. 일하는 동안 돈 걱정, 로웰 걱정은 그만 기꺼이 떨쳐버리고 싶었다. 안토니아 프레이밍햄이 묘사했던 이미지처럼 혼자 겁에 질려 엄마를 애타게 찾고 있을 마이더스 생각까지도.

"그러면 말이죠. 조금 꺼림칙하기는 하지만 우리 마이더스 이야기를 해볼까요?"

뒤에 돗자리를 깔고 앉은 누군가가 물었다. 그러자 또 다른 이가 덧붙였다.

"저와 아기는 한 시간 반이나 기다려서 소아과 진료를 받고 왔죠. 그동안 휴대폰 배터리가 꺼졌네요. 혹시 새로운 소식이 있나요?"

프랜시는 그들의 말을 듣지 않으려 애썼다. 빛과 그림자를 잘 살펴보고, 이 더위에 짜증내면서 고집 부려대는 아이들이 카메라 쪽을 보게 만들려고 애썼다.

누군가가 대답했다.

"오늘 아침에 감리교 병원 의사라는 분이 인터뷰하는 걸 봤어요. 7월 4일 밤에 사람들이 보디 모가로라고 착각했던 사람 말이에요. 하버드 의대를 수석으로 졸업했다는군요. 그리고 '이상하게 행동' 했다더니, 그게 아니었어요. 알고 보니 전화로 응급 구조사에게 고함치며 지시를 내리고 있었대요. 젊은 어머니가 생명이 위태롭다는 뉴스 보셨죠? 그 엄마, 결국 죽었다더군요."

"어머, 세상에나."

"난 보디 모가로 일도 정말 짜증이 나요. 그 사람 아내가 마침내 인터뷰를 했더라고요. 뉴스에서는 그 가족이 예멘에서 온 지 얼마 안 되었다고들 말했지만 실제로는 둘 다 미국 시민이에요. 아내 분은 코네티컷 출신이던데."

그러자 누군가 웃으며 말했다.

"우리 엄마는 모가로의 아내가 하는 말은 한마디도 안 믿으세요. 「페이스 아워」에 나오는 말만 믿으시거든요. 그래서 엄마 말을 믿어야 한다는 생각이 안 들어요."

또 다른 사람이 크게 한숨을 쉬었다.

"아직도 믿기지가 않아요. 우리 모임 멤버한테 그런 일이 일어나다니."

바닥에 무릎 꿇은 프랜시의 살갗에 마른 솔잎과 돌이 박혔다. 프랜시는 근처 쓰레기통에서 테이크아웃 커피 컵과 음식 포장 비닐 봉지들이 넘쳐서 진동하는 악취를 맡지 않으려고 숨을 참았다. 쓰레기통 위에서 파리 떼들이 잔치를 벌이는 중이었다. 프랜시는 아기 가까이 몸을 숙이면서 제발 아기들이 가만히 있어주기를 빌었다. 의도한 건 아기들이 머리에 커다란 양배추 잎을 쓰고서 꽃잎 안에서 자는 콘셉트였다. 이름이 뭔지 기억나지 않는 어떤 여자가 그런 사진을 찍었었다. 쉽게 따라 찍을 수 있을 줄 알았건만, 현실은 전혀 아니었다.

"아기를 조금만 움직여주시겠어요? 아이에게 그늘이 져서요."

"상상이나 되세요? 전화를 받았는데 애가 없어졌다는 말을 듣다니요? 남편이랑 나는 어젯밤 애를 낳고 처음으로 데이트하기로 했는데, 결국 나갈 수가 없더라고요. 애를 두고 갈 수가 없었어요. 그런데 내가 어디선가 봤는데요, 그 알마라는 베이비시터 있잖아요, 아기 판매 조직에 있었다는군요."

어제 프랜시도 같은 기사를 읽었다. 프랜시가 곧바로 넬에게 메일을 보냈다.

–알마가 아기 판매 조직에 있었다고요? 넬, 이게 사실이에요?

넬은 한마디 답을 보냈다.

–맞아요.

프랜시는 즉시 전화를 걸었다.

"넬, 너무 끔찍해요. 어떻게 그런……."

"알마 이력서에 그렇게 적혀 있더라고요. 베이비시터 경력 3년. 두 아이의 엄마. 아기 판매 조직에서 일했음."

프랜시는 넬이 수화기 저편에서 혀를 차는 소리를 들었다.

"알마를 불러야지 그럼 내가 어떡했겠어요? 난 일하러 가야 하는데. 프랜시도 알잖아요. 요즘 브루클린에서 베이비시터 구하기가 얼마나 어려운지."

지금 생각해봐도 프랜시는 화가 났다. 어떻게 넬은 그런 상황에서도 농담을 하려 드는 걸까.

"지금 농담할 상황이 아니잖아요, 넬."

"나도 알아요. 하지만 알마를 이 지경에 빠트리는 상황도 그렇고, 베이비시터를 고용한 여자들까지 전부 무서워서 벌벌 떠는 게…… 난 너무 화가 난다고요. 알마는 누굴 해칠 사람이 절대로 아니에요. 그러니 이런 말을 들을 때마다 웃어넘겨야지 어쩌겠어요. 안 그러면 정말 나도 어디 나가서 사람 하나 죽일 것 같다고요."

"아가야, 잘했어."

프랜시는 앞에 놓인 자리에 앉은 꼬마 남자애에게 말했다.

"그렇지. 1분만 더 가만히 앉아 있으렴."

"어제 《US 위클리》 봤어요?"

프랜시는 등을 돌린 상태라 누가 이야기하고 있는 건지 알 수가 없었다. 엄마들의 목소리가 머릿속에서 빙빙 돌았다.

"나 그거 5월맘 페이스북 페이지에 링크 올릴 뻔했다니까요. 너무 충격적이더라고요. 그런데 위니가 아직도 가입되어 있는 걸 알고 그만뒀어요."

"어쨌든, 그 기사에 따르면 이 판국에 퍼트리샤 페이스가 위니한테 자기 쇼에서 인터뷰해달라며 2백만 달러를 제안했다는군요."

그때, 프랜시의 휴대폰에 다시 문자 알림음이 울렸다. 프랜시는 휴대폰을 놓아둔 카메라 가방 옆을 슬쩍 보았다. 로웰이 보낸 것이었다.

—그 사진 사업 열심히 해봐. 당장 누구라도 예약 잡아봐.

"내가 듣기로는 위니한테 산모용 운동 비디오를 찍어달라며 거액의 돈을 제안한 데가 있대요. 진짜 역겨워요."

휴대폰이 다시 울렸지만, 프랜시는 무시했다. 지금은 로웰과 이야기할 힘이 없었다.

프랜시는 더위 때문에 어질어질한 기분으로 모여 있는 사람들 쪽을 바라보았다.

"다음 분 누구신가요?"

프랜시는 이렇게 말하다가 콜레트를 바라보았다. 콜레트가 눈살을 찌푸린 채 휴대폰을 보고 있었다. 둘의 눈이 마주쳤다. 콜레트의 얼굴에는 걱정이 그득했다.

"휴대폰 봐요."

콜레트가 조용히 말했다. 프랜시는 급히 카메라를 담요 위에 내려놓았다. 문자는 넬이 보낸 것이었다.

–지금 「페이스 아워」를 봐요. 당장.

* * *

넬이 머리 위까지 쳐든 팔 아래로 셔츠가 따라 올라가 산모용 청바지의 넓은 고무 밴드 위로 삐져나온 쭈글쭈글한 뱃살이 드러났다. 넬은 한 손에 술을 들고 다른 한 손으로는 위니의 손목을 잡고 있었다. 넬은 이 사진이 언제 찍혔는지 기억했다. 그날 밤 초반부였다. 그때 다 같이 유급 출산휴가 제도 하나 없는 미국의 정책을 비판했었다. 그리고 의자 위에 올라서서 「레벨 옐」을 불렀다. 넬이 위니도 일어서라고 끌어당겼다. 그들은 춤을 추었다. 다 같이 노래 부르고 웃었다.

대체 누가 이런 짓을 한 거지? 그 자리에 있던 사람 중 누가 퍼트리샤 페이스에게 사진을 보낸 걸까? 퍼트리샤의 얼굴이 화면을 가득 채웠다. 퍼트리샤는 매끈한 민소매 블랙 원피스를 입고서 논점을 다시 잡겠다는 표정을 지었다. 그 눈빛이 너무 강렬해서 넬은 마치 퍼트리샤가 테이블 맞은편에 앉아 자신을 보는 것만 같았다. 이곳은 사이먼 프렌치사의 구내 카페인데 말이다. 손바닥에 땀이 차고 목에서 신물이 왈칵 올랐다.

"자, 다시 말하자면 이렇습니다."

퍼트리샤가 입을 열었다. 그녀는 깍지 낀 손으로 턱을 받치고 놀랍다는 듯 고개를 흔들어댔다.

"오늘 아침 우리는 아주 불쾌한 사진을 받았습니다. 바로 그날 밤의 위니 로스를 보여주는 사진이죠. 아마 바로 이 순간, 겨우 생후 7주밖에 되지 않은 위니의 아이는 침대에서 유괴되었겠죠."

카메라는 사진을 다시 커다랗게 비췄다. 이번에는 위니의 얼굴을 클로즈업한 화면이었다. 술에 취해 입이 살짝 벌어지고 눈은 반쯤 감겨 있었다.

"이거 보세요. 취했네요."

퍼트리샤 페이스가 계속 말했다.

"정말 묻지 않을 수 없군요. 이 사진이 의미하는 바가 뭘까요? 혹시 이 사진으로 이제껏 했던 이야기가 전부 바뀔까요? 그래야 하지 않을까요? 다들 그동안 다른 쪽에만 초점을 맞추고, 경찰이 일처리를 제대로 못하는 면이나 보디라는 남자에 관해서만 이야기했죠. 유모가 어떤 사람인지에 대해서도 의문을 품었고요. 하지만 모르겠네요. 이제 갓 엄마가 된 사람이, 출산한 지 겨우 몇 주밖에 안된 여자가 애를 집에 놔두고 외출을 했다라. 가서 이 사진처럼 놀았다는 거죠? 요즘의 모성애는 뜻이 달라져서 이래도 되나 보죠?"

이제 카메라는 그날의 게스트 얼굴을 비추었다. 깜빡이지도 않는 검은 눈동자에 희끗희끗한 염소수염을 달고 나온 나이 든 남자였다.

"캘거리 교회의 수장이자 '패밀리 아메리카'의 위원으로 계시는 맬컴 제더스 씨를 이 자리에 모셨습니다. 그리고 《포스트》의 엘리엇 폴크 씨도 나오셨습니다. 이 자리에 와주신 두 분, 감사합니다. 맬컴, 먼저 질문드릴게요. 어떻게 생각하시나요?"

"아기가 실종되었습니다, 퍼트리샤. 아주 슬픈 일입니다. 하지만 제게 물으신다면, 저는 '여자들이 전부 다 누려야 한다'라는 생각이 이제 그 대가를 치르고 있다고 봅니다. 이게 대체 뭡니까? 아기를 낳은 지 몇 주밖에 안 된 여자들이 술집이 가서, 엄마가 되어서는 술에 취해 의자에 올라가서 춤을 추다니, 이 여자들 지금 대학교 여학생 클럽 신고식이라도 하는 겁니까?"

"이 술집 이름이 졸리 라마였던가요. 이걸 보니 졸리 *마마*라고 하는 편이 낫겠네요."

퍼트리샤는 이렇게 말하며 카메라를 보고 슬쩍 웃었다. 밝은 주황색 테 안경 너머로 영특해 보이는 눈썹이 치켜 올라갔다.

"저도 같은 생각입니다. 요즘 세상에 여자들보고 집에 앉아서 종일 미트볼이나 만들라고 하는 사람은 아무도 없을 겁니다. 하지만요, 제가 만약 아이가 있다면, 그것도 *갓난아기*가 있다면 그 애를 두고 술집에 갈 수 있었을까요? 말도 안 되죠. 우리 어머니가 첫 아이를 낳으셨을 때는요, 아기가 어머니의 우선순위였어요. 그리고 막내가 유치원에 갈 때까지 그 우선순위는 쭉 변함이 없었답니다. 우리 어머니라면 절대로……."

그때 젊은 여자 네 명이 넬 옆 테이블에 앉았다. 그들의 쟁반에는 종이 그릇이 놓여 있었다. 여자들이 내는 소리 때문에 TV 소리가 잘 들리지 않았다. 머리가 멍해진 넬은 쟁반을 집어 들고 위에 커다란 TV 세트가 설치되어 있는 구석 부스 자리로 재빨리 이동했다. 화면 아래에 자막이 흘러나왔다. 퍼트리샤가 다른 게스트 쪽으로 고개를 돌렸다.

"엘리엇 폴크 씨, 다시 뵙게 되어 반갑습니다. 위니 로스와 함께 찍힌 여자들 말인데요. 편의상 이분들을 졸리 마마라고 부르도록 할게요. 이 사람들은 누구고, 사건 당시 뭘 했었죠?"

"자, 퍼트리샤, 아직까지 이 여성들의 이름은 밝혀지지 않았지만 아시다시피, 위니는 엄마 모임 사람들을 만나러 외출했었죠. 이건 아주 새로운 문화 현상입니다. 설명해드리자면 이렇습니다. 역사적으로 봤을 때 여성은 출산 후에 항상 자신을 도와줄 여성 모임에 의존했습니다. 물론 옛날에는 그런 모임에 *가입 신청*을 하지는 않았죠. 아주 자연스럽게 모임에 들어갔으니까요. 그 모임의 구성원은 어머니와 자매, 친척 여성이었습니다. 이러한 모임은 개발도상국에서 여전히 찾아볼 수 있습니다. 하지만 오늘날에는……."

"넬?"

어떤 여자가 음식을 올린 쟁반을 들고 테이블에 와서 섰다. 머리를 매끄럽게 포니테일로 묶은 여자로, 명찰은 버튼다운 셔츠 안쪽에 가려 보이지 않았다. 넬의 머릿속이 빠르게 돌았다. 이름이 기억나지 않았다. 콘퍼런스에 같이 참석했고, 로스앤젤레스에서 저녁 식사를 하며 와인을 한 병 나눠 마신 적이 있는 사람이었다.

"출산휴가에서 돌아오고 나서 처음 보네요. 언제 돌아왔어요?"

"오늘요."

그 말이 꽉 막힌 목에서 나왔다.

"어머, 세상에. 아기가 지금 얼마나 됐죠?"

"8주요."

넬이 여자 너머로 TV를 보았다.

여자는 얼굴을 찡그렸다.

"기분이 좀 어때요?"

"아주 좋아요."

"정말요? 아기를 두고 왔는데도 기분 좋게 일하러 올 수 있었단 말인가요? 못 믿겠는데요."

여자가 넬 앞에 앉으며 말을 이었다.

"우리 애는 이제 8개월인데도 아직 죄책감 때문에 괴로워요."

넬이 고개를 끄덕이고 마른침을 꿀꺽 삼켰다. 울고 싶지 않았다. 회사 구내 카페 한가운데에서, 더구나 이 여자 앞에서 울고 싶지는 않았다. (넬은 우는 횟수와 시간을 하루에 세 번 15분으로 제한하기로 했다. 장애인 화장실 변기에 앉아서 베아트리스의 사진을 보며 유축할 때만 울기로.)

여자는 넬의 상태를 눈치채고 탁한 색 단백질 드링크 병을 흔들며 말했다.

"오, 넬, 미안해요. 앞으로는 좋아질 거예요. 회사에서 우리에게 수유실을 줘야 하는데……."

그런데 넬의 눈에 들어온 장면이 있었다. 카페 저쪽 벽에 있는

TV 스크린 중 하나에 전 국무장관 라흘란 레인의 얼굴이 나오고 있었다. 버몬트에 있는 호숫가 집 바깥에서 기자들에게 질문을 받고 있는 그의 표정은 어두웠다. 넬은 그 표정을 너무나 잘 알고 있다. 머리를 천천히 흔드는 모습이나 양심의 가책을 받은 듯 보이도록 연습한 표정을.

넬은 손대지도 않은 음식이 놓인 쟁반을 꽉 쥐었다.

"나 가봐야겠어요. 미안해요. 몇 분 있다 회의가 있어서요."

"그래요. 아, 알려줄 게 있는데요. 우리 회사에 최근 출산한 사람들끼리 엄마 모임을 만들었는데⋯⋯."

다른 사람들을 따라 쟁반을 쓰레기통 옆 철제 카트에 밀어 넣던 넬은 현기증을 느꼈다. 엘리베이터 앞에 모인 사람 몇몇이 스무디와 플라스틱 테이크아웃 용기를 들고 있었다. 넬은 사람들 곁을 지나 문을 열고 차가운 계단을 올랐다. 한 번에 계단을 두 개씩 디디며 그렇게 6층까지 계속 올라갔다. 이윽고 본인의 사무실 문을 열었을 때 휴대폰이 울렸다.

안도감이 온몸을 휩쌌다. 별 게 아니라, 프랜시가 건 전화였다.

"콜레트랑 나, 같이 있어요. 콜레트의 아파트까지 막 달려왔어요. 끊지 말고 있어봐요. 스피커폰으로 돌릴게요."

넬이 책상 앞 의자에 주저앉아 한숨을 쉬었다.

"내 사진 봤어요?"

"그래요."

넬은 눈을 감고 그 사진을 다시 떠올렸다. 땀이 배어 나온 자국. 풀려 있던 허리 단추. 유백색 뱃살 지방까지.

"누가 그 사진을 보냈을까요?"

그러자 콜레트가 말했다.

"기회는 이때나 싶은 정신 나간 사람이겠죠. 누구긴 누구겠어요. 이 사진을 찍은 게 우리 모임 사람이라는 생각은 안 들어요. 각도를 보면 알 수 있어요. 누가 찍었는지는 몰라도 저 끝에서 찍은 거예요. 그리고 말이죠, 넬이라는 걸 알아보는 건 불가능해요. 너무 흐릿하게 나왔거든요. 넬이 봐도 못 알아볼 거라고요."

넬이 다시 물었다.

"그러면 라흘란 레인이 왜 인터뷰를 한 거죠?"

"무슨 말이에요?"

"「CNN」인가 어딘가에서 그 사람을 봤어요. 질문에 대답하고 있던데요."

"레인이 노벨 평화상 후보에 오른다는 소식 때문일걸요. 오늘 뉴스에 대대적으로 등장했어요. 그 사람이 이번 사건에 대해 논평했는 줄 알았어요?"

콜레트가 웃으며 말을 이었다.

"엄마들이 술 마시는 사진을 보고 이런 일이 국가 안보에 위협을 준다고 생각하는 사람들도 나오긴 하겠지만요, 전 국무장관이 이 사건과 연관 있다고 생각하는 건 너무 어긋난 관점이에요. 퍼트리샤 페이스나 그 여자의 케이블 뉴스 친구들도 그렇게까지는 말하지 않을 거예요."

넬이 손바닥으로 이마를 짚는데 누군가가 사무실 창문을 가볍게 두드렸다. 고개를 들자 그녀의 상관인 이언이 바깥에 서서 시계를 가리키고 있었다. 넬이 곧 가겠노라는 표시로 손가락을 들었다.

프랜시의 목소리가 눈물이 글썽한 것처럼 들렸다.

"너무 심해요. 점점 심각한 상황으로 치닫고 있어요. 사람들이 뭐라고 생각할까요?"

"사람들이 어떻게 생각하든 무슨 상관이에요. 우리는 잘못한 거 없어요."

콜레트가 대꾸했다. 그런데 넬의 사무실 전화가 울렸다.

"제길, 끊지 말고 있어요. 서배스천이 전화했네요. 애가 열이 나서 잠을 못 잤거든요. 그래서 지금 남편이 애랑 집에 있어요."

서배스천도 퍼트리샤 페이스의 쇼를 본 게 틀림없었다. 걱정됐겠지. 넬이 전화를 받자 서배스천이 겁에 질린 목소리로 말했다.

"아, 다행히 받았네. 지금 회의 중이라 연락 못 할 줄 알고 겁먹었잖아."

"알아. 지금 가야 해. 너도 봤어?"

"뭘? 무슨 일 있어?"

"그 사진. 퍼트리샤 페이스 쇼에 나온 거."

"아니, 하지만……."

"그것 때문에 전화한 거 아니었어?"

"아니야. 자기야, 들어봐."

누가 듣기라도 하는 듯, 서배스천의 목소리는 더 나지막해졌다.

"경찰이 왔어. 너랑 이야기하고 싶어 해. 그러니 집에 와야 할 것 같아."

＊＊＊

마크 호이트가 넬의 거실에 서서 책장을 둘러보았다. 나흘 전에 왔던 때와는 달리 오늘은 이발한 상태였다.

"맥키 씨."

넬이 문을 닫고서 소파 옆 바닥에 노트북 가방을 내려놓자, 호이트가 넬의 이름을 부르며 바라보았다. 형사의 표정을 봐도 대체 왜 왔는지 알 수가 없었다. 베아트리스가 열이 급속도로 치솟아 집에 가봐야겠다고 이언에게 말한 다음 택시를 타고 집에 오는 내내, 넬은 모든 게 문제없을 거라 자신을 다독였고, 자신은 아무것도 잘못한 게 없다는 사실을 되뇌었다. 적어도 법적으로 문제될 것은 없었다. 그럼에도 무시무시한 느낌이 솟아오른다는 걸 부정할 수는 없었다. 마크 호이트는 그날 밤 일에 대해 혹시 뭔가 알고 있을까? 넬이 기억하지 못하는 순간에 무슨일이 일어났는지 알아냈을까?

누군가 복도를 걸어오는 소리에 넬은 깜짝 놀랐다. 고개를 돌리자 서배스천이 보였다.

"아, 왔구나."

서배스천이 이렇게 말하며 커피 잔을 탁자 위에 두었다.

"괜찮아?"

속삭이는 목소리에 불안감이 서려 있는 게 느껴졌다.

"베아트리스는 어때?"

"열은 내렸어. 지금 자고 있어."

"맥키 씨, 와서 앉으시죠."

호이트가 말했다. 넬은 서배스천이 놓아둔 커피 잔이 호이트 몫이라는 걸 알면서도 그걸 들고 소파에 앉았다.

"여긴 왜 오셨죠, 형사님?"

호이트가 창문 옆에 있는 커다란 안락의자로 천천히 걸어가 한쪽 팔걸이에 걸터앉았다. 넬은 그러지 말고 제대로 앉으라고, 지금 앉은 팔걸이 틀이 망가질 거라고 말하고 싶은 충동을 억눌렀다. 그의자는 엄마가 준 결혼 선물이었다. 저 의자를 사려고 엄마가 병원에서 초과 근무를 얼마나 많이 했는지 넬은 알고 있었다.

"몇 가지만 묻겠습니다."

호이트가 이렇게 말하며 회색 면 티셔츠 소매를 걷어 올렸다.

"몇 가지 이해가 안 되는 일이 있어서, 여쭈어보면 저희에게 도움이 될 것 같습니다."

"알겠어요."

"그럼 먼저, 어떻게 지내셨습니까?"

"잘 지냈어요."

그러자 호이트는 일어서서 책장 쪽으로 돌아섰다.

"네? 잘 지내셨다고요?"

호이트는 책장 선반에서 액자를 하나 집어 들었다. 넬의 결혼사진 액자 중 하나였다. 그는 엄지손가락으로 유리에 쌓인 먼지를 쓸어냈다.

"당신 아버지입니까?"

"양아버지세요."

호이트는 고개를 끄덕였다.

"옷이 멋있으시군요."

넬은 책장 맨 아래 선반에 있는 커다란 앨범을 가리켰다. 앨범은 시매스친의 미술 시적 옆에 꽂혀 있었다.

"저기 결혼식 앨범이 있어요. 바인더 등에 '결혼식'이라고 써놨거든요. 그걸 보고 싶어서 오신 거라면 보세요. 내 결혼식 사진에 관심이 있으실 줄이야."

호이트는 웃었다.

"아뇨. 딱히 그렇지는 않습니다."

"유감이네요. 화려한 결혼식이었거든요. 딱 열여섯 명만 참석했죠. 시어머니가 아이티 전통음식도 만드셨고요."

호이트는 액자를 선반에 올려놓은 다음 말없이 넬을 바라보았다. 침묵이 무겁게 흘렀다.

"자, 형사님, 오늘은 내가 출산휴가를 마치고 직장에 복귀한 첫날이었어요. 그래서 일찍 가봐야겠다고 윗분에게 말씀드리기에는 그다지 좋은 날이 아니었다고요. 게다가 우리 애는 어린이집에 네 시간 있다가 처음으로 감기가 들어서 집에 왔네요. 여러모로 난 좀 지쳤거든요. 왜 오셨는지 말씀해주시겠어요?"

그러자 호이트가 좋은 경찰이 보일 법한 동정심을 담은 목소리로 대답하며 고개를 저었다.

"오늘 일은 정말 죄송하게 됐습니다. 하지만 맥키 씨 사무실에 불쑥 가는 것보다는 여기서 질문을 드리는 게 서로에게 낫다고 생각해서요."

"무슨 질문이시죠?"

"아직도 그날 밤 일을 두고 풀리지 않는 점이 있어서 해결을 보려고 합니다."

그때 서배스천이 커피 잔을 다시 들고 거실로 들어왔지만, 호이트가 손을 저어 거절했다.

"아뇨, 저는 괜찮습니다. 이미 카페인을 많이 마셨어요."

그러더니 넬에게 말했다.

"자, 혹시 벌써 했던 질문을 또 드리는 거라면 양해를 좀 부탁합니다. 저도 이제 늙어서 말입니다. 하지만 제가 알기로는, 그날 밤 '졸리 라마'에 갈 계획을 짰던 분이 본인이라고 하던데. 맞죠?"

"꼭 그렇지만은 않아요. 우리 모두……."

"위니 로스 씨가 꼭 와야 한다고 아주 강력하게 주장하셨다던데."

"우리 모두 위니가 오길 바랐어요."

"하지만 모든 사람에게 이메일을 보낸 건 당신이었습니다. 이렇게 쓰셨더군요. 뭐냐, '위니, 꼭 와야 해요. 거절은 거절하겠어요. 오늘 밤은 당신을 위해 계획한 거라고요.' 뭐 이 비슷한 말이었습니다. 맞나요?"

"정확히는 기억이 나지 않네요."

"기억이 안 난다고요?"

호이트가 뒷주머니에서 수첩을 꺼내서 휙 펼치고는 넬을 바라보았다.

"그래, 여기 있네요. 제 기억력이 생각보다 나쁘지는 않아요."

넬이 고개를 끄덕였다.

"그 말을 똑같이 떠올려서 말할 수는 없잖아요. 난 요즘 바지를 입었는지 안 입었는지도 기억 안 날 지경이라고요. 그땐 잠도 제대로 못 잤던 상태라."

호이드가 씩 웃었다. 이런 소년처럼 보이는 미소였다. 넬이 보기에 그의 아내는 저 미소에 넘어갔을 게 분명했다.

"봅시다. 또 뭐가 있나? 아, 그렇지."

호이트가 시선을 들었다.

"로스 씨의 영상 모니터 앱. 그건 왜 지웠습니까?"

"내가 왜……."

넬은 수치심 때문에 목덜미에 열이 확 오르는 걸 느꼈다.

"피카부, 앱 이름이 그거 맞나요? 엄마가 아기와 떨어져 있어도 영상을 모니터로 볼 수 있는 앱이죠. 그 앱을 로스 씨 휴대폰에서 지웠습니까?"

넬은 자신에게 떨어지는 서배스천의 시선을 느꼈다. 그가 쳐다보는 곳의 피부가 활활 타는 것 같았다. 그런 짓을 했다고 인정하기가 너무 쪽팔렸다.

"정말 바보 같은 짓을 했어요. 우리는 그냥 좀 웃고 있었거든요."

"웃었다고요?"

"장난을 좀 쳤어요. 그날 밤 모인 의의는 아기한테서 잠시 떨어져 있자는 거였는데, 위니는 아기를 보려고 휴대폰만 계속 붙잡고 있었어요. 위니가 술을 가지러 갔을 때 휴대폰을 탁자에 놓고 간 걸 콜레트가 봤고……."

목소리를 떨지 않으려고 애썼다.

"물론 지금은 그 장난 때문에 정말 참담하네요. 내가 그런 짓을 하지 않았다면 그날 밤이 달라질 수도 있었을 거라고 생각하면요."

서배스천이 다가와 넬의 손을 잡고 손가락에 깍지를 꽉 꼈다. 그 다정한 손짓을 느끼자 더 울컥할 따름이었다.

"그리고 말인데요, 위니가 마음만 먹으면 그 앱을 쉽게 내려 받을 수 있어요. 1분도 걸리지 않았을 거예요."

"그렇습니까?"

호이트가 고개를 끄덕이며 엷게 웃었다.

"솔직히 말하자면, 저는 요즘 나오는 기계 작동법은 하나도 모릅니다. 내 딸애가 열한 살인데, 걔는 항상 나만 혼자 암흑기에 살고 있다고 놀리죠. 맥키 씨와 나만 있으니 하는 말인데요, 우리 딸애는 그 암흑기가 한 1995년도쯤부터 시작됐을 거라고 생각하는 것 같더라고요. 하지만 그 애는 우리 아내 노트북을 눈 감고도 능숙하게 만질 수 있죠."

넬은 이 남자의 아내나 딸 이야기를 듣고 싶지는 않았다. 이 남자가 떠나주기만을 바랐다.

"그러면 그날 밤 왜 위니 로스 씨의 휴대폰에 두 번이나 전화했습니까?"

"내가 왜……."

"로스 씨 휴대폰 기록엔 각각 밤 10시 32분과 10시 34분에 당신이 전화했다고 나옵니다. 우리는 유괴가 일어났을 바로 그 시각에 당신이 두 번 전화했다고 보고 있습니다. 그게 아니라면……."

그는 상황을 분명히 정리하자는 의미로 한 손을 들어 올렸다.

"누군가 당신의 휴대폰을 썼거나."

맞잡은 서배스천의 손에서 땀이 배어나는 게 느껴졌다. 호이트가 설명을 기다리는 표정으로 눈썹을 추켜세웠지만 넬은 할 말이 없었다. 솔직히 정말 그랬는지도 기억이 나지 않았다.

"왜 전화를 했습니까?"

"나는…… 아마 분명히…….'"

"그날 밤 술을 얼마나 많이 드셨습니까, 맥키 씨?"

"말했잖아요. 두 잔이라고."

"맞아요. 그리고 로스 씨도 술을 마셨죠. 그날 밤 로스 씨가 술을 얼마나 많이 마셨는지 기억하십니까?"

"벌써 물어보셨잖아요. 지난번에요."

넬은 마음을 단단히 먹고 침착해졌다.

"솔직히 말해서, 마시든 말든 무슨 상관이죠?"

"무슨 상관이냐고요?"

"그래요. 술 마신 게 사건이랑 무슨 연관성이 있는데요? 위니는 그날 밤 술을 마시지 않았다고 생각해요. 아이스티를 시켰으니까. 그리고 케이블 뉴스에서 뭐라고 떠들어대는지 모르겠지만, 애 낳은 여자도 술 마실 자유가 있단 말이에요."

그러자 호이트가 표정 변화 없이 대답했다.

"당시 술을 마셨다면 로스 씨의 진술에 신빙성이 떨어질 수 있습니다. 당신의 진술도 마찬가지고요."

그때 베아트리스가 방에서 작게 우는 소리가 들려 넬의 머릿속이 순간 흐려졌다. 호이트가 여전히 뭐라 말하고 있었지만 넬은 베아트리스가 우는 소리에 온 신경을 집중했다. 저 울음의 의미가 뭔지 알아내야 한다. 배고픈가? 열이 다시 올랐나? 넬은 호이트를 바라보다가 그가 자신의 대답을 기다리고 있다는 걸 깨달았다.

"질문을 못 들었어요. 뭐라고 하셨죠?"

"제 질문은 이겁니다. 혹시 로스 씨가 음료를 주문할 때 누가 옆에 있었습니까? 뭔가 나쁜 의도를 가질 만한 사람 말입니다. 그 안에 뭘 넣었을 수도 있으니까요."

"아뇨. 보지 못했어요."

베아트리스가 다시 울자 서배스천이 일어나 아기 방으로 달려가 문을 닫았다. 넬이 호이트를 바라보았다.

"질문이 나왔으니 말인데요, 이번엔 내가 물어봐도 될까요?"

넬은 형사의 얼굴에 알 수 없는 표정이 스쳐 지나가는 걸 보았다. 하지만 그는 표정을 다시 가다듬었다.

"물론이죠. 해보세요."

"누가 알마 정보를 언론에 이야기한 거죠?"

"누가……."

"그래요. 알마가 아기 판매 조직에 있었고 이 일에 연루되어 있을지도 모른다는 소문 말이에요."

넬은 참아야 한다는 걸 알고 있었지만 지금은 분노와 조급함이 이를 넘어섰다.

"그리고 나한테 말하고 싶은 사실에 아주 정확한 증거가 없다면 말이죠, 우리 애를 걸고 맹세하겠는데, 알마는 이 일이랑 전혀 연관이 없어요. 그러니 당신이랑, 당신네 부서에 있는 사람들은 알마가 범죄에 연루되었다고 주장하는 거 그만두세요. 이 일 때문에 알마는 삶이 망가질 거예요."

넬은 미소를 지었다.

"알마가 이 나라 국민이 아닌지는 몰라도, 우리랑 똑같은 사람이라고요."

"저는 그런 말을 한 적이……."

서배스천이 베아트리스를 안고서 침실에서 나와 걱정스러운 얼굴로 이렇게 말했다.

"다시 열이 나. 아기를 좀 돌봐줘야겠어."

넬이 한숨을 쉬고서 눈두덩을 눌렀다. 두통이 스멀스멀 올라오는 걸 어떻게든 막아야 하는데.

"있죠, 형사님. 지금까지 이야기해서 즐겁긴 했는데요, 우리 애한테 엄마가 필요해요. 이제는 제가 형사님이 가주십사 부탁드려도 되겠죠?"

호이트가 고개를 끄덕였다.

"물론입니다. 당연히 그렇게 부탁하실 수 있죠. 전 여기 다시 와도 좋고, 아니면 더 편한 시간을 잡아도 됩니다. 저도 애 키우는 게 어떤 건지 아니까요."

호이트가 눈짓하며 말했다.

"그것도 세 명이나 키웠죠."

넬이 일어서서 문으로 걸어갔다. 다리는 무겁고, 머리는 지끈지끈했다. 그녀는 보란 듯이 문을 확 열었다.

"그럼 애들이 아플 때 얼마나 힘든지 잘 아시겠네요."

호이트가 잠시 가만히 있다가 고개를 끄덕였다.

"물론 아주 잘 압니다, 맥키 씨. 애들을 키우기는 정말 쉽지 않아요. 부모 노릇을 한다는 건 참 벅찬 일입니다. 그것도 애들이 어릴 땐 더 그렇죠."

호이트는 커피 잔 너머로 넬을 지그시 바라보았다.

"안 그렇습니까?"

넬은 호이트가 일어서서 천천히 문으로 걸어가는 모습을 말없이 지켜보았다. 그런데 그가 다시 넬 앞에 멈춰 서더니 셔츠 주머니에서 명함을 꺼내 건네주었다.

"이 번호는 제 직통 전화입니다. 혹시 저희에게 도움이 될 만한 게 생각나시면 연락주십시오. 아시겠죠, 맥키 씨?"

넬은 명함을 받아들었다.

"네, 알겠어요."

호이트는 현관을 나서다가 넬이 문을 닫기 전에 멈추어 돌아서서 집 안으로 고개를 빼꼼 들이밀고는 궁금하다는 표정으로 넬을 보았다.

"그런데 넬 맥키 씨, 당신 이름, 본명 맞으시죠?"

제 11 장

6일째

수신: 5월맘님

발신: 맘동네 친구

날짜: 7월 10일

제목: 오늘의 조언

생후 57일 우리 아기,

아직 아기의 수면 습관을 들이지 않은 분이 있다면 여쭈어볼게요. 대체 왜 안 하시는 거예요? 밤에 자는 수면 습관을 들이면 잘 시간이 되었을 때 우리 갓난아이가 그 사실을 알 수 있답니다. 그러니 자기 전 최대한 아기를 많이 흔들어주고, 노래를 불러주고, 목욕을 시켜주고, 책도 읽어주고 또 꼭 껴안아주세요. 그러면 밤에 엄마도 아기도 모두 꿀잠을 잘 수 있답니다!

손목의 베인 상처에서 난 피가 팔을 타고 흘러 팔꿈치 안쪽에 고였다. 프랜시는 조리대에 몸을 기댔다. 로웰이 연한 노란색 접시닦이용 행주를 들고서 급히 그녀에게 달려왔다. 해바라기 무늬 행주는 그날 아침 아마존에서 배송된 것이었다. 피가 묻으면 수건이 망가질 텐데. 그럼 버려야겠구나.

"세상에."

로웰은 수건으로 프랜시의 손목을 눌렀다.

"미안해."

"괜찮아. 더 꽉 잡아."

"하지만 접시가 깨졌잖아. 시할머니가 물려주신 건데."

"접시 걱정은 하지 마."

로웰은 프랜시의 팔에서 피를 닦은 다음 흠집 난 리놀륨 바닥을 훔치고 싱크대에서 조각난 유리를 치웠다. 로웰은 청소를 다 마친 다음 조리대에 기대 한숨을 쉬었다.

"괜찮아?"

"응, 보기보다 아프지는 않아. 그런데 정말 이상해. 손가락에서 접시가 그냥 빠져나가다니."

로웰이 고개를 끄덕였다.

"어젯밤에 당신이 방에서 나가는 소리 들었어. 밖에서 뭐 했어?"

"윌이 우는 줄 알았어. 나간 다음에는 잠이 오지 않더라. 그냥 뭣 좀 읽느라고……."

그러자 로웰은 고개를 저었다.

"사람들이 그 사건을 해결하기 위해 일하고 있잖아, 프랜시. 전문가들한테 맡겨. 아이가 어디 있는지는 경찰이 찾을 거야."

그녀는 눈을 내리깔고 상처를 아플 때까지 꽉 눌렀다.

"나도 알아."

"당신 지금 너무 불안해하잖아. 정신도 못 차리고 있고. 이러면 월에게도 좋지 않아."

프랜시는 고개를 홱 돌려 남편을 보았다.

"그게 무슨 소리야? 월에게 좋지 않다니?"

"지금은 월을 생각해야지. 아이를……."

"진심으로 하는 소리야? 내가 생각하는 건 *아이밖에* 없어. 어떻게 이보다 더……."

"프랜시, 들어봐. 진정해."

"*진정하라고?* 아냐, 로웰. 당신이야말로 진정해. *사람들이* 이 사건을 해결하기 위해 일하고 있다고? 그 사람들은 하나같이 무능력한 인간들이야. 당신이 직접 그렇게 말했잖아. 그런데 뭐? 이제는 그냥 잊어야 한다고?"

프랜시는 수건을 싱크대에 던졌다.

"보디 모가로 사건 기사 못 읽어봤어? 사람들이 다들 보디 모가로는 인종차별을 당해서 잡혀 온 거라고 변호하고 있어. 그 올리버 후드인가 뭔가 하는 유명 변호사가 오늘 아침 TV에 나와서 그러더라. ACLU*가 이 일에 관심을 갖기 시작했고, 이 사건은 전형적인 인종차별적 프로파일링이라는 거야. 그에게는 혐의점이 아무것도

* 미국자유인권협회. 인권과 언론의 자유 옹호를 위한, 유엔의 자문기관.

없대. 범죄 기록도 동기도 없대. 그 사람 아내가 말하길 남편은 늦잠 자서 비행기를 놓친 거래."

프랜시는 자신의 목소리가 어느새 비난조라는 걸 깨달았다.

"남편이 잠을 많이 못 자서 그랬대. 아내가 잘 수 있게 해주려고 밤에 아내 대신 아들이랑 같이 늦게까지 깨어 있어서."

로웰은 무표정한 얼굴로 말이 없었다.

"퍼트리샤 페이스도 경찰이 보디 모가로를 구속한 건 과도한 처사라고 그러더라. 그 사람은 길을 잃어서 육군 부지에 있었던 거래. 경찰이 뭔가 알아냈다면 지금쯤 기소가 돼야 했다고."

그러자 로웰이 눈썹을 추켜세우며 히죽 웃었다.

"나는 그 여자 말은 별로 믿고 싶지 않은데. 아무리 이름이 페이스*라고 해도 말이야."

"그런 농담 재미없어, 로웰."

"나도 재미없는 거 알아. 하지만 프랜시, 당신이 그 사건을 두고 뭘 어떻게 하겠어. 나 진지하게 말하는 거야. 당신 잠도 안 자고, 거의 먹지도 않잖아."

로웰이 그녀의 어깨를 감싸 안았다.

"마이더스가 죽었을지도 모른다고 말하면 안 되는 거 알아."

"로웰, 그만해."

"하지만 말이야, 그 아이는 죽었을 수도 있어."

프랜시는 남편을 밀어냈다.

---

* Faith는 '믿음'이라는 뜻이다.

"로웰, 그만하라고 했잖아. 그런 말 너무 잔인해. 아이 목숨을 가지고 무슨……."

"프랜시, 들어봐. 아이는 죽었을지도 몰라. 끔찍한 일이지. 하지만 언제라도 그런 뉴스를 들을 마음의 준비를 하고 있어야 해."

"그 앤 안 죽었어."

그러다 프랜시는 거실에 있는 흔들의자에 누운 윌이 큰 소리에 놀랄지도 모른다고 생각하고 목소리를 낮췄다.

"내가 알아. 안 죽었어."

"어떻게? 당신이 어떻게 장담하는데? 나쁜 일도 일어나기 마련이야, 프랜시."

프랜시가 눈을 꼭 감자 언젠가의 기억이 되살아났다. 버드나무 그늘 아래, 5월맘들 사이에 앉아 있었던 게 바로 열흘 전이었다. 목덜미에 햇볕이 따갑게 내리쬐던 그때, 넬이 말했었지. 이렇게 더운 날은 안 좋은 일이 일어나기 마련이죠.

갑자기 사방이 기우뚱해지고 로웰의 목소리가 아스라이 들렸다.

"지금 당장 당신이 할 수 있는 건 자신을 돌보는 거야. 이런 식으로 정신없이 살면 누구에게도 좋을 게 없어. 오늘 휴가 낼게. 회의를 취소할 수 있어."

프랜시가 남편을 올려다보았다.

"왜?"

"그래야 당신이 쉬지."

프랜시는 찬찬히 생각해보았다. 침대에 누워서, 몇 시간만 혼자서 쉬면 어떨까. 몇 달간 혼자만의 시간을 15분 이상 가져본 적이

한 번도 없었다. 로웰이 아기를 봐준다면 가게에 가서 소스라도 한 병 살 수 있겠지. 그러자. 윌이 울어도 놔두고 조금 쉬어야 한다. 종일 인터넷으로 퍼트리샤 페이스의 사이트를 보고 마이더스 기사를 생각하는 건 그만두자. 거기에 달린 끔찍한 댓글도 그만 읽고, 위니를 놓고 대체 그날 밤 어디 있었냐고, 왜 언론에 나오지도 않고, 인터뷰도 안 하고, 마이더스를 돌려달라는 소리도 없느냐고 궁금해하는 질문들도 그만 읽자.

하지만 프랜시는 그럴 수가 없었다. 이제껏 믿어왔던 일감도 놓쳐버린 상황인데, 로웰이 회의에 빠져선 안 됐다.

"아냐, 난 괜찮아. 그렇지 않아도 애 데리고 산책하려고 했었어. 이제 운동을 시작해야 하니까."

"정말이야?"

"그래, 당신 말이 맞아. 난 내 자신을 돌봐야 해. 활기차게 걸으면 건강에도 좋을 거야."

그러자 로웰은 태도가 누그러졌다.

"나 안 나간다고 말하고 있잖아. 이번 한 번만 더 물어볼게."

"당신 일해야 하잖아. 난 괜찮다니까."

"알겠어. 당신이 괜찮다고 한 거다? 그럼 난 샤워할게."

로웰이 프랜시의 이마에 키스했다.

프랜시는 샤워기 물소리가 들릴 때까지 기다렸다가 조심스럽게 복도를 지나 침실로 들어가 살며시 문을 닫았다. 그리고 맨 위 서랍 속 몇 달째 입지 않고 있는 레이스 속옷 아래 숨겨둔 노트를 꺼냈다. 프랜시는 노트를 편 다음 자신이 작성한 새로운 명단 부분을 폈다. 그날 밤 술집에 있었던 사람들과 용의자로 볼 만한 사람들의 이름을 전부 적은 명단이었다.

프랜시는 목록에 있는 첫 번째 사람의 이름 옆에 커다랗게 물음표를 그렸다.

보디 모가로.

변호사의 말이 맞으면 어쩌지? 정말로 이 사람이 범인이 아니라면? 다른 용의자를 생각해보았다.

위니네 할아버지의 사업과 연관된 사람.

알마. 넬은 알마가 전혀 관련이 없다고 장담했지만, 프랜시는 이제 어떤 정보를 믿어야 할지 알 수 없었다. 위니의 집에 누군가가 들어가서 마이더스를 요람에서 꺼내는데 알마가 아무 소리도 못 듣는다는 게 가능할까? 프랜시는 어제 어떤 글을 읽었다. 투손에 사는 알마의 오빠가 몇 년 전에 차를 훔치다가 체포된 적이 있었다는 내용이었다. 온두라스에 있는 알마의 삼촌은 살인자라는 내용도 있었다.

하지만 정말 신경 쓰이는 인물은 바로 위니의 스토커였다. 그의 이름은 아치 앤더슨이다. 프랜시는 그 남자 이름에 동그라미를 몇 겹 쳤다. 아치 앤더슨에 대한 정보는 많지 않았고, 온라인에서 사진 한 장 찾을 수가 없었다. 블로그나 페이스북, 24시간 뉴스가 보편화되기 전에 일어난 옛날 일이었기 때문이다. 겨우 찾아낸 정확한 정보는 《피플》의 기사였는데, 그에 따르면 아치 앤더슨은 「블루 버드」의 촬영장에 나타났고, 몇 번은 세트장 안까지 들어온 적도 있었다. 그래서 위니의 어머니는 수시로 경찰서에 드나들 수밖에 없었고 결국 접근 금지 명령을 신청하기에 이르렀다. 그때 열여섯 살이었던 아치는 자신과 위니가 사귀는 사이라고 굳게 믿었다. 그는 심지어 위니의 어머니 장례식에까지 나타나 마치 자기 어머니가 돌아가신 것처럼 울부짖어서 당시 위니의 남자친구가 억지로 끌어냈다고 했다.

지금 아치 앤더슨은 30대 초반일 것이다. 졸리 라마에서 봤던 그 남자 나이다. 위니가 혼자 바 앞에 서자마자 어디선가 불쑥 나타나 접근한 남자. 위니와 함께 있던 게 마지막으로 목격된 남자.

프랜시는 몇 시간 전 넬과 콜레트에게 이메일을 보내서 혹시 경찰이 아치 앤더슨을 실수로 못 짚고 넘어간 건 아니겠냐고 질문했었다. 콜레트가 답장했다.

—경찰도 분명히 그 남자가 범인이 아닌지 따져봤을 거예요. 언론에서 엄청 욕 먹고 있기는 하지만, 경찰이 그렇게 멍청하지는 않거든요.

하지만 콜레트의 생각이 맞는다는 보장이 어디 있는가? 마크 호이트와 그쪽 사람들이 보디 모가로라는 사람을 잘못 체포한 거라면, 실수하고 있는 게 더는 없다고 누가 장담하겠는가? 프랜시는 샤워기 물소리가 잦아들면서 샤워 커튼이 열리는 소리를 들었다. 그래서 급히 노트를 덮고 다시 서랍 속에 넣었다. 거실에 간 프랜시는 윌을 흔들의자에서 안아 들고 기저귀 가방과 아기 띠를 챙긴 다음 나간다는 인사를 하려고 로웰을 불렀다.

프랜시가 문으로 가는 동안 로웰이 팬티 차림으로 욕실에서 나와 머리를 말리고 있었다.

"어디 가?"

"5월맘 모임. 더 스폿에서 번개 하기로 했어. 방금 이메일을 받았 거든."

로웰이 미소를 지으며 김은 곱슬머리를 수건으로 밀렸다.

"잘됐네, 자기야. 그 모임이야말로 당신한테 딱 필요한 거야."

* * *

지금 프랜시는 머리 위 전구가 내는 윙윙 소리를 애써 무시하며, 아무도 없는 차가운 방에서 월을 어르며 이리저리 걸어 다니고 있 었다. 그러다 멈춰 서서 탁자 위에 쌓인 전단을 살펴봤다. '정보 공 유를 통해 테러에 맞서자' 'LGBT 봉사활동' *'의심되는 것이 있으면 반드시 신고하십시오'*

뒤에서 문이 쾅 소리를 내서 프랜시는 깜짝 놀라며 뒤돌아봤다. 마크 호이트가 수염이 덥수룩하고 눈매가 교활한 남자를 데리고 걸어오고 있었다. 회색 티셔츠와 배기 청바지 차림의 그 남자는 프 랜시와 아주 잠깐 눈을 마주쳤다가 불안한 표정으로 고개를 돌렸 다. 그가 나가자, 호이트가 프랜시를 돌아보았다.

"기븐스 씨, 기다리시게 해서 죄송합니다. 이쪽으로 오시죠."

프랜시는 호이트를 따라갔다. 가는 길에는 유리창 뒤 책상에 앉 아《포스트》뒷면에 있는 스도쿠 퍼즐을 골똘히 바라보고 있는 경 찰이 있었다. 이윽고 불이 환하게 켜진 복도가 나왔다. 프랜시가 호 이트에게 물었다.

"아까 그 사람은 수사에 관해 이야기하러 온 건가요?"

"아뇨."

"그럼 용의자인가요?"

"아닙니다."

복도 양옆에 작은 사무실이 줄지어 늘어서 있었다. 호이트의 사무실에 도착하자, 호이트가 옆으로 서서 프랜시가 먼저 들어가게 해주었다. 그곳은 마치 시시한 경찰 수사물 세트장 같았다. 자그마한 책상이 서류철 더미로 아슬아슬하게 뒤덮여 있고, 서류들이 어지럽게 흩어져 있었다. 커피가 반쯤 찬 종이컵 세 개가 구식 데스크톱 컴퓨터 옆에 가지런히 놓여 있었다. 컵 하나에 담긴 커피 위에 갈색과 녹색 곰팡이가 덕지덕지 층을 이루었다.

"커피 드시겠습니까?"

호이트가 의자를 옆으로 당겨 앉으라고 권하며 물었다.

"아뇨, 괜찮아요. 전 아기 때문에 카페인 끊었어요."

프랜시가 고갯짓으로 가슴에 안은 윌을 가리켰다. 경찰에게 거짓말했다는 사실에 양심의 가책을 느꼈지만 이제 수유를 포기한 거나 다름없다는 상황을 경찰에게 말해야 할 의무는 분명히 없다. 게다가 그 사실을 입 밖에 낸다면 울음이 터질 것만 같았다.

"원하신다면 디카페인 커피를 구할 수 있습니다."

"그럼 주세요. 감사합니다."

프랜시가 살짝 갈라진 목소리로 대답했다.

호이트가 뒤에 있던 문을 조금 닫고 나갔다. 프랜시는 사무실 안을 살짝 둘러보았다. 마크 앨런 호이트. 브루클린 베이 리지 출생. 할아버지와 아버지가 모두 경찰 출신. 6년간 미 해병대에서 복무.

1998년 뉴욕시 경찰 아카데미 졸업. 프랜시는 인터넷에서 호이트의 정보를 찾아보았다. 작년에 스테이튼아일랜드고등학교에서 열린 직업 박람회에 연사로 섰던 징보가 온라인에 올라와 있었다. 호이트의 책상 위로 몸을 굽히고 파일 더미를 엿보았다. 혹시 마이더스에 관한 내용이 있을지도 모른다. 다른 사건을 맡고 있을 리 없었다. 소심하게 책상에 손을 뻗는 순간 뒤에서 문이 확 열렸다. 프랜시는 손을 얼른 잡아 빼다가 그만 팔꿈치로 커피가 든 종이컵을 치고 말았다. 커피가 프랜시의 정강이와 샌들을 타고 흘러 발밑에서 카펫을 적셨다.

들어온 사람은 스티븐 슈워츠였다. 프랜시가 기저귀 가방에서 물티슈를 찾았다.

"정말 죄송합니다. 제가 닦을게요. 일부러 이런 건……."

"따라오세요."

슈워츠의 말투는 불친절하고 고압적이기까지 했다. 프랜시는 짜증이 났다. 물론 자신이 호이트 형사의 책상을 엿보다가 역겹게 곰팡이 핀 커피를 쏟지는 말았어야 했다. 하지만 슈워츠는 자신을 보고 기뻐해야 하는 거 아닌가. 수사에 도움이 될 만한 귀중한 정보를 들고 나타났을지도 모른다는 사실을 알 텐데. 실제로 사건을 해결하고 마이더스를 무사히 찾아낼 수 있도록 도움을 줄지도 모르는데. 그러나 복도로 따라오라고 말하는 슈워츠의 목소리에는 고마운 기색이라곤 전혀 없었다.

"놔둬요. 다른 사람한테 치우라고 할 테니까."

"하지만 호이트 형사님이 여기로 와서 저랑 이야기하기로 되어 있어요. 제 커피를 가지러 가셨는데요."

슈워츠는 손을 저었다.

"따라오시라니까요."

프랜시는 슈워츠를 따라갔다. 윌이 깨어날 기색이 없는 게 정말 고마웠다. 지난 이틀 동안 아이에게 분유를 먹였더니 자는 데 확실히 도움이 되었다. 경찰서 바깥 벤치에서 분유를 240밀리리터 더 먹였으니 적어도 한 시간은 더 자주기를 바랄 뿐이다.

슈워츠가 복도 끝 방문을 열었다. 방 안은 몹시 추운 데다 거슬릴 정도로 삭막했다. 노랗게 빛나는 형광등 불빛 아래 아무 장식 없는 하얀 탁자와 접이식 철제 의자가 네 개 있었다. 프랜시는 반대편 유리에 비친 자신의 모습을 보았다. 튀어나온 뱃살과 머리 위쪽 빛나는 회색빛 머리 뿌리가 눈에 들어오자 확 혐오감이 들어서 황급히 고개를 돌렸다. 호이트가 의자에 앉아 다리를 쭉 뻗어 발목을 꼬고 의자를 가리키면서 프랜시 쪽으로 커피가 담긴 스티로폼 컵을 밀었다.

"앉으세요."

"괜찮다면 저는 서 있을게요. 아기가 가만히 있는 걸 참 싫어해서요."

긴장한 프랜시는 컵을 들었다.

"아기들은 많이들 그래요."

커피를 한 모금 마셨다. 찌꺼기가 둥둥 떠 있고 미지근하고 쓴맛이 나서 컵에다 도로 뱉고 싶은 기분을 억눌러야 했다. 슈워츠가 문을 닫은 다음 그 자리에 등을 기댔다.

"자, 메리 프랜시스 기븐스 씨, 오늘 아침 이렇게 만나 뵈어 반갑습니다만, 무슨 일로 오셨습니까?"

프랜시는 커피를 탁자에 내려놓고 윌을 다시 어르기 시작했다.

"수사에 진전이 있는지 알고 싶어서요."

그러자 호이트가 눈썹을 추켜세웠다.

"진전이 있는지 알고 싶다고요?"

프랜시는 불안한 내색을 하지 않으려 애썼다.

"네, 마이더스가 유괴된 지 엿새나 되었잖아요. 수사가 어디까지 되었는지 알고 싶어요. 왜 그 애를 못 찾으시는지 알고 싶다고요."

슈워츠가 호이트를 슬쩍 보더니 말했다.

"그런 거였으면 진작 말을 하시지 그랬습니까."

슈워츠가 빈 의자를 당겨 앉고는 가슴께 주머니에서 작은 수첩과 연필을 꺼내 연필 끝을 핥고 프랜시를 바라보았다. 걱정스러운 표정으로 골똘히 무언가를 생각하는 얼굴이었다.

"이메일 주소를 알 수 있을까요?"

"제 이메일 주소요?"

"그래요."

"왜요?"

"뭐, 우리가 이 사건에서 뭔가 알아낼 때마다 이메일을 드리고 싶어서요."

그러자 호이트가 말했다.

"문자로 보내는 게 더 효율적이잖아. 이분에게 전화를 걸고 싶을지도 모르고."

그러자 슈워츠가 연필을 수첩 위로 들어 올리며 기대한다는 표정으로 커다란 눈썹을 추켜세웠다.

"그거 좋죠. 휴대폰 번호가 어떻게 되시죠?"

"지금 뭐 하시는 거예요?"

프랜시의 말을 들은 슈워츠가 킬킬 웃더니 연필을 탁자 위에 던졌다.

"그러게요. 지금 뭐 하는 거냐고 대답하실 줄 알았어요. 오히려 제가 묻고 싶네요. 지금 뭐 하시는 거냐고."

프랜시는 분노로 얼굴이 빨개졌다.

"저, 그러면 보디 모가로는 어떻게 되는지라도 알려주시면 안 되나요? 그 사람, 기소하나요, 안 하나요? 아니면 그 외과의사랑 정말 헷갈리셨던 건가요?"

호이트가 한숨을 쉬었다.

"프랜시, 진행 중인 수사에 대해 말해드릴 수 없다는 거 아시잖습니까."

그가 커피를 한 모금 더 마시며 그녀를 바라보았다.

"오늘 오신 이유가 이겁니까? 우리가 뭘 알고 있나 알아보려고?"

"네, 저기…… 그리고 다른 생각도 있어요. 혹시 알고 계시는 건가 싶은 게 있어서요."

프랜시가 호이트를 계속 주시했다. 슈워츠와는 달리 호이트는 결혼반지를 끼고 있다. 아이도 키우고 있을지 모른다.

"위니의 집에서 몇 블록 떨어진 곳에 사는 남자가 있어요."

"그래서요."

"성범죄자로 등록이 되어 있더라고요."

프랜시의 생각이 맞았다. 호이트는 확실히 공감 능력이 있었다. 그녀가 이 말을 하자 그는 얼굴을 누그러뜨리고 몸을 박사 앞으로 굽혔다.

"프랜시, 부탁입니다. 범죄 블로그 같은 거 그만 읽으세요. 계속 그러다간 결국 미칠 겁니다."

"아뇨. 지금 제 말을 오해하셨어요. 그날 밤에 키 큰 백인 남자가 위니네 집 근처 벤치에 앉아 있었는데 성범죄자였다니까요. 네, 맞아요. 범죄 블로그에서 읽었어요. 하지만 범죄 블로그가 뭐 잘못됐나요? 보시면 아시겠지만, 정말로 몇 블록 떨어져 있는 커다란 아파트 단지에 성범죄자가 살고 있다고요."

프랜시는 말을 너무 빨리 하고 있다는 사실을 깨닫고, 애써 천천히 말했다.

"저는 위니네 집을 계속 지켜봐 왔어요."

프랜시가 기저귀 가방 앞주머니를 열고 인화해 온 사진을 꺼내 들었다.

"그런데 이 남자가 작은 개랑 산책하면서 자주 왔다 갔다 하더라고요. 위니의 집에 이상할 정도로 관심을 보이는 것 같았다니까요. 마치 항상 그 앞에 멈춰 서서 안을 보는 것처럼요. 솔직히 말하면 뭘 조사하려는 것 같았어요."

"그러면 당신은 왜 그 집을 보고 있었습니까?"

"저기, 제가 무슨 쌍안경으로 들여다보거나 그런 건 아니에요. 저는 그러니까, 그 근처에 살아요. 그래서 아기랑 그쪽으로 산책하러 가요. 마이더스를 유괴한 사람이 이웃일지도 모른다는 가설은 아주 신빙성이 있잖아요. 생각해보세요. 그날 밤은 위니가 출산 후 처음으로 집에서 외출한 날이었어요. 아기랑 처음으로 떨어져 있던 날이라고요. 누군가 분명히 그 사실을 알고 있었을 거예요. 위니를 계속 보고 있던 사람이었겠죠."

그러자 호이트가 말했다.

"말씀을 들으니까 당신이 계속 보고 있던 사람 같군요."

"뭐라고요? 아니에요. 그러니까 제 말은……."

프랜시는 말을 멈추고 표정을 가다듬었다.

"위니는 제 친구예요."

"로스 씨를 아신 지 얼마나 되셨습니까?"

"좀 됐어요."

프랜시는 이렇게 말하고는 잠시 말을 멈추었다 다시 이었다.

"넉 달요. 하지만 그전부터 이메일을 주고받으면서 서로를 알게 됐죠."

"넉 달요? 좀 된 게 아닌데요."

"넉 달이면 충분히 된 거죠. 게다가 우리는 모두 첫 아이를 낳았기 때문에 좀 각별해요. 이해 못 하실 수도 있겠지만 좀 특별한 우정이에요."

호이트는 말없이 고개를 끄덕였다. 프랜시가 계속 말해주길 바라는 눈치였지만 그녀는 이 남자에게 엄마들의 우정이 어떤 건지 설명하고 싶지 않았다. 5월맘들은 다른 사람들과는 전혀 다른 방식으로 프랜시를 이해해주었다. 임신 기간 동안, 혹시라도 지금까지 그랬던 것처럼 이 아기도 잃으면 어떡하나 걱정했을 때 엄마들은 항상 힘이 되어주었다. 윌이 태어나고 나서는 기사를 보내주고, 질문에 대답해주고, 어머니란 무엇인지 본보기가 되어주던 5월맘들. 그들이 친구가 되어주었기 때문에 프랜시는 고독과 싸워 이길 수 있었다.

"전 여기 우정이 뭔지 말하러 온 게 아니에요. 드리고 싶은 말씀이 또 있어요. 사실은 제 고백인데요."

프랜시가 이렇게 말하자 호이트는 유리벽을 잠시 슬쩍 바라보았다. 혹시 저 너머에서 누군가 이쪽을 바라보고 있는 걸까.

"그날 밤에 일어난 일이 하나 있는데요, 지금 와서 생각해보니 참 이상한 일이라는 걸 알았어요."

"뭡니까?"

슈워츠가 지루하다는 목소리로 물었다.

"저, 지난번 저랑 인터뷰 하셨을 때 제가 말했던 남자 기억하세요? 바에 있던 남자요. 갑자기 위니한테 접근했다는 사람 말이에요."

"기억합니다."

"그 남자를 찾으셔야 해요. 잡아다가 조사하세요."

슈워츠가 머리 뒤로 깍지를 끼고 의자에 등을 턱 기대서, 의자는 이제 뒤쪽 두 다리로만 균형을 유지한 채였다.

"난 법률과는 거리가 먼 사람입니다. 솔직히 말씀드리자면 경찰 아카데미 다닐 때 법률 과목을 간신히 통과했죠. 하지만 여자한테 가서 술 한잔 사주는 건 절대 불법이 아닙니다. 적어도 뉴욕에서는 말이죠."

프랜시는 최선을 다해서 목소리를 다잡았다.

"불법이라는 말이 아니에요, 형사님. 그 행동이 좀 수상했다고 말씀드리는 거라고요."

슈워츠가 뭐라 말하려 했지만, 호이트가 손을 들어 제지했다.

"알았습니다. 저도 이야기 좀 하죠. 바에서 남자가 여자한테 말 거는 게 뭐가 수상하다는 겁니까? 다들 그러려고 바에 가는 거 아닌가요?"

"그럴지도요. 하지만……."

"당신 친구 위니는 정말 예쁜 여자입니다."

"네, 저도 알아요. 하지만……."

그때 윌이 프랜시의 가슴에서 꿈틀댔다. 그제야 프랜시는 자신이 윌을 어르지 않고 있었다는 걸 깨달았다.

"그 남자가 누구일지 생각해봤어요. 오늘 아침까지도 떠오르지 않긴 했지만요. 그러니 경찰이 추적하셔야 해요."

"무슨 생각을 하셨죠?"

"혹시 아치 앤더슨이라는 남자 아세요? 위니의 스토커?"

슈워츠가 깊이 한숨을 쉬고는 일어서서 문으로 다가갔다.

"전 다시 일하러 갑니다."

슈워츠가 떠난 뒤, 프랜시는 호이트를 바라보았다. 둘만 남게 되자 깊은 안도감이 밀려들었다.

"제가 보기에는 술집에 있던 그 남자가 아치 앤더슨인 거 같아요. 혹시 그 남자 조사해보셨나요?"

호이트가 눈을 비비면서 프랜시를 다시 바라보았다. 이제 그는 아까보다 더 나이 들고 지쳐 보였다.

"프랜시, 우리도 일어서 일하고 있다는 걸 알아주세요. 이 사건을 아주 진지하게 수사하고 있단 말입니다."

"형사님은 아이가 있으신가요?"

프랜시가 눈물이 글썽글썽해서 말하다가 이런 자신의 태도를 조용히 질책했다. 지금은 울 때가 아니야.

"셋 있습니다."

호이트가 뒷주머니에서 지갑을 꺼내 구겨진 사진을 보여주었다. 어린이용 수영장에 서 있는 여자아이 세 명이 보였다.

"전 구식인 사람이라, 아직도 인화한 사진을 갖고 다니죠. 몇 년 전 찍은 겁니다."

호이트가 자신도 얼마간 본 적이 없다는 듯 사진을 가까이 들여다보다가 고개를 흔들었다.

"애들은 참 빨리 큰다니까요."

"그러면 형사님, 그 애들 중 하나가 성장하기도 전에 사라졌다면 얼마나 마음이 아플지 상상이 되세요? 위니가 지금 그런 상황이잖아요."

프랜시는 의자 뒤에 두었던 기저귀 가방을 집어 들고 자기 쪽으로 메다가 실수로 월의 머리를 팔로 탁 쳤다. 놀란 아기가 잠에서 깨 눈꺼풀이 파르르 떨리며 열리더니 얼굴이 붉게 변했다. 금방이라도 울음을 터뜨릴 것 같았다. 프랜시는 아기 띠 주위에 땀이 차오르는 걸 느꼈다. 목덜미에 열이 확 올랐다. 갑자기 여기서 나가고 싶었다.

"전 드릴 말씀 다 드렸어요. 안 그러면 살 수 없을 것 같았거든요."

프랜시가 문 쪽으로 가기 시작했지만, 호이트가 앞을 가로막았다.

"잠시만요, 프랜시. 제 말은 진심입니다. 우리는 마이더스를 찾기 위해서 모든 노력을 하고 있습니다. 저도 다른 이들만큼이나 그 애가 무사히 돌아오기를 바라고 있단 말입니다."

프랜시는 고개를 끄덕이고 옆을 지나쳐 나가려고 했지만, 호이트가 프랜시의 팔을 단단히 잡았다. 그녀가 고개를 들어 바라본 형사의 표정은 가차 없었다.

"솔직히 말씀드릴까요? 이런 사건의 경우, 그러니까 아기가 사라졌는데 억지로 문을 뚫고 들어온 흔적도 없고, 원한 관계도 없으면 우리가 보고 싶지 않은 장소부터 찾기 시작해야 합니다."

프랜시는 팔을 빼고 복도를 지나 출입구 쪽으로 향했다. 윌의 울음소리가 점점 높아져서 이젠 전등이 웅웅거리는 소리가 들리지 않았다. 그러나 로비로 달려가는 그녀의 귓가에는 아직도 호이트의 말이 생생했다.

"무슨 말인지 아십니까? 이제는 아기를 아는 사람들의 동기부터 조사해야 한다는 겁니다. 바로, 그 가족과 가까운 사람 말입니다, 프랜시."

제12장

6일째 밤

우리 엄마는 항상 내가 순진하다고 말했었다. 보통 내가 아버지에게 반응하던 방식을 두고 하는 말이었다. 최근에 나는 아버지가 한 말이나 행동을 용서하기로 마음먹었다. 아버지는 술에 취해 집에 와서 자고 있던 나의 팔을 잡아 일으키고는 내 어깨를 비틀며, 빌어먹을 신발을 정리하라고, 복도 한가운데 신발을 놔두어 자신을 죽이려는 거냐고 소리치곤 했다.

다음 날 아침, 나는 어깨에 얼음 팩을 대주는 엄마의 눈길을 외면하며 말했다.

"아버지는 그게 기분 나쁘셨던 거예요. 정말로 날 다치게 하려던 건 아니었어요."

엄마는 고개를 저었다.

"넌 똑똑한 애가 왜 아버지 일에만 이 모양이니."

나는 엄마의 눈에 떠오른 실망감을 보았다.

"언제 깨달을래?"

어쩌면 엄마 말이 맞을지도 모른다. 나는 절대로 깨닫지 못할지도 모른다. 사실을 말하자면, 전부 내가 예상했던 것보다 훨씬 더 힘들다. 난 어쩜 이렇게 멍청할까. 그냥 슬쩍 빠져나와서 행복해질 수 있으리라 생각했다니. 무엇보다도, 지루해서 죽을 것 같다. 여기서는 할 게 아무것도 없다. 내 생각을 사로잡을 게 하나도 없다. 지루한 건 정말이지 나와 어울리지 않는다. 그저 손 놓고 있어야 하는 처지라니, 싫다.

조슈아는 한결같다. 밖에 나가면 가장 좋아한다. 도서관 옆 자그마한 가게에 들러 칠면조 샌드위치와 차가운 맥주를 사거나, 아니면 판자를 댄 길을 따라 내려가 다리 아래에서 발견한 한적한 수영할 수 있는 연못에 간 다음, 바위에 누워 다 벗고 일광욕을 하면서 빨갛게 익어가는 채로 조는 것이다. 하지만 나는 오늘 조슈아에게 안전한 기분이 들지 않으니 더는 그럴 수 없다고 말했다. 사람들이 주변에 있기 때문이다. 개를 데리고 산책하고, 편지를 배달하고…… 그러면 누군가 나에게 어떻게 지내시냐고 묻는 건 시간문제니까. 시골 사람들은 이게 문제다. 정말이지 꼬치꼬치 캐묻는 걸 너무 좋아한다. 난 그들에게 대꾸하고 싶었다. 집으로 들어가버려. 들어가서 항상 하던 대로 십자수나 놓고 냉동 맥앤치즈를 돌리고 24시간 케이블 뉴스나 보란 말이야. 물론 나는 대답을 미리 연습했다. 조슈아와 함께 반복하고 또 반복하면서 대답을 꾸며냈다. 대답

266

의 앞뒤가 잘 맞게, 내 거짓말에 나조차도 속아 넘어갈 만큼.

이제 나는 이런 데는 전문가라 할 만하다. 이제껏 평생을 거짓말로 살아왔으니까.

엄마가 아파요. 독감이래요. 죄송하지만 엄마가 저보고 대신 전화해서 취소해달라고 하셨어요.

말도 안 되는 소리 말아요. 난 당신에게 아내와 헤어지라고 요구하는 게 아니에요. 지금 우리가 함께하는 상황에서 더 원하는 건 없다고요.

정자 기증을 받았어요. 난 말하곤 했다. 임신 5개월째가 되어서 티가 났을 때, 누군가 참 무례하게도 애 아빠는 누구냐고 물을 때마다, 나는 몸을 숙이며 상대방이 이 세상에서 유일하게 내가 비밀을 털어놓을 만한 사람인 것처럼 말했다. 난 엄마가 정말 되고 싶었거든요. 그런데 완벽한 남자를 평생 기다릴 수는 없겠더라고요. 안 그런가요?

하지만 이번에는 상황이 그리 간단하지 않았다. 거짓말은 더욱 정교해져서, 자칫하다가는 내 말에 걸려들어 실수할 것 같았다. 그러니 더 이상 나가지 말자. 아무리 지루하더라도 안 된다. 거기다 대고 불평하지도 말자. 나는 나쁜 상황에서도 최선의 결과를 만들어내고 있다. 사랑하는 내 아버지한테도 그랬던 것처럼.

벌써 시작하긴 했다. 오늘 아침 조슈아는 우울하고 퉁명스러운 기분으로 일어났다. 내가 화를 냈나? 왜 그러는지 대답하라고 요구했던가? 아니다. 나는 TV 앞에서 씩씩대는 조슈아를 놔두고 햇볕을 쬐러 밖으로 나왔다. 그리고 산책하면서 길가에 핀 들꽃을 꺾었다. 그걸 가지고 들어와 먼지 쌓인 두꺼운 요리책 가운데 끼워두었다. 그 옛날 엄마와 나는 이렇게 낙엽을 말렸었다. 내가 돌아왔을 때 조슈아는 기분이 꽤 나아져 있었고, 아침을 먹은 다음에 우리는 집 안을 돌아다니면서 마음에 들지 않는 것을 버렸다. 겉이 해지고 낡은 조그만 쿠션이나 우리 침실에 있는 구식 커튼, 더 이상 쳐다볼 수도 없는 가족사진 같은 것들이었다. 그리고 좀 더 우리 집 같은 기분이 들도록 가구를 재배치했다.

나는 H 박사가 추천한 대로 이 일기도 매일 쓰고 있다.

"매일 글을 써봐야 한다고 생각합니다. 그래야 감정을 처리하는 데 도움이 될 수 있으니까요. 내가 중심에 있다고 느낄 수 있는 방법이죠."

그래서 글을 쓰면서 올바른 태도를 갖추려 애쓰지만, 사실은 그러고 싶지 않다. 나는 이런 걸 글로 쓰고 싶지 않다. 그에게 이야기하고 싶다. 그의 진료실에 있는 부드러운 가죽 소파에 앉아서, 손바닥에 따뜻한 페퍼민트 차가 담긴 머그잔이 닿는 걸 느끼는 게 좋다. 산들바람에 얇은 커튼이 나부끼고 백색 소음이 나지막이 윙윙대 대기실에 앉은 사람들이 우리의 대화를 못 듣는 그 공간이 좋다. 내가 심하게 불안해질 때마다 그가 나에게 했던 방법대로 날 이끌어주면 얼마나 좋을까. 그럼 난 눈을 감고 더 행복한 공간을 그려보면 되는데.

지금 내가 어디 있는지, 그리고 어떤 기분인지 그에게 말하고 싶다. 그리고 난, 정말이지 살인을 저지를 생각은 없었다고 이야기하고 싶다.

하지만 물론 그럴 수는 없다. 어떻게 될지 내 눈앞에 빤히 보이니까. 그는 나를 경찰에 신고할 것이다. 그건 정말이지 우리 모두에게 나쁜 일이 될 것이다. 나는 밤마다 들리는 목소리에 대해 그에게 말하고 싶다. 매미와 귀뚜라미 소리가 들리는 가운데 마크 호이트는 나에게 질문하며 몰아붙였다. *그날 밤 어디 있었습니까? 알고 계신 게 뭐죠?*

어디라는 의미가 무엇인지에 따라 대답은 달라진다.

물리적으로는 알고 있다고 생각하지만, 더 이상 아무런 기억이 나지 않는다. 그날 밤은 싹 사라졌다. 이제는 존재하지 않는다. 아니, 처음부터 존재하지도 않았던 것 같다.

하지만 감정적으로나 영적으로는 안다. 나는 지옥에 있었다. 길을 잃은 채로, 고문당하고 있었다. 이 상황을 어떻게 견뎌 나갈지 알지 못한 채로. 어마어마한 슬픔에 잠겨, 실패한 인생이 되어, 난 참 부족한 엄마라는 죄책감에 사로잡혀 있었을 뿐이다.

* * *

나는 자신을 추슬러야 한다. 지금 당장 할 일은 이제 어디로 갈 것인지 정하고 서둘러 떠나는 것뿐이다. 우리는 더 이상 여기에 머물러서는 안 된다.

나는 이런 짓을 해버렸으니까.

제13장

7일째

수신: 5월맘님

발신: 맘동네 친구

날짜: 7월 11일

제목: 오늘의 조언

생후 58일 우리 아기,

아직도 아기를 속싸개로 싸놓으시나요? 이제는 그만두실 때가 됐어요. 속싸개로 신생아를 싸놓으면 아기에게 안전하고 안락한 느낌을 줄 수 있죠. 하지만 아기가 점점 움직임이 많아지고 몸을 뒤집기 시작하는데도 속싸개를 싸놓으면 영아 돌연사 확률이 높아진다고 해요. 그러니 속싸개를 싸놓으면 금방 잠드는 아기더라도, 이제는 다른 방법을 찾아보시는 게 좋아요.

콜레트가 언덕 끝자락에서 발걸음을 재촉했다. 유모차 손잡이를 쥔 손바닥이 축축했다. 아직 아침 7시도 되지 않았는데 햇볕이 목덜미를 따갑게 태웠다.

"나 죽겠어요. 근데 콜레트는 이 길을 뛰어다닌다 이거죠? 말도 안 돼."

넬이 새빨개진 얼굴로 땀을 뻘뻘 흘렸다. 콜레트는 속도를 늦춰서 넬과 보조를 맞췄다.

"거의 다 왔어요."

두 사람이 언덕을 올라 그늘진 길을 따라 터널로 향했다. 유모차 바퀴가 돌에 걸려 덜컹댔다.

"나 좀 날씬해지지 않았어요?"

널찍한 광장에 잠시 멈춰 섰을 때, 넬이 숨을 헐떡이며 이렇게 물었다. 광장에는 여름 캠프에 참가한 꼬마 무리가 있었다. 아기들은 수영복과 환한 노란색 조끼를 입고서 서로 손을 맞잡고 공원을 걷고 있었다.

"서배스천은 조만간 내가 자기 앞에서 홀딱 벗을 거라 생각하고 있어요. 그때쯤에는 남편이 예전에 봤던 엉덩이보다 돌덩이 하나만큼만 찐 상태였으면 좋겠는데."

"뒤돌아 서봐요. 한번 보게."

넬이 웃으면서 콜레트 쪽으로 뒤돌았다. 그런데 저 멀리 무언가를 본 넬의 얼굴이 급격히 어두워졌다.

"세상에, 저거 봐요."

넬이 중얼거렸다.

마이더스의 얼굴이었다.

할머니 두 명이 마이더스의 얼굴이 인쇄된 플래카드를 양쪽에서 들고서 공원을 둘러싼 돌벽에 달고 있었다. 콜레트가 그중 아주 뚱뚱한 할머니 쪽으로 다가갔다. 흰머리를 한데 모아 높다란 포니테일로 묶은 그녀는 팔 윗부분으로 노인용 보행기의 금속 바를 짚었다. 그 옆에 모인 열두어 명의 여자들은 뜨거운 길바닥 위에다 둥그런 형태로 분홍색 카네이션을 놓는 중이었다.

"지금 뭐 하시는 거예요?"

콜레트가 묻자 노인이 목을 빼 콜레트의 유모차 안에 누운 포피를 가까이서 들여다보았다. 아기는 자그마한 팔을 머리 위로 올린 채 깊이 잠들어 있었다.

"참 예쁘기도 하지."

노인이 이렇게 말하며 콜레트를 바라보았다.

"우리는 아기 마이더스를 위해 밤샘 기도를 할 거예요. 한 시간쯤 있다가 시작하려고요."

넬이 콜레트 쪽으로 다가오자 노인이 옆에 있는 탁자에 쌓인 전단을 하나씩 나누어주었다.

마이더스를 위한 기도회

여인이 어찌 그 젖 먹는 자식을 잊겠으며 자기 태에서 난 아들을 긍휼히 여기지 않겠느냐 그들이 혹시 잊을지라도 나는 너를 잊지 아니할 것이라. —이사야 49:15

콜레트는 그 성경 구절 아래 인쇄된 글자들을 보았다. 아동 유기는 *죄악입니다.* 사진도 있었다. 퍼트리샤 페이스가 전에 보여준 그 사진, 바로 졸리 라마에 있던 넬과 위니의 사신이었다. 사진은 적나라했다. 의자 위에 서 있는 넬은 배가 다 보였고 눈을 반쯤 뜬 위니는 정신없는 표정으로 카메라를 바라보고 있었다.

콜레트가 노인에게 전단을 돌려주고 넬의 손을 잡았다.

"이리 와요. 우리 가요."

그러자 노인이 말했다.

"아기 엄마들도 와서 같이 기도해요. 이 아기에게는 모두의 기도가 필요하니까요. 그리고 오늘 특별 게스트도 오세요."

노인이 그들 쪽으로 몸을 숙이더니 속삭이다시피 말했다.

"퍼트리샤 페이스가 온다고요."

"저희는 됐어요."

콜레트가 한 손으로 유모차를 밀면서 다른 손으로 넬을 잡아끌었다. 공원 바깥 인도에 이르렀을 때 넬은 눈물이 그렁그렁했다. 검은 턱수염을 기른 젊은 남자가 이렇게 더운 날씨에도 후줄근한 겨울 모자를 쓰고 저 모퉁이에 주차된 차량에서 TV 카메라를 가지고 내렸다.

"저 사진…… 아니겠죠, 저 사진을 보고 우리를……."

넬의 목이 메어왔다.

"우리 아파트로 가요."

콜레트의 말에 넬은 다시 눈물을 쏟으려 했다.

"나 준비하고 출근해야 해요."

"잠깐만 있다 가요. 찰리는 집에 없어요. 내가 커피 내려줄게요."

콜레트가 넬의 팔을 잡아끌고 더 빨리 걷기 시작했다.

"저 사람들 누구죠?"

숨 찬 상태로 몇 블록 떨어진 콜레트의 집에 이르자 넬이 말했다. 알베르토가 두 사람에게 문을 열어주었고, 그들은 유모차를 엘리베이터에 실었다. 넬은 아직도 손에 쥐고 있는 전단을 내려다보았다.

"나한테 왜 이러는 거죠?"

"조리돌리는 것 같아요."

아파트는 조용했다. 콜레트가 물을 넣고 커피를 내린 다음 오늘 아침 일찍 만들어놓은 레몬 케이크를 꺼냈다. 새벽 5시에 아기와 같이 깨서 만든 것이었다. 넬은 소파에 앉아 양반다리를 한 다음 그 안에 베아트리스를 눕혔다.

"대체 무슨 일이 일어난 거죠?"

"모르겠어요."

"상황이 나빠요. 나만 느낀 거 아니잖아요. 그 사람들, 우리를 비난하고 있어요."

콜레트는 주방 조리대에 자리 잡았다. 머리가 지끈지끈 울렸다.

"그래요. 알아요. 하지만 이토록 오래갈 줄이야. 놀랄 지경이에요."

넬은 마구 숨을 몰아쉬었다.

"말도 안 돼. 우리가 뭘 어쨌는데. 위니가 뭘 어쨌는데요. 그냥 하룻밤 외출한 것뿐인데."

"넬, 그만해요. 우리는 잘못한 거 없어요. 잘못은커녕……."

"다 봤잖아요? 퍼트리샤 페이스가 이 사건을 어디로 몰고 가는지 모르겠어요? 어제 그 쇼에서 세속 마이너스가 유괴된 다음 날 위니가 아이를 돌려달라며 찍은 영상을 보여줬어요. 위니 행동을 낱낱이 분석하면서, 왜 그 뒤로는 아무 말도 없는지 묻더라고요."

콜레트는 대답했다.

"그래요. 우리 둘 다 이 쓰레기 같은 방송을 그만 봐야 해요."

"위니는 절대 그럴 리 없잖아요……."

"당연하죠. 그런 말 하지 말아요. 위니는 마이더스에게 해가 되는 일은 절대 하지 않을 거예요. 우리도 위니를 알잖아요."

콜레트가 넬을 주저하는 눈빛으로 올려다보았다.

"그럴까요? 우리가 위니를 제대로 알고 있는 걸까요?"

"적어도 우리 중에 미친 사람이 있다면 분명히 알아봤을 거예요. 사람들이 모두 엄마 탓을 하는 걸 얼마나 좋아하는지 알지만 난 이게 위니 짓이라고는 믿지 않아요."

넬이 양 손바닥으로 뺨에서 눈물을 닦아내며 말했다.

"어제 끔찍한 기사를 읽고 말았어요. 위니랑 메데이아 콤플렉스라는 걸 엮어 쓴 기사였어요. 그리스 신화 있잖아요. 자기를 배신한 남편한테 복수하겠다고 자기 아이를 죽인 공주 말이에요."

"그런 건 그만 봐요, 넬. 진지하게 충고하는데, 그런 거 읽어봤자 좋을 거 하나 없어요."

"거기에 사람들이 댓글로 위니에 대해 썼더라고요. 모두들 떼 지어 분노하는데, 위니가 모르는 사람한테 애를 맡겨두고 술 마시러 가지 말았어야 했대요. 그러니 마이더스를 찾는다 해도, 아기를 엄마랑 둬서는 안 된다고, 위니가 엄마 자격이 없는 여자라고요."

넬은 흐느끼다 숨이 막혔다.

"애 키우는 게 얼마나 힘든지 몰라서 이러는 걸까요? 그냥 이 아기들이 살아가도록 지켜주는 것만 해도 얼마나 압박감이 큰데. 이토록 아이를 사랑한다는 게 얼마나 어마어마한 일인지, 그런데 또 한순간에 모든 걸 망치기가 얼마나 쉬운지 안다면 이럴 수 없어요. 우리 엄마들도 우리를 키울 때 이랬겠죠."

넬의 목소리가 갈라져 나왔다.

"나 이러다 언젠간 무너져버릴 거 같아요. 진짜 죽을 만큼 힘들어요. 그런 일이 없지 않다는 건 알지만 상상이 돼요? 자기가 낳은 애를 어떻게 해쳐요?"

콜레트가 옆에 둔 유모차에서 자는 포피를 응시했다.

넬이 말했다.

"내가 왜 그랬을까요? 한없이 원망스러워요. 그 앱을 왜 지웠을까, 열쇠는 왜 잃어버렸을까 정말……."

"넬. 그만해요. 사람들 말 마음에 두지 말아요. 넬이 잘못한 건 없어요. 우리 모두 잘못한 건 없어요. 넬이 위니의 열쇠를 정말로 잃어버렸다고 해도, 그렇다고 넬 때문에 그런 일이 생긴 게 아니잖아요. 누가 그걸 보고 '아, 위니네 집 열쇠가 여기 있네. 이걸 가져다가 아파트 문을 따고 들어가서 애를 유괴해야지'라고 할 사람이 있다는 게 말이 되나요. 무슨 일이 일어났든, 그건 다 *계획범죄*라고요."

넬이 고개를 끄덕였다.

"나 역시 똑같은 말을 수도 없이 되뇌고 있어요. 하지만 대체 누가 그것들을 가져갔을까요? 왜 단서가 하나도 없죠? 왜 열쇠랑 휴대폰은 나오지 않는 거죠?"

콜레트가 고개를 돌렸다.

"나 고백할 게 있어요."

넬의 어조를 듣자 콜레트는 마음이 불안해졌다.

"해봐요."

"나 그날 술을 너무 많이 마셨어요."

콜레트는 그만 피식 웃고 말았다.

"넬, 헛소리 마요."

"물론 얼마 마시지 않았다고 말했지만……."

"넬, 나도 알아요. 취해 있었던 거. 하지만 그날 술을 많이 마신 사람은 넬뿐만이 아니에요. 우린 아기를 집에 두고 외출했잖아요. 그건 범죄가 아니라……."

"하지만 이상해요. 술을 몇 잔 마셨을 뿐인데 갑자기 완전히 맛이 가버렸으니까요. 그날 밤 기억이 통째로 끊긴 시점이 있어요. 그런데 그건 나답지 않은 상황이었어요. 술에 취해서 뭘 잃어버리다니. 보통 그런 일은 없었거든요."

넬이 잠시 주저하다 말을 이었다.

"그런데 다음 날 아침에 보니까 셔츠 어깨 부분이 찢어져 있더라고요. 혹시 내가 기억 못 하는 일이 있었던 건 아닌가 걱정이 돼요."

"무슨 일이 있었다는 거예요?"

"모르겠어요. 누가 근처에 있다가 나에게 손댄 것 같은 느낌이에요. 어쩌면 마이더스를 데려간 사람이 그날 거기 있다가 위니를 찾은 걸지도 모르죠. 그리고 나한테서 열쇠랑 휴대폰을 빼앗았는데 내가 기억 못 하는 건 아닐까요. 그런데 또 생각해보면 아닌 것도 같아요. 그럴 리는 없으니까. 그랬다면 기억하지 않았겠어요? 이제 뭐가 진실인지 아닌지도 모르겠어요. 이러다 미치는 건 아닌지 걱정될 정도라고요."

넬이 콜레트를 슬쩍 바라보았다.

"그리고 위니는 왜 그날 밤 휴대폰으로 마이더스의 요람만 계속 보고 있었을까요? 이상하다고 생각하지 않아요?"

콜레트가 고개를 끄덕였다.

"뭔가를 기다리고 있는 것 같았죠."

넬이 말했다.

"이 일이 빨리 끝났으면 좋겠어요. 위니가 그때 다른 곳에 있었다고 누가 제대로 증명해줬으면 좋겠어요. 그리고 아이가 살아 있다고도요."

넬이 심하게 울기 시작했다.

"만약 아이가 죽었다면, 나는 절대로……."

넬이 말을 잇다 말고 탁자에 있던 아기용 물티슈를 꺼내서 코를 풀었다. 피부에 유백색 콧물 자국이 남아 반짝였다.

"그래요. 나도 그래요."

콜레트가 조용히 말하며 거실 소파 쪽을 슬쩍 바라보고, 자리에서 일어섰다.

***

넬은 코리대 가까이 의자를 딩거 앉고 어깨 위에 베아트리스를 걸쳐 안았다.

"이거 입수한 지 얼마나 됐어요?"

"사흘요."

"그런데 아직 안 봤다고요?"

"안 봤어요."

콜레트가 손목에 차고 있던 머리끈으로 머리카락을 묶은 다음, USB를 컴퓨터에 꽂았다. 폴더가 나타났고 그 안에 파일 여러 개가 보였다.

"가져오면 안 되는 거였어요. 그러니 보지 말자고 마음먹었죠. 다음번에 시장을 만나러 가서 돌려놓으려고 했어요."

콜레트가 첫 번째 파일을 클릭했다. 화면에 영상이 나오자 넬이 말했다.

"세상에. 이거 나잖아."

넬이 서배스천으로 추정되는 인물과 소파에 앉아 있었다. 얼굴은 창백하고 눈엔 핏발이 서 있었다. 콜레트가 재생 버튼을 눌렀다. 마크 호이트의 목소리가 들렸다.

"녹화에 동의하십니까? 새로 생긴 부서 규정에 따라 묻도록 되어 있습니다."

"네, 그런데 시작하기 전에 물 한잔 마셔도 될까요?"

넬이 화면 앞으로 몸을 숙이며 말했다.

"사건 첫날 일이었어요. 세상에. 내가 저렇게 뚱뚱해요?"

"밤에 잠을 못 주무셨습니까?"

"갓난아이가 있는 집은 밤에 다들 못 자요."

"미안하지만 다른 거 보면 안 될까요? 내 꼴을 차마 못 보겠네요."

넬의 말에 콜레트가 영상을 끄고 다른 파일을 열었다. 플레이어
가 다시 돌아갔다.

"스칼릿이네요. 경찰이 모두 다 인터뷰했나 봐요."

콜레트가 말했다.

스티븐 슈워츠가 카메라 뒤에서 나타나서는 스칼릿 맞은편에 자
리 잡았다.

"어젯밤 외출하지 않으셨다는 건 알겠습니다."

"안 했어요. 시댁 식구들이 방문하셨거든요. 믿기지가 않네요. 너
무 끔찍한 일이에요."

스칼릿의 얼굴에 수심이 가득했다.

"상상이 안 돼요. 무슨 일이 일어난 건지 알고 계세요?"

"저희도 알아내려고 위니의 지인들에게 질문을 드리는 겁니다.
그런데 여러분 모임에 나오는 이 남자 말인데요."

슈워츠는 수첩을 내려다보았다.

"토큰이라는 사람, 이렇게 부르는 거 맞죠?"

"네."

"그 남자에 대해 잘 아십니까?"

"아뇨. 잘은 몰라요. 전 임신했을 때는 모임에 자주 나갔지만, 지
금은 이사 가야 해서 아주 바쁘거든요. 솔직히 말하자면 저는 토큰

이라는 별명이 유치하다고 항상 생각해왔어요."

"윽, 우리 이거 계속 봐야 해요?"

넬이 말했다. 콜레드는 그 영상을 닫고 목록의 세 번째 영상을
틀었다.

"유코네요."

콜레트가 재빨리 영상을 닫고 다음 영상을 클릭했다. 젬마가 식
탁에 앉은 모습이 보였다. 그녀 뒤로 어떤 남자가 아들을 안고 서
있었다.

"저는 8시 20분쯤 거기 갔었던 것 같아요. 휴대폰을 보면 나와 있
을 거예요. 도착했을 때 제임스한테 아기 잘 보라고 문자를 보냈거
든요."

콜레트는 속이 덜컥 내려앉았다. 여기에 자신과 마크 호이트의
인터뷰도 있는 걸까? 그렇다면 자신이 그날 밤 졸리 라마에 있었다
는 걸 테브가 벌써 알고 있나? 마음을 단단히 먹은 콜레트가 목록
에 있는 마지막 영상을 클릭했다. 넬이 숨을 헉 몰아쉬는 소리가 들
렸다.

위니의 영상이었다. 니은 자 소파의 구석에 앉은 위니는 어깨에
머리카락을 늘어뜨리고 눈이 부은 모습이었다. 위니는 카메라를
멍하니 응시했다.

"잠은 좀 주무셨나요?"

이번에는 여자의 목소리가 들렸다.

"조금 잤어요."

"잘하셨어요. 주무셨다니 다행이에요."

이윽고 여자 형사가 카메라 뒤에서 나타났다. 여형사는 검은 바지에 분홍색 민소매 블라우스 차림이었다.

"질문 몇 가지만 더 드리고 가겠습니다. 우선, 제가 듣기로는 정신과 의사와 상담을 쭉 해오셨다고요."

형사가 소파에 딸린 보조의자를 당겨 위니 맞은편에 앉았다.

"질문 같지 않은데요."

위니의 말에 형사가 부드러운 목소리를 냈다.

"어제 호이트 형사에게 그렇게 말씀하셨어요."

"제가요?"

"기억이 안 나시나요?"

"다들 저에게 질문을 너무 많이 하시잖아요. 다 기억하기 어려워요."

"언제부터 의사와 상담을 하셨나요?"

"오래됐어요."

"상담은 왜 받으셨나요?"

그러자 위니는 어깨를 으쓱였다.

"우울증 때문에요. 어느 정도는 아버지 때문이기도 하고요. 어머니가 돌아가신 다음에 아버지가 받으라고 억지로 시켜서 그런 것도 좀 있어요."

"그러면 마지막으로 상담받으신 게 언제인가요?"

"몇 달 됐어요."

형사는 눈썹을 추켜세웠다.

"그러면 출산 후에는 받지 않으셨나요?"

"안 받았어요."

형사가 뭐라 말하려 했지만, 위니가 말을 끊었다.

"마이더스가 태어난 뒤로 기분이 쭉 좋았어요. 몇 년 새 느껴보지 못했던 기분이었죠."

"알겠습니다. 그러면 대니얼에 대한 걸 좀 묻고 싶은데요."

그러자 위니는 앉았던 자세를 바꾸었다.

"대니얼이라고요? 왜요?"

"고등학교 때 교제하셨죠. 왜 헤어지셨나요?"

그러자 위니의 얼굴이 흐려졌다.

"그때는 아무것도 제대로 할 수가 없었어요. 대니얼과의 관계도 그랬고요."

"하지만 가까운 사이였잖아요?"

"그래요. 그 애는 내 첫사랑이었으니까요."

"그러면 대니얼이 결혼한 다음에도, 부적절한 관계를 가진 적이 있었나요?"

"부적절한 관계라니요?"

"이 질문이 불편하실 거라는 건 알지만, 여쭈어보아야……."

"아뇨. 우리는 그런 관계를 맺은 적이 전혀 없어요. 대체 왜 이런……."

그 순간, 아파트 현관 열쇠를 돌리는 소리에 콜레트의 가슴이 쿵 떨어졌다.

"누구예요?"

넬이 속삭였다. 이윽고 문이 열리더니 찰리가 들어왔다. 커피 두 잔을 넣은 컵 캐리어와 하얀색 종이봉투 하나를 들고 있었다.

"오, 왔구나."

찰리가 말을 건네며 이어폰을 뺐다.

콜레트가 노트북을 덮고 목소리가 떨리지 않도록 애쓰며 말을 건넸다.

"자기야, 일찍 왔네."

"응, 보니까 지금 커피숍에서 무슨 노래 부르기 모임을 하더라고. 아기랑 베이비시터들 때문에 쫓겨난 거지."

찰리는 유모차 안을 들여다보고 포피가 자는 걸 확인한 다음 다시 콜레트를 바라보았다.

"뭘 보고 있었어?"

콜레트는 무릎 위에 깍지 꼈던 손을 풀었다.

"영상 봤어. 수면 연습 영상이 있더라고."

"그래?"

넬이 대답했다.

"네, 뭔지 알죠? 애를 침대에 두고 수프 캔 하나를 따준 다음 문을 잠그는 거죠. 몇 주 있다 와보면 애가 자라 있다고 하네요."

찰리가 웃었다.

"우리도 애 때문에 며칠 밤을 새운 참인데. 그 수프 어디서 파는지 알려줘요."

찰리가 주방 조리대로 가서 콜레트의 노트북 옆에 커피와 봉지를 내려놓았다.

"아몬드 크루아상이랑 커피 사 왔어. 넬, 당신도 있는 줄 알았다면……."

"난 괜찮아요. 사실 지금 출근하러 나가봐야 하거든요."

찰리가 콜레트의 머리에 키스하고 말했다.

"나도 그래요. 그럼 나중에 봐요."

찰리가 작업실 문을 닫는 소리를 들으면서도 콜레트와 넬은 아무 말이 없었다. 이윽고 방에서 재즈 음악이 흘러나오는 소리가 들리자, 콜레트가 다시 재생 버튼을 누르고 음량을 줄였다.

"아뇨. 우리는 그런 관계를 맺은 적이 전혀 없어요. 대체 왜 이런 질문을 하시는지 모르겠군요."

"죄송해요, 위니. 곤란하시다는 건 알지만, 당시 상황에 대한 전체적인 맥락을 알아야 해서 이런 질문을 드릴 수밖에 없어요."

위니의 눈에서 눈물이 천천히 흘렀다.

"대니얼은 그 뒤로 저한테 좋은 친구일 뿐이에요."

"알겠습니다."

형사는 위니에게 크리넥스 티슈를 건넨 다음 앉은 채로 몸을 숙였다. 손에는 수첩을 들고 있었다.

"그럼 다른 이야기로 넘어가겠습니다. 괜찮으시다면 그날 밤 이야기를 해주세요. 술집에서 나오신 다음 이야기요."

"이미 말씀드렸어요."

"음, 호이트 형사에게는 그러셨죠. 하지만 저도 직접 듣고 싶어서요."

위니는 눈을 감았다.

"공원에 갔어요."

"공원이라고요."

"네, 아기를 낳고 나서 처음 가보는 거였어요. 그 술집은…… 별로 있고 싶은 곳이 아니었어요. 난 밖으로 나가서 계속 걸어야겠다고 생각했어요. 그러다가 공원에 간 거예요."

"거기서 누군가 만나셨나요?"

"모르겠어요."

"그러면 가는 길에는 만난 사람이 없었나요? 아니면 공원 안에서는요? 지나친 사람이나 말을 나눈 사람은 없었나요?"

"제 기억으로는 없어요."

"혹시 기억하는 게 힘드신가요?"

"아뇨."

위니가 무릎에 얹은 손을 잠시 바라보다가 갑자기 고개를 핵 들었다.

"저 소리 들리세요?"

"무슨 소리요?"

"마이더스예요."

"마이더스라고요?"

"쉬, 조용히 들어보세요."

위니는 일어서서 어딘가 멀리서 들려오는 소리에 귀 기울였다.

"저기잖아요. 안 들리세요?"

"아뇨. 지금 무슨……."

"울고 있어요."

위니가 카메라 화면 바깥으로 나갔다.

"아기가 우는 소리가 들려요."

"위니……."

위니가 다시 화면 안으로 돌아왔다.

"이제 조용해졌네요."

그리고 아기 방이 있는 복도 쪽을 바라보았다.

"어디서 울음소리가 난 걸까요?"

"위니, 제 말 들어보세요. 병원에 가보셨으면 좋겠어요. 진찰을 받아보시는 게……."

"저는 진찰 필요 없어요."

위니는 손가락으로 머리를 빗다가 주먹을 꽉 쥐어 머리카락을 잡았다.

"나한테 필요한 건, 여러분이 내 아들을 찾아주는 거라고요. 지금도 애는 울고 있단 말이에요. 아이한테는 내가 필요해요. 그런데 당신들은 여기에 앉아서 나한테 계속 똑같은 질문만 해대고 있잖아요. 대체 여긴 왜 왔어요?"

위니가 테라스로 가서 문을 열었다.

"왜 저 밖에 나가서 내 아기를 찾지 않는 거예요?"

형사가 일어서서 어색한 걸음으로 카메라에 다가왔다.

"잠시 쉬었다 가겠습니다."

이후로 알아들을 수 없는 말이 이어졌다가 이내 화면이 꺼졌다.

콜레트 주위로 침묵이 무겁게 내려앉았다. 가슴이 심하게 아파 오는 가운데 넬이 말했다.

"세상에, 위니는 정신이 나갔어요. 어쩌면…… 위니가……."

* * *

넬은 가슴에 유축기를 단 채로 화장실 변기에 앉았다. 그리고 휴대폰을 보다가, 그러지 말아야 하는 걸 알면서도 베아트리스의 사진을 닫고 주소창에 퍼트리샤 페이스의 웹사이트 주소를 쳤다. 넬이 예상한 대로, 그 TV쇼 사회자는 공원 광장에다 '마이더스를 위한 기도회'라는 커다란 플래카드를 걸어놓고 생중계를 진행하는 중이었다.

주저하며 영상을 클릭하자 화면이 재생되며 퍼트리샤의 모습이 나왔다. 몸에 딱 붙는 꽃무늬 원피스 차림인 퍼트리샤가 쌍둥이 유모차를 밀고 있는 여자를 불러 세웠다.

"잠시만요. 혹시 잠깐 인터뷰 가능하실까요?"

여자가 멈춰 서자, 퍼트리샤가 8센티미터나 되는 하이힐을 신고 조심스럽게 그녀에게 다가갔다. 그녀 뒤에서는 손에 분홍 카네이션을 든 여자들이 둥글게 서서 고개를 숙이고 기도하고 있었다.

"저는 「페이스 아워」의 진행자 퍼트리샤 페이스입니다."

"네, 알아요."

"우리는 오늘 '졸리 마마 현상'이라는 주제를 놓고 이야기를 나눠보고자 나왔습니다."

"그렇게 부르는 건 당신 하나인 것 같은데요."

"그러니까, 들어보긴 하셨죠?"

"네, 듣고 싶지 않았지만요."

여자의 대답에 퍼트리샤가 눈썹을 추켜세우며 말했다.

"좋습니다. 지금 말씀하시는 분도 분명 어머니이신데요. 정말 아기를 사랑하시는 분처럼 보이세요. 그렇다면 엄마 모임 멤버들이 술집에서 모여 술을 마시는 걸 어떻게 생각하시나요? 어떤 엄마들은 오후에 술집에서 애들이랑 같이 만나기도 한단 말이 있습니다."

퍼트리샤는 눈썹에 맺힌 땀을 손가락으로 신중하게 닦아낸 다음 여자에게 마이크를 대주었다.

"만나든 말든 무슨 상관이에요."

대답을 들은 퍼트리샤가 얼굴을 찡그리며 카메라를 주시했다.

"애들이 술을 마시는 것도 아니잖아요. 그 점은 알고 있겠죠. 안 그래요, 퍼트리샤?"

"그래요. 하지만 부모들이 마시잖아요. 그런 데서 만나는 것부터가 무책임한 행동이라고는 생각하지 않으시나요? 마이더스 로스가 유괴된 날 밤에 그 애 엄마는 술집에 있었다고요."

그러면서 퍼트리샤는 손에 든 전단 속 넬과 위니의 사진을 여자에게 보여주었다.

"이거 보셨나요? 그날 밤……."

넬은 휴대폰을 끄고 유축기를 떼어내 모터를 껐다. 아직 바라던 만큼 모유를 짜지는 못했지만 화장실은 너무 덥고 비좁았다. 게다가 지금은 일하러 돌아가야 했다. 셔츠 단추를 채우고 병을 감싼 뒤 화장실에 아무도 없을 때까지 기다렸다가 칸막이 밖으로 나갔다. 커피를 마시고 싶었다. 콜레트의 아파트에서 나온 다음부터, 위니의 얼굴이 계속 떠올라 마음이 진정되지 않았다.

복도를 내려오던 그녀는 놀라고 말았다. 이언이 넬의 사무실 문틀 위를 잡고 그녀를 기다리고 있었기 때문이다. 번지르르하게 빗어 넘긴 이언의 머리 스타일이 이마 위에 붙은 물음표 같았다. 회사 내 젊은 여직원들이 이언의 외모가 못 견디게 짜증난다고 말하는 소리를 넬은 많이 들었다. 오늘 찬 벨트는 하늘색 바탕에 분홍색 플라밍고를 수놓은 디자인이었다.

넬이 사무실로 들어와 책상 위에 유축기를 놓자, 이언이 말했다.

"잠깐 시간 됩니까?"

"그럼요."

이언은 어떤 젊은 여자와 함께 기다리고 있었다. 여자는 넬이 지나가면서 몇 번 봤던 사람으로, 편집부에서 일했다. 20대 중반인 여자는 블랙진 위에 하얀색 짧은 레이스 원피스를 입고 오렌지색 플랫슈즈를 신었다. 뒤로 묶은 머리카락이 아주 자연스럽게 헝클어진 올림머리를 이루고 있었다. 여자는 서류철을 들고 있었다.

"클레어 알죠?"

이언의 물음에 넬이 고개를 끄덕이며 몸을 세워 앉았다. 셔츠 아래 불룩 튀어나온 허릿살이 천에 쓸리면서 단추 사이에 잡힌 주름이 느껴졌다. 회사에 입고 갈 옷을 살 시간이 아직도 없었다. 이언이 창문으로 가서 베아트리스의 사진 액자를 옆으로 밀고 창턱에 걸터앉았다. 넬이 오늘 아침에 올려둔 사진이었다.

"복귀 이틀째네요. 맞죠? 잘돼갑니까?"

"완전 좋네요. 고마워요."

"그래요? 괜찮다고요? 직장에 복귀해서?"

이언은 오늘 양말을 서로 다른 색깔로 신었다. 넬은 그가 일부러 그랬을 거라고 생각했다.

"적응 기간이긴 하죠. 하지만 복귀해서 좋아요."

"네, 나도 어떤 기분인지 알죠."

넬은 미소를 지었다. 알기는 뭘 안다는 건가. 이언은 마흔네 살 먹은 미혼 남성이었다. 소문에 따르면 이 회사의 결혼 테마 잡지인 《새 신부》의 보조 직원과 사귀고 있다고 했다. 그런 사람이 아직도 갓 태어난 상태나 다름없는 아기를 어린이집에 매일 아홉 시간이나 맡기고 오는 심정을 안단 말인가?

"당신이 돌아와서 나도 아주 기쁩니다. 내가 여기서 일한 뒤로 정말 좋은 직원들이 아기 때문에 많이 그만두었으니까요. 사람들은 출산휴가를 받으면서 회사에는 복귀하겠다고 말하지만, 나중에 두고 보면 꽝! 이렇게 돼버리니까."

이언의 말에 넬이 눈썹을 추켜세웠다.

"꽝이라니요?"

"꽝이라는 말이 딱 맞죠. 이제는 사무실에 돌아오겠거니 싶으면 돌아오기 며칠 전에 전화가 오거든요."

이언은 이 대목에서 목소리를 낮추었다.

"저 못 가겠어요, 아기를 두고 갈 수가 없어요, 라고들 하니까. 넬은 그러지 않아서 기쁘네요."

그러자 머릿속에 상상이 떠올랐다. 이 재수 없는 새끼를 바닥에 때려눕히고 올라타서 카펫에 얼굴을 갈아버리면 어떨까.

"정말 고맙네요, 이언."

"별말씀을. 어쨌든, 지금 클레어와 나를 좀 도와줘야겠어요."

이언이 뒷주머니에서 돌돌 만 얇은 종이 뭉치를 꺼냈다.

"표지를 놓고 의견 일치가 안 되고 있어서 곧바로 전문가한테 온 거라고요."

클레어가 폴더에서 인쇄된 종이를 두 장 꺼내 넬의 책상에 나란히 놓았다. 이 회사에서 가장 많이 팔리는 잡지인 《가십!》의 이번 주 표지 시안이었다. 표지는 최근 출산한 여배우 케이트 글라스의 사진이었다. 그녀는 비키니 수영복을 입고 해변에 서서 미국 국기를 들고 있었다. 사진 위에는 '예전 몸을 다시 찾은 비결'이라는 문구가 굵은 글씨체로 박혀 있었다.

이언이 넬에게 물었다.

"어때요?"

"어떠냐고요?"

클레어가 기대하는 눈초리로 넬을 바라보는 게 느껴졌다.

"그래요. 최근 출산한 엄마의 심정으로 보자면 어떤 것 같아요?"

넬이 사진들을 들고 더 자세히 보았다.

"봅시다. 음, 일단 이 소식을 들으니 참 기분이 좋네요."

이언이 고개를 갸웃거렸다.

"어떤 부분요?"

"이 여자 몸을 다시 찾았다잖아요."

클레어가 말했다.

"그래요, 장난 아니죠? 아기 낳은 지 5주밖에 안 됐다고요."

"우와, 그러면 얼마나 살기 힘들었을까. 아이도 돌봐야 하는데 몸도 되찾기 전이었다니, 몸 없이 어떻게 살았을까나."

그런 다음 넬은 클레어를 바라보았다.

"그래서 몸은 왜 잃어버렸대요? 누가 훔쳐갔대요? 수색 작업을 벌였더니 헬스클럽에 복근이 떨어져 있었대요?"

이언이 웃으면서 클레어를 바라보았다.

"넬은 정말 웃긴다고 말했었죠?"

이언의 시선이 다시 사진으로 향했다.

"좀 멍청한 짓이라는 건 나도 알아요. 하지만 출산 후 몸매 표지 모델은 언제나 먹히거든요. 여자들은 이런 걸 좋아하니까."

그가 두 시안을 나란히 놓고 자세히 살펴보았다.

"쥐고 있는 저 국기를 포토샵으로 지워야 하지 않을까요?"

"아닌 것 같은데요."

"아니라고?"

넬은 입에서 나오는 말을 막을 수가 없었다.

"아니라고요. 애를 낳은 엄마들은 보통 낮에 해변으로 놀러 가면 미국 국기를 하나씩 꼭 챙겨 가거든요."

이언이 고개를 저으며 종이를 다시 주머니에 넣고 웃었지만, 이번에는 이어지는 농담을 참지 않겠다는 기색이 역력했다. 넬은 클레어를 슬쩍 보며 말했다.

"미안해요. 그냥 뭐랄까…… 특히 이 잡지는 말이죠. 우리가 출판하는 잡지 중에서 내 취향은 아니라서요."

"알죠, 알아. 하지만 명심해둬요. 우리가《가십!》에서 광고 수익을 못 올리면 어떻게《작가와 예술가》를 낼 수 있단 말입니까?"

넬이 손을 내밀었다.

"알았어요. 미안해요. 다시 볼 테니 줘봐요."

이언이 시안을 다시 건네자 넬은 왼손에 든 종이를 들어 올렸다.

"난 이게 좋아요. 그리고 국기는 지워요. 좀 웃기니까."

클레어가 소리 나지 않을 정도로만 박수를 딱 쳤다. 그녀의 섬세한 손과 분홍빛 매니큐어를 칠한 손톱이 입가를 가렸다.

"저 사진이 더 낫다고 제가 말씀드렸잖아요."

이언이 골똘히 생각에 잠긴 표정으로 고개를 끄덕였다.

"모르겠어요. 내가 보기엔 우리가 중대한 실수를 저지르고 있는 것 같단 말이죠."

"중대한 실수라고요?"

넬은 고개를 흔들어 생각을 떨쳐버리려고 했다. 술을 너무 많이 마시고, 의자 위에 올라가서 모성 보호 정책에 대해서 주정이나 늘어놓는 사진이나 찍히고, 이제 그 모습이 브루클린 전역에 배포되고 있는 상황, 그런 게 바로 중대한 실수다. 그에 비하면 이건 웃기지도 않는 바보 같은 짓거리일 뿐인데.

"괜찮을 거예요. 두 사진은 거의 똑같으니까."

이언은 다시 고개를 저었다. 번지르르하게 빗어 넘긴 머리가 이마 위에서 휙 움직였다가 떨어졌다.

"아니, 내 말은 그게 아니에요."

이언이 창문으로 걸어가 맨해튼 하부, 그리고 몇 블록 떨어진 허드슨 강을 응시했다.

"아기 마이더스 이야기를 표지 기사로 싣지 않은 게 실수라는 겁니다."

이언이 다시 넬을 바라보자 넬은 애써 표정관리를 했다. 클레어가 말했다.

"하지만 그 이야기는 백만 번도 더 들었어요. 모두들 그걸 표지에 다루고 있다고요. 우리는 아기 마이더스 이야기를 지겨워하는 독자들을 겨냥하는 거잖아요."

"하지만 아기 마이더스 이야기를 지겨워하는 사람은 아무도 없어요. 사람들은 기사를 더 읽었으면 읽었지 덜 읽고 싶어 하지는 않는다고요."

이언이 이렇게 말하고는 넬을 바라보았다.

"맞죠? 넬도 더 읽고 싶지 않아요?"

"아뇨. 난 안 읽고 싶네요."

넬이 목소리를 차분하게 유지하려 애썼다.

"그걸 계속 보도하는 이유가 대체 뭐예요? 그래서 얻는 게 뭔데요? 물론 광고 수입이 있겠지만, 그것 말고 말이에요. 그 가족에게 지금 필요한 건……."

그때쯤 되자 이언은 격앙된 어조로 말했다.

"하지만 대체 마이더스의 아빠는 누굴까요? 왜 위니 로스는 거기에 대해 아무 말도 없을까요?"

"듣기로는 정자 기증을 받았다고……."

"됐어요, 클레어. 됐다고. 하지만 그럼 왜 나와서 말을 안 하는 겁니까?「오프라 윈프리 쇼」에라도 나가야 하는 거 아니냐고요. 비슷한 처지에 있었던 엄마들은 다들 그랬잖아요?"

"오프라는 은퇴했는데요."

"지금 그 말이 아니잖습니까, 넬. 사람들이 다들 그럴 거라 기대하고 있고, 위니 로스도 그 점을 모를 리 없죠. 그런데 왜 이렇게 아무 말도 없을까요? 뭘 숨기고 있는 걸까요?"

클레어가 부드럽게 말했다.

"보세요, 우리는 케이트 글라스 이야기에 여섯 페이지를 할애했어요. 지금 우리는 표지를 정해야 한다고요."

"나도 알아요. 하지만 독자들이 그 이야기에 흥미를 보이기나 할까? 차라리 마이더스에다 초점을 맞추는 게 훨씬 낫지 않을까? 아직도 알아봐야 할 게 정말 많단 말입니다. 우리는 퀸스에 특파원을 파견해서 그 베이비시터와 이야기해보려고 하는 중입니다. 내가 들은 바에 따르면 그 베이비시터는 아기를 본 적도 없다더군요. 방에 들어가지도 않았대요. 아무튼, 그 특파원은 일을 잘 못하더라고요. 졸리 마마 현상은 어떤가요? 몇 주는 이걸로 우려먹을 수 있을 듯한데."

"내가 보기엔, 그걸 뛰어넘는 흥밋거리를 찾아야 할 것 같은데요."

이언이 넬 쪽으로 고개를 홱 돌렸다.

"뛰어넘는다? 그건 우리 일이 아니죠. 우리 일은 거기에 덧붙일 걸 창작하는 거죠."

넬의 속이 뒤틀리더니 목구멍으로 담즙이 확 올라와 쓴맛이 느껴졌다.

"글쎄요, 그래도 난 여전히 클레어 말에 찬성이에요. 나라면 표지에 케이트 글라스가 있는 잡지를 사겠어요."

그러자 이언이 한숨을 쉬었다.

"알았어요, 알았다고요. 당신들 말이 맞으면 좋겠군요. 우리 잡지 판매 부수가 떨어지고 있어요. 위층에 계신 마님께서는 기분이 좋지 않으시고요."

이언이 미소를 지으면서 창틀에서 일어섰다.

"이제 다시 모두 일하러 가야겠군요."

이언은 문으로 다가가다가 멈춰 섰다.

"아, 그렇지. 까먹을 뻔했네. 넬, 여기 온 건 또 할 말이 있어서였어요. 우리가 당신을 어디로 좀 보내야겠어요."

"어딜 보내요?"

이언은 웃었다.

"그렇게 겁먹지 말아요. 2주 뒤에 출장을 보내야 한다는 뜻이었어요. 나흘간 어디로 가냐 하면……."

이언이 극적인 효과를 주려고 말을 멈췄다.

"바로 바하마죠. 새로운 서버 장비를 찾고 있어서 넬이 가줬으면 하더라고요. 가서 주요 업체들을 만나고 와요. 일도 좀 하고, 놀기도 좀 하세요. 어떻습니까?"

"나흘이라고요?"

"네. 거기 바로 앞이 해변이에요."

"좋네요. 그럼 나도 미국 국기나 싸갈까 봐요."

넬이 억지로 미소를 지었다.

* * *

넬은 훈련 매뉴얼의 같은 부분을 벌써 네 번째 읽는 중이었다. 어떻게든 집중해보려고 했지만 생각은 자꾸만 옆길로 새어버렸다.

나흘간의 출장이라.

생각할 수조차 없는 일이다. 서배스천이 처음으로 큐레이팅을 하는 전시회가 3주 뒤에 잡혀 있어서 매일 야근하고 있는지라 어린이집이 문을 닫는 6시까지 브루클린에 돌아오는 건 불가능했다. 그럼 누가 베아트리스를 데리러 가지? 나흘간 먹일 모유를 유축하는 건 또 어떻게 하지? 그토록 오랫동안 아기와 떨어져 있으면 견딜 수 있을까? 넬은 눈을 질끈 감고 어떻게든 그 생각을 하지 않으려 했다. 출장이라니. 현실적인 대안을 생각하면서 (어쩌면 엄마가 잠깐 휴가를 내어 로드아일랜드에서 와줄 수 있지 않을까) 일에 집중하려고 했지만, 지금은 너무 걱정스럽고 정신을 차릴 수가 없었다. 그래서 PDF 파일을 닫아버렸다.

그만둬야겠어.

아래층에 내려가자. 지금 당장. 이언의 사무실로 가는 거야. *쾅!*이라고 말해야지. *그래도 최소한 나는 이틀은 버텼다고.*

아니, 아래층에 내려가지 않을 것이다. 오히려 위층으로 올라가야겠다. 18층으로, 위층에 계신 마님을 직접 만나야겠어. 에이드리엔 제이콥스, 사이먼 프렌치사의 서른다섯 살 먹은 책임편집자이자 전직 패션 블로거, 그리고 98년 된 회사 역사상 최연소이자 첫 번째 여성 사장. 서배스천의 형수이자 넬의 동서에게 가는 거다.

넬은 그 광경을 생생하게 그려보았다. 씩씩하게 에이드리엔의 비서를 지나쳐 온통 하얗게 인테리어를 해놓은 전망 좋은 사무실로 들어가는 거다. 하얀색 소파가 두 개 있고, 넬의 1년치 연봉을 털어도 살 수 없는 하얀색 터키 양탄자가 있는 그곳으로. 그리고 꽝!

하지만 그런 다음은 어쩔 건데? 서배스천의 월급으로는 지금 사는 아파트 월세를 낼 수가 없다. 서배스천의 학자금 대출도 아직 남아 있다. 4년 만에 처음으로 계획했던 크리스마스 휴가 여행은 또 어쩌란 말인가. 두 사람이 처음 데이트를 시작한 이후로, 지금처럼 재정적으로 풍족한 시기는 처음이었다. 몇 년 동안 런던에서 살던 시절과 비교하면 지금은 얼마나 좋은가. 그때 서배스천은 미술을 공부하는 학생이었고 넬은 지역 대학에서 사이버 보안 관련 수업을 맡아 보조 강사로 일하면서 석사 과정을 이수했다. 1주일에 몇 번은 라면을 먹고, 팝콘 값 4파운드를 아끼려고 영화관에 몰래 팝콘을 숨겨 가지고 들어가던 그 시절을 생각해보란 말이다.

그만두면 새 직업을 쉽게 구할 수 있는 것도 아니었다. 넬의 회사 경력, 이력, 새로운 일자리를 구할 때마다 밝혀야 하는 그녀의 이야기들은 어떡할까.

지금 일은 운 좋게 맡은 것이다. 1년 반 전 사이먼 프렌치사에서 근무하기 시작한 첫날부터 지금까지 넬은 쭉 그렇게 되뇌었다. 입사하기 전, 어느 쌀쌀한 가을날 강의를 마치고 두 손 가득 장 본 물건을 든 채로 런던의 아파트에 돌아온 넬에게 서배스천이 지금의 일자리를 제안했었다.

"지금 나랑 장난하는 거지?"

넬은 그 자리에 얼어붙은 채로 대답했다. 여전히 들고 있는 봉지 때문에 손이 아팠지만 서배스천의 눈은 흥분으로 빛나고 있었다.

"아냐, 당신이 없는 동안 에이드리엔이 여기 직접 왔었다고. 일 자리를 제안한 거야. 기술 부사장으로. 온라인 보안 일을 전부 다 담당하는 자리야."

"온라인 보안 일? 그게 공식적인 업무 이름이야?"

"당신이 정말 좋아하는 일을 다시 할 수 있단 말이야."

"서배스천, 아니야. 에이드리엔은 그럴 필요가……."

"이건 동정심에서 나온 제안이 아니야, 넬. 에이드리엔이 '넬보다 뛰어난 사람은 없어요'라고 직접 말했다니까. 그러니 당신이 팀에 합류해주길 바란다고, 자기가 모든 걸 책임져주겠다고 했어."

서배스천은 목을 가다듬었다.

"그리고 나도 에이드리엔에게 전부 다 설명했어. 당신은 이제부터 넬이라는 이름을 쓸 거야."

"난 거기서 일 못 해."

"왜 안 돼?"

"거기 대표 잡지가《가십!》이니까! 나도 내 나름의 기준이란 게 있어."

서배스천은 절망적인 눈빛이 되었다. 넬은 사무실을 왔다 갔다 하면서 그 모습을 떠올렸다. 그때 서배스천이 뉴욕 현대미술관에서 막 연락을 받아 꿈에도 그리던 자리를 얻었지만 거절하게 될 참이었다. 미술관에서 주는 월급으로는 두 사람이 뉴욕에 정착할 수가 없었기 때문이었다. 게다가 그때 서배스천과 넬은 아기를 가지려던 참이기도 했다. 하지만 그녀가 그 자리를 정말로 싫다고 할 수 있을까? 서배스천이 지금껏 넬을 위해 얼마나 많은 걸 해주었던가. 그는 과거의 실수를 놓고 뭐라고 한 적이 한 번도 없었다. 넬을 있는 그대로 받아준 남자, 다른 사람이 넬을 욕해도 절대로 그렇게 생각하지 않았던 남자. 게다가 이건 넬에게도 미국으로 돌아갈 기회였다. 고향에서, 엄마와 가까운 곳에서 다시 살 기회였다.

"알았어. 내가 에이드리엔과 이야기해볼게."

넬의 말에 서배스천은 활짝 웃으며 방을 성큼성큼 가로질러 아직도 장 본 물건을 들고 있는 넬에게 키스했다.

"고마워. 그리고 임신 계획 중이라는 이야기는 하지 마."

이메일이 왔다는 알림음이 들렸다. 지금은 일할 때다. 넬은 책상으로 돌아왔다. 메일함을 열자 5월맘들이 보낸 메일이 여섯 통이었다. 마이더스에 대한 뉴스가 터지고 나서 다들 뭐라 말해야 할지 몰라 며칠 동안 모임은 휴면기였지만, 활동이 재개되기 시작했다.

유코가 질문한 메일이 있었다.

-맘님들, 도와주세요. 니컬러스가 등에 발진이 났어요. 사진을 첨부했거든요. 혹시 이게 요즘 유행하는 진균 바이러스일까요?

넬은 유코의 메일에 달린 답변을 쭉 내려보았다.

-그냥 열꽃이 핀 거 같은데요.

젬마가 대답했다.

-자꾸 병원 가지 마세요! 그냥 칼렌둘라 연고만 바르면 되는 일에도 병원에서는 독한 항생제를 처방해대거든요.

스칼릿도 답을 달았다.

메시지를 지우다가 문득 생각이 들었다. 위니가 아직도 5월맘 이 메일을 받아보고 있을까. 인터뷰 영상에 나왔던 위니의 모습이 떠올랐다. 수척한 얼굴로 방 안을 불안하게 둘러보았었지. 이언이 했던 말이 다시금 맴돌았다.

하지만 대체 마이더스의 아빠는 누굴까요? 뭘 숨기고 있는 걸까요? 대답할 때가 되었는데.

눈을 감았다. USB 속 위니의 인터뷰 영상이 열 번쯤 떠올랐다. 마이더스가 유괴된 날 밤의 일이 백 번쯤 떠올랐다. 그러다 문득 생각이 들었다. 이 '맘동네' 웹사이트의 보안은 잘 지켜지고 있을까? 여기에 들어가서 위니가 5월맘에 등록했을 때 작성한 신청서를 보는 건 어려운 일일까? 멤버들은 모두 신청서를 작성했겠지? *이름, 배우자 이름, 가족에 대해 간단히 알려주세요.*

넬은 어느새 일어서서 사무실 문을 닫았다. 책상으로 돌아와 '맘동네' 사이트에 접속하면서 가슴이 두근두근 뛰었다. 그리고 자판을 치며 관리자 페이지를 해킹했다. 5분도 걸리지 않았다. 처음 컴퓨터 과학 수업을 들은 뒤로 넬이 언제나 능숙하게 하던 일이었으니까. 어떤 교수가 넬의 기술은 순간적이고 본능적이라고 평한 적도 있다. 넬은 이걸 자신의 초능력이라고 생각하곤 했다. 대학 시절 넬은 전국 코딩 대회에서 1학년생으로서 처음으로 우승한 사람이었다. 그래서 특별한 인턴십에 선발될 수 있었다. 8천 명이 넘는 지원자 중에서 특별히 선발되어 바로 미국 국무장관 라홀란 레인의 직속 인턴으로 정부에서 일했던 것이다.

목록 맨 위에 보이는 프랜시의 회원 정보를 클릭해서 열었다. 프랜시가 첨부한 사진은 예상했던 그대로였다. 프랜시와 남편 로웰, 그리고 초음파 사진을 찍은 셀카였다. 프랜시가 쓴 내용을 훑어보았다. 프랜시와 로웰은 고향 테네시주에서 만났고, 졸업 후에는 로웰을 따라 녹스빌로 이주했으며, 로웰이 거기서 건축을 공부하고 프랜시는 사진 강의를 들은 다음 가족사진을 찍는 사진관에서 보조 사진사로 일했다고 한다. 남는 시간에 부업으로 반려묘 사진을 찍었다고도 써놓았다.

−우리는 1년 전 뉴욕으로 이사 왔어요. 다른 엄마분들도 너무너무 만나고 싶어요!

프랜시의 회원 정보를 닫고 재빨리 회원 목록의 이름을 훑었다. 그리고 내용을 읽으면서 이 여자들에 대해 자신이 아는 게 참 적다는 사실에 깜짝 놀랐다. 유코는 아들을 낳기 전 주 대법원 판사의 서기로 일했다. 젬마는 넬처럼 로드아일랜드 출신이었다. 젬마가 다니던 고등학교는 넬의 라이벌 학교였다.

그때, 휴대폰이 울리는 소리에 깜짝 놀라 넬은 사이트를 닫았다.

"안녕하세요. 넬 맥키입니다."

수화기 너머에서 무거운 숨소리가 들려왔다.

"여보세요? 누구신가요?"

"넬, 나예요."

넬이 책상에서 몸을 뗐다.

"콜레트?"

하지만 수화기 너머에서는 침묵만이 흘렀다. 이윽고 넬은 콜레트가 우는 소리를 들었다.

"콜레트, 왜 그래요? 괜찮아요?"

콜레트가 속삭였다.

"나 지금 시장님 사무실의 복사실에 있어요. 밖에 누가 있는 것 같아서요."

"무슨 말이에요? 괜찮아요?"

"아뇨."

콜레트는 잠시 침묵하다 다시 말했다.

"나 지금 경찰 파일을 보고 있었어요. 그러다가 뭘 봤는데요."

"뭐라고요? 콜레트, 뭘 봤는데요?"

"시체를 찾았대요."

* * *

프랜시는 엑토르프 소파의 천 쿠션을 매만진 다음 미로 같은 이케아 안을 계속 걷다가 멈춰 서서 하얀색 인조 가죽 흔들의자에 붙은 가격표를 보았다. 윌의 엉덩이를 톡톡 치며 다른 손으로는 손에 쥔 휴대폰을 계속 확인했다. 오늘 콜레트가 시장과 회의를 한다. 파일 안을 살펴보고 혹시 아치 앤더슨에 대한 정보가 있는지 봐주겠다고 했다. 어제 경찰서를 방문했으니, 프랜시는 경찰이 뭔가 놓치고 있다는 걸 마크 호이트가 깨달았기를 바라고 있었다. 경찰들이 아치 앤더슨의 행방을 추적하고 지금쯤 그를 잡아다 심문하고 있어야 할 텐데.

그녀는 침실 가구 전시 코너를 여기저기 돌아다녔다. 지난 2주간

이케아에 온 게 벌써 다섯 번째다. 로웰은 결국 거실에 창문형 에어컨을 달았다. 맘동네에서 추천한 제품 중에서 중고를 골랐다. 하지만 그 에어컨은 고물이라서 더럽고 미지근한 바람을 내뿜었다. 계속 푹푹 쪄대는 열기에서 좀 벗어나기를 애타게 바랐건만, 지금은 에어컨을 켜는 것도 짜증이 났다. 에어컨에서 독성 물질이 나오는지 누가 알겠는가? 어떻게든 상황을 타개해보고자 더위를 피해 도서관도 가보고, 음악 수업도 참여하다가 이케아까지 왔다. 윌이 이케아를 좋아하는 것 같았다. 어쩌면 눈부시게 환한 형광등 빛이 좋아서일 수도 있고, 환하고 거대한 자궁처럼 널찍한 동굴 속에 들어온 느낌이라 그럴지도 모른다. 어쨌든 이곳에 오면 아기가 얌전해졌기 때문에 적어도 40분은 그럭저럭 조용하게 있으면서 생각을 정리하고 머릿속을 조금이나마 명료하게 유지할 수 있었다.

베개 전시 코너에 들어서자 윌이 보채기 시작해서 프랜시는 걸음을 재촉해 카페로 갔다. 카페에서는 미트볼 냄새가 확 끼쳐왔다. 프랜시는 창가 쪽 의자를 빼 앉고 가방에서 물병과 분유 팩을 꺼냈다. 병에 분유를 붓고 흔들던 프랜시는 옆에 유모차를 둔 젊은 엄마 하나가 분홍색 연어를 포크로 찍어 입에 넣으면서 프랜시 앞에 있는 '앙팡밀' 분유 팩을 뚫어져라 쳐다보고 있는 걸 눈치챘다.

프랜시는 시선을 떨구었다. 여자의 시선을 애써 무시하며 윌의 입에 우유병 꼭지를 물리자 수치심과 민망함이 확 몰려들었다. 자기도 모유가 더 좋다는 걸 안다고, 하지만 젖이 나오지 않아 어쩔 수 없다고, 몸이 따라주질 않는다고 저 엄마에게 가서 말해줄 용기가 있으면 얼마나 좋을까.

월이 젖병을 다 비웠을 즈음 휴대폰이 울렸다. 콜레트였다. 프랜시는 일말의 안도감을 느꼈다.

"오, 세상에. 얼마나 전화를 기다렸는지 몰라요."

"알아요. 미안해요."

"그럼, 뭘 좀 알아냈어요?"

"아무것도 없어요."

"아무것도 없다고요? 정말이에요?"

"프랜시, 들어봐요. 이런 식으로 문자 보내는 거 그만해요. 내가 한 짓을 누가 알기라도 하면 얼마나 곤란해질지 말도 못 할 정도라고요."

"알아요. 미안해요. 하지만 이해가 안 가네요. 서류 봤어요?"

"네."

"그런데?"

"아치라는 사람 얘기는 없어요."

프랜시는 짜증 섞인 한숨을 길게 내쉬었다.

"없다고요? 어떻게 그럴 수가 있죠? 마크 호이트는 본인이 맡은 일에 그토록 관심이 없는 건가요? 정말 아치를 찾아서 조사할 계획이 아니라고요?"

"계획이 없다는 뜻은 아니에요. 그냥 서류에 그런 말이 없었다고요. 이 서류가 전부는 아니니까. 제길. 프랜시, 나 가봐야……."

"알았어요, 아, 잠깐만요. 위니가 바에서 이야기했던 남자는요? 그 사람 이야기는 없었나요?"

"서류에 새로운 내용은 없어요. 아무것도. 소식 없어요."

프랜시의 뒤편에서 목소리가 들렸다.

"끊을게요."

콜레트는 이 말을 남기고 전화를 끊었다.

월이 분유를 마지막까지 다 마시는 동안 프랜시의 눈가에 눈물이 고였다. 자리에서 일어서니 현기증이 났다. 오늘 아침에는 기분이 너무 좋지 않아 아무것도 못 먹었다. 뭔가 먹을 걸 주문할까 고민했지만, 음식 생각만 해도 속이 뒤집혔다. 프랜시는 카페를 나와 출구로 가려다가 이 길이 아니라는 걸 깨달았다. 그래서 다시 돌아서려는데 앞에 펼쳐진 격자형 공간이 너무 정신없어서 출구가 어딘지 알 수 없었다. 월이 울기 시작하자 프랜시는 재빨리 카펫 전시 공간을 빠져나왔는데 통로를 유모차로 가로막고 있던 어떤 여자 때문에 길이 막혔다. 여자는 너무 천천히 걷고 있었다.

"실례할게요."

프랜시는 서둘러 여자 옆을 지나치려다가 그녀의 얼굴을 보고 걸음을 멈췄다.

"스칼릿?"

스칼릿은 당황한 표정으로 프랜시를 바라보았다. 프랜시는 순간 너무 어색해졌다. 자신을 못 알아보는 것 같았다.

"나예요, 프랜시."

스칼릿이 민망하게 웃음을 뱉었다.

"어머, 그래요. 미안해요. 요즘 머리가 잠깐 안 돌아갈 때가 있어요. 예전에는 임신해서 그랬다 쳤지만, 지금은 그런 말도 통하지 않을 때가 되었겠죠."

스칼릿이 유모차에서 몸을 꿈틀대는 윌을 슬쩍 바라보았다. 윌은 점점 더 크게 울고 있었다.

"가슴 부은 건 좀 어때요? 감자 붙이니 효과가 있던가요?"

"네."

프랜시가 거짓말을 했다. 지금은 그 어떤 충고도 듣고 싶지 않았다.

"그렇다니 정말 다행이에요. 카페인은 끊었죠?"

프랜시는 주저했다.

"네, 끊었어요. 안 마신 지 일주일 됐네요. 그간 어떻게 지냈어요?"

"피곤해요. 아기 보랴, 이사 준비하랴, 내 시간이 하나도 없네요."

스칼릿이 유모차 위에 걸쳐둔 담요 아래를 슬쩍 보더니 목소리를 낮추었다.

"애가 두 시간째 자고 있어요. 참 다행이에요."

"두 시간이라고요? 윌은 낮잠을 두 시간이나 자본 적이 없는데."

그러자 스칼릿이 미간을 찌푸렸다.

"없다고요? 재우기 전에 젖을 충분히 먹인 거 맞아요?"

"네, 그런 것 같은데요."

프랜시의 말에 스칼릿은 고개를 끄덕였다. 스칼릿의 표정이 어쩐지 새침하게 으쓱거리고 있다는 걸, 프랜시는 눈치채지 않을 수가 없었다.

"이제까지 난 애 키우면서 운이 좋았네요. 잠은 참 잘 자거든요."

프랜시는 고개를 끄덕이고는 애써 화제를 돌리려 했다.

"여기에는 새 집에 놓을 물건 사러 왔어요?"

"네."

스칼릿이 근처에 있는 카펫의 섬유를 손가락으로 쓸며 말했다.

"우리 남편은 여기 물건이 다 싸구려라고 이야기하기는 해요. 그이 말이 옳아요. 그래서 진짜 쓸 물건은 시내 다른 데서 사야 할까 봐요."

윌이 더 크게 울기 시작해서 프랜시는 아기를 얼렀다.

"프랜시는 어떻게 지냈나요? 모두 참 보고 싶네요."

"나도 그래요. 마이더스가 그렇게 된 뒤로 너무 힘들어서……."

프랜시의 목소리가 갈라져 나왔다. 스칼릿이 눈을 감았다.

"생각만 해도 속이 뒤틀려요. 위니가 이 시기를 어떻게 견뎌낼지 상상이 안 가네요."

"그러게요."

참으려 했지만, 프랜시의 눈에서 눈물이 터지고야 말았다.

"솔직히 말하면 난 지금도 좀 마음이 진정이 안 돼요. 우리 애는 밤에 자주 깨서 너무 힘들어요. 로웰이 잘 자야 하는데 우리 아파트는 너무 좁고요."

프랜시는 잠시 웃고서 말을 이었다.

"교외에 있는 방 네 개짜리 저택보다는 확실히 작죠. 그런데 겨우 애를 재우고 나서도, 마이더스 생각에 잠이 오질 않아요. 그날 무슨 일이 있었는지 납득할 만한 설명이 있어야 하는 거 아닌가요? 그 안에 어떻게 들어갔는지, 대체 누가 무슨 이유로 아기를 데려갔는지 말이에요."

프랜시는 여기서 멈추어야 한다는 걸 알았지만, 말이 제어가 되질 않았다.

"경찰이 일을 진짜 엉망으로 한다고 생각 안 해요? 특히 호이트 형사, 그 사람은 지금 뭘 하고 있는지 본인도 모르고 있는 것 같아요. 나는 마이더스가 죽었다고 믿지 않을래요. 콜레트가 방금 전화했어요. 우리는 이 사건의 전말을 알아내려고 가능한 한 모든 걸 다하고 있거든요."

스칼릿에게 말하고 싶었다. 콜레트는 아치 앤더슨을 찾아낼 수 있는 마지막 희망이었다. 프랜시는 아치 앤더슨이 있는 곳을 알아내려고 인터넷을 있는 대로 뒤졌다. 혹시 교도소에 수감된 적이 있나, 아직도 뉴욕에 사나, 혹시 그날 밤 위니의 집 근처 어딘가에 있지는 않았을까. 프랜시가 기저귀 가방에서 물티슈를 꺼내 코를 풀었다.

"게다가 제대로 먹지 못한 것도 같네요. 나랑 뭐라도 좀 먹을래요? 아니면 커피라도? 난 지금 누군가랑 같이 있고 싶은데……."

하지만 프랜시가 스칼릿을 다시 바라보자, 창피함이 온몸에 확 퍼졌다. 스칼릿이 겁에 질린 표정으로 자신을 바라보고 있는 게 아닌가. 프랜시는 민망해서 바닥을 슬쩍 내려다보았다. 꼴이 이게 뭐야! 이케아 한가운데 서서, 빨래바구니에서 건져 입은 얼룩지고 구겨진 윗도리 차림에, 머리는 산발한 채로 카펫 코너에서 히스테리나 부리고 있다니.

"미안해요. 부담 주려던 건 아니고……."

프랜시의 말에 스칼릿이 대답했다.

"괜찮아요. 나도 커피를 마시고는 싶은데요."

스칼릿이 힘없이 미소를 지었다. 그녀의 눈에는 안쓰러움이 서려 있었다.

"한 시간 있다 이삿짐센터 사람이 견적을 내러 오기로 해서요."

"그럼 가봐야죠. 알았어요."

스칼릿은 이제 프랜시에게서 물러서며 말했다.

"이번 주에 점심 같이할까요? 공원에서 보면 어때요? 우리는 브루클린이랑 이사 갈 집을 며칠 더 오고갈 거니까요. 내가 메일 보낼게요."

프랜시는 작별인사를 하고 반대 방향으로 갔다.

원래 사려고 했던 분홍색 종이냅킨 묶음을 플라스틱 샐러드 집게가 가득 든 통에 던져버렸다. 겨우 찾아낸 계산대 줄에는 기다란 마분지 상자를 잔뜩 얹은 무거운 카트가 가득했다. 프랜시는 그 사이를 요리조리 힘겹게 빠져나와 열기가 오르는 보도블록 위에 섰다가 건너편 정류장에서 시동을 거는 버스를 발견하고 뛰어갔다.

프랜시는 뒷좌석에 앉아 창문에 머리를 기대고서 애써 수치심을 가라앉혔다. 대체 지금 무슨 짓을 한 거지. 스칼릿은 참 단정하고 자신감 넘치는 모습이었다. 웨스트체스터에 집도 있지 않은가. 가구를 새로 살 수도 있고. 키우기 수월한 아이가 있는 엄마이자 누가 봐도 완벽한 삶을 사는 사람이다. 그런데 자신은 어떤가. 통제가 안 되는 아기를 데리고 이케아에서 훌쩍거리고 울지를 않나, 남편이란 사람은 거실에 에어컨 하나 놓자는 것도, 바퀴에 브레이크 달린 유모차 하나 사자는 것도 안 된다 하질 않나. 지금 쓰는 유모차

는 남편의 고모님이 사주신 것인데 이틀 전에 고장이 났다. 프랜시
는 자꾸만 안 좋은 생각에 사로잡혔다. 이러다 월이 타고 있는 유모
차를 놓쳐버리면 어떡하나. 언덕을 따라 달려 내려가는 유모차가
너무 빨라 잡을 수 없게 될지도 모르잖아. 결국 찻길로 돌진하면 어
쩌나. 그래서 어제 오후 사무실에 있던 로웰이 프랜시가 잘 있나 전
화했을 때, 공포에 사로잡혀버린 프랜시는 오는 길에 타깃 마트에
가서 당장 새 유모차를 사 오라고 요구했다. 남편은 거절했다.

버스가 덜컹대는 느낌에 월이 울음을 멈추었다. 프랜시는 가방
을 뒤져 아침에 샀던 미지근한 다이어트 콜라를 꺼내 전부 마셨다.
어쩌면 어젯밤 로웰이 한 제안을 따라야 하는 걸까. 부부는 월을 사
이에 두고 침대에 누웠었다. 그때, 로웰이 프랜시에게 정신과 상담
을 받아보라고 말했다.

"우리 엄마가 그렇게 말하더라고. 어제 전화드렸거든. 당신이 그
토록 불안해하고 지금 엄청 우는 데는 다 이유가 있을 거라면서."

하지만 프랜시는 대꾸했다.

"난 약 같은 거 필요 없어. 마이더스를 찾으면 될 일이야. 아기가
엄마한테 돌아가도록 돕고 싶은 마음밖에 없다고."

비어 있던 옆자리에 어떤 남자가 앉았다. 프랜시가 창가로 바짝
다가갔다. 더 이상 아무것도 생각하고 싶지 않았다. 로웰도, 스칼릿
도, 자신에 대한 시어머니의 판단도. 프랜시는 가방에서 휴대폰을
꺼내 날씨를 확인했다. 앞으로 며칠간은 35도를 훌쩍 넘을 거란 예
보가 나왔다. 그러다 페이스북까지 손이 갔다. 페이지 맨 위의 게시
물이 눈길을 끌었다. 사진첩을 보라는 초대장이었다. 유코가 졸리

라마 모임을 찍어놓고 '오랜만의 외출'이라는 제목으로 페이스북 앨범을 만들었다. 그걸 차마 열어볼 배짱은 아직도 없었지만, 결국 사진첩을 클릭했다. 이 사진을 보면 적어도 다른 생각은 늘지 않을 테니까. 저마다 사람들이 올려놓은 사진을 쭉 내려보았다. 유코와 젬마가 졸리 라마의 테라스 레일에 서 있는 사진, 넬과 콜레트가 잔을 부딪치는 사진이 있었다. 프랜시는 위니의 사진을 보고 너무 놀라 숨을 멈췄다. 포니테일로 머리를 묶은 위니가 테이블에 앉아 턱을 괸 모습이었다. 위니의 사진이 몇 장 더 나왔다. 지는 태양을 배경으로 앉아 저 멀리 어딘가를 응시하는 사진, 물을 마시며 꿈꾸는 듯 이상한 표정으로 군중을 지켜보는 사진도 있었다.

그때 프랜시의 눈에 무언가가 들어왔다. 사진 저 뒤편에서 무언가가 붉게 번뜩였다.

손가락으로 사진을 확대해보았다. 레드삭스 야구모자였다.

심장이 귓가에서 윙윙대며 고동쳤다. 위니에게 말을 걸었던 남자다. 사진 속 남자는 혼자 서서 맥주를 홀짝이며 이쪽 테이블을 바라보고 있었다. 다른 사진에도 찍혔다. 이번에는 뒤에 찍힌 그의 얼굴이 선명하게 나왔다. 남자는 이제 그냥 서 있는 게 아니라, 엄마들을 지그시 바라보고 있었다. 위니를 똑바로 바라보는 것 같았다.

"내릴게요."

15분 뒤 버스가 내려야 할 역에 정차하자, 프랜시는 옆자리 남자에게 다급히 말하고 버스에서 내려 집으로 향했다. 지금 그녀는 기대감에 부풀어 있었다. 아파트 현관문은 아귀가 맞지 않아 살짝 열려 있었다. 로웰에게 맞지 않는 경첩을 고쳐달라고 적어도 네 번은 요청했는데. 집은 안전하지 않다. 안에 들어서자 좁은 현관 로비 안 기우뚱한 나무 탁자 위에 우편물이 쌓여 있었다. 신용카드 명세서와 더불어 커다란 봉투가 보였다. 굵은 초록색 글씨체로 자신의 이름이 적혀 있었다. 프랜시는 신용카드 명세서를 기저귀 가방에 넣었다. 로웰이 리모델링 일을 따내지 못하게 되었다는 사실을 알기 전 아동복 쇼핑몰 카터스에서 주문했던 아기 옷값 백 달러를 어떻게든 갚을 방법을 찾아내야 한다. 다른 봉투는 무시했다. 슬쩍 보니 엄마의 글씨체 같아서였다. 지금은 뜯고 싶지 않았다. 아마도 엄마가 보내고 싶어 하던 지긋지긋한 세례복이겠지. 아파트 계단 세 개를 급히 뛰어오른 프랜시는 오늘 아침에 출력한 요리법 아래 놓아둔 노트북을 찾았다. 그리고 윌의 흔들의자를 발끝으로 밀면서, 페이스북에 접속한 다음 유코가 만든 앨범을 열었다.

이거다.

그 남자였다. 위니와 이야기하던 사람이 틀림없었다. 그리고 분명히 엄마들 쪽을 보고 있었다. 사진 앨범으로 돌아가서 사진을 샅샅이 살피며, 혹시 또 배경에 그 남자가 찍힌 사진이 있는지 찾았다. 그러자 어쩔 수 없이 위니의 사진을 다시 볼 수밖에 없었다. 위니의 눈빛이 어딘가 멍했다. 휴대폰을 내려다보는 사진에서도 역시 그 눈빛이었다. 정말 이상했지만, 프랜시는 지금 새로 알게 된 좋은 소식에 애써 집중하려 했다.

이제 새로운 계획이 생겼으니까.

제14장

8일째

수신: 5월맘님

발신: 맘동네 친구

날짜: 7월 12일

제목: 오늘의 조언

생후 59일 우리 아기,

아직 살을 몇 킬로그램 더 뺄 기회가 있답니다. 임신하고 찐 살 때문에 낙담하지 마세요. 훌훌 털고 일어나세요! 유모차를 잡고 공원을 활기찬 걸음으로 산책해보세요(다른 엄마들과 함께할 수 있다면 더 좋죠). 간식은 채소와 과일로 하시고요. 먹을 때는 음식을 천천히 씹으세요. 탄수화물은 되도록 멀리하세요. 그러면 머지않아 옛날에 입었던 청바지 지퍼를 가뿐하게 올리게 될 거예요.

콜레트가 주방 조리대에 앉았다. 찰리의 손이 부어오른 가슴에 닿자 콜레트가 남편을 슬쩍 밀었다.

"찰리, 그만해. 지금은 안 돼. 나 일하러 가야 하는 거 알잖아."

"응, 알지. 하지만 아기가 방금 유모차에서 잠들었잖아. 어제는 또 늦게까지 일했으면서. 그러니 규정상 15분 정도는 커피 마실 시간을 가져도 괜찮아."

찰리가 이렇게 속삭이며 콜레트의 배 쪽으로 손을 내렸다. 그의 손길이 면 파자마 단추를 풀고 속으로 들어가 허벅지 안쪽을 꼭 쥐었다.

"자꾸 이러면 나, 시장님의 비밀 직원이 노동법을 위반하며 일한다고 신고할 거야."

콜레트가 그의 손길에서 벗어나려 몸을 꿈틀댔다.

"찰리, 제발 그만해. 나 곧 있으면 나가야 해. 이 부분 끝내야 한다고."

그러자 찰리가 한숨을 쉬면서 일어섰다.

"자기야, 자기 때문에 죽겠어. 벌써 석 달이나 됐잖아."

"나도 알아."

"우리 예전으로 돌아가야지."

콜레트가 짜증을 애써 감추며 의자에 앉은 채로 천천히 몸을 돌리고 그를 바라보았다.

"찰리, 나도 알아. 하지만 시간도 없는 지금 꼭 그래야겠어? 나 일하고 있잖아. 자기가 글 쓸 때 내가 작업실로 들어가서 당신을 유혹하려던 적 있어?"

그러자 그는 웃었다.

"자기야, 그거 알아? 내가 글 쓸 때 작업실에 들어와서 날 유혹하고 싶은 마음이 정말 조금이라도 있으면 꼭 그렇게 해줘. 낭상. 내가 편집자랑 전화하고 있어도 좋아. 부모님이 와 계셔도 괜찮아. 심지어 내가 교황님과 회의를 주재하고 있더라도 난 괜찮아. 자기가 유혹만 해준다면 당장 회의를 멈추고 그 자리에서 바로 완전히 황홀한 경험을 하게 해줄게."

콜레트는 미소를 지었다.

"고마워. 좋은 정보네."

찰리가 작업실 쪽으로 고갯짓을 하며 말했다.

"한번 해볼래? 거짓말인지 아닌지?"

"교황님이라도 와 계셔?"

"아니."

"그럼 별로 안 내키네."

그러자 그가 한숨을 쉬었다. 콜레트가 다리를 뻗어 발가락을 남편의 발 위에 얹었다.

"미안해. 이거 다 마쳐야 해. 나 지금 '갔다'라는 말을 대신할 다른 말이 뭐가 있을까 사전 찾아보던 중이었는데, 잘 안 찾아져."

찰리는 발을 움츠리고 냉장고로 걸어가서 아까 콜레트가 준비해둔 모유 병을 꺼냈다.

"지금 나가게?"

"응. 우리 달릴 거야."

"돌아와서 내가 애를 볼게. 회의는 금방 끝날 거야."

콜레트의 말에 찰리가 고개를 끄덕였다.

"노란색 차양 모자 가져가. 다른 건 포피한테 너무 크더라."

찰리가 가방에서 모자를 꺼내 조리대에 놓았다.

"응, 나도 알아."

"선크림은 있어?"

"응."

"오늘은 어제보다 훨씬 더 덥대."

"응, 나도 내 딸 돌보는 법은 안다고."

찰리가 콜레트에게 등을 돌리고 냉장고를 열었다.

"나한테 화났어?"

찰리는 그녀를 바라보며 한숨을 쉬었다.

"응, 콜레트. 진짜 지친다고."

"그럼 나랑 헤어질 거야?"

그러자 그는 어쩔 수 없이 키득키득 웃었다.

"응, 콜레트. 그러려고."

"그럼 나한테 에스프레소 머신 줄 거야?"

찰리가 냉장고를 닫고 콜레트에게 다가왔다.

"아니."

"그러면 프렌치 프레스라도 줄래?"

"내 변호사한테 문의해."

"날 사랑해?"

"당연하지. 아주 많이 사랑해. 하지만 당신 고집 진짜 세다."

찰리가 몸을 숙여 콜레트의 이마에 키스했다.

"그럼 이따 봐."

콜레트는 새로 커피를 한 잔 따른 다음 잔을 들고 창가로 가서 거리를 내려다보았다. 메스꺼운 피로감이 온몸에 쫙 퍼졌다. 어젯밤 밤새 베란다 흔들의자에 앉은 채로 포피에게 젖을 물리면서 쪽잠을 잤다. 아기 침대에서 아기를 재워야 한다는 걸, 그리고 전문가가 조언하는 대로 자신은 어떻게든 혼자 자는 데 익숙해져야 한다는 걸 그녀도 알고 있었다. 아기가 깨서 울 때도 있을 거고 그래도 내버려둘 줄 알아야 하건만, 차마 그럴 수가 없었다. 본능이 자꾸만 아기와 함께 있으라고, 품에 포피를 안으라고 자신을 몰아갔다. 그게 아기가 바라는 거라면 밤새 엄마 품에 안겨 있게 하라고 말이다.

소아과 의사는 좋은 말을 해주지 않았다.

"얘는 발달이 더디네요. 그건 분명해요. 상체 근육이 약해요. 오른쪽 부분이 좀 더 그렇고요. 그리고 아기가 목을 가누는 모습이 좀 걱정되네요."

"무슨 말씀이시죠?"

콜레트가 포피를 가슴에 꼭 안은 채 물었다.

"아직 너무 초기 단계라 뭐라 말할 수는 없어요. 지금 할 수 있는 건 지켜보는 것뿐입니다. 그러니 석 달 뒤에 오세요."

"석 달이라고요? 왜 그렇게 오래 있다 와야 해요? 그 전에 할 수 있는 건 없나요?"

"이 나이 때는 없어요. 우리는 그냥 지켜볼 수 있을 뿐입니다. 아이들은 이 정도는 금방 뛰어넘고 클 수 있거든요."

찰리가 아래 보도에 나타났다. 콜레트는 남편이 이어폰을 끼고

서 유모차를 밀며 공원 입구 쪽으로 천천히 달리기 시작하는 모습을 바라보았다. 찰리는 진료 결과를 듣고 콜레트가 예상했던 대로 아주 차분하게 반응했다.

"알았어. 그러면 석 달 뒤에 데려가는 거로 해. 석 달 뒤에 우리가 걱정할 일이 생겼다고 하면, 그때부터 걱정하면 되는 거야."

찰리가 초록 불이 되기를 기다리지도 않고서 거리를 건너려 할 때, 차 한 대가 그쪽으로 질주하는 걸 보고 콜레트는 숨을 헉 들이켰다. 다행히 찰리가 다시 인도로 물러서며 운전자에게 소리를 쳤다. 이윽고 남편이 달려서 길을 건너 돌벽 모퉁이에서 옆으로 방향을 틀자, 그녀는 커튼을 닫고서 커피를 탁자에 놓은 다음 소파 앞 바닥에 무릎을 꿇고 서류철을 찾으려 아래로 손을 넣었다. 봉투 안에 담겨 있는 USB가 만져졌다.

가방 안쪽 지퍼 주머니에 그걸 넣고 잠근 뒤 샤워기 아래에 한참을 서 있으면서 물을 아주 차갑게 틀었다. 그러면 정신이 좀 맑아지고 몸이 깨어날까 싶어서였다. 어제부터 자신을 자꾸 갉아먹어온 생각을 싹 없애버리고 싶었다. 시체를 찾았다는 그 소식 말이다.

서류철 속에 정보는 거의 없다시피 했다. 서류 위에 호이트의 손글씨가 적힌 간단한 메모 한 장이 있었을 뿐이다.

어젯밤 오후 7시경 시체 발견. 실험실로 보냈고, 내일 12시경 신원이 파악될 예정. 가능한 한 빨리 추가 정보 보고 예정.

차가운 물줄기 아래에서 눈을 감고 어젯밤 꾸었던 꿈을 떠올렸다. 위니가 벌판에 서 있었다. 생기가 없어진 마이더스의 시체를 내려다보며. 콜레트가 곁으로 다가가 위니의 팔을 잡았지만, 위니가 고개를 돌리자 콜레트는 자기 생각이 틀렸다는 걸 알았다. 마이더스를 보며 서 있던 건 위니가 아니었다. 바로 프랜시였다.

샤워기를 끄고 서둘러 옷을 입었다. 그리고 한 시간 후 시청 4층에 도착했을 때, 앨리슨은 자리를 비우고 없었다. 입구에서 몇 분 기다리다가 이윽고 테브의 사무실 문 앞을 서성이며 안을 들여다보자 사무실도 마찬가지로 비어 있었다. 그 안으로 들어간 콜레트가 카펫을 조용히 밟으며 천천히 진열대로 다가갔다. 핸드백 속 작은 주머니를 뒤져서 USB를 꺼내 의자가 줄지어 늘어선 바닥에 놓아두려는 순간, 테브의 책상 뒤에서 앨리슨이 벌떡 일어섰다.

"안녕하세요."

"깜짝이야."

콜레트는 USB를 주먹으로 꼭 쥐었다.

"간 떨어질 뻔했네요."

"정말 미안해요. 어휴, 이러고 있었더니 좀 어지럽네요."

앨리슨이 이렇게 말하면서 다리를 펴고 배에 손을 얹었다.

"여기서 뭐 하고 계셨어요?"

콜레트가 묻자, 앨리슨이 한숨을 쉬었다.

"있죠, 혹시 여기서 일하고 계실 때 누가 이 안에 들어와서 시장님 책상에서 뭘 가져간 적이 있었나요?"

콜레트는 목에 낀 가래를 삼켰다.

"뭘 가져갔다고요? 아뇨. 그런 기억은 없는데요."

그러자 앨리슨이 입술을 깨물었다.

"쯧."

"무슨 일인데요?"

"아, 아무것도 아니에요. 시장님 보시라고 여기에 놓아둔 게 있는데, 못 찾으셨대요. 그래서 나한테 화나셨거든요."

콜레트가 USB를 더욱 꽉 쥐면서 말했다.

"내가 찾는 거 도와드릴게요. 그게 뭐예요?"

하지만 앨리슨은 고개를 흔들며 손을 휘휘 내저었다.

"무슨 말씀이세요. 사고는 제가 친 건데. 걱정해주시는 건 고맙지만……."

앨리슨이 눈살을 찌푸렸다.

"죄송하지만 잠시 나가 계시겠어요? 시장님이 안 계실 때는 안에 누굴 들이지 말라는 명령을 받아서요. 물론 콜레트는 괜찮겠지만, 그래도 또 말을 듣고 싶지는 않네요. 그러니……."

"그럼요. 걱정하지 마세요. 기꺼이 나가 있을게요."

콜레트가 앨리슨을 따라 시장실 밖으로 나갔다. 소파 뒤 커다란 서향 창문으로 시청 공원이 내려다보였다. 아래를 보니 어떤 젊은 남자가 연단을 설치하는 모습이 보였다. 옆에 있는 다른 사람은 시청 문장이 찍힌 두꺼운 종이를 들고서 지루한 표정으로 서 있었다. 가죽 소파에 자리 잡고 앉은 콜레트가 가방 속에 USB를 넣자마자, 앨리슨이 다시 나타났다. 손에는 커다란 황색 봉투를 쥐고 있었다.

"이게 당신 앞으로 왔어요."

콜레트는 두꺼운 초록색 글씨로 봉투 앞에 쓰인 자신의 이름을 보았다. 시청 주소로 온 봉투였다. 순간 가슴이 내려앉았다. 대체 누가 시장의 사무실로 자신에게 편지를 보낸단 말인가? 그녀가 여기 온다는 건 아무도 알아서는 안 되는 일인데.

"언제 왔나요?"

"어제 늦게요."

콜레트가 봉투를 받아 가방 속에 넣었다.

"고마워요."

그녀가 표정을 침착하게 유지한 채 앨리슨을 바라보았다.

"별말씀을요. 오늘은 오래 기다리시지 않았으면 좋겠네요. 솔직히 그럴 것 같지는 않지만요."

앨리슨이 고갯짓으로 두 명의 젊은이가 연단을 세우는 광경을 가리켰다.

"좀 이상한 일이 일어나고 있어서요."

앨리슨이 다시 자리로 돌아갔다. 콜레트도 다시 자리에 앉았지만 방금 받은 봉투 때문에 마음이 어지러웠다. 어쩐지 지금은 열어 보면 안 된다는 생각이 들었다. 사람들이 다 있는 여기서는 안 돼.

그 후로 30분 동안 콜레트는 탁자 위에 놓인 ≪뉴요커≫의 지난 호를 넘겨대기만 했다. 그러다 마침내 사람들이 복도를 지나 이쪽으로 오는 소리가 들렸다. 애런이 어떤 여자와 함께 시장실 앞 대기실로 들어왔다. 여자는 진한 회색 정장을 입고 허리에 권총을 차고 있었다. 어디서 본 적 있는 얼굴이었다.

"그럼 나중에 뵙겠습니다."

여자가 앨리슨에게 말하는 목소리를 듣고 마침내 깨달았다.

USB 속 영상에서 위니를 인터뷰했던 형사였다. 형사가 엘리베이터 안으로 사라지는 동시에 애런이 콜레트에게 다가왔다. 한 손에는 휴대폰을, 다른 손에는 서류가 가득 든 두꺼운 서류철을 든 채였다. 그녀는 일어섰지만, 애런은 다시 앉으라고 손짓했다.

"아직 아니에요. 미안합니다. 일이 하나 터져서 시장님이 사과 성명을 내야 해요. 10분만 더 기다려주십시오."

"그럼 나중에 시간이 날 때 다시 올까요?"

"아뇨, 곧 회의할 수 있도록 최선을 다하고 있습니다."

애런이 이렇게 말하며 콜레트의 어깨 너머로 시장실 문밖에 서 있는 시장의 언론 비서관 조앤 라미레스를 바라보고 고개를 끄덕였다.

"10분만 더."

애런이 콜레트의 어깨를 짚으며 돌아서려다 그만 팔 아래로 서류철을 떨어뜨리고 말았다. 서류가 그녀의 발밑으로 흩어졌고 콜레트는 몸을 수그리고 팔을 의자 아래로 뻗어 서류를 같이 주웠다.

그러다 그만 손이 허공에서 굳어버렸다.

앞에 보이는 종이는 마이더스의 사진이었다. 콜레트는 사진을 들어 찬찬히 보았다. 흰 카펫 위에 누운 것처럼 보이는 마이더스는 회색 줄무늬 우주복을 입은 채로 주먹을 입에 넣고 빨고 있었다.

"콜레트?"

애런이 손을 내밀고 있었다. 콜레트는 일어서서 애런에게 사진을 건넸다.

"고마워요."

애런이 콜레트에게 윙크하고 조앤을 앞장세워 시장실로 들어갔다. 콜레트는 다시 의자에 등을 대고 앉았다. 목과 겨드랑이에서 땀이 솟아나고, 방 안이 빙글빙글 돌았다.

손으로 이마를 짚고서, 고개를 숙이고픈 충동을 억눌렀다. 초등학교 2학년 때, 버스가 덜컹 흔들릴 때마다 운전석 뒷자리에서 멀미로 얼굴이 새파랗게 질려버린 채 토하지 않으려고 애쓰던 꼬마 콜레트에게 운전기사가 가르쳐준 방법이었다. *사체 잔해 발견. 아까 본 사진. 형사. 사람들이 준비하고 있는 기자회견.*

마이더스가 죽었구나.

아니라면 왜 이러겠어?

순간 테브의 목소리가 들려 고개를 들자 시장이 이쪽으로 다가오고 있었다. 콜레트는 일어서서 가방을 몸에 딱 붙였다.

"안 좋은 소식이 있어요, 콜레트. 지금 처리해야 할 문제가 생겼습니다. 정말 미안해요."

테브의 목소리는 심각했다.

"뭔데요?"

콜레트가 물었지만, 때마침 애런이 그들 옆으로 다가섰다. 애런의 휴대폰이 울려대고 있었다. 애런이 정장 안주머니에 손을 넣고 전화를 꺼내 받았다.

"그래요. 알겠어요. 좋아요."

이렇게 말한 애런은 전화를 끊었다.

"고시 국장님이 방금 도착하셨답니다. 올라오고 계신답니다."

애런이 창문 앞에 놓인 연단을 슬쩍 바라보더니 다시 테브에게로 고개를 돌렸다.

"넥타이를 바꾸셔야겠습니다. 좀 더 엄숙한 분위기로요."

테브가 고개를 끄덕이고는 시장실로 돌아섰다. 애런이 말했다.

"미안합니다, 콜레트."

애런이 콜레트를 엘리베이터로 안내해주면서 로비 층 버튼을 눌렀다.

"이런 일이 터질 때마다 참 막막하다는 거 압니다. 하지만 가끔 상황이 통제 불능일 때가 있잖습니까. 이쪽 일이 다 그렇죠."

엘리베이터가 열리자 《뉴욕 포스트》의 엘리엇 폴크가 불쑥 내렸다.

"앨리슨에게 일정을 다시 잡고 연락하라 하겠습니다."

애런이 말했다. 그들 사이로 엘리베이터 문이 닫혔다. 이윽고 다시 문이 열리자, 콜레트는 전속력으로 현관 쪽으로 달려 가장 가까이 있던 택시를 손짓해 잡았다. 뒷좌석에 앉아 차 문을 쾅 닫았다.

"어디로 모실까요?"

택시 기사가 몸을 돌려 콜레트를 빤히 바라보았다.

"브루클린으로요."

콜레트는 여기저기 갈라진 가죽 시트에 스르르 주저앉았다.

"프로스펙트 파크 웨스트가로 가주세요."

콜레트가 앞좌석 뒤에 설치된 승객용 TV를 보고 전원 버튼을 눌렀다. 화면이 깜빡이더니 택시 안에 음악이 크게 울려 퍼졌다. 매트리스 광고 음악이었다. 택시 운전사는 브루클린 다리 입구에 이르자 계속해서 경적을 울려댔다. 콜레트는 화면을 보려고 애썼다. 케이블 TV 요리 방송에서는 아이에게 섬유질을 먹이는 방법을 알려주고 있었다. 운전사는 TV 소리에 묻히지 않도록 라디오 음량을 높였다. 그는 24시간 뉴스 방송을 듣고 있었다.

콜레트는 앞으로 몸을 숙였다.

"마이더스 소식 들으셨어요? 유괴된 애 이야기가 나왔나요?

"그 부잣집 애요?"

"네."

그러자 운전사가 말했다.

"걔 죽었어요. 전 남자친구가 죽였대요."

"그럴 리가요."

콜레트는 목이 꽉 막혀서 말하기가 힘들었다.

"어디서 들으셨어요?"

그러자 기사가 얼굴을 찌푸리며 말했다.

"우리 마누라요. 요전에 이야기해주던데요. 요즘 그 이야기에 미쳐 있거든요."

그때, 콜레트의 휴대폰이 울렸다. 넬이었다.

—꼭 만날 일이 생겼어요. 5시에 볼까요? 더 스폿에서. 일찍 빠져나가려고요. 6시엔 베아트리스를 데리러 가야 해서.

콜레트는 문자를 쳤다.

—나 못 가요. 오늘은 안 돼요.

그러자 넬이 즉시 답장을 보내고 있다는 표시로 점 세 개가 떴다.

—제발 만나줘요. 중요한 일이에요.

콜레트는 휴대폰을 무릎에 내려놓고 출산할 때 가장 고통스럽던 순간, 도우미가 그녀 앞에 무릎을 꿇고서 계속 반복했던 말을 기억했다. *숨 쉬기를 잊지 마세요. 결국 모든 게 호흡하기에 달렸어요.*

-나 지금 심각해요. 꼭 이야기해야겠어요.

10분 뒤 넬이 다시 문자를 보냈다.

-좋아요. 갈게요.

15분 뒤 운전사가 말했다.

"자, 다 왔습니다."

아파트 문을 열고 들어가자, 찰리가 주방에서 샌드위치를 만들고 있었다.

"벌써 온 거야?"

콜레트는 문 옆에 가방을 내려놓고 찰리가 틀어둔 음반을 끄고 TV를 켠 다음 이리저리 채널을 돌렸다.

"뭐 해?"

"시장이 기자회견을 열고 있어. 마이더스 일 때문인가 봐……"

콜레트가 케이블 뉴스 채널을 틀자 테브가 연단에 선 모습이 보였다. 테브는 손을 올려 모여 있던 기자들을 조용히 시켰다.

"뉴욕 북부에 있는 위니 로스의 집에서 약 120미터 떨어진 숲속에서 잔해가 발견되었습니다. 시신이 심하게 타버렸기 때문에 FBI의 도움으로 사체의 신원을 파악했습니다."

"그럴 리가."

찰리가 콜레트의 옆에 서서 그녀의 손을 잡았다.

"그러면 발견된 게 마이더스의……"

"쉿, 조용히."

"우리는 오늘 오후에 시신이 헥터 큄비 씨의 것이라는 답변을 받았습니다. 헥터 큄비 씨는 로스가에서 오랫동안 일했던 사람입니다."

테브는 앞에 있던 메모를 보았다.

"지난 30년간 큄비 씨는 로스 가의 관리인으로 일했으며 브루클린에 있는 위니 로스 씨의 저택도 함께 관리하고 있었습니다. 바로 7월 4일에 마이더스가 유괴된 집 말입니다."

화면에 60대 후반의 남자 사진이 떴다. 회색 머리카락에 회색 수염, 투박한 푸른 눈을 지닌 남자였다.

"큄비 씨의 사망과 마이더스 로스 유괴의 연관성 여부는 아직 알 수 없습니다만, 연관성이 있다고 가정하고 수사를 진행하고 있습니다."

콜레트는 가슴에서 복받치는 슬픔을 느꼈다.

"시신은 어떻게 발견하신 겁니까?"

모여든 기자 중 하나가 물었다.

"FBI와 뉴욕 경찰의 수사관에 따르면 큄비 씨의 시신은……."

테브가 이 대목에서 기침을 했다.

"죄송합니다. 큄비 씨의 시신은 마이더스 로스의 냄새를 추적하던 수색견들이 발견했습니다."

콜레트는 찰리의 손을 놓았다.

"잠시만."

콜레트는 걸어가서 주방 바닥에 있던 가방을 집어 들고 화장실로 가 문을 잠갔다. 그리고 변기에 앉아 황색 봉투를 꺼내 찢었다.

누가 보냈는지는 알 수 없었다. 그 안에는 편지도, 서명도 없었다. 얇은 종이 한 장만이 있을 뿐이었다.

범인 식별용 사진이었다.

사진 속 남자는 10대였다. 수염도 회색이 아니고 눈가에 주름도 없었다. 반항적인 표정으로 카메라를 노려보고 있었다. 가슴께에 들고 있는 명판에는 생년월일과 체포된 장소가 적혀 있었다. 하지만 죄목은 보이지 않았다. 이름도 없었다.

하지만 분명히 그건 토큰, 바로 그였다.

* * *

프랜시는 속이 메스꺼웠지만, 남자를 보고 미소를 지었다. 하지만 남자는 그녀를 지나쳐 바의 끝자리에 앉았다. 프랜시는 한숨을 쉬고서 시간을 다시 확인했다. 오후 3시 32분. 남자는 32분이나 늦은 거다. 어쩌면 거짓말을 했을지도. 어쩌면 안 올지도 몰라.

"화이트와인 한 잔 더 드려요?"

바텐더의 시선에 깜짝 놀란 프랜시는 옷매무새를 당겨 목이 파인 원피스를 정리했다.

"그래야 할 거 같네요."

이렇게 말하고 프랜시는 시어머니 바버라가 몇 분 전에 보낸 문자를 바라보았다. 공원에 깔아둔 돗자리 위에 윌이 배를 대고 엎드린 사진이었다.

-우리는 아주 재미있게 놀고 있단다. 사진 일이 잘되었으면 좋겠구나.

행운을 빌게!

바텐더에게 10달러를 내는데 손이 덜덜 떨렸다. 오늘 아침 로웰과 또 싸웠다. 잠이 깬 남편이 프랜시가 소파에 앉아 울음을 참으며 윌에게 분유를 먹이는 모습을 보았기 때문이었다.

"이번엔 또 무슨 일이야?"

"뭐가?"

"너 얼굴이 말이 아니야."

"나 괜찮아."

"프랜시……."

"정말 아무것도 아니야. 그냥 말하고 싶지 않아서 그래."

프랜시는 자신이 짜증난 이유를 로웰에게 말할 수가 없었다. 어제 마크 호이트에게 전화해서, 졸리 라마에서 위니와 이야기하던 남자의 사진을 찾았다고 알려줬다는 걸 어떻게 말할 수 있을까.

"내가 직접 이걸 알아봐야 하다니 참 실망스럽네요."

프랜시가 호이트에게 말했다. 자신의 목소리가 얼마나 권위적이던지 본인도 놀랄 지경이었다.

"하지만 이렇게 됐네요. 지금 이메일로 사진 보내드릴게요. 혹시 보안이 중요해서 직접 받기를 원하신다면 경찰 한 명을 보내주세요. 그렇게 받기를 원하세요?"

하지만 호이트가 말했다.

"프랜시, 내 말 들어요. 이 일에서 손 떼세요."

"손 떼라고요? 지금 저한테……."

"방금 들으신 그대로입니다, 기븐스 씨. 손 떼요. 뭔가 할 일을 찾아보세요. 아이를 데리고 놀이터에 가도 좋고, 아니면 병원에 가서 상담을 받아보세요. 지금 제정신인지 진찰을 받아봐요. 우리 일 좀 합시다."

"병원에 가라니······."

프랜시의 입에서 실소가 터져 나왔다.

"당신들이 일을 얼마나 망치고 있는지 몰라서 그래요? 갓난아이가 경찰의 도움을 얼마나 바라고 있을지 알고는 있어요? 상담을 받으라고요? 지금 나랑 *장난하세요?* 어쩜 세상에······."

"그럼 안녕히 계십시오, 기븐스 씨."

당연히 로웰에게 이 이야기를 할 수는 없었다. 저기 서서 자신을 미친 사람 보는 듯한 눈빛으로 쳐다보며 조리대에 등을 대고 팔짱을 끼고 있는 남자에게 뭘 바랄까.

"나 네가 걱정되기 시작해, 프랜시."

프랜시는 이제 구역질이 났다. 그 뒤에 자신이 무슨 말을 했던가. 어쩜 그렇게 사람이 무정하고 공감 능력이 없느냐며, 옷을 갈아입는 로웰에게 퍼부어댔더랬다. 공항에 시어머니를 데리러 가기 전에 자신에게 키스하려던 것도 돌아서서 거절하지 않았나. (이틀 전, 로웰이 어머니인 바버라에게 전화해서 테네시주에서 여기까지 멀긴 하지만, 며칠만 와서 프랜시가 아이 키우는 걸 좀 도와달라고 부탁했다. 프랜시에게 먼저 상의도 없이 결정한 일이었다.) 프랜시는 말다툼하기 싫었다. 전에는 거의 싸운 적이 없었는데, 아기가 태어나고 나서부터는 남편이 뭘 해도 짜증만 났다. 자신이 먼저 누그러져 사과해야 한다는 건 안다. 더구나 바버라가 같이 지내면서 거실 소파에서 잘 테니까. 시어머니는 부부가 뭘 할 때마다 유심히 지켜볼 것이고, 그들이 나누는 대화를 모두 엿들을 것이다. 프랜시는 휴대폰을 들고 로웰의 번호를 누르기 시작했다. 그런데 그때, 손이 허리를 감싸 왔다.

몸을 돌려 보자 시리도록 파란색 눈동자와 강인하고 네모진 턱, 그때 봤던 새빨간 레드삭스 야구모자 아래 드리워진 검은 머리카락이 있었다. 보기만 해도 헉 소리가 날 정도로 잘생긴 남자가 프랜시 앞에 실제로 나타났다. 뭐라 인사를 건네기도 전에, 남자는 프랜시를 의자에서 일으켜 세워 허리에 손을 감고 가까이 끌어당겼다. 그러면서 시작된 키스. 이렇게 격정적인 키스를 한 게 정말 오래전 일이라, 프랜시는 그만 로웰 일을 까맣게 잊어버리고 말았다.

* * *

남자는 몸을 떼고 미소를 지었다.

"나랑 만나기로 한 거, 그쪽 맞지?"

"그래, 안녕."

프랜시는 긴장한 탓에 갈라져 나온 자신의 목소리가 마음에 들지 않았다.

그는 프랜시 옆 의자에 털썩 앉더니 손짓으로 바텐더를 불러 맥주 한 잔과 위스키 샷을 주문했다. 하지만 프랜시의 음료는 다시 주문해주지 않았다.

"늦어서 미안. 일이 좀 생겨서."

그는 힘들이지 않고 위스키 잔을 비우더니 맥주를 또 한 모금 마셨다. 프랜시는 자기 몫의 와인 잔을 쥐며 그를 슬쩍 보았다. 자신의 생각이 맞았다. 30대 남자였다. 아치 앤더슨과 또래다. 그는 다시 술을 한 모금 들이켰다. 프랜시는 남자가 잔을 쥐는 모습이나 티셔츠를 뚫고 나올 것처럼 불거진 이두박근을 보았다. 이렇게 보니 졸리 라마에서 지켜보았을 때보다 덩치가 훨씬 컸다.

"자기 스타일 맘에 드네."

그가 손등으로 입가를 훔치며 말했다.

프랜시는 눈썹을 추켜세웠다.

"내 옷이 맘에 든다는 소리야?"

그러자 남자의 시선이 가슴부터 목을 훑고 올라가더니 그녀의 눈과 마주쳤다. 한 시간 전 근처 스타벅스 화장실에서 인조 속눈썹을 붙여 화장한 눈이었다.

"뭐, 그래. 그것도 맘에 들고. 하지만 내 말은 자기가 시간 낭비하지 않아서 좋다는 거지. 여자들은 다들 만나기 전 며칠 동안 이메일만 계속 보내니까."

자신이 이 계획을 얼마나 순식간에 세웠던가. 그 생각에 프랜시는 뿌듯했다. 모두 넬 덕택이었다. 어제 마크 호이트와 접촉하려던 계획이 물거품이 되어버리자 프랜시는 직장에 있던 넬에게 이메일을 보냈다.

―멀리서 찍은 사진이긴 하지만, 그날 밤 위니가 이야기하던 남자 사진을 찾았어요. 혹시 이 사진으로 그 남자에 대한 정보를 알 수 있을까요?

그러자 넬은 7분 만에 답장을 주었다.

-이것밖에 못 찾았네요. 그 사진을 얼굴 인식 앱에 넣어봤어요. 잘생겼네요.

프랜시가 링크를 열자 남자 정보가 바로 나왔다. 그의 사진과 프로필이 '섹스 버디'라는 이성 만남 사이트에 있었다. 남자는 본인 정보를 써놓은 게 거의 없었다. 키와 몸무게, 가슴 큰 여자를 좋아한다는 내용은 있었지만 정작 이름은 없었다. (물론 '독터doktor 데인저'라는 이름이 있었지만 본명일 리 없었다.)

-이걸로 뭘 하려고요?

넬의 물음에 프랜시는 이렇게 답장했다.

-내가 뭘 하겠어요. 혹시나 해서 갖고 있으려고요.

하지만 사실 프랜시는 그 뒤로 두 시간 동안 화장을 하고 셀카를 찍고, 가능한 한 도발적인 모습으로 보이도록 노력하면서 '섹스 버디'에 올릴 프로필을 꾸며냈다. 가짜 지메일 계정으로 메일 세 통을 보냈을 뿐인데 이렇게 남자를 만나게 된 거다. 그 사이트에 사람들이 남긴 글을 쭉 읽자 마음이 무거워졌다. 그러다 갑자기 로웰에게 정말로 고마운 마음이 들었다. 나에겐 남편과 함께하는 삶과 같이 일궈낸 아름다운 가족이 있지 않은가.

남자는 프랜시 쪽으로 몸을 숙였다.

"자기 냄새 진짜 좋네."

"고마워. 근데 난 자기 이름도 모르네."

그가 맥주를 한 모금 더 마셨다.

"이름? 내 이름이 뭐였으면 좋겠는데?"

"뭐였으면 좋겠냐고?"

"그래."

남자의 숨결에서 담배 향이 났다.

"네가 이름 하나 골라줘."

프랜시는 잠시 생각하는 척했다.

"그럼 자기 이름은 아치로 하자."

그러자 남자가 웃었다.

"아치라고? 만화 주인공 이름이잖아?"

프랜시도 웃었다. 실망스러운 마음을 애써 숨겨야 했다. 이 남자
가 그 성범죄자일 리는 없구나. 무슨 오스카상 수상 배우가 아닌 다
음에야, 당사자라면 아무리 우연이라도 자신의 이름을 정확하게
짚어낸 상황에서 이토록 아무렇지 않게 반응할 리 없다.

"아치, 마음에 드네."

"잘됐네."

이렇게 대답해놓고 프랜시는 생각했다. 좋아, 뭐 그렇더라도. 아
치 앤더슨이 아닐지는 모르겠지만, 어쨌든 이 남자가 대답해줄 수
있는 중요한 질문들이 더 있다. 그때 왜 위니에게 접근했으며, 무슨
이야기를 했는지, 그날 위니는 어디로 갔는지 물어야 한다.

"그럼 자기는 베로니카로 해. 여기에 베티*만 있으면 딱이네."

남자는 프랜시 뒤를 잠시 흘끔 보다가 말도 없이 그녀의 손을 획
잡더니 의자에서 일으켜 바 뒤쪽으로 데려갔다. 남자의 발걸음에
맞추느라 프랜시는 안간힘을 써야 했다. 와인이 원피스 위로 쏟아

---

* 베로니카와 베티는 미국 하이틴 코믹스에서 주인공 아치와 삼각관계를 이루는 여주인공들
이다.

졌고, 신고 있는 하이힐 때문에 균형을 잡고 걷기도 힘들었다. 두 사람은 지린내가 나는 좁고 어두운 복도를 지나 뒤편 빈방으로 들어갔다. 한쪽에 당구대가 있고 다른 쪽에는 쿠션이 꺼진 소파가 있었다.

남자가 프랜시를 소파로 데려가서는 자기 쪽으로 끌어당겼다. 그의 입술이 프랜시의 귀에 닿았다.

"여기 뒤에서는 우리 둘만 있을 수 있지."

이렇게 중얼댄 남자는 프랜시의 몸을 슬쩍 뒤로 밀었고, 프랜시는 어색한 자세로 소파에 누워버리고 말았다. 와인은 대부분 쏟아졌다. 남자가 프랜시 옆에 앉아서 무릎에 굳은살 박힌 손을 얹고는 허벅지 쪽으로 천천히 손을 올렸다.

"아직은 안 돼."

프랜시가 이렇게 속삭이며 남자의 손을 치웠다. 그때 방으로 남자 둘이 들어오자 프랜시는 안도감에 휩싸였다. 먼지투성이 작업화를 신고 연장이 꽂힌 허리띠를 찬 그들은 당구대 쪽으로 다가갔다. 근처 공사장에서 일하다가 점심시간이라 들어온 것 같았다. 프랜시는 어쩔 수 없이 생각했다. 혹시, 혹시라도 정말 재수가 없어서 저 사람들이 자신을 알아보면 어쩌나? 로웰의 동료들이라면, 지금 로웰이 맡은 공사장에서 일하는 사람들이라면?

"나 40분 있다가 일하러 가야 해, 베로니카."

가짜 아치가 말했다. 조급하고 짜증난 얼굴이었다. 뭐라 할 수는 없는 일이다. 섹스 버디라는 곳에서 만난 사람들은 점심시간에 만나서 서로의 관심사가 뭔지 이야기를 나누지는 않을 테니. 그리고 프랜시 역시 시간이 별로 없었다. 넬과 더 스폿에서 5시에 만나자고 약속했으니까. 넬이 프랜시와 콜레트에게 하고픈 말이 있다고 했다. 그동안 이 계획을 수행해야 한다. 밤새 잠도 못 자고 생각한 계획이었다.

프랜시는 숨을 깊이 들이쉬고 일어서서 남자가 다리를 벌린 사이에 앉아 그의 허벅지에 손을 댔다. 가슴을 남자의 얼굴 바로 앞에 디밀어 향수 냄새를 풍겼다.

"나 술 한잔 더 하고 싶어."

바에 간 프랜시는 휴대폰을 확인해 윌이 공원에서 놀고 있는 사진을 한 번 더 보고픈 마음을 애써 억눌렀다. 로웰과 바버라에게 거짓말을 해서 양심의 가책도 느껴졌다. 얼마 전 프랜시가 맘동네에 올린 광고를 보고 누가 연락해서 계약하러 간다고, 9개월 된 아이의 사진을 찍기로 했다고 거짓말하고 나왔기 때문이다. 소파로 술을 가져가면서, 프랜시는 안간힘을 써서 침착하고 자신만만한 태도를 꾸며내고는 남자의 옆에 앉았다.

"자, 베로니카. 무슨 말이 하고 싶은데?"

프랜시가 와인을 쭉 들이켠 다음 오늘 아침 연습했던 말을 내뱉었다.

"나 정말 술 마시고 싶었어. 직장에서 잘렸거든."

"그것 참 안됐네."

남자가 야구모자를 벗고서는 프랜시의 목덜미에 코를 비벼댔다.

"그래, 나 웨이트리스였어. 브루클린에 새로 생긴 술집 있잖아. 졸리 라마."

그러자 남자가 몸을 뗐다.

"나도 가끔 거기 가는데."

"거짓말."

"거짓말 아냐. 내 아파트에서 몇 블록 안 되는 거리에 있어."

"그거 이상하네."

프랜시는 눈을 가늘게 뜨고 남자를 더 가까이에서 쳐다보았다.

"세상에. 잠깐만. 당신 그 남자잖아."

그러자 남자는 술잔 너머로 눈살을 찌푸렸다.

"누구라고?"

"그 남자 맞네!"

프랜시가 끈적끈적한 테이블 위에 잔을 올려놓고 남자 쪽으로 몸을 돌리며 그의 무릎에 손을 얹었다.

"자기 혹시 7월 4일 밤에 졸리 라마에 가지 않았어?"

남자는 잠시 생각했다.

"그래, 맞아. 근데 어떻게 알았어?"

"자기 그 남자 맞네. 어쩜 이런 우연이 있을까?"

프랜시가 웃으면서 남자의 무릎을 찰싹 쳤다.

"나랑 같이 일하던 애들한테 말해주면 깜짝 놀라겠다. 우리 다 자기 이야기만 했는데."

그러자 남자는 어리둥절한 표정이 되었다.

"나를? 왜?"

"자기가 그 여자랑 이야기했던 남자잖아. 그 위니라는 여자."

그는 고개를 흔들었다.

"위니가 누군데?"

프랜시는 좀 놀랐다. 무슨 말을 하는지 알면서도 모른 척하는 거라면, 이 남자의 연기 실력은 아주 수준급이다.

"그 웬돌린 로스 몰라? 그 배우를 모른다고? 애가 유괴된 여자 말이야."

"그게 언제 일인데?"

"정말 몰라? 자기는 신문도 안 읽고 사니? TV 안 봐?"

"그냥 스포츠만 봐."

믿을 수가 없었다. 남자는 정말로 모르고 있었다.

"그러면 그날 밤 바에서 이야기했던 여자 기억 안 나? 아주 예뻤던 여자 있었잖아? 자기 그 여자랑 잠깐 어디 갔었으면서."

그러자 남자의 눈이 순간 휘둥그레졌다.

"그 여자 애가 유괴당했다고?"

"그래. 그 여자 아들이 마이더스라는 애야. 그날 밤에 유괴됐어."

"이런 제길. 나도 들어보긴 했어. 같이 일하던 여자애들이 종일 그 얘기만 하니까. 마이더스라니, 무슨 그리스 신화에 나오는 신도 아니고."

남자는 테이블에 맥주잔을 놓고 앞으로 몸을 숙이며 웃었다.

"완전히 돌아버리겠네. 이거 친구들한테 말해야 하니까 기다려."

프랜시는 자신도 알려달라는 듯 물었다.

"왜? 친구들한테 뭐라 그러려고?"

"걔들이 나한테 해보라고 그랬거든."

프랜시의 목소리에서 즐거운 기색이 싹 사라졌다.

"뭘 해?"

"가서 그 여자한테 말 걸어보라고. 꼬시라고."

남자는 말을 더듬는 것 같았다.

"그날 밤에 엄마인가 하는 사람들이 저 뒤에 있었거든."

"그래, 나도 기억나. 그 여자도 같이 있었어."

"그때 내 친구들이 그랬어. 저 엄마 중 하나 꼬시면 20달러 준다고. 장난으로 그런 거 하잖아. 누가 저 섹시한 아줌마 따먹나 내기하자고. 내가 처음에 말 건 여자는 나한테 관심 없었는데, 그다음에 그 위니라는 여자는 넘어오더라고."

남자는 코웃음을 쳤다.

"그야말로 그쪽에서 달려들었지."

프랜시는 와인을 한 모금 더 마셨다. 천천히 마셔야 한다. 와인이 머릿속을 곤죽으로 만들고 있다.

"그러면 그전까지는 몰랐던 거야?"

그러자 남자가 히죽 웃었다.

"몰랐어. 하지만 그날 밤 끝에 가서는 잘 알게 됐지."

프랜시가 눈을 지그시 깔고 그를 응시하며 목소리를 부드럽게 낮추었다.

"나 궁금한데."

남자가 입을 다문 채로 프랜시를 찬찬히 바라보았다. 그리고 프랜시의 원피스 끝자락을 손가락으로 잡더니 위쪽으로 짧게 접어 허벅지를 드러냈다. 새로 제모하고 복숭아향 로션을 바른 허벅지가 반짝였다.

"정말 듣고 싶어? 진짜 이상한 이야기인데."

프랜시가 유혹적인 목소리를 억지로 뽑아냈다.

"나 진짜 이상한 이야기 좋아해."

"오, 그래, 베로니카? 그럼 얼마나 좋아하는지 보여줘 봐."

"보여주라고?"

남자는 히죽 웃었다.

"그래, 진짜 재미있는 이야기 들려주겠다니까?"

"알았어."

"이야기를 들으려면 그 값을 해야지."

남자의 얼굴이 가까이 다가왔다.

"키스해. 그럼 말해줄게."

남자가 몸을 숙이고 그녀의 입술에 입을 거칠게 비벼댔다. 그의 혀가 프랜시의 입안으로 들어왔다. 이윽고 남자가 몸을 떼자 그가 마시던 맥주의 쓴맛이 프랜시의 목에 감돌았다.

"내가 그 여자한테 술을 한잔 사줬어."

프랜시가 눈썹을 추켜세운 다음 찡그렸다.

"그게 뭐가 이상하다는 거야?"

남자는 웃었다.

"아니, 이제 이야기해줄게."

그러더니 프랜시의 쇄골을 엄지손가락으로 쓸었다.

"더 들려줄까?"

프랜시가 고개를 끄덕이자, 남자의 손이 허벅지 위를 타고 치마 속으로 들어가 부드럽게 다리를 벌렸다. 그리고 허벅지 안쪽을 꽉 잡더니, 엄지손가락으로 팬티 가장자리를 어루만졌다.

"말해줘."

이 말을 하는 프랜시의 목소리는 공허하고 낯설었다.

"그 여자한테 집에 같이 가자고 했지."

가짜 아치가 프랜시의 손을 잡아 자기 다리 사이에 얹자, 당구대 쪽에 앉았던 공사장 인부 하나가 이쪽을 슬쩍 바라보았다. 남자의 것이 단단해지는 게 느껴졌다. 그는 프랜시의 손을 이끌어 청바지 위를 문지르게 했다.

"그래서 그 여자랑 집에 같이 갔어?"

프랜시가 물었다. 남자가 그녀에게 키스했다. 다시 남자를 올려다보는 프랜시의 시야가 흐릿해졌다. 그의 숨결에서 맥주 냄새가 났다. 얼룩진 것처럼 자란 턱수염이 보였다. 지금 프랜시 눈앞에는 다른 남자가 보였다. 아치라고 불리는 이 남자가 아니라, 그 옛날 과학 선생님, 바로 콜번 선생님이었다.

"아니, 거절하더라고. 신경 써야 할 아이가 있다고. 아이 때문에 속상하다고 했어."

프랜시는 손가락을 쫙 폈다. 손을 계속 움직이자 기분이 묘하게 아득해져 눈을 감았다.

"위니가 속상해했다고?"

"그래."

이제 그의 손이 팬티 안으로 들어왔다. 그러자 순간 콜번 선생님의 침대 위 싸구려 담요 더미 위에서 꼼짝 못 한 채 팔이 찍혀 내려진 것만 같았다. 비명을 지르고 싶었지만 그럴 수가 없었다.

"그 여자가 그랬어. 지금 나랑 집에 가고 싶은 마음뿐이라고. 내 위에 올라타고 싶다고."

남자의 청바지를 문지르는 프랜시의 손짓이 더욱 빨라졌다.

"집에 박혀 있는 게 너무 싫다고도 했어. 언제나 아이를 걱정하는 게 지긋지긋하댔어."

프랜시가 남자의 귓가에 속삭였다.

"그런 말을 했다고? 아기가 있어서 지긋지긋하다고 했어?"

"그래. 그 비슷한 말이었지. 우리는 화장실로 들어가서 좀 더듬어댔어. 그 여자 몸에서 손을 뗄 수가 없었지. 끝내줬거든. 그래서 조금만 더 있다고 가라고 말했지. 내가 술 한잔 더 사겠다고."

"그랬더니?"

"갑자기 날 보고 소리를 지르기 시작하더라고. 자기는 돌봐야 할 게 많다면서. 그건 자기답지 못한 짓이라고도 했지. 좋은 엄마가 되는 것 같은 일은 못 해먹겠다고 하더라고."

프랜시의 목에 닿은 숨결이 거칠고 얕아지더니, 남자의 몸에 힘이 들어갔다.

"그 여자를 집에 데려가고 싶어서 죽을 거 같았어. 침대에 눕히고 싶었다고. 그 드레스를 찢어버렸어야 했는데."

남자는 프랜시의 다리 사이에서 손을 떼고는 그녀의 손목을 붙잡고 손바닥을 더 세게 비벼서 빨리 움직이게 했다. 남자는 눈을 감고 입을 벌렸다.

"위니, 제기랄. 그 여자 죽여주게 섹시했는데."

프랜시는 눈물이 고이는 걸 느꼈다. 남자가 낮은 목소리로 흘리는 신음이 방 안에 퍼졌다.

사람들이 이 모습을 쳐다보았다. 당구대 옆에 있던 인부 둘 다 꼼짝도 하지 않고서, 당구채를 갈퀴처럼 옆에 들고 이쪽을 쳐다보는 중이었다. 프랜시는 울고 있었지만, 아치라는 남자는 알아차리지도 못한 듯했다. 그는 윗입술에 밴 땀을 혀로 핥으면서 소파 등받이에 머리를 대고 천장을 바라보았다.

"그런 여자의 아기라. 납치라는 건 말도 안 돼."

그가 고개를 젓더니 맥주를 마저 마시려고 잔을 잡았다.

"경찰이 조만간 그 여자를 잡아다가 신문을 해보면 좋겠군. 완전 맛이 간 여자였다고."

* * *

넬은 더 스폿의 창가 쪽 테이블에 앉아 있었다. 손에 쥔 머그잔 속 홍차가 식어가는데도, 넬은 지금 휴대폰으로 어제 찍은 베아트리스의 사진을 보는 중이었다. 수십 장도 더 되는 사진에 조그마한 손과 조그마한 발, 버터처럼 노란 엉덩이가 나와 있었다. 한가득 입에 넣으면 정말 달콤할 것만 같다.

넬은 콜레트와 프랜시가 곧 왔으면 좋겠다는 심정으로 다시금 문을 슬쩍 보았다. 조금 있으면 어린이집에 가서 베아트리스를 데려와야 했기에 마음이 조급했다. 돈을 주고 모르는 사람에게 아기를 돌봐달라고 부탁하면서, 정작 엄마라는 사람은 아기 발 사진이나 보면서 몇 시간을 보내다니 얼마나 우스운 짓인가.

핸드백에 휴대폰을 넣고 고개를 들자, 콜레트가 테이블 옆에 서 있었다. 가슴에 두른 아기 띠 사이로 포피가 보였다. 콜레트의 창백한 피부 위에 흩어진 주근깨가 평소와는 다르게 도드라졌고, 눈에는 온통 핏발이 섰다.

"괜찮아요?"

넬이 묻자 콜레트가 맞은편 의자에 지친 듯 앉았다.

"봤어요? 시체 신원을 확인했대요."

콜레트의 말에 넬이 고개를 끄덕였다.

"일하다가 회사 카페에서 봤어요. 모두 TV에서 눈을 떼지 못했죠. 처음에는 마이더스라고 생각했어요. 어제 콜레트가 전화한 이후로 분명히 애가 죽었을 거라고 생각했거든요."

"알아요. 나도 그랬으니까."

콜레트가 넬 쪽으로 몸을 숙였다.

"나 할 말이 있어요. 누가 이걸 나한테 우편으로 보냈는데……."

순간 넬이 문 옆에 있던 프랜시를 보았다. 프랜시는 눈을 가느다랗게 뜨고 커피 주문 줄 가운데 서서 계산대 위 메뉴판을 응시하고 있었다.

"오, 저기 프랜시가 왔네요."

넬은 일어서서 그쪽으로 손짓하다가, 프랜시가 입고 있는 옷을 보고 깜짝 놀랐다. 지금 프랜시는 몸에 딱 달라붙고 가슴이 확 파인 원피스 차림이었다. 그 사이로 검은색 브래지어가 다 보일 지경이었다.

"봤어요? 시체 발견한 거?"

프랜시가 테이블로 다가오며 말했다. 마스카라가 다 번진 눈에 다가 가느다란 거미 다리처럼 보이는 인조 속눈썹을 붙인 얼굴이었다. 넬이 고개를 끄덕였다.

"봤어요. 그건······."

프랜시가 빈 의자에 털썩 앉았다.

"보디 모가로 소식도 들었어요? 경찰이 풀어줬대요."

그의 석방 소식은 아침에 들려왔다. 올리버 후드 변호사가 기자회견을 열었다. 올리버 후드는 시내의 교도소 계단에 서서 옆에 모가로와 그의 아내, 어머니까지 대동한 채로 수사 담당 경찰관들과 로한 고시 경찰청장, 그리고 셰퍼드 시장에게 사과를 요구하며 이렇게 말했다.

"우리는 뉴욕 경찰에 소송을 걸 계획입니다."

"나 정말 커피 좀 마셔야겠어요. 그리고 물도요."

넬은 프랜시의 말이 살짝 어눌하다는 걸 눈치챘다. 지금 보니 윗입술에는 땀도 반질반질하게 맺혀 있었다.

"프랜시, 혹시 취했어요?"

프랜시가 짜증 어린 눈길로 넬을 바라보았다.

"아뇨, 넬. 안 취했어요. 나 수유 중이잖아요."

그러더니 넬 앞에 있던 물잔을 들어 꿀꺽꿀꺽 마셨다.

"나 헥터란 사람에 대한 뉴스를 듣고 정말 충격받았어요. 여기 오다가 봤거든요. 혹시 누가 죽였는지 알아요?"

"몰라요. 그런데 할 말이······."

콜레트가 말을 꺼냈지만 프랜시가 잘랐다.

"헥터 씨는 건물 열쇠를 가지고 있었어요. 그러니까 안에 들어가 거나 누굴 들여보낼 수 있었겠죠. 그러면 말이 되잖아요? 마크 호이트 같은 멍청이도 그 연관성을 알 수 있을 정도죠?"

"그래요. 경찰이 자원 봉사자들한테 저택과 주변 지역을 수색해서 마이더스를 찾아보라고 요청했대요. 우리도 가봐야 해요."

넬의 말에 프랜시의 얼굴이 일그러졌다.

"지금 그 말, 아이의 시체를 찾으라는 말이죠?"

콜레트가 몸을 숙였다.

"내 말 들어요. 두 사람에게 할 말이 있어요. 오늘 심란한 일이 일어났어요."

콜레트가 핸드백에서 두꺼운 초록색 글자로 그녀의 이름이 적힌 노란 봉투를 꺼냈다.

"오늘 시장님 사무실로 나한테 이런 게 왔어요."

봉투에 써 있는 글자를 본 넬의 가슴이 꽉 죄어들었다. 넬이 발 밑에 내려놓은 가방에서 같은 봉투를 꺼냈다. 똑같은 글씨체로 넬 의 이름 또한 적혀 있었다.

"나한테도 왔어요. 회사 쪽으로. 이것 때문에 두 사람을 보자고 한 거예요. 보여주려고요."

점심 식사를 마치고 돌아오자 회사 내 우편함에 봉투가 들어 있 었다. 넬은 앞으로 있을 보안 훈련 일로 사내 다른 부서 사람들을 모아놓고 회의를 시작하기 직전, 발표 자리에 앉아 그 봉투를 열어 보았다. 그 안에 들어 있는 사진을 보고 믿을 수가 없어서 발표 내 내 말이 제대로 나오지가 않았다.

프랜시의 눈이 휘둥그레졌다.

"세상에. 나도 그거 받았어요. 오늘 아침에 집으로 왔더라고요. 아직 열어보지는 않았는데. 그게 뭐예요?"

프랜시가 넬의 손에서 봉투를 낚아채 범인 식별 사진을 꺼냈다.

"누가 보낸 거죠?"

콜레트가 속삭이다시피 작은 목소리로 대답했다.

"모르겠어요. 내가 시장님과 일한다는 걸 아는 사람이겠죠. 그러니까, 여러분이랑 토큰 정도요. 어쩐지 난 토큰이 이걸 보낸 것도 같아요."

"토큰은 무슨 죄로 체포된 거죠?"

"여기에는 나와 있지 않지만 내가 좀 캐봤어요."

넬의 말에 프랜시가 그녀를 바라보았다.

"캤다고요? 어딜요?"

"몇 군데 캤죠. 뭘 찾아낼 수 있나 알아보고 싶었어요. 그러니까, 왜 나한테 이걸 보낸 걸까요? 지금 보니 훨씬 더 오싹하네요. 왜 우리 모두에게 이걸 보낸 걸까?"

넬이 목소리를 낮추었다.

"나, 맘동네의 5월맘 정보가 있는 관리자 페이지에 접속해봤어요. 좀 더 알아보려고 거길 뚫고 들어가서 토큰의 정보를 봤어요."

"어떻게 그럴……."

프랜시의 시선이 넬의 얼굴에 강렬하게 꽂혔다.

"지금 그게 중요한 게 아니에요. 내가 할 수 있는 일이라 한 것뿐이에요."

콜레트가 물었다.

"그래서요?"

"봤더니 전형적이더라고요. 맨해튼에서 컸다. 그건 우리도 아는 거죠. 배우자 이름은 루. 사진은 첨부하지 않았어요."

프랜시가 목소리를 낮추어 말했다.

"다시 캐봐요. 위니의 정보도 한번 봐요. 마이더스의 아버지가 누구라고 되어 있는지."

넬이 주저하다가 다시 몸을 숙였다.

"사실은 그것도 봤어요."

그 순간 어떤 남자가 넬의 의자에 거칠게 부딪쳐서 그만 음료를 넬의 어깨에 쏟고 말았다. 넬은 짜증난 채 고개를 돌렸다가 아는 사람임을 알아챘다. 같은 건물에 사는 이웃이었다.

"넬이군요. 안녕하세요. 미안합니다."

"안녕하세요."

넬의 위층에 사는 사람이었다. 그는 언제든 자전거를 잡아 탈 준비를 하려고 항상 왼쪽 바지자락을 걷어 올리고 다녔다. 그의 아내는 매번 찡그린 표정을 짓고 있었다.

"요즘 어떻게 지내세요? 애는 잘 크고요?"

"아주 좋아요. 고마워요."

남자가 고개를 끄덕였다.

"밤에 애가 잘 안 자는 것 같던데요. 그렇죠?"

"무슨 말씀이시죠?"

"리사랑 내가 가끔 우는 소리를 듣거든요. 위층에서도 바닥을 타고 들려요."

"아, 그렇군요. 그게……."

"사실은 리사가 조사를 좀 해봤어요. 혹시 고무젖꼭지 써보셨나요?"

"네. 써요."

"아, 그래요. 리사가 어떤 글에서 읽었는데 애가 울 때 고무젖꼭지를 쓰면 안 울게 할 수 있다더라고요."

넬이 대답했다.

"맞아요. 그런데 두 분은 애가 아직 없으신가 보네요……."

"아니면 새로 나온 포대기도 있던데요. 매직 슬립 슈트라든가. 애가 울면……."

"신경 써줘서 정말 고맙지만 그럴 필요 없어요. 어젯밤에 운 건 애가 아니었으니까."

"그래요? 그럼 누가 울었을까요?"

"우리 남편요. 서배스천이 울었어요."

"서배스천요?"

"그래요. 영화 「두 여인」을 보고 있었거든요. 그 영화를 볼 때마다 울어요."

남자가 기가 막힌다는 표정으로 피식 웃었다.

"그렇군요. 그럼 나중에 또 봐요, 넬."

남자가 근처 카운터에서 커피에 크림과 설탕을 붓고 자리를 떠날 때까지 모두 아무 말이 없었다. 이윽고 남자가 카페에서 나가자, 콜레트가 넬 쪽으로 몸을 숙였다.

"그래서 위니 정보에는 뭐가 있었어요?"

"정보가 없었어요. 프로필이 없더라고요. 위니의 회원 정보는 찾을 수가 없었어요."

"그게 무슨 소리예요?"

"정확히는 모르겠지만, 내 생각에는 탈퇴해서 시스템에 기록이 남지 않은 것 같아요. 그럴 만도 하죠. 혹시나 마이더스에 대한 좋은 소식이 왔을까 하고 이메일을 열어봤는데 케겔운동 방법이나 가르치는 쓸데없는 메일이 열여섯 통이나 왔다고 생각해보세요."

콜레트가 두 손으로 얼굴을 가렸다.

"점점 상황이 미쳐만 가네요. 우린 이제 어떡해야 할까요?"

프랜시가 콜레트와 넬을 차례대로 바라보았다. 마치 눈에 그늘이 진 것처럼, 프랜시의 눈빛은 불안할 정도로 어두웠다.

"뭘 해야 하는지 내가 알려줄게요. 무슨 수를 써서라도 마이더스를 찾아야 해요. 마이더스를 포기해선 안 돼요. 포기해야 할 일이 생기지 않는 한 끝까지 가야죠. 온 힘을 다해서라도, 그 아이를 되돌려놓아야 해요. 아이가 있어야 할 곳은 안전한 엄마 품이에요."

제15장

8일째 밤

이제껏 지난 며칠간 있었던 일을 생각해보았다. 임신했다는 걸 알았을 때 스스로에게 다짐했다. 그 순간이 어땠더라. 두에인 리드 잡화점 화장실 양변기 위에 앉아 있었지. 집까지 가서 테스트를 하자니 너무 불안해서 기다릴 수가 없었으니까. 분홍빛 풍선껌 색깔의 줄 두 개가 십자 표시를 그리며 나타나는 걸 보았다. 엄마가 침실 앞에 걸어둔 십자가와 똑같은 모양이었다.

난 절대로 저런 엄마들처럼 되지 않으리라, 그렇게 마음먹었었는데.

나는 책 같은 건 읽지 않을 거다. 샴푸의 프탈레이트 성분이나, 커피 크림 속 농약 성분이나, 중국 음식점 테이크아웃 용기에서 검출되는 비스페놀A 성분에 스트레스받지 않을 것이다. 절대로 슈퍼마켓 계산대 줄에 서서 아이에게 소리 지르는 엄마가 되지 않을 것이다. 그렇게 큰 소리를 내면서도 다른 사람들이 자신을 참 이해심 많은 엄마라고, 저 둘은 친밀하다고 생각해주기를 바라며 아이를 키우는 게 남들에게 보여주는 같잖은 행위예술인 것처럼 굴지 않으리라.

나는 다른 사람처럼 변하지 않을 것이다.

그런데 그 결심이 얼마 만에 무너졌더라?

3분.

그래. 딱 3분 만이었다. 임신 테스트기를 화장지에 둘둘 말아 핸드백 속에 집어넣고 손을 닦은 다음 밖으로 나가는 그 3분 만에 다 무너졌다. 3분 만에 나는 완전히 다른 사람이 되었다.

말하자면 엄마가 된 것이다.

어떻게 알았냐고? 차가 없는 길모퉁이에 서서 횡단보도에 초록불이 켜지기를 기다리고 있었으니까. 전에는 한 번도 그런 적이 없었다. 나는 아직도 그날의 내 모습을 기억한다. 한 무리의 사람들이 급히 날 지나쳐 빈 차도를 건넜다. 운동하러 가거나, 브런치를 즐기러 가거나, 운동복 차림으로 테이크아웃 커피를 후루룩거리며 지나가는 사람들 사이에서 나는 미동도 하지 않고 그대로 서 있었다. 손바닥을 배에 얹고서, 내가 보도에서 한 발자국 떼는 순간 어디선가 차가 질주해서 이 모퉁이를 돌아 아기를, 그리고 아기를 품은 나를 앞 유리창으로 들이받을 거라고 철석같이 믿었기 때문이다.

그 후로는 돌이킬 수가 없었다. 갑자기 이게 내 모습이 되어버렸다. 발 밑에 에스컬레이터가 생겨나서 의지와는 상관없이 날 자꾸만 위로 올려버렸다. 그래서 난 계속 끌려갔고, 결국 닿은 곳은……
펑! 모든 게 두렵기만 한 세상이었다. 전자레인지도 조심, 맨홀 뚜
껑도 조심, 옆집 인테리어 공사 현장에서 나오는 먼지도 조심해야
하는 세상. 모든 게 다 걱정해야 할 것뿐이고 간과할 것이라곤 하나
도 없었다. 안 그러면 아기를 잃을지도 모르니까. 아기를 빼앗길지
도 모르니까.

　나는 최선을 다해서 아들을 보호하려 했다.

　하지만 실패했다.

* * *

　지금은 시간이 지났다. 나는 자다 깨다를 반복하며 낮잠을 자다
가 방금 일어났다. 조금 잤으니 기분이 나아지기를, 머리가 맑아지
기를 바랄 뿐이다. 그리고 좀 더 솔직해질 용기가 생기기를.

　나는 내 결정을 후회하기 시작했다.

　그래, 내가 그렇게 말했었다. 그때는 이 모든 걸 극복할 마음가짐
이 있었다. 그런데 여기서 일이 더 커졌다.

　솔직히, 우리 사이의 일은 잘 풀리지 않고 있다. 내가 뭘 하든 조
슈아가 나랑 있어서 절대 행복해질 수 없을까 봐 두렵다. 우리는 함
께 지내는 게 점점 어려워져만 간다. 조슈아는 변덕스럽고, 날 못
본 척하고, 날 밀어내고 있다.

　조슈아는 내가 존재하지도 않는 것처럼 날 무시하고 있다. 내 감
정은 중요하지도 않다는 듯이. (이런 말을 한 적은 절대 없지만, 아무

리 봐도 조슈아는 자기 아버지랑 아주 똑같다.)

난 그저 이게 일시적인 현상이기를 바랄 뿐이다. 조슈아가 짜증을 내는 건, 경찰이 보디를 풀어준 사실에 대해서 내가 말을 너무 많이 하고 싶어 했기 때문일 거다.

오늘 아침 나는 조슈아에게 말했다. 이게 바로 우리 둘 다 바랐던 거였다고. 그리고 몇 마디 했다. 지금 와서 생각하면 하지 말걸, 후회되는 말이었다. 난 내가 실수한 것인지도 모른다고, 예전이 더 좋았던 것 같다고 말했다. 이제 내가 한 짓을 떠안고 평생을 살아야 할 텐데, 그럴 가치가 있었던 것 같지 않다고. 난 가끔 아주 못되게 굴 때가 있다. 그런 말은 하지 말걸 그랬다.

나는 조슈아의 입장에서 상황을 따져보려고도 했다. 이건 이래야 한다며 항상 이야기해대고 싶어 하는 내가 얼마나 짜증났을까. 특히 지금은 경찰이 풀어준 보디 모가로를 두고 수도 없이 이야기를 했으니까. 게다가 난 모든 걸 제대로 파악하고 있지도 못했다. 물론 조슈아에게 내가 이제껏 얼마나 영리했는지 다 털어놓기는 했다. 어렸을 적 시험을 보면 월등히 뛰어났다고, 우리 엄마는 나더러 문제 해결 능력을 타고났다고 말했다고. 그런데 지금 보면 조슈아가 날 기다려주고 있다는 생각이 든다. 이 곤경을 해결하고, 제대로 된 전략을 세우기를. 그래서 우리가 확실히 보호받기를 말이다.

하지만 지금 말고 언제 또 솔직히 인정하겠는가? 난 전혀 영리하지 않다. 사실을 말하자면 난 머저리다.

우리는 인도네시아에 갈 수 없다. 아무리 생각해봐도 조슈아는 여권을 발급받지 못할 것이다. 처음부터 그 점을 알고 있어야 했다.

이런 건 옛날에 H 박사가 짚어주었지. 나의 논리에서 허점을 발견하고, 가끔은 아주 단순한 것도 이치에 맞지 않게 생각하던 나의 무능력함을 지적해주던 사람. 그래서 우리는 브루클린으로 놀아왔다. 언제라도 꺼져버릴 수 있는 거품 같은 불안정한 상황으로 다시 돌아왔으니, 이제 새로운 계획을 세우고, 들키지 않도록 조심하며 이곳을 빨리 빠져나갈 준비를 해야 한다.

5월맘들은 사방에 널려 있었다. 가끔 창가에 서서 커튼 뒤로 바깥을 엿보며 얼굴에 햇볕을 좀 쬐려 할 때마다 그녀들을 보게 된다. 몇 시간 전에는 유코를 보았다. 등에 요가 매트를 메고, 귀에 이어폰을 꽂은 채 그늘을 따라 걷고 있었다. 그다음에는 또 20분도 못 되어 콜레트를 보았다. 그녀는 찰리로 추정되는 남자와 함께 있었다. 요즘 잘나가는 작가인 찰리 말이다. 포피는 찰리의 가슴에 안겨 있었다. 그는 콜레트와 손을 잡고서 이야기하며 웃어댔고, 아이스커피 한 잔을 서로 번갈아 마셨다. 콜레트의 품에는 시장에서 산 한 아름의 꽃다발이 보였다. 그들은 하나도 힘들이지 않고 완벽한 모습을 만들어낸다.

그런 사람들이 간과하는 점이 있다. 바로 나 같은 사람이 그런 광경을 보면 어떤 마음이 드는지 절대로 알지 못한다는 점이다. 그녀가 가진 걸 갖지 못한 사람 말이다. 며칠 전 조슈아와 나는 드라이브하러 간 적이 있었다. 그때 나는 신호에 걸려 잠시 차창 밖을 바라보았다. 그러다 옆 차에서 그런 엄마를 보았다. 그녀는 앞좌석에 앉아서 앞을 바라보면서도 다른 손을 뒷좌석으로 뻗어 카시트에서 벨트를 차고 있던 어린 딸애의 손을 잡았다. 그 단순한 손짓이 어찌나 아름답던지. 그 모습을 본 나는 마음이 찢어질 것 같았지만 그녀는 내 마음을 모르리라. 이 도시는 아이들의 리듬이 느껴지는 곳이다. 아침 일찍부터 고함과 웃음소리가 터져 나오고, 아이들이 모여서 거리에서는 보이지 않는 집 뒤뜰의 스프링클러 사이를 뛰어다니고, 놀이터의 그네를 서로 타겠다며 말싸움을 해댄다. 그러다 정오쯤에는 잠잠해진다. 아이들은 모두 집에 돌아가서 손을 씻고 점심을 먹은 다음 조용하고 평온하게 잠든다. 입을 벌리고 그렇게 자다가 몇 시간 뒤에 깨어나면 다시 생기가 반짝 도는 것이다.

난 더 이상 안에만 머무르는 걸 견딜 수가 없다. 하지만 그렇다고 밖에 나가 엄마들과 마주치고, 어떻게 지내는지, 어디에 있었는지 대화해야 하는 것도 견딜 수가 없다. 어쩔 수 없이 따라오게 될 질문들을 어찌 견디나. *세상에나, 마이더스는 어떻게 된 거죠?*

아, 안 돼. 조슈아가 일어났다. 가봐야겠다. 조슈아는 내가 우는 모습을 정말로 싫어하니까.

제16장

9일째

수신: 5월맘님

발신: 맘동네 친구

날짜: 7월 13일

제목: 오늘의 조언

생후 60일 우리 아기,

 맘동네 친구분들 안녕하세요! 오늘 드릴 조언은 바로…… 잠자리 문제입니다. 물론 맘님 중에는 지난 몇 주간 너무 피곤해서 잠자리에 대해 깊이 생각해본 적이 없으셨던 분도 있겠지요. 출산 후 성욕이 낮아지는 건 일반적인 현상이지만, 그 점에서 다시 정상적인 상태로 돌아가기 시작할 기회는 많아요. 그리고 우리 아기 엄마들이 잊지 말아야 할 것은, 우리는 엄마이면서 또 아내이기도 하다는 사실이죠. 그러니, 이제는 다시 와인 한 병을 따놓고 음악을 튼 다음 어떻게 되나 두고 보는 것도 괜찮을 거예요. (하지만 명심하세요. *피임은 반드시 꼭 해야 한다는 사실을!*)

프랜시는 거칠고 뜨거운 갈색 돌계단에 앉아 있었다. 그녀는 아이스커피를 홀짝이고 초콜릿 코팅을 한 프레첼을 빨아 먹으면서 발꿈치에 새로 잡힌 물집을 눌렀다. 무릎 위에는 카메라가 놓여 있었다.

'모든 게 딱 들어맞고 있어.' 프랜시가 다시금 생각했다.

모임에서 언제나 위니를 바라보던 시선, 위니의 귓가에 속삭이던 모습, 담요를 깔아놓고 위니를 위해 항상 옆자리를 비워두던 행동까지, 모두 다 토큰이 위니에게 집착하고 있다는 걸 드러내주었다. 졸리 라마에서 갑자기 사라진 뒤에 그는 어디로 간 걸까? 처음부터 여기에 초점을 맞추어야 했다. 이제껏 헛다리 짚어서 계획이 모두 수포가 되지 않았던가. 아치 앤더슨의 존재는 이제 허공으로 사라지고 있는 것 같았다. 가짜 아치 앤더슨은 생각만 해도 역겨웠다. 다리에 닿던 손과 악취를 풍기던 숨결. 솔직히 소파에서 일어서서 화장실에 다녀오겠다고 말하고 바로 술집을 빠져나왔던 뒤부터 지금까지 계속 역겹기만 했다.

프랜시는 넬이나 콜레트에게 그 일을 이야기하지 않았다. 그 남자가 해준 말도 전하지 않았다. 뭐 하러 그러겠는가? 그 남자는 거짓말을 했는데. 그를 보자마자 알 수 있었다. 어쩌면 그의 말 중에 맞는 것도 있을 것이다. 어쩌면 정말 둘이 눈이 맞았을 수도 있다.

그래서 어쨌다는 거지? 위니는 싱글이니, 원한다면 무엇이라도 할 수 있다. 프랜시는 로웰 말고 다른 남자와는 자본 적이 없었다(물론 과학 선생님은 예외지만). 하지만 프랜시도 남녀가 만나는 현실 세계의 사정은 알고 있다. 특히 요즘 같은 때, 뉴욕이라는 도시에서, 무엇보다도 위니처럼 아름다운 여자라면 당연한 일일지도 모른다. 하지만 마이더스에 대해서 그렇게 말했다고? 아이를 원치 않는다고 했다니?

말도 안 돼.

물론 프랜시도 자기 아이를 좋아하지 않는 어머니가 있다는 건 안다. 자신 역시 그런 어머니 밑에서 자라왔으니까. 하지만 위니는 그런 사람이 아니다.

순간 건너편 거리에서 문이 쾅 닫혔다. 프랜시는 카메라를 들고 줌을 당겨 요가 바지와 탱크톱을 입은 여자가 584번지의 계단을 빠르게 뛰어 내려오는 광경을 보았다. 그 주소는 넬이 맘동네에 등록된 토큰의 정보를 보고 알려준 것이다. 여자가 계단에 발을 디디고 허벅지를 스트레칭한 다음 공원 쪽으로 방향을 틀었다. 건물을 몇 개 지나자 여자는 가볍게 뛰기 시작했다. 프랜시는 점점 조바심이 났다. 거의 두 시간째 계단에 앉아 있는 상황이고, 사람들이 예약 시간에 맞춰 1층에 있는 척추 지압사의 가게에 도착하고 있었다. 로웰의 어머니 바버라는 정오에 미용실을 예약해둬서 프랜시는 얼마 있으면 아기를 돌보러 가야 했다. 그녀는 카메라를 집어 들고 딱 10분만 더 있기로 마음먹었다. 그리고 카메라에 저장해둔 사진을 쭉 내려보았다. 5일 전 있었던 5월맘 모임 아기들의 사진이지만 아직도 작업에 손도 대지 못했다. 같은 날 아침, 프랜시는 위니의 집 앞에 서 있던 연노란 골프 셔츠 차림의 헥터 쿰비도 찍었었다.

프랜시가 눈을 감자 벤치에 앉아서 본 헥터의 모습이 떠올랐다. 뒷짐을 진 채로 위니의 집 앞을 천천히 왔다 갔다 걷던 그 노인의 모습. 헥터를 생각하자 몸이 부르르 떨렸다. 그토록 가까이 지켜봤었는데. 과연 어떤 사람이었을까? 퍼트리샤 페이스의 말에 따르면, 헥터의 아내가 지역 경찰서에 신고한 뒤에 시신을 발견했다고 한다. 남편이 로스 씨의 저택에서 몇 가지 처리할 일이 있어 나간다고 한 다음 돌아오지 않았다고 아내는 경찰에 말했다. 쿰비 부부는 42년 동안 결혼생활을 했고, 열 명의 손주를 보았다. 헥터는 직접 장을 보기 힘들 정도로 거동이 불편한 사람들을 위해 식료품을 배달해주는 단체인 밀스 온 휠스에서 봉사활동을 했다. 로스가에서 거의 30년을 일했고, 위니를 딸처럼 생각했단다. 법의학적 분석 결과 범인은 그를 살해한 다음 발견 지점인 숲속으로 시체를 옮겼고, 시체에 석유를 뿌리고 불을 붙였을 것으로 추정되었다.

프랜시는 카메라를 가방 속에 넣고 계단에서 일어섰다. 오늘은 그만하고 집에 가야 할 때다. 너무 더워서 계속 앉아 있을 수도 없는 노릇이었다. 그래도 로웰의 어머니가 오셔서 좋은 점이 하나는 있었다. 남편이 어젯밤 마침내 신형 에어컨을 사 왔던 것이다. 시어머니가 중고 에어컨을 두고 불평했기 때문이다. 이제 프랜시는 집에 가서 에어컨을 틀고 시원한 아파트에서 윌과 몇 시간 놀 수 있으리라. 계단에서 내려와 언덕 쪽으로 방향을 틀어 집으로 가려는데, 속이 울렁거렸다. 그때 어떤 소리가 들렸다. 바로 토큰의 집 문이

다시 열리는 소리였다.

드디어 토큰이 나왔다.

어텀을 아기 띠로 안고 선글라스를 쓴 토큰이 계단을 내려와 공원이 있는 서쪽으로 향했다. 프랜시는 가방을 어깨에 메고 그를 따라 언덕을 올랐다. 발꿈치에 잡힌 물집 때문에 무척 쓰라렸지만 애써 통증을 무시하며, 거리를 반 블록 정도로 유지한 채 그의 뒤를 밟았다. 토큰은 8번가에서 동쪽으로 꺾어 두 블록을 지났고, 이윽고 커피숍 더 스폿으로 들어갔다. 프랜시는 길을 건넌 다음 볼보 스테이션왜건 뒤에 웅크리고 차창 너머로 그를 지켜보았다. 토큰이 창가에 놓인 등받이 없는 의자에 앉자, 그녀는 다시 카메라를 꺼내 들었다. 그가 커피를 저었다. 스팀 밀크를 살짝 얹은 에스프레소 투 샷으로, 그가 5월맘 모임 때마다 가져오던 커피였다.

토큰은 커피를 세 모금쯤 마시더니 전화를 건 다음 문으로 향했다. 프랜시는 등을 돌리고 휴대폰을 꺼내 귀에 대고는 통화하는 척했다. 그러다 조심스럽게 몸을 돌리자, 토큰이 언덕을 올라가는 모습이 보였다. 프랜시는 반대편 거리에서 그 뒤를 따라가며 길가에 주차된 차 사이로 토큰의 모습을 놓치지 않으려 애썼다. 이윽고 그는 오른쪽으로 꺾는 것 같았다. 본인의 집과는 정반대 방향이었다. 프랜시도 길을 건너기 시작했다. 그런데 순간 토큰이 걸음을 멈추더니 돌아섰다. 이제 그녀는 길 한가운데에서 선 채로 그의 시야에 들어와버렸다. 프랜시는 빙글 돌아서서 인도 쪽으로 달리기 시작했지만 그만 연석에 걸려 넘어지고 말았다. 보도에 부딪힌 양 손바닥이 따끔거리고 무릎에 통증이 느껴졌다.

"어머, 괜찮으세요?"

눈을 들자 어떤 노부인과 눈이 마주쳤다. 노부인은 슬리퍼를 신은 자그마한 강아지의 목줄을 쥐고 있었다.

"괜찮아요."

프랜시가 말하며 일어섰다. 무릎에 커다란 상처가 나서 종아리에 피가 주르르 흘러내렸다.

"정말 괜찮아요? 휴지 좀 줄게요."

"괜찮아요."

프랜시는 이렇게 말하며 노부인에게 가시라 손짓하고는 가방을 집어 들고 그곳에서 재빨리 벗어나 곧바로 토큰에게 다가갔다.

* * *

토큰은 공간 절약형 붙박이 주방에서 나와 거실로 돌아왔다. 한 손에는 아이스팩, 다른 손에는 커피 두 잔을 들고 있었다. 토큰은 커피 잔을 테이블에 놓으며 말했다.

"이런, 당신이 카페인을 끊은 거 잊어버렸네요."

"지금은 마셔요."

프랜시가 덜덜 떨리는 손으로 커피와 아이스팩을 받아 들었다.

"잠시만요. 상처에 바르는 연고 좀 가져올게요. 상처가 꽤 심하네요."

토큰이 거실 끝에 달린 여닫이 유리문을 열고 침실 안으로 사라졌다. 책장에 붙박이로 설치된 커다란 TV 화면에서 「페이스 아워」

가 나오고 있었다. 화면은 뉴욕 북부에 있는 위니의 저택을 헬리콥터에서 촬영한 장면을 보여주었다. 마이더스의 행방을 찾기 위해서 그 지역을 수색하는 자원 봉사자만 백 명이 넘었다. 퍼트리샤 페이스는 수색 지휘본부로 라마다호텔의 연회장을 일주일 내내 빌려서 수색 현황을 생중계하고 있었다. 그녀는 지금 연회장 테이블에 근처 교회 목사와 함께 앉아 이야기하고 있었는데, 표정이 오늘따라 아주 심각했다.

퍼트리샤 페이스가 매니큐어를 완벽하게 바른 손가락을 하나 펴고 이야기했다.

"제가 보기에 여기에는 두 가지 가능성이 있습니다. 하나는 헥터 큄비 씨가 어떤 식으로든 아기 마이더스 실종 사건과 연관 있을 가능성이죠. 아직까지는 밝혀지지 않았지만, 누군가의 사주를 받고 마이더스를 유괴해서 처리한 거죠. 그게 누구인지는 지금 따지지 않기로 하죠. 그런데 그 계획이 잘 안 됐던 거예요."

퍼트리샤 페이스는 손가락을 또 폈다.

"아니면, 이미 벌어진 비극적인 사건의 두 번째 희생자라고 생각할 수도 있습니다. 어쩌면 알지 말았어야 할 것을 알아버렸다고나 할까요. 그래서 영원히 입을 다물도록 죽어야 했던 거죠."

그러자 목사는 고개를 저었다.

"외람된 말씀입니다만, 페이스 씨. 저는 헥터와 셸리 큄비 씨 부부를 40년 가까이 알고 지내왔습니다. 그분들 자녀와 손주에게 제가 침례를 주었죠. 그리고 제 할아버지가 물려주신 성경책에 걸고 맹세코, 이토록 선량하고 따뜻한 마음씨를 가진 *기독교인*이 아기 유괴나 살해 사건과 연관이 있을 리는 절대로 없습니다."

그러자 퍼트리샤가 눈을 가늘게 뜨고 말했다.

"그러면 위니 로스 씨에 대해서는 어떻게 생각하시나요? 로스 씨 집안은 수십 년간 그 집을 갖고 있었죠. 그분들을 아시나요?"

그러자 목사가 면 손수건으로 입을 닦았다.

"아뇨, 페이스 씨. 안다고는 할 수 없습니다. 제가 아는 한, 로스 가의 가족은 이 지역 교회에는 어디에도 얼굴을 비추었던 적이 한 번도 없습니다."

프랜시가 불안한 마음으로 TV에서 고개를 돌렸다. 아까 토큰이 손가락으로 프랜시의 머리를 훑고 곳곳마다 부드럽게 눌러보며 머리 상태를 살폈다. 혹이 난 흔적은 없었지만 머리는 여전히 욱신거렸다. 프랜시는 토큰의 아파트를 찬찬히 훑어보았다. 자그마한 집 안은 깔끔했다. 리넨 소재의 2인용 소파 옆에 고풍스러운 마호가니 커피 테이블을 놓아두었고, 자그마한 식탁 위 벽에 도시의 거리 풍경을 담은 커다란 사진 액자를 걸어놓았다. 식탁 위에는 방금 잘라 물을 뿌려둔 장미꽃 화병이 보였다. 프랜시는 일어서서 책장 쪽으로 살금살금 다가가 어텀과 토큰의 사진 액자를 찬찬히 살펴보았다. 어텀이 어떤 여자와 함께 찍은 사진도 있었다. 화장실이 거실 바로 옆에 있어서 안을 들여다보니 채광이 안 되는 창문턱에 가지런히 진열된 세안제와 헤어 젤이 보였다.

그러다 토큰이 침실에서 나와 이쪽으로 걸어오는 소리를 듣고서 프랜시는 재빨리 화장실 문을 닫았다.

"요즘은 물건을 어디에 두었는지 기억이 잘 안 나네요. 이걸 기저귀 가는 테이블 밑에서 찾았어요."

토큰은 자그마한 상처용 연고를 손에 들고 왔다.

"앉아요. 무릎에 약 발라줄게요."

"내가 할게요."

프랜시가 튜브를 받아 들자 토큰이 맞은편에 앉았다.

"그런데 어딜 그렇게 빨리 가고 있었어요?"

"알잖아요. 운동을 좀 해야죠."

프랜시는 튀어나온 뱃살을 부드럽게 가리켰다.

"아기 가지면서 찐 살은 수유하면 빠진다고 하더니. 다 거짓말이에요."

"카메라 백을 메고 운동을 한다고요?"

"네, 이제 아기 사진 찍어주는 사업을 시작하려고요. 언제 귀여운 아기를 만나 사진을 찍게 될지 모르잖아요?"

토큰이 고개를 끄덕이더니 TV를 슬쩍 보았다.

"내가 왜 이 짜증나는 여자의 프로그램을 켜놨는지 모르겠네요. 이 사람들은 헥터가 죽었다는 뉴스를 듣고 소풍을 나와 있군요."

"헥터요?"

"네, 헥터 큄비 씨요. 시체가……."

"아뇨. 지금 누구 말하는 건지는 알아요. 하지만 지금 어조를 들어보니 그분을 개인적으로 아는 것 같아서요."

그러자 토큰이 그녀를 바라보았다.

"그렇게 들렸어요?"

프랜시는 토큰의 시선을 외면했다. 아이스팩을 얹은 무릎이 따끔거렸다.

"아파트가 좋네요."

가까스로 할 말을 찾아내려다가 유리문 사이로 침실을 보았는데, 기타 세 대가 세워진 게 눈에 띄었다.

"기타 치세요?"

토큰이 어깨를 으쓱였다.

"예전에는 많이 쳤죠."

프랜시는 커피를 홀짝였다.

"흐음…… 그럼 루에 대해서 이야기 좀 해보세요."

순간 주방에서 알람이 울렸다.

"금방 올게요."

자리로 돌아온 토큰이 파운드케이크 한 덩이를 들고 있었다. 그는 프랜시 앞에 삼발이를 놓고 그 위에 빵을 얹었다.

"이걸 오븐에 넣어둔 걸 잊어버리고 산책하러 나갔었죠. 다행히도 이 근방에 불을 내기 전에 기억이 났어요."

토큰이 길고 가느다란 칼로 케이크를 잘랐다.

"솔직히 말하자면 난 빵을 진짜 못 굽지만, 어쨌든 노력은 해보고 있어요."

"조금만 주세요. 요즘 탄수화물과 설탕을 줄이고 있어서요."

토큰이 냅킨에 케이크를 싸서 프랜시에게 내밀었다. 두 사람은 말없이 자기 몫의 케이크를 먹었다. 프랜시는 그가 다리를 꼰 모습과 계속 목을 가다듬으려고 하는 태도, 그녀 뒤에 있는 TV 화면을 흘끔거리는 눈빛을 눈치챘다.

"있죠. 내가 계속 생각해봤는데, 토큰은 출산 이야기를 아직 안 했어요."

"내 출산 이야기요? 내 차례가 있을 거란 생각은 안 했는데요."

"왜요?"

"그야 나는 출산한 당사자가 아니니까요."

"그러니까 엄마가 아니라서?"

토큰이 웃으면서 손으로 냅킨을 구겼다.

"그래요. 엄마가 아니니까."

"혹시 아이를 입양했나요?"

"입양요? 아뇨."

"그럼 어떻게 아기를 가졌어요?"

그러자 토큰은 눈을 가늘게 뜨고 프랜시를 바라보았다.

"어떻게 아이를 *가졌냐*고요? 음, 프랜시, 누구나 알다시피 두 사람이 서로 사랑을 나누면……."

"아뇨, 제 말은……."

토큰이 웃었다.

"농담이에요. 루실이 아이를 가졌어요."

그녀는 케이크를 힘들게 삼켰다.

"루실이요? 잠깐만, 혹시 루라는 사람 본명이 루실이에요?"

"네, 내 아내예요."

"하지만 당신은 게이잖아요?"

그러자 토큰이 의자에 등을 기댄 채로 눈썹을 추켜세웠다.

"내가 게이라고요?"

프랜시는 긴장하며 웃었다.

"아니에요?"

"아닌 것 같은데요."

"어, 그럼 왜 난 당신이 아내 이야기를 하는 걸 한 번도 못 들었을까요? 그리고 모임은 엄마 모임이었잖아요. 이게 사실은 엄마들이⋯⋯."

토큰이 고개를 끄덕였다.

"여러분 모두 날 그렇게 생각한다는 느낌은 받았어요. 하지만 아닙니다. 난 게이도 아니고 아이를 입양한 것도 아니에요. 우리는 구식으로 아이를 낳았죠. 예정일에 제왕절개로요."

토큰이 히죽 웃더니 말을 이었다.

"적어도 그럴 계획이었죠. 하지만 어텀은 또 생각이 다르더라고요. 아이는 예정일보다 몇 주 일찍 나왔고, 마침 내가 공연을 떠나서 뉴욕에 없던 날 태어났어요. 그래서 루는 아직도 어텀과 나한테 화가 나 있는 게 분명하죠. 낳는 게 쉽지 않았거든요."

프랜시는 토큰의 눈이 흐려지는 걸 눈치채지 않을 수 없었다.

"두 사람은 이제 잘 지내나요?"

"나랑 루 말인가요? 아뇨. 실은 잘 지내지 못해요."

토큰이 일어서서 접시를 식탁으로 가져갔다. 프랜시에게 등을 돌린 채였다.

"하지만 어떤지 알잖아요. 적응해야죠."

토큰이 다시 프랜시를 마주 보았다.

"말하자면 이래요. 5월맘 여러분이 아니었다면 난 완전히 큰일 낳을 테죠. 남자로서 육아를 한다는 건 참 외로운 일이니까요. 하지만 여러분 모두가 참 잘해줬어요. 아시겠지만, 난 확신이 없었거든요. 남자가 불쑥 엄마 모임에 나타나다니. 뭐, 말하자면 좀 긴장했었다고요. 요 몇 주간 모임이 열리지 않아서 점점 힘들어졌어요. 엄마들을 모두 다시 보고 싶네요."

"모두라고요? 위니만이 아니고요?"

프랜시는 고개를 갸웃거렸다.

"위니라고요? 무슨 뜻으로 한 말이에요?"

"어쩌면 위니가 그립지 않을 수도 있겠죠. 당신은 그날 밤 이후로 계속 위니를 보고 있었을 테니까. 그리고 알아서는 안 될 것까지 알고 있을지도 모르니까."

토큰의 눈을 똑바로 쳐다보며 말을 내뱉는 이 순간 프랜시는 기분이 너무 좋다는 것을 부정할 수가 없었다.

토큰이 팔짱을 끼고서 식탁 의자에 몸을 기댔다. 뭐라 말해야 할지 모르겠다는 표정이었다.

"또 있어요. 당신은 위니한테 약간 집착하는 것처럼 보이던데요."

프랜시는 아이스팩을 커피 테이블에 놓은 다음 일어서서 두 발을 바닥에 단단히 디뎠다.

"이 말도 해야겠어요. 우리는 당신에 대해서 알고 있어요."

그 순간 토큰의 턱 근육이 경직됐다고, 프랜시는 얼마든지 맹세할 수 있었다.

"나에 대해 안다고요?"

"그래요. 체포된 적이 있잖아요. 범죄 기록 말이에요. 생각나는 거 없어요?"

"범죄 기록요?"

"그래요."

프랜시가 잠시 침묵하다 말을 이었다.

"무슨 짓을 한 거죠?"

그러자 토큰의 얼굴에 천천히 미소가 퍼졌다.

"나에 대해서 참 많이 아는 것 같네요. 그럼 직접 말해보지 그래요?"

"어, 난 그 부분은 몰라요. 넬이 알아내려고 했지만 못 했으니까."

"넬이 알아내려고 했다고요?"

"그래요."

"넬이 어떻게 알아내려고 했다는 거죠?"

그러자 프랜시는 토큰의 얼굴에 서렸던 공포가 사라지고 분노가 차오르는 걸 볼 수 있었다.

"솔직히 말하면 정확히는 몰라요. 넬은 해킹을 할 줄 알더라고요. 그래서 5월맘 회원 정보에 들어가서 당신 기록을 찾아봤대요."

이 말을 꺼내자마자 프랜시는 이게 잘하는 짓인지 의문이 들었다. 어쩌면 이런 식으로 넬의 정체를 밝히는 게 현명하지 못했을 수도 있지만, 어쨌든 그의 독선적인 어조와 자신을 바라보는 시선을 알아채자 당황스러워졌다. 프랜시는 등을 꼿꼿이 펴고 왜 그날 밤 토큰이 술집을 떠났는지, 어디에 간 건지, 뭘 숨기고 있는지 설명해달라고 요구할 준비를 했다. 하지만 미처 그러기도 전에 그가 일어서서 프랜시 쪽으로 다가왔다.

"날 모두 지켜보고 있었다고요? 내 뒷조사를 했어요?"

"그래요. 하지만……."

프랜시가 말을 채 잇기도 전에, 그가 벌떡 일어나 그녀의 손목을 잡고서 소파에서 일으켰다.

* * *

그의 팔에 안긴 아이는 마구 울어댔다. 그는 더 큰 소리로 아기를 달랬다. 마음속에서 분노가 솟구쳤다. 아기가 이토록 보채는 건 땀띠가 났기 때문이었다. 의사는 날씨가 이렇게 더운데도 아기를 아기 띠 안에 너무 오래 넣고 있어 그렇다고 했다. 지난 사흘간 32도가 훌쩍 넘었지만 아기는 아기 띠 안에서만 낮잠을 잤고, 애를 재워야 그나마 쉴 수가 있었다.

토큰은 주방으로 가서 파운드케이크를 쓰레기통에 버렸다. 아까 프랜시에게 나가라고 했을 때, 문까지 끌고 가 복도 밖으로 내보냈을 때 그녀의 표정이 떠올랐다. 그는 아이를 어깨에 부드럽게 얹은 다음 수도꼭지를 틀고 아침 식사를 했던 접시를 물로 헹궜다. 뜨거운 물에서 김이 올랐다. 그런 여자들을 믿었던 자신이 얼마나 바보였던가. 그들의 모임에 들어가서 함께 잘 지내보려 했다니. 심지어 어떤 생각까지 했는가……

그는 천천히 숨을 들이쉬며 마음을 애써 진정시켰다. 잠을 자야한다. 어젯밤만 해도 내내 깨어서 위니 생각을 했다. 헥터의 시신이 발견되었다는 뉴스가 터지기 전, 어제 아침 위니가 메시지도 남겼었다. 그는 위니가 전화를 받지 않아서 이제껏 연락하지 못했다. 그래서 뭘 어떡해야 할지 모르는 상태였다. 수도꼭지를 잠그고 싱크대 아래 서랍장에서 행주를 꺼냈다. 누군가 아파트 밖에 온 소리가 난 것도 같았다. 거실로 다가가 소리를 들어보았다. 누군가 문 앞에 와서 열쇠 구멍에 열쇠를 넣고 돌리고 있었다.

* * *

"얘야, 잘 있었니."

도로시가 가방을 현관 바닥에 내려놓았다.

"세상에나, 오늘 바깥은 정말 덥구나. 라디오를 들으니까 오늘이 기상 관측상 제일 더운 날이었다고 하더라."

그녀가 토큰을 보고 말을 멈추었다. 그의 표정을 알아챈 도로시가 가까이 다가와서 그를 안아주었다. 어텀이 둘 사이에 끼었다.

"너 괜찮니?"

그는 숨을 깊이 들이마시고는 고개를 끄덕였다. 익숙한 향, 등을 감싸주는 따스한 팔이 느껴지자 마음이 가라앉았다.

"엄마가 온다는 걸 깜빡했어요."

도로시가 물러서서 두 손으로 아들의 얼굴을 잡은 다음 눈을 찬찬히 들여다보았다.

"오늘은 좀 괜찮은 거야?"

"네, 당연하죠."

"그런데 왜 그래?"

"그냥 피곤해서 그래요, 엄마. 걱정하지 마세요. 아무것도 아니에요."

"루실은 출장 잘 다니고 있다니?"

도로시는 이렇게 물으며 샌들을 벗어 문 옆에 가지런히 둔 다음 그의 팔에서 어텀을 안아 들었다. 토큰은 주방으로 걸어가서 자신과 프랜시가 마셨던 커피 컵을 싱크대에 넣었다.

"일정이 길어졌나 봐요. 내일이나 올 거예요. 하지만 일은 잘 마칠 것도 같고요."

엄마가 자신의 얼굴을 보지 못해 다행이었다. 봤다면 거짓말을 알아챘을 테니까.

어젯밤 루실이 로스앤젤레스에서 전화해서, 마지막 회의가 하루 미뤄졌다고 말했다. 사실이 아니라는 걸 토큰은 알고 있었다. 루실은 남자와, 바로 그녀의 사장과 하룻밤을 더 보내려는 것이다. 코맥이라는 남자. 빌어먹을 사장이다. 그 새끼는 크로스핏 클럽 회원인데다 개인 운전기사도 딸린 놈이다. 두 사람이 주고받은 이메일을 발견한 지도 벌써 1년이 되었다. 치과 전화번호를 찾으려고 루실의 휴대폰을 보다가 알게 된 사실이었다.

휴대폰에는 애칭과 은밀한 만남의 장소가 담겨 있었다.

루실은 딱 한 번 유혹에 빠졌노라고, 벌써 다 지난 일이라고 맹세했다. 지금껏 토큰이 부탁해왔던 걸 할 준비가 되었다고도 했다. 바로 아기를 갖는 일이었다.

"우리 손녀는 '할머니랑 노는 날' 준비가 되었나요?"

어텀이 겨우 생후 23일 되었을 때 처음으로 도로시가 어텀을 데리고 '할머니랑 노는 날'을 보냈다. 그때 루실은 벌써 복직한 상태였다. 예정일보다 2주나 먼저 양수가 터졌던 그날, 루실은 중요한 거래를 마무리하던 참이었다. 그래서 일을 끝내기도 전에 휴직해야 한다는 사실에 무척 스트레스를 받았다. 루실은 복직 첫날 잠깐만 사무실에 다녀오겠다고 했지만, 결국 밤 9시 반이 되어서야 돌아왔고, 그 이후로 일주일에 60시간을 내리 일하고 있었다. 아니, 그렇다고 말했다.

"자기 근무 시간을 줄여야 하지 않을까?"

몇 주 전, 토큰이 분노에 찬 목소리로 루에게 물었다. 더 이상 가식적인 속임수에 장단 맞춰주지 않으리라는 걸 아내에게 알리려는 심산이었다.

"무슨 말인지 알지? 이렇게 오래 일하면 어떡해?"

그러자 루실이 발끈하더니 방에서 나가버리고는 침실에서 소리쳤다.

"그럼 나보고 어쩌라는 거야? 내 수입 없이 우리가 어떻게……."

"너 정말 괜찮은 거 맞니?"

어머니가 거실로 들어와 그에게 다시 물었다. 어텀은 노란색 데이지가 그려진 시원한 면 원피스 차림이었다.

"난 괜찮아요, 어머니. 진짜예요."

"그래, 알았다."

도로시는 어텀을 유모차에 눕히고 띠를 매며 대답했다.

"그 원피스 사신 거예요?"

도로시가 미소를 지으며 걸어와 아들의 턱을 쓰다듬었다.

"안 사고는 못 배기겠더라고. 넌 이제 뭐 할 거니?"

"잘 모르겠어요."

"좀 잤으면 좋겠다."

"그래요. 그래야죠."

토큰이 어머니의 이마에 키스했다.

"고마워요, 엄마."

그는 문을 닫고 잠시 기다린 다음 침실로 향했다. 그리고 협탁 서랍에서 봉투 하나를 꺼냈다. 봉투 안을 보고 서류들이 잘 있나 확인한 다음 창틀에 놓아둔 운동화를 집어 들었다. 그리고 창문을 내다보며 어머니가 시야에서 완전히 사라진 것을 확인했다.

토큰은 마음이 바뀌기 전에 걸음을 재촉했다. 자신이 지금 어디로 가는지 확실히 알고 있었다. 빌어먹을 넬. 빌어먹을 프랜시. 그 여자는 오늘 아침 자기를 졸졸 따라와서 그 차 뒤에 '숨어서' 더 스폿에서 커피를 마시는 것을 지켜보았다. 전부 엿이나 먹으라지. 10분 뒤, 위니의 아파트에 도착한 토큰은 밖에서 기다리고 있는 기자들의 수가 줄어든 걸 보았다. 분명 많은 수가 수색 진전 상황을 취재하느라 북부로 올라갔을 것이다.

그는 거리를 유지한 채 건너편 길가에 서서 선글라스로 얼굴을 가렸다. 어제 이후로 소피 기린 인형이 위니의 집 앞에 있는 보리수나무까지 닿을 정도로 수십 개 더 늘어나 있었다. '마이더스를 위한 기도회. 마이더스를 집으로 돌려보내주세요'라는 최근의 메시지가 나오고 나서 모인 것들이었다. 그는 위니의 집 창문을 올려다보며 저 두꺼운 실크 커튼 뒤에서 어떤 일이 벌어지고 있을까 상상해보왔다. 마크 호이트가 주방에 앉아 무릎을 꿇고서 작은 얼룩을 검사했지만 결국 열흘 전 타일 바닥에 쏟아진 마리나라 소스였다는 걸 밝혀냈을까. 법의학 전문가가 라텍스 장갑을 낀 손으로 마이더스의 방 창문을 조심스럽게 쓸고, 위니의 침실을 천천히 배회하며 다시금 문에서 테라스까지 검사하고 있을까. 문을 바라본 토큰은 저 침실에 처음으로 들어갔던 날을 떠올렸다.

건물에서 고개를 돌린 토큰은 주머니에서 반으로 접은 봉투를 꺼냈다. 이틀 전 집 우편함에 온 것이었다. 누가 이걸 보냈는지, 왜 보냈는지 아직도 알 수 없었다. 원래는 안에 든 걸 신경 쓰고 싶지 않았다. 누구든 악의밖에 없는 인간이 보냈다는 건 분명했으니까.

토큰은 길을 건너 엘리엇 폴크에게 다가갔다. 엘리엇 폴크는 밤색 수바루 승용차의 후드에 기대어 담배를 피우고 있었다.

"드리고 싶은 말씀이 있는데요."

그러자 폴크가 그를 올려다보았다.

"네, 그러시죠. 무슨 이야기입니까?"

"마이더스가 유괴된 날 밤 이야기입니다. 퍼트리샤 페이스가 보여준 사진 속 여자 있잖아요. 졸리 라마에서 술에 취했던 여자요."

그러자 폴크의 눈이 번뜩였다.

"그 여자가 어쨌는데요?"

"그 여자 이름은 넬 맥키입니다."

"넬 맥키라고요?"

"네, 그리고 그 여자를 좀 조사해보세요."

"조사하라고요? 왜요?"

토큰이 봉투를 폴크에게 건네주었다.

"지금 그 여자는 자기 정체를 숨기고 있거든요."

폴크가 담배를 길가에 던져버리고 봉투 안에 는 종이를 꺼내 내용을 읽으며 낮게 휘파람을 불었다.

"와, 이런, 고맙군요."

토큰은 뭐라 대답하고 싶었지만 목이 콱 막혀버려서 돌아서서 공원 쪽으로 걷기 시작했다. 땅만 바라보며 걷는 그의 가슴은 수치심으로 무겁게 요동쳤다.

제17장

10일째

수신: 5월맘님

발신: 맘동네 친구

날짜: 7월 14일

제목: 오늘의 조언

생후 61일 우리 아기,

　맘님들을 놀라게 할 의도는 없지만요, 이제는 아이의 머리 모양을 잡는 데 신경 쓰기 시작하셔야 해요. '눕혀 재우는 게 제일 좋다'라면서 아기를 재울 때 많이들 눕히지만, 등을 대고 너무 많이 누워 있으면 아기의 부드러운 부분이 눌려서 자세 때문에 사두증이 일어날 수도 있어요. 매일 정해놓고 엎드려 자는 시간도 꼭 있어야 이 문제를 해결할 수 있답니다. 혹시 어느 부분이 너무 심각하게 평평해 보인다면 반드시 의사와 상의하세요.

"앨런! 앨런! 여기 보고 웃어주세요!"

"앨런, 마이더스는 어떻게 된 건지 아십니까?"

서배스천은 몰려드는 카메라를 막고 군중을 거칠게 밀치며 길을 터 넬을 보호했다.

"졸리 라마에서 찍힌 사진에 대해 하실 말씀 없습니까? 그날 밤 당신과 위니는 어떻게 그렇게 술에 취했던 거죠?"

"예뻐 보이시네요, 앨런! 오늘 아침 나온 레인 국무장관의 노벨 상 후보 지명 소식에 대해서는 어떻게 생각하십니까?"

넬이 서배스천의 손을 꼭 잡고 대기 중인 택시로 애써 다가갔다. 카메라 플래시와 끊임없이 눌러대는 셔터 소리에 정신이 멍했다. 뒷좌석에 올라타자 보도에서 서배스천이 차 문을 닫고서 잘 가라고 손을 흔들었다. 넬이 운전사에게 회사 주소를 댔다. 핸드백으로 차창을 가려 시야를 막는 그녀의 선글라스가 눈물로 얼룩졌다. 운전사가 그녀를 룸미러로 슬쩍 보고 말했다.

"혹시 배우이신가요?"

"아뇨, 어서 출발해주세요."

택시가 모퉁이를 돌자 앞좌석 등받이에 붙어 있는 TV가 켜지면서 아침 방송이 나왔다. 여자 셋이 테이블에 앉아 저마다 커피 머그잔을 들고 뼈가 도드라져 보이도록 다리를 꼬고 앉았다. 그들의 얼굴이 즐겁게 빛났다. 최근에 모든 택시 뒷좌석마다 설치된 시답잖은 TV가 정말 싫었다. 왜 사람들은 이놈의 차를 타고 뉴욕을 누비는 그 짧은 순간에도 망할 놈의 '연예 오락'에 정신을 팔지 않고서는 견디지 못하는 걸까. 넬은 숨을 깊이 들이쉬고 어젯밤 통화했던 어머니의 목소리를 되새겼다. *넬, 숨을 쉬렴. 다 괜찮아질 거야.*

천천히 숨을 내쉰 다음 TV 음소거 버튼으로 손을 뻗었다. 그런데 그때 어떤 이름이 들려왔다.

"자, 앨런 애버딘이 오늘 아침 다시 뉴스에 등장했네요."

바비 인형같이 머리를 금발로 염색한 여자 중 하나가 말했다. 여자의 이마는 유리처럼 움직임이 없었다.

"지난밤 엘리엇 폴크가《뉴욕 포스트》에서 밝힌 바에 따르면, 현재 39세인 앨런은 브루클린에 거주하면서 사이먼 프렌치사에서 일하고 있습니다. 넬 맥키라는 이름으로 산다더군요. 제가 보기엔 결혼한 것 같네요."

그러자 다른 여자가 키득키득 웃었다.

"첫 데이트 했을 때 남편이 얼마나 어색해했을까요. '혹시 애버딘 스캔들 주인공인 에버딘 씨 맞나요?' 하고 물었으려나요."

그러자 세 번째 여자가 손을 들어 말을 막았다.

"잠시만요, 그때 앨런은 스물두 살짜리 인턴이었어요. 반면 레인은 예순여섯 살 먹은 국무장관에다 대통령 후보였잖아요. 왜 그때 우리는 이 스캔들에 레인이 아니라 애버딘 스캔들이라고 *그녀의* 이름을 붙였던 거죠?"

그들 뒤에 있던 커다란 화면에 사진이 크게 떴다. 바로 그날 밤 졸리 라마의 사진이었다.

"그리고 믿을 수 없으시겠지만, 그날 밤 술집에 있던 여자가 바로 앨런이었습니다."

넬은 음소거 버튼을 누른 다음 두 손으로 눈두덩을 꾹 눌렀다.

속에서 공포가 마구 차올랐다.

안 돼. 안 돼 제발. 이러지 마. 다시는 안 돼.

곧이어 화면에 그녀와 국무장관 라흘란 레인의 사진이 떴다. 원본이었다. 화재용 비상계단에서 테킬라 한 병을 사이에 두고 앉은 두 사람의 모습이 나왔다. 사진 속 넬이 라흘란 레인의 허벅지에 맨발을 올려놓고 있었다. 다음 화면은 20년 전 그 사진이 전 세계 신문과 잡지의 1면 기사가 된 사진들이었다. 넬이 조지타운대학교 졸업식에서 모자와 가운을 쓰고 어머니 옆에 앉아 있는 스틸 사진도 보였다. 그리고 스캔들이 뉴스로 뜬 다음 택시 뒷좌석에 혼자 앉아 있는 공허한 눈빛의 넬도 나왔다. 그 사진이 《가십!》의 1면을 장식했었다.

넬은 눈을 감고 한없는 어둠 속으로 침잠하며 기억에 빠져들었다. 아직도 후회가 남아 있었다. 17년이 지난 지금도 그때의 기억은 생생했다. 라흘란 레인이 자신에게 보냈던 눈길과 던졌던 말들은 어땠던가. 줄지어 선 인턴들과 차례대로 악수했던 그때, 넬이 레인 밑에서 일하기 시작하고 몇 주 뒤부터 사건은 시작되었다. 그는 자신의 사무실에서 멀찍이 떨어진 곳에 있던 넬의 책상 맨 위 서랍에 선물을 두고 갔다. 그 자리는 넬에게 일생일대의 기회였다. 누구나 탐내는 주 정부 인턴십 자리를 따냈으니까. 조지타운대학교 졸업 학기 때 넬은 아무 생각 없이 인턴십에 지원했다. 그녀는 조지타운대학교에 장학금을 받고 다녔고, 장학금이 없었다면 학교에 다닐 수 없는 형편이었다. 엄마와 새아빠가 버는 돈으로는 수업료를 낼 수가 없었기 때문이다.

"잘했구나, 넬. 너는 뭐든지 할 수 있어. 엄마는 믿어."

8천 명이 넘는 지원자를 물리치고 인턴십에 합격했다고 말했을 때 엄마는 눈물이 나고 목이 메어 이렇게 말했었다.

시작은 레인 장관이 당시 최근에 다녀온 인도 출장에서 희귀한 동전을 가져와 선물한 것부터였다. 다음 선물은 보석함이었다. 파리에서 어떤 가게 진열장을 보고 넬이 떠올랐다는 쪽지가 붙어 있었다. 뚜껑에 붙은 파란 보석들이 그녀의 눈동자 색깔과 똑같아서 살 수밖에 없었다고 했다. 마지막 선물은 *E* 모양 펜던트가 달린 가느다란 금목걸이였다.

카드에는 이런 말이 있었다. *앨런에게. 오늘 밤에는 늦게까지 사무실에 있을 거야. 저녁 8시쯤 들러주길.*

싫다고 할 이유야 널렸다. 그는 앨런보다 나이가 세 배나 많은 남자였다. 아내와 딸 셋이 있는 유부남이었고, 큰딸은 넬보다 한 살이 어렸다. 4년째 사귀는 남자친구인 카일은 얼마 전 넬에게 청혼했다. 하지만 넬은 거절하지 않았다. 레인은 최근 대통령 선거에 출마하겠다고 선언했었다. 그녀는 스물두 살이었다. 그의 지시를 따르지 않으면 어떻게 될지 무서웠고, 이 남자가 뭘 바라고 이러는지 궁금했다.

넬이 사무실 문을 노크하자 레인이 책상에 앉은 채로 들어오라고 했다. 그리고 문을 닫으라고 한 다음 새로운 네트워크에서 인쇄하는 법을 모르겠으니 도와달라고 말했다. 그는 소탈하고 매력적이었다. 자기는 기계에 대해서 잘 모른다며 민망한 듯 웃었고, 인도 음식을 주문할 참인데 혹시 새우 코르마를 좋아하냐고 물었다. 두 사람은 바닥에 앉아 그의 책상에 등을 기댄 채로 음식을 먹었다. 굳게 잠근 문밖에서는 외교 안보국 직원들이 검은색 정장을 입고 무장한 채로 경호 중이었다. 레인이 넬에게 자기가 먹던 라이스 푸딩을 한 입 맛보라며 건네주었다. 그리고 마틴 루서 킹이 그 유명한 연설 'I Have a Dream'을 했을 때 자신도 그 자리에 있었다는 이야기와 최근 영국 총리와 만나서 저녁을 들며 와인 두 병을 마시고는 다우닝가 10번지에 있는 사설 극장에서 「주랜더」를 보다 잠들어 버렸다는 이야기도 했다.

"저 코 좀 봐." 둘의 짧은 관계가 드러나자 사람들은 넬을 보고 그렇게 말했다. 어떤 고등학생이 옥상에서 찍은 사진을 팔았던 것이다. 넬과 라흘란이 화재용 비상계단에 앉아 있는 사진이었다. 그날 밤 카일은 집에 들어오지 않았다. 라흘란이 공무수행용 차량이 아닌 세단으로 집까지 데려다주겠다고 했을 때 넬은 승낙했다. 그가 몇 분만 집에 들어가보고 싶다고 했을 때도 넬은 또 승낙했다.

"요즘 네 또래 젊은 애들이 어떻게 사는지 보는 건 언제나 재미있어."

레인은 이런 말을 하며 넥타이를 풀고서 듀폰트서클에 있는 자그마한 아파트로 들어왔다.

넬은 아직도 카일의 얼굴을 떠올릴 수 있었다. 레인과 넬의 사진이 《워싱턴 포스트》 1면에 등장한 날 밤, 집에 돌아왔을 때 그녀를 바라보던 그 눈빛을. 카일은 불이 꺼진 주방 안 자그마한 식탁에 앉아 버번을 홀짝이고 있었다. 그의 옆에는 슈트케이스가 놓여 있었다. 넬의 것이었다.

"이 집에서 나가."

"제발 이러지 마. 우리 이야기 좀……."

그는 말을 끊고 손을 들었다.

"앨런, 그만해. 듣고 싶지 않으니까."

이쪽을 바라보는 그의 눈동자는 혐오감으로 가득했다.

"여기 들였어? 우리의 침실에?"

"아냐. 그런 적 없어. 딱 한 번 그랬을 뿐이야. 어떻게 말해야 할지……."

"듣고 싶지 않아. 우린 끝났어."

넬은 카일 앞에 마주 앉았다.

"하지만 카일, 자기야. 우리 청첩장 돌린 지 얼마 안 됐잖아."

"엄마가 벌써 결혼식 참석자들에게 취소 전화를 돌리셨어. 결혼 안 한다고."

카일은 술잔을 비우고는 조용히 싱크대에서 잔을 씻었다. 그리고 컵을 건조대에 올려놓은 다음 문에 걸린 코트를 집어 들었다.

"마시에게 이야기해놨어. 거기서 지내도 좋다고 했어. 내가 돌아올 때까지는 집에서 나가줘."

넬은 사흘 뒤 인턴에서 해고되었다. 그 사실조차 넬에게 한마디 해달라고 요청하던 기자를 통해 알게 되었다. 그녀를 가정파괴범이라고 불렀던 기자 중 하나였다. 넬을 수식하는 말은 그 밖에도 다양했다. 창녀. 엘렉트라 콤플렉스가 있는 뚱뚱하고 콧대 높은 계집애. 한 가장의 아내 생각은 쥐뿔만큼도 하지 않는 년. 기자회견장에서 라흘란 옆에 서 있던 프리실라 레인은 금욕적인 표정으로 미국

국민에게 후회의 심경을 전하는 남편의 말을 들었다. 레인의 목소리에는 거짓 회개가 가득했다. 그는 자신도 어쩔 수 없는 약한 남자라며, 넬이 자신을 유혹했다는 듯이 말했다. 넬이 자기더러 "살생겼다"라고 말하면서 먼저 야근을 제안했다고 말이다. 레인은 프리실라의 어깨에 팔을 두른 채, 가족에게 용서를 구했노라고, 각료들과 시간을 보냈노라고, 그리고 알코올중독 치료를 시작했노라고 말했다. 그리고 마지막으로 미국 대통령 선거에 출마하지 않겠노라고 선언했다. 그러자 언론과 전문가들, 가십 잡지들이 죄다 떠들어댔다. 넬이 자신의 친구들에게 불륜 사실을 자랑했다고, 라흘란이 프리실라와 이혼하고 자신과 살 것이라고 떠벌렸다고 주장했다. 넬은 그런 말을 한 적이 없었다. 그런 건 생각해본 적도 없었다. 바랐던 적도 전혀 없었다.

그 순간 자신이 탄 택시가 내는 경적 소리가 들려왔다. 넬은 다시 현실로 돌아왔다. 택시 운전사가 차창 밖으로 몸을 내밀고서 자전거를 탄 젊은 남자에게 주먹을 휘둘렀다.

"비켜! 대체 뭐 하자는 거야?"

차 세 대 앞에 선 쓰레기차의 냄새가 택시 안을 가득 메웠다.

마크 호이트에게 넬의 신분을 밝힌 건 알마가 틀림없었다. 그리고 마크 호이트가 그걸 언론에 공개한 것이다. 그렇게 생각할 수밖에 없다. 어젯밤 엘리엇 폴크에게 전화를 받은 순간, 정말 이게 당신이 맞느냐고 확인을 요청하며, 이제 10분 뒤면 온라인판에 기사가 실릴 거라고 전해주었던 이후로 넬은 계속 그렇게 생각했다.

알마에게 과거에 있었던 일을 이야기해주거나 자신이 누군지 밝힐 생각은 없었다. 하지만 결국 알마를 처음 보는 자리에서 그녀에게 유모 자리를 주게 되자 어쩔 수 없었다. 말할 수밖에 없지 않은가. 알마는 일주일에 50시간씩 베아트리스를 돌보고, 딸아이의 안전과 안녕을 책임지는 존재가 될 터였다. 그러니 알마는 넬이 누군지 알아야 했다. 지난 15년간 그토록 두려워해온 순간, 즉 자신의 정체가 탄로나는 그 순간이 올지도 모르니까.

바로, 지금처럼.

택시는 맨해튼을 가로질렀다. 어떻게든 마음을 굳게 먹으려 했지만, 눈물이 계속 차올랐다. 그저 스스로가 증오스러울 뿐이다. 이제껏 열심히 노력했건만. 새로운 신분으로 살아가려고 차근차근 한 걸음씩 나아갔건만. 몇 년간 정신과 치료를 받고, 런던에서 15년을 숨어 살면서 영국 말씨가 자연스럽게 배도록 하고, 석사 학위를 받고, 작은 대학에서 일하면서 자신이 누군지 알 턱이 없는 아주 어린 학생들을 가르쳤다. 서배스천조차 넬의 정체를 몰랐다. 여덟 번째 데이트를 하고 나서야 그에게 모든 사실을 털어놓았다. 그가 이제 자신을 떠나리라 생각한 넬은 덜덜 떨고 겁에 질렸었다.

하지만 서배스천은 떠나지 않았다. 오히려 넬을 꼭 안아주었다.

"그런 일이 네게 일어났다니, 너무 마음이 아파."

넬이 그 품에서 빠져나오며 말했다.

"나도 책임이 없는 건 아니야. 다 그 사람 잘못인 건 아니야."

하지만 서배스천은 고개를 끄덕이면서 그녀의 손을 잡았다.

"그래. 하지만 그때 넌 너무 어렸어."

택시 창문에 자신의 모습이 비쳤다. 짧은 금발, 커다란 문신, 그리고 너무나 앙증맞아 보이는 코. 아직도 가끔 아침에 무심코 거울을 보면 깜짝 놀라곤 했다. 완전히 달라 보이도록 아예 다른 존재가 되려고 수없이 노력했는데도 소용없었다. 여전히 예전 모습 그대로였다. 그리고 앞으로도 그 모습 그대로일 것이다.

"다 왔습니다."

운전사가 말했다. 넬은 그에게 요금을 건네고 나서 심호흡을 하고 택시 문을 열었다. 그리고 인도에 올라서서 어지러이 달려드는 카메라 사이로 다시 들어갔다.

* * *

두 시간 뒤, 넬은 사무실 책상에 앉아 훈련 매뉴얼 최종본을 검토하며 달걀 샐러드 샌드위치를 집어 들었다. 구내 카페테리아에서 점심을 먹을 수 없을 거라는 사실을 알고 오늘 아침에 서배스천이 싸준 것이었다. 사람들이 자신을 쳐다보는 눈빛을 받으며 밥을 먹을 수는 없다.

그때 누군가 사무실 문을 가볍게 두드렸다.

"안녕하세요, 넬."

이언이 문 안으로 고개를 내밀며 억지 미소를 지었다.

"좀 어떻습니까?"

넬이 이언 쪽으로 의자를 빙글 돌리고 역시 억지 미소를 지었다.

"아, 아시잖아요. 지금은 좀 힘드네요."

넬은 《가십!》의 편집자들이 벌써 위층 편집부에서 이야기하고 있을 거라 확신했다. 지금 뭘 해야 할지, 그녀의 이야기를 어떻게 다루어야 할지 골머리를 앓겠지.

"며칠 뒤면 진정될 거예요. 다른 데서 새로운 먹잇감을 찾겠죠."

당신 같은 상어 떼들처럼 말이죠. 넬은 속으로 생각했다.

"그래요. 오늘 아침에 들어오는데 카메라가 엄청 많더군요. 진짜 인산인해던데요."

"내가 보안 책임자랑 말해봤어요. 사람들을 건물 앞에서 치울 수 있도록 할 수 있는 한 뭐든 하겠죠."

"본부에서는 아무것도 못 해요. 나한테 전화를 했지 뭡니까. 건물 앞은 공공 영역이라면서."

이언이 잠시 침묵하다 말을 이었다.

"일이 어떻게 되는지는 당신도 잘 알잖습니까. 기자들은 거기 있을 권리가 있어요."

넬이 어깨를 으쓱였다.

"네, 그래요. 당신은 절대 모르겠죠. 세상 어느 곳에서는 부정 선거가 일어나고, 어떤 나라는 자국민에게 폭탄을 투하하는데도 미국인들은 그런 일 대신 내 기사를 읽고 싶어 하겠죠. 그래도 이 나라에 희망이 있기는 하죠?"

이언이 어안이 벙벙한 얼굴로 몸을 조금 숙였다.

"이 말은 해야겠네요. 정말이지…… 당신의 영국식 발음 하나는 진짜 천재적이네요. 난 아무것도 몰랐다니까요."

하지만 넬이 아무런 반응이 없자 이언의 미소가 사라졌다.

"당신 친구의 아기 일은 정말로 안됐습니다. 참 힘들겠더군요."

넬이 고개를 끄덕였다.

"그날 일이 터졌을 때 그 자리에 있었다고요?"

"그래요."

"그럼 그날 밤 위니의 집 안으로 들어간 여자들이라는 게 당신이었습니까? 경찰이 집을 폐쇄하기 전에 나갔다던?"

넬이 다시 고개를 끄덕였다.

"이런."

이언이 넬의 사무실 문을 닫았다.

"그럼 대체 거기서 무슨 일이 있었던 겁니까?"

이언이 윙크하며 재차 물었다.

"뭔가 말해줄 거 없어요? 나만 알고 있을게요."

"나한테 윙크하지 말아요, 이언. 그런 짓 다시는 하지 말라고요."

이언이 한숨을 쉬더니 문에 기댔다.

"좋아요, 넬. 잘 들어요. 나도 이런 말을 하고 싶지는 않지만, 우리는 당신에게 시간을 좀 주기로 했습니다."

"시간을 준다고요?"

"이 소동이 계속되면 결국 당신에게 영향이 갈 겁니다."

"난 괜찮아요. 예전에도 살아남았던 경험이 있으니까 이번에도 다시 잘 살 수 있어요."

"그렇군요."

이언은 고개를 끄덕이며 말을 이었다.

"넬, 사실을 말하자면 당신은 복직하고 나서 요 며칠 동안 최선을 다해 일하지는 않았죠."

"최선을 다하지 않았다고요? 이언, 봐요. 나도 숨 좀 돌리자고요."

"그래서 내가 여기 온 겁니다. 넬, 당신 숨 좀 돌리라고요. 출산하고 나서 몸을 추스를 시간을 더 주겠다 이겁니다. 어쩌면 우리가 당신에게 너무 빨리 돌아오라고 한 건지도⋯⋯."

"이언, 난⋯⋯."

"급여는 드리겠습니다. 장기 휴가라고 생각하세요. 출산휴가를 연장하는 거라고 생각하시든지요. 한 몇 달간 말이죠. 필요하다면 더 있다 와도 돼요."

넬은 웃었다.

"정말요? 출산휴가 연장이라고요? 새로운 사내 정책인가요? 여자들이 아주 좋아하겠는데요."

이언은 히죽 웃었다. 넬은 애써 분노를 누그러뜨렸다.

"그럼 언제부터 나오지 말라는 거죠?"

"오늘부터요."

"오늘이라고요? 이언, 내가 주관하는 보안 훈련 날짜가 내일이 잖아요. 이제껏 준비해왔는데. 그걸 감독하느라고 출산휴가도 줄였다고요."

이언은 넬의 시선을 피해서 창문을 바라보았다.

"이미 에릭한테 말해놨습니다. 에릭이 당신 대신 맡아주기로 했어요. 물론 에릭이 당신만큼 일하지는 못하겠지만, 어떻게든 해낼 거라고 확신합니다. 내일부터 당신이 해온 업무를 인계받을 거고요. 그렇게 됐어요. 그러니 쉴 만큼 쉬어요. 클로이랑 시간을 같이 보내라고요."

"우리 애 이름은 베아트리스예요. 봐요. 이게 불편한 상황인 건 알지만, 난 잘못한 거 없어요. 언론이 날 찾아낸 거죠. 벌써 15년 전 일인데……"

하지만 이언은 다시 눈을 마주치며 말했다.

"넬, 미안하게 됐습니다."

"에이드리엔에게 가서 말하겠어요."

그러자 이언이 입술을 깨물었다.

"왜요?"

"에이드리엔은 알고 있었으니까요. 다 알아요. 그러니 이런 일에 신경 쓰지 않을 거예요. 당신들은 날 내보낼 수 없어요."

"날 여기 보낸 게 에이드리엔입니다. 이번 일은 정말 말도 안 된 다고 생각하고 있어요. 우리 모두 그렇습니다. 이토록 공론화가 된 일을 감당할 여유는 없습니다. 너무 힘들어요."

그러자 넬은 애써 분노를 삼키며 마음을 단단히 먹었다.

"뭐가 그리 힘들다는 거죠? 나에 대한 글을 쓰려고요? 다음 호 《가십!》 표지에 어떤 사진을 실어야 하나 결정을 못 하겠어요? 원하신다면 나도 비키니를 입고 어디서 국기를 구해보죠."

이언은 넬의 눈빛을 피하지 않았다.

"미안합니다만, 넬, 간단히 말하도록 하죠. 짐을 싸십시오. 몇 주 뒤에 다시 검토해볼 수 있습니다. 그때 상황이 어떤지 보자고요."

넬이 눈을 감았다. 그러자 눈앞에 떠오르는 잔상들이 있었다. 국무부에서 상자에 소지품을 챙겨 나오던 일. 엘리베이터로 걸어가는 넬을 곁눈질하던 사람들. 밖으로 나가자 자신을 기다리고 있던 수많은 카메라들. 그 뒤로도 몇 년 동안 직업을 구할 수 없었다. 가는 곳마다 거절당했고, 고용주가 되어주리라 생각했던 사람들의 표정은 다들 한결같았다. *이 여자 때문에 라흘란 레인이 대선을 포기했다고?*

넬은 눈을 뜨고 이언을 똑바로 바라보았다.

"싫어요."

"싫다고요?"

"싫어요. 난 안 나가요. 당신들은 날 해고할 수 없습니다."

"누굴 해고하려는 게 아니라⋯⋯."

"난 안 나간다고요, 이언. 필요하다면 변호사를 고용하겠어요. 어쨌든 난 안 나가요."

"하지만 넬⋯⋯ 나는⋯⋯ 이게⋯⋯."

"무례하게 굴어 죄송하게 됐어요. 하지만 나가주셔야 할 것 같네요. 장기 휴가는 내가 드리죠. 내 사무실에서 나가서 당분간 오지 마세요."

넬이 컴퓨터 쪽으로 등을 돌리며 덧붙였다.

"저는 내일 있을 훈련을 준비해야 해서요."

이언이 조용히 문을 열고 복도로 나갔다. 넬은 일어서서 그의 등 뒤로 문을 닫다가 어떤 젊은 남자가 조금 떨어진 곳에서 서성이는 걸 보았다. 사무실 안의 대화를 엿들으려는 거겠지. 넬을 엿보려고, 혹시나 그 같잖은 페이스북에 올릴 사진을 한 장 조심스럽게 찍을 수 있을까 바라는 거겠지.

넬은 책상으로 돌아와서 멍하니 훈련 매뉴얼을 읽으며 지금의 일을 잊으려 했다. 이언도, 복도에 있던 풋내기 녀석도, 회사 밖에 포진한 카메라맨들도, 이언이 들어오기 전에 읽었던 기사도 모두 다.

전 국무장관 라흘란 레인이 노벨 평화상 후보에 지명된 날 아침, 엘렌 에버딘이 아기 마이더스의 실종과 연관이 있다는 사실이 밝혀졌습니다. 실제로 그녀는 아이가 유괴된 7월 4일 밤 졸리 라마에서 의자 위에 올라가 술에 취한 채 춤을 추던 사진 속 어머니로 밝혀졌습니다.

넬은 바닥에 둔 핸드백을 집어 들고 지갑을 뒤져서 알마를 생각하며 마크 호이트의 명함을 찾았다. 넬이 자신의 과거에 대해서 털어놓았던 그날 아침, 알마 역시 몇 가지 사실을 넬에게 고백했다. 퀸스에 사는 남자에게서 가짜 사회보장카드를 샀다고. 알마의 남편이 공항 옆 힐튼호텔의 청소부 자리를 구하려고 거짓말을 했노라고. 경찰은 이런 사실까지 알고 있을까.

넬은 명함을 손에 쥔 채로 책상에 놓아둔 베아트리스의 사진을 응시했다. 전화벨이 울린 지 두 번 만에 호이트가 받았다.

하지만 넬은 전화를 끊어버렸고 다시 다른 번호를 눌렀다. 부드럽게 인사하는 목소리를 듣자 그만 눈물이 터졌다.

"엄마, 엄마 보고 싶어. 나한테 와줄 수 있어?"

* * *

콜레트가 가느다란 금목걸이에 걸린 에메랄드 펜던트를 앞뒤로 움직여댔다. 오늘 아침 일어나 보니, 찰리의 베개 위에 무언가가 놓여 있었다. 찰리는 카드에 이렇게 썼다. *우리 딸이 태어난 지 두 달된 기념 선물이야. 아이의 탄생석이야. 딸아이에게 정말 좋은 엄마가 되어주어서 고마워*

콜레트는 휴대폰을 들고 문자를 보냈다.

—정말 가슴이 아파요.

오늘 뉴스를 도배한 이미지를 떠올리자 목이 콱 막혀왔다. 젊었을 적 넬의 사진과 함께 바로 그날 아침 그녀가 핸드백으로 얼굴을 가리고 택시에서 내려 사이먼 프렌치사로 들어가는 영상이었다.

—나한테 말해주지 그랬어요.

그 코 모양. 어딜 봐도 넬이었다. 콜레트도 그 스캔들을 생생히 기억하고 있다. 콜레트의 어머니는 당시 있었던 일을 두고 상황을 있는 그대로 설명하려고 목소리를 높이던 여성 운동가 일원 중 하나였다. 이건 언론이 혈안이 되어 보도하고 있는 것처럼 어린 꽃뱀이 권력 있는 상급자를 꾀어내 자려던 일이 아니라, 오히려 아주 권력 있는 상급자가 어린 여자에게 덫을 친 오싹한 사례라고 여성 운동가들은 주장했었다.

콜레트가 다시 고개를 들어 앨리슨의 책상 위 시계를 보았다. 애써 부인하고 싶었지만, 젖꼭지가 계속 따끔거리고 있었다. 지금 이러면 안 되는데. 깜빡 잊고 유축기를 가져오지 않은 게 오늘이 처음인데 하필 지금 그걸 써야 할 상황이 생기다니. 오늘 아침 넬이 나온 뉴스를 보고 마음이 너무 심란해서 정신을 차릴 수가 없었다. 그래서 집을 나서기 전 언제나 하던 유축도 새카맣게 잊고 말았다. 회의 시간에 맞춰 집을 나서지도 못한 데다, 심지어 지갑도 없이 나와서 집으로 되돌아가야 했다. 그런데 지금은 항상 가지고 다니던 휴대용 유축기도 수방 조리대에 두고 와버린 것이다. 제시간에 오겠다고 약속한 테브는 또 늦고 있었다. 2시까지는 집에 돌아가야 한다는 걸 알고 있으면서 말이다.

─오늘은 꼭 제때 회의를 해야 해요. 찰리도 회의가 있거든요.

콜레트는 오늘 아침에 테브에게 문자를 보냈었다.

그 회의는 보통 회의가 아니었다. 《뉴욕 타임스 매거진》 편집자가 갑자기 찰리에게 점심을 먹자고 초대한 것이었다. 찰리의 신작 소설을 독점 발췌해 연재하자는 제안에 대해 이야기하는 자리였다. 그래서 찰리는 전날 밤 말했다.

"안 돼, 콜레트. 그 약속 취소 못 해. 테브와 회의 시간을 바꿀 수 없으면, 베이비시터를 알아볼 거야."

"꼭 제시간에 돌아올게. 약속해. 테브도 알겠다고 했어. 안 늦을게."

가방을 들고 화장실로 갔다. 구두 굽이 나무 바닥에 닿아 요란하게 울렸다. 첫 번째 칸에는 사람이 있어서 두 번째 칸으로 들어가 변기에 앉아 휴대폰을 확인했다. 넬이 보낸 답장이 있었다.

─빌어먹을. 이런 일 이미 겪어봤어요. 그땐 무너졌죠. 하지만 두 번은 안 그래요. 베아트리스한테 약한 모습 안 보여줄 거예요.

옆 칸에서 나온 여자가 콜레트가 세면대로 다가가자 미소를 지었다. 그러다 콜레트의 가슴을 슬쩍 내려다본 여자의 표정이 확 변했다. 콜레트는 거울을 보았다. 거울에 비친 그녀의 하얀 실크 블라우스 위에 두 개의 커다란 회색 원이 젖어들고 있었다. 여자는 재빨리 자리를 떴고 콜레트는 핸드 드라이어 쪽으로 가서 블라우스를 뜨거운 바람에 말렸지만 자국은 마르는 즉시 다시 나타났다. 브래지어 속에 접어서 넣어둔 휴지는 벌써 뭉쳐서 블라우스 아래에서 주름을 잡고 솟아올랐다.

콜레트는 가방으로 가슴을 가린 채 화장실에서 급히 빠져나왔다. 다시 자리로 돌아오는 중에도 가슴이 따끔거리며 모유가 계속 흘러나왔다. 가방 속에서 휴대폰이 울렸다. 찰리가 보낸 문자였다.

―나 지금 나가야 해. 오고 있지? 아이는 아래층 소녀에게 맡겨놓을게. 괜찮을 거야. 벌써 말해놨어. 나중에 와서 아이를 데려가.

앨리슨이 콜레트 옆에 서서 말했다.

"콜레트, 시장님이 기다리고 계세요."

콜레트는 휴대폰을 무음으로 바꾼 다음 가방으로 가슴을 가린 채 테브의 사무실로 들어갔다. 소녀라고? 명절마다 열리는 아파트 입주민 파티 자리에서 두 번인가 봤던 여자한테 맡겼단 말이야? 테브는 의자에 앉아 휴대폰을 보고 있었다. 그는 턱짓으로 자기 앞 가죽 소파를 가리켰고, 회의에 늦은 걸 사과하지 않았다.

"앉아요."

"잘 지내고 계셨어요?"

"잘 지냈죠."

하지만 콜레트의 말에 대답하는 테브의 어조는 냉정했다. 표정도 마찬가지였다.

"제가 보기에는……."

콜레트가 입을 열었지만, 테브는 그녀의 말을 무시하고 책상에 있는 전화기 버튼을 눌렀다.

"애런, 들어와."

그러자 즉시 문이 열렸다. 애런은 연락을 기다리고 있었던 듯했다. 애런은 콜레트에게 목례를 한 다음 진열대 쪽으로 가서 서류 더미를 들어 무릎에 얹고는 기대어 앉았다. 맨 위 서류철에 마이더스라고 적혀 있었다.

테브의 눈빛은 더없이 딱딱했다.

"좋아요, 콜레트. 우리는 지금 심각한 문제에 빠졌습니다."

속이 덜컥 내려앉았다. 들켰구나.

저들이 서류철에 대해 알아버린 것이다. 며칠 전 파쇄했던 문서에 스며든 자신의 피로 DNA를 찾아냈구나. 어떻게 한 건지는 모르겠지만 USB를 훔친 것도 들켰구나. USB는 아직 아파트에 있었다. 서랍장 속 낡은 핸드백 안에 숨겨두었다. 이제 모유는 화장실 휴지 뭉치를 완전히 적시고 브래지어의 천을 타고 흘러내렸다. 콜레트는 어디서부터 말해야 할지 애써 생각했다. 왜 그 사실을 이제껏 숨겨왔는지, 왜 마이더스의 서류를 볼 수밖에 없었는지…… 그때 테브가 한마디를 던졌다.

"이 책 너무 못 썼어요."

테브가 눈을 비비며 고개를 저었다. 콜레트는 숨을 내쉬었다.

"알겠습니다."

테브가 의자에 등을 기대고 말했다.

"콜레트, 대체 무슨 일이에요? 왜 이렇게 못 쓴 겁니까?"

왜 그랬을까. 임신하면서 뇌가 변해서 그래요. 잠을 못 잤어요. 포피랑 집에 있고 싶어서요. 마이더스가 죽었을까 봐 너무 무서워서요.

"이렇게 된 건 시장님이 예전보다 더 바빠진 탓도 있어요. 우리가 정해놓은 일정대로 회의하는 게 좀 어려웠잖아요."

테브는 고개를 저었다.

"아니, 그게 문제가 아니에요. 내가 쓴 글 같지가 않다는 게 문제죠."

"실제로 직접 쓰신 건 아니잖아요."

그러자 애런이 이맛살을 찌푸렸다. 테브가 의자를 천천히 그녀 쪽으로 돌렸다.

"그게 무슨 말이죠?"

입이 바짝 말라왔다. 집에서 물을 싸 왔으면 좋았을 텐데.

"직접 이 책을 쓰신 건 아니라는 뜻이었어요, 테브. 제가 썼죠."

"콜레트, 그게 지금……."

애런의 목소리가 비난조를 띠었다.

"죄송합니다. 당연히 저는 이 책을 수정할 거예요. 하지만 여기에 넣고 싶어 하시는 시장님의 경험을 좀 더 이야기해볼 회의를 다시 잡아야 합니다. 이런 말씀 드리기 정말 죄송하지만요, 이제껏 같이 앉아 있을 시간도 잘 없었잖아요."

테브가 애런을 슬쩍 바라보자 애런이 입을 열었다.

"시장님의 말씀은 그런 게 아닌 것 같습니다. 이걸로는 안 된다는 거죠."

"알겠습니다. 그럼 이 책을 어떻게 고칠지 논의해보죠."

애런이 다시 말을 꺼내려 했지만 테브가 막았다.

"미안합니다만 콜레트, 우리는 다른 작가와 일해야겠습니다."

"다른 작가라고요?"

애런이 의자에서 몸을 숙였다.

"편집자와는 벌써 이야기가 끝났습니다. 이 책을 수정할 사람을 구할 겁니다. 이 분야에 더 이름 있는 분이 있더군요.《에스콰이어》에 글을 썼던 분이죠."

"말도 안 돼요. 그럼 벌써 일처리를 끝내신 건가요? 나한테 상의도 없이?"

애런이 콧등을 손가락으로 꾹 누르며 말했다.

"콜레트, 진정하세요. 이 책은 시장님의 두 번째 선거 운동의 분수령이 될 겁니다. 당신도 알잖아요. 지금 당신이 쓴 글을 출판사나 유권자들한테 들이밀 수는 없어요. 게다가 애 유괴 사건 때문에 상황은 개판이라고요. 부동산업자들은 미쳐서 상대편에 돈을 퍼붓고 있습니다. 우리는 간신히 버티고 있는 상황이에요."

콜레트는 적당한 대답을 찾으려 애쓰다가 결국 한마디도 하지 못했다. 끝났구나.

이제는 일과 육아를 다 해낼 수 있는 척할 필요가 없다. 집에 가서 포피와 시간을 보낼 것이다.

"진심이신가요?"

콜레트는 테브를 바라보았지만 대답은 애런이 했다.

"유감스럽게도 그렇습니다, 콜레트."

그 순간 애런의 휴대폰이 울렸고 그는 화면을 쳐다보았다.

"그리고 미안하지만 우리는 지금 가봐야 합니다."

애런이 테브를 바라보았다. 시장은 창문 밖을 응시하고 있을 뿐이었다. 콜레트와 눈을 마주치고 싶지 않다는 태도였다.

"시장님, 은행 쪽 분들이 오셨습니다. 그리고 콜레트, 지금까지 정말 고마웠습니다."

애런의 태도는 가벼웠다. 방금 점심으로 뭘 먹을까 상의하는 대화를 끝냈다는 목소리였다.

"시장님도 당신과 함께 일하는 동안 즐거워하셨습니다."

콜레트가 일어서서 테브를 바라보았다. 뭐라도 한마디 하리라 생각했지만 그는 계속 침묵할 뿐이었다. 콜레트는 사무실을 나와 엘리베이터로 향했다. 머릿속이 빙빙 돌았다. 지금 이게 무슨 일이지? 앞으로 내 경력은 어떻게 되는 거지? 편집자에게, 담당자에게 전화해야 한다. 직접 설명해야 한다.

하지만 그때 눈앞에 포피가 떠올랐다. 모르는 여자와 혼자 있을 내 딸.

엘리베이터를 지나쳐 계단을 네 층이나 뛰어 로비로 내려갔지만 택시는 보이지 않았다. 그래서 시청 공원을 가로질러 지하철로 통하는 계단을 달려 내려갔다. 승강장에 와 있던 열차의 문이 닫히고 있었다. 그녀는 문으로 뛰어들어 팔을 내밀었고, 결국 팔꿈치가 문에 끼어버렸다. 문이 다시 살짝 열리자 두 손으로 문을 잡고 몸이 들어갈 정도로 연 다음 안으로 들어가서 하나 남은 빈자리에 앉았다. 옆자리 여자에게서 헤어스프레이 냄새가 풍겼다. 어떤 할머니와 눈이 마주쳤다. 노인의 다리 사이에는 주홍색 비닐봉지가 마구 쌓여 있었다. 노인은 큰 소리로 혀를 *차더니* 콜레트를 바라보며 꾸짖듯 말했다.

"다른 사람들 다 늦게 가게 만들었구먼."

콜레트는 시선을 피했다. 문에 끼었던 팔꿈치가 욱신거렸다.

맞은편에 앉은 남자의 헤드폰에서 랩 음악이 불쑥 흘러나왔다. 그녀는 손가락으로 귀를 막고 찰리에게 이 일을 어떻게 설명해야 할까 애써 생각했다. 찰리는 책이 얼마나 엉망이었는지 모른다. 얼마나 마감이 늦었는지, 얼마나 처절하게 글을 써보려 했는지 아무것도 모른다. 이제 나한테 뭐라고 할까? 눈을 뜨자 맞은편에 앉은 남자가 《뉴욕 포스트》를 손에 들고 있는 게 보였다. 신문 1면에는 졸리 라마에 있던 넬의 사진이 실려 있었다.

그 순간 콜레트의 귓가에 열차가 브레이크를 잡는 소리가 찢어질 듯 울렸다. 아기가 우는 소리가 확 울려 퍼졌다. 옆자리에 앉은 여자가 그녀의 허벅지를 잡았다. 열차는 갑자기 덜컹 멈추었고, 문가에 서 있던 노인이 바닥으로 쓰러졌다.

"미안합니다."

옆자리 여자가 손을 떼며 말했다. 젊은 부부가 바닥에 쓰러진 노인을 일으켜 세웠다. 사람들은 휴대폰을 보던 고개를 들고 서로의 걱정스러운 얼굴을 훑어보았고, 깜짝 놀란 목소리가 전동차 안 여기저기에서 속삭여댔다. 비닐봉지를 쌓아둔 할머니가 다시 혀를 차고 뭐라 말하기 시작하는 순간 차장의 목소리가 들려왔다.

"선로에 경찰이 와 있습니다. 이 방송이 들리십니까. 경찰이 F 승강장 근처 아래층 선로에 와 있습니다. 선로에서 사람을 발견했습니다."

잠시 정적이 흐르다 차장은 말을 이었다.

"몸에 뭔가를 감고 있다고 합니다."

곧이어 전기가 끊겼다. 에어컨 소리도 들리지 않았다. 전등도 꺼졌다. 열차 안은 무시무시하게 조용해졌다. 사람들이 주섬주섬 휴대폰을 만지는 움직임이 느껴졌다. 콜레트도 그랬다. 하지만 지하에서는 신호가 터지지 않는다는 걸 알고 있었다.

집에 가서 포피를 봐야 해.

열차 끝의 문이 끼익 열렸다.

"지금 상황 파악이 안 됩니까?"

군복 바지와 몸에 달라붙는 하얀색 티셔츠를 입고 우락부락한 근육질 팔을 드러낸 남자가 말했다. 그는 재빨리 열차 내부를 가로질러 통로에 서 있던 사람들을 밀쳐내며 반대편 문으로 다가갔다.

"우리나라 대통령이 저렇게 멍청한 마당에, 뉴욕에서 자살 폭탄 테러범이 나오지 않을 거라 생각하는 거요?"

콜레트의 가슴속에 공포가 밀려들었다. 포피의 얼굴이 떠올랐다. 전날 밤 젖을 먹이며 보았던 아이의 얼굴. 진한 푸른 눈동자에 순전한 사랑을 담고서 콜레트를 보던 딸의 얼굴. 이토록 깊은 사랑을 느낄 수 있다니, 믿기지 않을 정도로 콜레트의 가슴이 죄어들었다. 이토록 바닥이 보이지 않는 사랑이라니. 어릴 적 보았던 버려진 채석장이 떠올랐다. 너무 무서워서 뛰어들 수 없었던 그곳. 좀 더 자라 고등학생이 되었을 때, 어떤 남자아이가 그곳에 떨어졌다.

끝내 시체를 찾을 수 없었을 정도로 깊은 곳이었다. 콜레트는 무릎에 놓아둔 휴대폰을 들고 떨리는 손으로 찰리에게 문자를 보냈다. 전파가 터지지 않으면 문자도 가지 않겠지만, 누군가 콜레트를 찾는다면, 혹시라도 폭발에서 휴대폰이 무사히 발견된다면 전해지겠지…….

-그 무엇보다도 널 사랑해, 포피. 포피에게 알려줘…….

갑자기 전동차의 불이 다시 들어오더니 덜컹대며 에어컨이 작동하기 시작했다.

"승객 여러분께 알려드립니다. 앞부분 차량의 문을 열어드리겠습니다. 앞쪽 전동차로 이동하셔서 밖으로 나가시기 바랍니다. 가능한 한 빠르고 질서 정연하게 나가주십시오."

콜레트는 일어섰다. 사람들은 침묵을 지키면서 인파로 가득한 복도를 따라 빽빽하게 이동했다. 다음 차량에 이르자 창가 자리에 10대 여자애 하나가 혼자 앉아 있었다. 손에 휴대폰을 쥔 아이의 뺨에 눈물이 흘렀다. 아가일 무늬 스타킹을 신은 한쪽 무릎은 찢어져 있었다. 한쪽 콧방울에는 금색 피어싱이 반짝였다. 콜레트가 그 애의 팔을 잡자 아이는 고개를 들어 그녀를 보았다.

"엄마한테 전화해야 하는데 전화가 안 터져요."

"일어나."

콜레트는 이렇게 말하며 아이를 자리에서 일으켰다.

"나랑 가자."

콜레트가 아이의 팔꿈치를 잡고 앞으로 데리고 갔다. 두 사람이 맨 앞 전동차에 도착하자, 차 앞부분이 승강장 안으로 들어가 있는 모습이 보여 안심이 되었다. 적어도 선로를 걸어야 할 필요는 없는 것이다. 콜레트는 차례를 기다려 문밖으로 나갔다. 그리고 다른 사람들과 마찬가지로, 콜레트와 여자아이는 승강장을 내달려 개찰구를 지나 계단 위로 올라갔다. 이윽고 그 애는 인파 속으로 사라졌다. 콜레트는 지하철 입구에서 전속력으로 멀어졌다. 다음 블록에 이르자, 누군가가 택시에서 내리는 모습이 보였다. 쏜살같이 택시로 달려가 먼저 타려던 남자를 제치고 뒷좌석에 들어가 앉았다.

"미안해요. 저 빨리 집에 가야 해서요."

콜레트는 문을 쾅 닫았다. 남자가 끔찍한 욕설을 내뱉으며 주먹으로 창문을 쳐댔다. 그녀는 기사에게 말했다.

"브루클린으로 가주세요. 최대한 빨리요."

눈을 감았다. 이윽고 도착한 아파트를 올려다보자 이제껏 몇 시간이 흘러간 것만 같았다. 하늘엔 빛 한 점 없었다. 아파트 안으로 달려가는 다리가 흐물흐물하게 느껴졌다. 경비원이 앉은 책상으로 다가갔다.

"소냐의 아파트 호수를 알려주세요."

2층에 도착한 콜레트는 마음을 진정시키고 소냐의 현관문을 두드렸다. 하지만 아무런 대답이 없자 주먹이 아플 정도로 문을 세게 두드렸다.

"저기요? 소냐?"

콜레트가 소리치자 복도 맞은편 문이 열렸다. 20대 후반의 남자였다. 그 뒤에서 자그마한 개가 남자의 발꿈치를 핥아댔고, 집 안에서는 재즈 음악이 흘러나왔다.

"여기서 뭐 하세요?"

남자가 맨발로 개를 집 안으로 밀면서 콜레트에게 물었다.

"소냐가 대답이 없어서요. 우리 에를 데리고 있거든요. 저는 위층에 살아요."

"걔 나갔는데요."

"나갔다고요?"

"네, 나가는 소리를 들었거든요. 이따위로 아파트 벽이 얇으니까 소리가 다 들리죠."

"몇 시에 나갔는데요?"

"모르겠는데요. 20분 전쯤인가?"

20분이라고? 찰리가 모유는 충분히 남겨두고 갔을까? 선크림은 주었을까? 콜레트는 이 여자의 전화번호도 성이 뭔지도 몰랐다.

콜레트가 돌아서서 계단을 두 개씩 뛰어 올라갔다. 찰리에게 전화해야겠다. 회의를 방해하겠지만, 그래도 집에 와서 아기를 같이 찾자고 해야겠다. 콜레트가 가방 속에서 휴대폰을 찾으며 열쇠를 돌려 문을 열고 거실로 불쑥 들어갔다.

찰리잖아.

그는 집에 있었다. 포피 옆에서 바닥에 누워 있었다. 아이는 그의 옆 놀이 매트에서 자기 발가락을 잡으려고 애쓰는 중이었다. 콜레트가 가방을 툭 내려놓고 달려가 아이를 놀이 매트에서 안아 올렸다. 아기를 안고 마구 키스를 퍼붓자 아기가 짜증스럽게 칭얼거렸다. 찰리의 숨소리는 거칠지만 규칙적이었다. 잠들었구나. 포피가 콜레트의 따스한 가슴팍에 코를 비벼대며 젖을 찾았다. 갑자기 기운이 확 빠지면서 방 안이 빙글빙글 돌았다. 콜레트는 눈을 감고 찰리 옆에 누우면 어떨까 생각했다. 그 품에 파고들어 다 말해버리자. 지하철에서 있었던 일도, 일자리에서 잘린 일도. 지난 몇 주간 느꼈던 두려움과, 마이더스가 아직 살아 있는지 필사적으로 알고 싶은 마음까지도. 아기에게 소홀한 자신의 모습에 죄책감을 느꼈다고, 일과 육아 모두 다 잘하려고 정말 힘들게 일했다고도 말하고 싶었다. 찰리를 깨운 다음, 포피의 진료 예약일까지 석 달을 참았다가 그때부터 걱정할 수는 없다고 말하고 싶었다. 이미 자신은 한계치까지 겁에 질려 있었다.

하지만 너무 걱정스러웠다. 말하기 시작하면 그만 엉엉 울어버려 멈출 수 없을 것 같았다. 슬픔과 공포가 걷잡을 수 없이 밀려오겠지. 얼마나 감당이 안 될까. 이제껏 쌓아왔다고 믿은 게 다 빠져나가고 있다니 얼마나 아득할까.

"내 앞에서 꼭 그래야겠어?"

그 순간 들려온 찰리의 목소리에 콜레트는 움찔 놀랐다. 깨어 있었구나.

"뭘 그랬다는 거야?"

"지금. 그런 식으로 애가 예뻐서 못 견디겠다는 듯한 행동."

콜레트는 아무 말도 하지 않았다. 할 말이 없었다.

"내가 만지기만 하면 몸서리를 쳐대면서 아이한테는 어찌나 다정한지 눈을 뜨고 볼 수가 없어."

"찰리, 그런 게 아니야. 이러지 마. 난…… 당신이 회의에…….."

"안 갔어."

"왜?"

찰리가 일어나서 작업실 쪽으로 갔다.

"내가 애를 두고 가면 당신이 얼마나 화를 낼지 잘 아니까. 당신을 화나게 하고 싶지 않았거든."

콜레트가 찰리를 따라가 팔을 잡았지만, 그가 그녀의 팔을 떼어냈다.

"지금은 얘기하지 말자, 콜레트. 나 혼자 있고 싶어."

"찰리, 내가 미안해. 있지, 나 사실은……."

하지만 그는 벌써 문을 닫아버렸다.

제 18 장

11일째

수신: 5월맘님

발신: 맘동네 친구

날짜: 7월 15일

제목: 오늘의 조언

생후 62일 우리 아기,

  엄마인 우리는 모두 엄청 힘든 날을 경험하며 산답니다. 심지어 슬픔이 복받쳐 오르는 순간도 있으셨겠죠. 맘님과 아기가 규칙적인 생활에 접어들었을 테니, 지금쯤이면 이런 감정은 없어야 해요. 하지만 혹시라도 본인이 '지금의 난 단순한 산후 우울증의 단계를 넘어섰다'는 생각이 드신다거나, 혹시 배우자가 맘님을 두고 그런 생각을 하기 시작했다면, 꼭 의사에게 가보세요. 부끄럽거나 자존심이 상한다고 해서 안 가시면 안 돼요. 때로는 엄마가 스스로 이 문제를 해결하는 게 아기를 위해서 가장 좋은 방법이 될 수도 있어요.

프랜시는 더 스폿 뒤편에 있는 서점의 좁다란 소설 서가를 천천히 거닐었다. 손에 찰리의 등단작을 들고, 마음속으로 모든 게 다 잘될 거라고, 넬이 이 사태를 극복할 거라고 애써 마음을 다독이고 있었다. 우선 넬에 관한 뉴스가 있었다. 프랜시는 그 사건을 전혀 몰랐다. 그런 스캔들이 있었다는 사실조차 몰랐다. 대통령 출마 선언을 한 지 얼마 안 된 국무장관이 스물두 살 먹은 정부 인턴과 바람이 나서 대권을 포기한 사건이라니. 그때 프랜시는 열여섯 살이었다. 프랜시의 어머니는 가족에게 정치권의 섹스 스캔들 뉴스를 보여주는 사람이 아니었다. 게다가 민주당 이야기라면 좋은 소식이든 나쁜 소식이든 전혀 보여주지 않았다.

그리고 토큰 일도 있었다. 이틀 전, 토큰은 어째서 체포된 거냐는 말에 아무 설명도 하지 않고 아파트에서 프랜시를 거칠게 내쫓았다. 그래서 대체 무슨 짓을 했던 건지 궁금증만 더 커질 뿐이었다.

하지만 제일 심각한 사건은 오늘 아침에 터졌다. 그 생각을 하자, 찰리의 책을 사려고 서점 앞쪽으로 걸어가는 프랜시에게 다시금 두려움이 확 몰려왔다. 바버라가 자그마한 식탁에 앉아 TV를 보며 아침 식사를 기다리고 있었다. 프랜시는 매일 아침 시어머니가 먹는 달걀 반숙 샌드위치를 만들면서 바버라의 말을 애써 참고 들어주고 있었다. 시어머니는 고향 집의 이런저런 소문에 대해 떠들어 댔다. 친구의 조카가 네 번째 아이를 낳는데 참 예쁜 딸이라더라.

시내에 새로 연 네일아트 가게가 있는데 나간 김에 한번 해봤다. 종업원 여자가 넷이던데 분명히 불법 밀입국자일 거다. 동양인들이 다 그렇지, 뭐.

토스터에서 구워진 빵이 쑥 올라온 순간, 프랜시는 콜레트의 이름을 들었다. 고개를 돌려 TV를 보자, 콜레트가 자신의 아파트 근처 인도를 달리는 모습이 화면에 나왔다. 땀에 젖어 상기된 얼굴로 포피를 눕힌 유모차를 밀고 있었다.

"제발 이러지 마세요."

콜레트가 팔로 얼굴을 가린 채 카메라 사이를 재빨리 지나 아파트 로비로 들어섰다.

"저는 드릴 말씀이 없어요."

리포터가 말했다.

"콜레트 예이츠 씨는 저명한 여성 인권 운동가인 로즈메리 카펜터 씨의 딸입니다. 그녀는 또한 소설가 찰리 앰브로즈의 연인으로, 두 달 전 아이를 낳았습니다."

리포터가 계속 말했다. 콜레트는 그날 밤 위니와 함께 있던 여자 중 하나였고, 셰퍼드 시장의 측근이기도 하다는 제보가 있었지만 질문을 받은 시장은 논평을 거부했다고 했다. 그러다 갑자기 화면 속 사람들이 프랜시의 이름을 언급했다. 심지어 그녀의 사진도 나왔다. 그날 밤 졸리 라마에서 넬의 어깨에 얼굴을 기대고 있던 사진이었다.

리포터가 프랜시는 가정주부라고 밝힌 순간, 로웰이 주방으로 들어왔다. 바버라가 기겁하는 소리가 들렸다.

"남편인 로웰 기븐스 씨는 현재 브루클린에 있는 신생 기업인 기븐스앤드라이트 건축사무소의 공동 대표입니다."

"이게 대체 무슨 일이야?"

바버라가 프랜시를 무시한 채 로웰을 똑바로 쳐다보았다.

"이러면 네 사업이 어떻게 되는 거니?"

프랜시는 찰리의 책을 사지 말아야 한다는 걸 알면서도 서점 직원에게 돈을 건네주었다. 도서관에서 빌릴 수 있을 때까지 기다려야 했지만 도서관은 정오에나 연다. 그리고 집은 너무 좁고 푹푹 찌는 데다, 바버라의 눈초리를 피하기 위해서라도 나가야 했다. 비난과 실망이 깃든 시어머니의 표정을 마주할 수가 없었으니까.

프랜시는 잔돈을 거슬러 받은 다음 책을 읽을 테이블을 찾으려 했다. 그러다 바깥 인도에 서 있는 그녀를 보았다.

검은 선글라스를 쓰고 몸매가 드러나지 않는 긴 재킷 차림에다 야구모자를 눌러 썼지만, 프랜시는 그녀를 알아보았다.

"위니!"

그 이름은 비명처럼 프랜시의 입에서 흘러나왔다. 커피 주문 줄에 조용히 서 있던 사람들이 일제히 프랜시를 바라보았다. 프랜시는 사람들을 헤치고 문으로 달려가 인도로 나갔다.

"위니! 기다려요, 위니!"

프랜시는 윌을 가슴에 꼭 안고서 비틀대는 발걸음으로 위니를 따라 달렸다. 위니는 지금 빠른 걸음으로 언덕을 올라 공원 쪽으로 가고 있었다.

"위니, 잠깐만요, 위니!"

왜 위니가 발걸음을 멈추지 않는지 알 수가 없었다. 프랜시가 뛰자 윌이 칭얼대기 시작했다. 가까스로 현관 앞에서 위니를 따라잡았다. 위니는 열쇠를 찾아 가방 속을 뒤지는 중이었다.

"우리 이야기 좀 해요. 정말 걱정 많이 했어요."

프랜시가 숨을 헐떡이며 말을 이었다.

"내 메일 받았어요? 우리가 정말로 미안해요……."

그 순간, 차 한 대가 급정거했다. 앞바퀴가 인도를 수십 센티미터 침범할 정도였다. 중절모를 쓰고 체크무늬 반바지를 입은 땅딸막한 남자 하나가 운전석에서 급히 나오더니 목에 건 커다란 카메라를 잡아챘다.

"그웬돌린! 여기를 보세요. 어떻게 지내셨어요? 그웬돌린!"

위니가 황급히 열쇠를 문에 꽂았다. 프랜시가 뒤를 따라 냉랭하고 어두운 현관으로 들어갔다. 위니가 밀어 닫은 문을 바깥에 선 남자가 주먹으로 두드렸다. 프랜시는 위니를 따라 대리석 계단 네 개를 올라 복도로 들어갔다. 남자의 카메라 플래시가 벽에 번쩍였다. 거실에는 두꺼운 실크 커튼을 쳐놓았다. 프랜시는 목구멍에서 신물이 확 올라오는 걸 참았다. 집 안 공기는 역했고 썩어가는 음식의 냄새가 진동했다. 위니가 테라스 창문의 커튼을 열자, 햇빛이 방 안으로 쏟아져 들어왔다. 프랜시는 확 밝아진 시야에 적응하느라 시간이 좀 걸렸다. 커다란 러그 두 개가 돌돌 말려 저쪽 벽에 세워져 있었다. 한구석에 쌓인 이삿짐 상자도 보였다. 탁자와 바닥에 흩어진 빈 음식 용기들이 어지러이 쌓였다. 테라스 문 한쪽 옆에 뒹구는 빈 와인 병이 보였다. 근처에 있는 와인 잔 두 개가 어쩔 수 없이 프랜시의 눈에 들어왔다. 옆에는 분홍색 실크 잠옷이 둥글게 뭉쳐져 있었다.

위니가 재킷을 벗었다. 뼈밖에 남지 않은 몸이 앙상했다.

"메일 받았어요. 고마워요. 하지만 답장할 기운이 없었어요. 미안해요."

프랜시가 방 한가운데 서서 윌의 엉덩이를 두드렸다. 어떻게든 숨을 골라보려고 하다가 목소리가 떨려 나왔다.

"위니, 뭐라 말해야 할지 모르겠어요. 그런데…… 이사 가나요?"

"이사요?"

위니의 말에 프랜시는 말려 있는 러그와 상자들을 가리켰다.

"저 상자들……."

그러자 위니의 눈이 방을 훑었다.

"아, 수사팀이 이렇게 해놓은 거예요. 그 이후로 며칠 동안……."

위니가 생각에 잠겨 말꼬리를 흐렸다.

"넬한테 일어난 일 봤어요. 프랜시랑 콜레트도요. 여러분이 뉴스에 나오다니."

"우리 일요? 우리는 걱정하지 말아요. 위니는 어떤가요? 난 정말……."

"난 괜찮아요."

"괜찮다고요?"

프랜시는 그 말 말고 다른 말을 찾을 수가 없었다. 머리가 빙빙 돌았다. 이곳에 서서 마치 다른 사람 같아 보이는 위니를 바라보고 있다니. 위니는 너무 수척하고 멍한 표정이었다. 불과 몇 주 전까지 프랜시가 그토록 찬사를 보내던 여자는 어디 갔을까. 잔디밭을 가로질러 버드나무 쪽으로 다가오던 만삭의 여자, 그날 커피숍에서 프랜시의 맞은편에 앉아준 여자, 프랜시가 보고 또 본 「블루 버드」 DVD의 앳된 소녀는 어디 간 걸까.

위니가 말했다.

"그럼 내가 뭐라고 말해야 할까요, 프랜시? 우리 애가 사라졌어요. 지금 내가 어떻게 살고 있는지 설명하라면 할 말이 없어요."

프랜시의 눈에 눈물이 차올랐다. 다 말하고 싶었다. 나도 그 마음 알아요. 생각하는 것보다 더 잘 알아요. 아이를 잃어버린 마음이 어떤지 안다고요. 하지만 감히 그 말을 할 수는 없었다.

"내가 혹시 도와줄 건 없을까요? 정말로 당신을 돕고 싶어요. 그때 무슨 일이 있었는지 생각나는 거 없나요?"

말이 너무 빠른 속도로 헛나왔다.

"물론 그때 무슨 일이 일어난 건지 모르겠어요."

위니는 등을 돌리고 테라스 문을 바라보았다. 프랜시가 말했다.

"정말 생각을 많이 해봤어요. 경찰이 일을 이 지경으로 망치다니 믿기지 않아요. 처음에는 범인이 보디 모가로라고 확신했어요. 그렇잖아요. 나도 경찰을 믿었거든요. 그러다가 그날 바에서 당신과 이야기하던 남자 생각이 나더라고요."

그러자 위니가 몸을 돌려 프랜시를 보았다. 정확히 알 수 없었지만, 그 눈빛을 보니 뭔가 떠오르는 기색이었다. 어쩌면 위니의 얼굴이 워낙 빛나서 그럴 수도 있겠고, 아니면 말하는 방식이 그런 건지도 모른다. 그 모습은 연습이라도 한 듯 너무 부자연스러웠다.

"바에 있던 남자요?"

"그날 밤 당신한테 다가왔던 남자요. 그러니까…… 당신이 같이 술 마셨던 사람요."

"나는 그날 밤에 바에서 남자랑 술 마신 적이 없어요."

윌이 프랜시의 가슴에 머리를 대고 얌전히 안겨 있었다. 프랜시는 당장 자리를 뜨고픈 마음을 억눌렀다. 왜 위니는 자신에게 거짓말을 하는 거지?

"그럼 어디에 있었어요? 우리 자리에서 나간 다음에?"

위니가 프랜시의 눈길을 피하더니 못 들은 척했다. 그리고 돌아서서 주방으로 가서는 와인과 플라스틱 컵 두 개를 갖고 돌아왔다. 위니는 와인을 따른 다음 컵을 프랜시에게 내밀었다. 프랜시는 컵을 받았지만 들고만 있었다. 눈앞에 지난번 5월맘 모임에 참석했던 위니의 모습이 떠올랐다. 그때 위니는 마이더스의 머리카락에 입을 맞추면서 넬이 건넨 와인을 거절했었다. 미안해요. 술이 체질에 안 맞아서요.

위니가 말했다.

"공원에 갔었어요."

"공원에요? 왜요?"

"엄마를 보러요."

잔을 든 위니의 손이 떨렸다.

"엄마요? 하지만 위니, 어머니는 돌아가셨잖아요."

그 순간 위니는 프랜시를 쏘아보았다.

"지적해줘서 고마워요, 프랜시. 하지만 나도 알고 있어요."

위니가 와인을 한 모금 마시고 말을 이었다.

"거기에 층층나무가 있거든요. 아빠랑 내가 북쪽에 있는 우리 집 마당에서 가져온 나무죠. 우리는 밤에 공원에 그 나무를 심었어요. 엄마가 좋아하던 넓은 잔디밭 근처에다가요. 나는 항상 그곳을 비밀의 장소로 삼았어요. 거기 있으면 엄마와 가까이 있다는 느낌이 들어요. 그날 밤에 거기 갔었어요."

"왜요?"

"엄마가 그리워서요."

위니가 테라스 창문을 열고 넓은 발코니로 나갔다. 프랜시가 그 뒤를 따라갔다. 바깥 공기는 무더웠다. 저 바깥 어딘가에 있는 어린이집 뒷마당 모래 놀이터에서 아이들이 소리 높여 웃는 소리가 울려 퍼졌다. 테라스 난간에는 말라 죽은 허브 화분들이 줄지어 늘어서 있었다.

"좋은 알리바이는 아니죠."

"알리바이요? 그게 무슨 말이에요?"

"내가 공원에 갔다는 거요. 아무도 날 본 사람이 없거든요. 사람들이 요즘 하는 말, 나도 알고 있어요. 대체 어떻게……."

위니가 와인을 다시 한 모금 마셨다.

"나는 절대로 내가 낳은 아이를 해치지 않아요."

프랜시는 자신이 컵을 쥐고 있다는 걸 기억해냈다. 사실은 지금 목이 심하게 맸지만 어떻게든 술을 한 모금 삼켜보려 했다.

"나에게 일어났던 가장 끔찍한 일은 엄마가 돌아가신 거라고 생각했었어요. 그런데 아니더라고요."

프랜시가 위니의 팔을 잡으려 했지만 위니는 물러섰다.

"난 이제 질문은 그만 받고 싶어요. 제대로 생각을 할 수가 없어요. 일이 순서대로 생각이 안 나요. 시간이 빙빙 맴돌아요."

위니가 저 멀리서 무언가를 발견하고 얼굴이 딱딱하게 굳었다. 프랜시가 그쪽을 보니 뒷마당 건너편 자그마한 발코니에 어떤 여자가 서 있었다. 어깨에 담요로 감은 아이를 안은 채였다. 여자는 커다란 햇빛가리개 모자를 쓰고 분홍색 백일초 화분에 물을 주었다. 그리고 물뿌리개를 바닥에 내려놓고는 꽃을 조금 꺾은 다음 안으로 들어가 문을 닫았다.

"엄마랑 아기가 사방에 보여요. 아기랑 함께 있는 것만으로도 얼마나 행복한 건지 당신은 모르겠죠."

위니가 다시 와인 잔을 비우고 월을 바라보았다.

"무례하게 구는 것 같아 미안하지만요, 프랜시, 나 정말 견딜 수가 없으니……."

프랜시의 마음에 심한 후회가 밀려왔다. 왜 이 생각을 못 했을까. 위니의 눈앞에 월을 들이밀다니, 얼마나 이기적이고 세심하지 못한 처사였나. 아이를 데리고 다니는 엄마들이 사방에 널린 상황에서 위니는 매일매일 얼마나 괴로웠을까. 프랜시는 이제야 왜 위니가 커피숍 밖에서 자기를 피해 도망쳤는지 알게 되었다.

"미안해요, 위니. 제가 생각이 짧았어요."

두 사람은 안으로 들어왔다. 프랜시는 테라스 문을 닫았다. 프랜시가 계단을 내려갈 동안 위니는 등을 돌리고 있었다.

"알아서 나가시면 돼요."

"혹시 필요한 게 있으면……."

프랜시는 말을 멈췄다가 이내 이었다.

"아이는 살아 있어요, 위니. 난 그렇다고 느껴요. 제발, 희망을 거두지 말아요. 난 아직 믿어요."

하지만 위니는 계단을 올라가서 위층 구석으로 사라졌다. 이제 이 아래에서는 모습이 보이지 않았다.

프랜시가 비틀거리며 복도를 내려가는 길에 이삿짐 상자가 또 쌓여 있었다. 낯선 사람이 위니의 집 여기저기에 흩어져서 물건을 만져댔던 걸 상상하자 슬프기만 했다. 밖으로 나왔지만 이제 어디로 가야 할지 알 수 없었다. 그때 중절모를 쓴 남자가 얼굴에 카메라를 댄 채 저쪽 모퉁이에서 달려왔다.

"저기요! 메리 프랜시스! 위니가 뭐라고……."

남자의 카메라 셔터 소리가 계속해서 들려왔고, 그는 고함을 치며 질문을 했지만, 프랜시는 아무런 관심을 주지 않고 고개를 숙이고 걸었다. 품 안의 아기를 팔로 가리고, 머릿속이 뿌옇게 흐려진 채로.

* * *

"뭐 해?"

그날 늦게 로웰이 프랜시에게 물었다. 그녀는 속이 꽉 막힌 채로 거실 바닥에 양반다리를 하고 앉아 담요 위에 눕힌 윌의 주변에 라벤더 향초를 둥그렇게 늘어놓은 참이었다.

프랜시가 애써 목소리를 담담히 냈다.

"지금 *휘게* 하고 있어."

로웰은 고개를 끄덕이며 물었다.

"그래? 그게 뭔데?"

프랜시가 맛없는 캐모마일 차가 담긴 머그잔을 후후 불었다. 이쪽을 보는 로웰의 시선이 느껴졌다. 그녀를 지켜보고 있는 것이다.

"요즘 덴마크에서 아주 열풍이래. 휘게의 뜻은 '안락하게 살기'라더라고. 그래서 그쪽 사람들은 아주 차분하고 행복하대. 윌의 기분을 좋게 해줄까 싶어서."

로웰은 소파에 앉아 맥주를 따며 말했다.

"그거 좋네. 그럼 당신 기분도 좀 나아졌어?"

프랜시는 윌의 발에 새 면양말을 신기고 있었다. 그녀가 읽은 기사에 따르면 양모로 몸을 감싸주는 게 제일 좋다고 했지만, 아이 몸을 감싸주겠다고 온라인에서 찾은 담요를 무턱대고 살 돈은 없었다. 카터스에서 산 양말을 신기는 것으로도 효과가 비슷하게 나기를 바랄 뿐이다.

"내 기분? 좋지. 그런데 그건 왜 물어봐?"

"왜 물어보다니? 남편이 되어서 아내 기분이 어떤지 묻지도 못해?"

"그건 그렇고. 당신 어머니가 오늘 오후에 나한테 우리 집 바닥이 더러워서 견딜 수가 없다면서 표백제로 닦으라고 하시더라."

프랜시가 목소리를 낮추었다. 바버라는 지금 매일 밤에 하던 대로 목욕을 하며 얼굴에 머드팩을 붙인 채로 아이팟으로 라디오를 틀어놓고 있었다.

"그래서 뭐라고 했어?"

"아무 말도 안 했어. 하지만 바닥을 표백제로 닦을 수는 없어. *표백제라니? 아기가 있는 집에서?* 내가 보기에 어머니는 우리 집 살림에 흠을 잡고 있어. 내가 하는 건 다 성에 차지 않나 봐."

그러자 로웰의 얼굴이 흐려졌다.

"프랜시. 엄마는 그렇게 생각 안 해. 네가 과민 반응하는 거야."

프랜시는 차를 홀짝이면서 불안감을 애써 억눌러보았다. 바버라 이야기를 하고 싶지 않았다. 그보다는 아까 위니와 나누었던 대화에 대해 이야기하고 싶었지만 로웰과 그 이야기를 할 수는 없었다. 윌을 위니의 집에 데려갔다는 걸 알면 남편이 얼마나 화를 낼지 알고 있었기 때문에, 아까의 일은 말하지 않았다. 게다가 바버라는 오후 내내 집에 있으면서 머리에다 헤어 롤을 만 채로 부부의 침실에서 전화로 작게 수다를 떨었다. 프랜시는 시어머니가 테네시에 있는 친구들에게 전화하는 거라고 짐작했다. 로웰의 이름이 뉴스에 나온 걸 들었느냐고 묻고, 뉴욕이라는 동네가 얼마나 무서운 덴지 자기 말이 하나도 틀린 게 없다고 말했으리라. 바버라는 로웰이 집에 돌아온 다음에야 침실에서 나왔고, 그때 프랜시는 너무 무서워서 아무런 말도 할 수 없었다.

"프랜시, 너무 그러지 마. 엄마는 좋은 뜻에서 그런 거야. 엄마가 아이를 키웠을 때는 지금과 달랐잖아. 그냥……."

"맙소사!"

갑자기 바버라가 욕실에서 비명을 내지르는 소리에 프랜시는 깜짝 놀라 그만 들고 있던 뜨거운 차 몇 방울을 윌의 팔에 흘리고 말았다. 윌이 울부짖기 시작했고, 로웰이 벌떡 일어나는 바람에 테이블이 엎어지며 맥주가 흘렀다. 그 와중에 촛불 두 개가 꺼져버렸다. 로웰이 욕실로 달려가 문을 쾅쾅 두드렸다.

"엄마! 엄마! 괜찮아요?"

욕실 문손잡이를 돌려보았지만, 문은 잠겨 있었다.

"이럴 줄 알았어! 처음부터 내가 말했잖아."

바버라의 목소리가 승리감에 가득 차 있었다.

"그게 무슨 말씀이에요?"

문이 벌컥 열리더니 수건으로 몸을 감싸고 얼굴에 회색 머드팩을 바른 바버라가 밖으로 나왔다. 허벅지에서 바닥으로 거품이 흘러내렸다.

"경찰이 그 여자를 조사하려고 데려갔어."

그녀가 말했다. 노인의 얼굴 위로 굳은 팩에 조각조각 금이 갔다.

"네 친구란 여자. 그 애 엄마. 뭔가 숨기고 있을 줄 난 처음부터 알았다고."

제19장

11일째 밤

누군가 날 찌르는 상상을 하게 된다.

길고 가느다란 칼이 내 배를, 배꼽 바로 아래를 단번에 꿰뚫어서 심장까지 쭉 찌르는 거다. 내 안은 텅 비어 있다. 까만 재처럼, 내 내장은 먼지 같을 뿐이다. 한 번만 건드려도 내 심장은 수백만 조각의 새카만 점들로 부서져 내리고, 그 검은 가루가 바닥에 흩어져서 발을 딛는 곳마다 검은 발자국을 남긴다.

나는 언제나 이런 식이었다. 아버지는 항상 내가 조그맣고 말 안 듣는 계집애라고 말했다.

"애를 놔둬."

엄마가 아버지에게 소리쳤다.

"네가 좀 더 잘하렴. 아버지에게 화낼 빌미를 주지 마."

아버지가 없을 때면 엄마는 내게 이렇게 속삭였다.

엄마가 되면 이런 나도 변하게 될 거라고 생각했지만, 그 생각은 틀렸다. 아기가 생기니까 모든 게 더 엉망이 될 뿐이다. 이제는 모두가 내 진짜 모습을 알게 되겠지. 그래, 결국 나를 잡으러 오는 건 어쩔 수 없다는 거지? 프랜시, 어디든 나타나서 기웃대는 멍청한 참견쟁이 같으니라고.

마이더스의 담요. 어째서 난 그걸 진작 처리하지 않은 거지? 왜.

왜.

왜, 왜, 왜.

생각을 차근차근 정리해보자. 나는 차분함을 유지해야 한다. 머릿속에 붕붕 울려대는 목소리가 마치 메가폰에 대고 말하듯이 들려온다. 나는 그 목소리를 그려볼 수 있다. 콧수염을 기르고 커다란 챙 모자를 쓴 모습이다. 둥근 금속 테 안경을 쓰고 앞코가 살짝 올라간 에메랄드빛 구두를 신었다.

그 모습이 메가폰을 잡고 소리쳤다.

어이, 숙녀분, 차분함을 유지해요. 신경쇠약에 걸릴 시간이 없다고요.

(하, 당신 그거 알아? 사실 난 벌써 그렇게 됐어. 우리 아버지가 그랬지. 모든 여자들은 다 *신경쇠약*에 걸린다고. 내가 바로 딱 그렇게 됐단 말이야.)

우리는 사라질 것이다. 이제까진 말뿐이었지만, 지금은 진심이다. 내일 떠나자. 하지만 문제가 있는데. 그러니까…….

가진 돈이 다 바닥났다. 너무 무서워서 보고 싶지 않았지만, 결국 확인했다. 어제. 743달러 12센트. 그게 전부다.

그래서 조슈아에게 말할 수밖에 없었다.

"하지만 걱정하지 마."

어젯밤 나는 조슈아에게 등을 돌리고 말했다. 그 눈에 비친 충격과 분노를 보고 싶지 않아서였다.

"그게 전부는 아니야."

(몇 달 만에 처음으로 나는 H 박사가 옆에 없어서 기뻤다. 이 사실을 알았다면 그는 실망한 기색을 역력히 드러내며, 마치 내가 아직도 10대인 것처럼 이렇게 말했을 것이다. "내가 수백 번도 더 말하지 않았습니까. 그 돈 조심해서 쓰라고요.")

그러다 오늘 불쑥 나타난 프랜시를 보고 돈 문제를 잊고 말았다. 사실은 더 큰 문제가 있다는 걸 다시금 깨달았으니까. 만약 그들이 내 말을 안 믿으면 어떡하지? 어젯밤 나는 이 질문을 입 밖에 내고야 말았다. 우리가 지어낸 이야기들을 간파해버린다면 어떡하지?

그래서 내가 감옥에 가면 어떡하지?

하지만 조슈아는 나에게서 등을 돌려버렸다. 그 말을 하는 것만으로도 조슈아가 겁을 낸다는 걸 난 알고 있다. 그 뒤에 말없이 저녁을 먹을 때, 나는 조슈아가 무슨 생각을 하는지 아주 잘 알고 있었다.

그렇게 똑똑하시다는 꼬마 아가씨도 우리가 처한 이 곤경을 해결할 수 없다는 거군. 수학에서 10점 만점을 받아봤자 뭐 해? 결국 어디로 가야 하느냐는 아주 간단한 질문에도 아무런 답을 낼 수가 없으면서?

더는 시간을 낭비할 수가 없다. 그들이 나한테 다가오고 있으니 서둘러야 한다. 오늘 같은 일이 일어나서는 안 된다. 우리는 어디론가 가야 한다. 테네시가 좋을까, 몬태나, 알래스카도 있지. 우리가 있고 싶은 곳이 나올 때까지 운전하면 된다. 그런 곳을 찾으면 정착해야지. 나는 직업을 구할 것이다. 오두막집을 빌리자. 조슈아는 외따로 떨어져 있어서 사생활이 보호되는 집을 바란다. 마음 편히 발을 뻗을 수 있는 곳, 모든 걸 새로 시작할 수 있는 곳. 아무도 우리를 찾을 수 없는 곳이어야 한다.

나도 그런 곳을 원한다. 적어도 그런 집을 그려보았을 때는 나 역시 원하는 것 같았다. 집 뒤에 정원이 있고. 어쩌면 닭도 몇 마리 키우면 좋겠지.

호신용으로 곁에 총도 두고. 혹시 모르니까.

제20장

12일째

수신: 5월맘님

발신: 맘동네 친구

날짜: 7월 16일

제목: 오늘의 조언

생후 63일 우리 아기,

균형 잡힌 삶에 대해서 이야기해볼까요. 우리 맘님은 균형 잡힌 삶을 사는 법을 알고 있죠. 아기를 돌보면서, 집 청소도 하고, 장도 봐야 하고, 몸매도 회복해야 하죠. 그리고 맘님 중에서 곧 직장에 복귀하는 분들도 있을 거예요. 삶은 쉽지 않아요. 스스로를 위해, 또 우리 아기를 위해 할 수 있는 최고의 방법은 어떻게든 균형 잡힌 삶을 제대로 살아가는 거랍니다. 일주일에 몇 시간 도우미를 고용하는 것도 방법이에요. 친구에게 아기를 봐달라고 부탁하고 헬스장에 갈 수도 있을 거예요. 돈을 좀 더 내고라도 물건을 배달시켜 장을 볼 수도 있어요. 자신에게 맞는 방법을 찾아보세요. 결국, 엄마가 행복해야 가정이 행복하답니다.

넬은 시멘트 덩이처럼 몸이 무거웠다. 다리는 깁스를 해놓은 느낌이었다. 아기의 울음소리가 들렸지만 아기가 마치 물속에서 엄마를 부르는 것처럼 소리가 아스라하기만 했다. 움직이려고 했지만 그럴 힘조차 없었다.

"넬."

엄마의 손길에서는 바닐라 핸드크림 향이 났다. 눈을 떠보았다. 마거릿이 옆에 서 있었다.

"나 출근 시간 늦었어?"

엄마가 딸 옆에 웅크려 앉았다.

"아니, 아직 7시도 안 됐어. 깨우고 싶지는 않았지만, 네가 봐야할 게 있어."

넬은 엄마의 심상찮은 표정을 보았다. 무슨 일이 있구나. 그래서 일어나 앉았다.

"베아트리스 때문이야? 아기는 괜찮아?"

"그래, 아가. 베아트리스는 괜찮아. 잘 자고 있어. 서배스천은 방금 출근했어. 그런데 넌 나랑 거실로 좀 나와봐야겠어."

넬이 따뜻한 이불 속에서 억지로 몸을 일으켜 엄마를 따라 밖으로 나왔다. 마거릿은 어젯밤 늦게 도착했다. 넬이 전화를 걸자마자, 엄마는 일을 바로 마치고 차를 탄 다음 뉴포트에서 브루클린까지

네 시간을 쉬지도 않고 운전했다. 어머니가 거실에 공기 매트리스를 깔고서 옆에 아기 모니터를 두고 잤기 때문에, 넬과 서배스천은 아기가 태어난 뒤 처음으로 한 번도 깨지 않고 잘 수 있었다.

거실 TV는 켜져 있었다. 셰퍼드 시장이 연단에 선 모습이 보였다. 그가 한 걸음 비켜서서 로한 고시 경찰청장에게 마이크를 넘겨주었다.

넬이 마거릿을 바라보았다.

"무슨 일인데?"

화면 속 고시가 손을 들어 올렸다.

"모두 조용히 해주시면 발언을 시작하겠습니다."

고시가 물병을 꺼내서 한 모금 마신 다음 말을 이었다.

"어젯밤 늦게, 우리는 위니 로스 소유의 차를 다시 조사했습니다. 그리고 타이어 안쪽 차체에 박혀 있던 파란색 아기용 담요를 발견했습니다. 담요는 유괴된 날 밤 마이더스의 요람에서 아기와 함께 사라진 담요와 외양이 일치합니다. 우리 법의학 팀이 담요에 남아 있던 단백질 섬유가 마이더스 로스의 DNA와 일치한다는 걸 확인했습니다. 그리고 아기의 피 역시 증거물로 나왔습니다."

"이럴 수가."

입을 연 넬의 가슴이 죄어들었다.

"어떻게 해서 차를 다시 조사하게 된 겁니까……."

모인 사람 중 하나가 소리를 질렀다.

고시가 목소리를 더 높여 계속 말을 이었다.

"오늘 새벽 6시경 위니 로스는 구금되었고 현재 공식적으로 그녀의 아들 마이더스 로스의 실종 사건에 대한 혐의를 받고 있습니다."

넬이 숨을 헉 들이쉬었다. 어머니가 옆에 서서 손을 잡았다.

"시체를 발견하셨습니까?"

"오늘 안으로 자세한 사항을 발표할 예정입니다. 그리고 지금, 저는 이 자리를 빌려 이 사건에 열의를 갖고 임한 마크 호이트 형사에게 깊은 감사를 표하는 바입니다. 물론 셰퍼드 시장님도 함께 수고하셨습니다. 여러분들은 이 두 분을 특히 심하게 몰아붙이셨지만, 수사 관계자 모두가 아주 뛰어나게 일해주었습니다."

고시가 연단에서 서류를 집어 들었다.

"현재로서 말씀드릴 수 있는 건 이게 전부입니다. 감사합니다."

화면이 바뀌었다. 넬은 마거릿의 손을 꼭 잡고서 위니가 아무런 표식이 없는 SUV 뒷좌석에서 내려 로어 맨해튼의 경찰본부로 끌려가는 모습을 바라보았다. 위니는 고개를 들고 검은 머리카락 사이로 카메라를 노려보았다. 손목은 뒤로 돌려 수갑이 채워져 있었고, 양옆으로 제복 입은 경찰관을 대동했다.

위니가 경찰본부에 들어가자마자 화면은 뉴스 진행자의 얼굴을 비추었지만, 이윽고 위니가 차에서 내리고, 경찰서로 걸어가는 영상이 처음부터 다시 시작되었다. 카메라를 바라보는 공허한 눈빛과 돌처럼 딱딱한 표정이 계속 반복되었다.

* * *

아니야. 프랜시가 월을 어깨에 얹고서 TV 앞을 이리저리 맴돌며

말했다.

"아니라고."

프랜시가 조리대에서 휴대폰을 집어 들고 문자를 했다.

-내 메시지 받았어요? 우리 이야기 좀 해요. 내게 좋은 생각이 있어요.

울고 있는 윌을 달래야 했다. 생각할 시간이 필요하다. 프랜시는 부엌으로 가면서 이 집이 다시금 온전히 자기 공간이 되었다는 사실에 안도감을 느꼈다. 로웰이 지금 어머니를 공항에 모시고 가는 길이었다. 어제 점심부터 아무것도 먹지 못해서 배고파 쓰러질 지경이었지만 찬장에는 먹고 싶은 게 없었다. 냉장고를 열고 선반에서 냉동 옥수수를 꺼내 목 뒤에 갖다 댔다. 좁아터진 아파트 안은 견딜 수 없이 무더워지고 있었다. 어젯밤 로웰이 프랜시에게 전기세를 아껴야 하니, 프랜시가 했다고 거짓말한 사진 일의 대금을 받을 때까지 에어컨을 틀지 말라고 속삭였다.

"아니야."

프랜시가 이번에는 큰 소리로 말했다. 경찰은 아직 아기의 시체를 찾지 못했다. 그렇다면 아직 살아 있을 가능성이 있다.

그때 초인종이 다시 울렸다. 사실 초인종은 아침 내내 울려댔다. 기자들이 와서 뭐라고 한마디 해달라고 부탁해댔으니까. 집주인인 카란 씨는 아까 프랜시에게 전화를 걸어서 기자들이 계단에 올라오지 못하게 쫓아버리라고 요구하며 짜증을 냈다. 기자들이 그녀가 키우는 제라늄 화분을 발로 걷어찼기 때문이다. 프랜시는 휴대폰을 확인했다. 넬과 콜레트가 답장을 보내지 않아 조급해진 프랜시는 엄지손가락 하나로 다시 문자를 찍었다.

-나 진지하게 말하는 거예요. 스칼릿과 이야기해봐야 해요. 분명 우리를 도와줄 거예요.

프랜시는 위니의 십 낮은편 발코니에서 봤던 여자, 화분에 물을 주고 있던 여자가 아마 스칼릿일 거란 생각이 들었다. 처음에는 긴가민가했지만, 어젯밤 로웰이 침대에서 자고 바버라가 소파에서 자는 동안, 프랜시는 혼자서 뜨거운 욕실에 앉아 속옷 서랍장에 숨겨놓은 노트를 꼼꼼히 읽으며 혹시 놓친 건 없는지 확인해보았다. 그리고 30분 뒤에, 다 벗고 욕조에 들어가 얼음장처럼 차가운 물을 등과 머리에 맞았다. 머리카락이 뺨에 달라붙은 채로 드디어 무언가를 기억해냈다. 몇 주 전 5월맘 모임 때, 스칼릿은 위니가 우울증이라는 이야기를 했었다. 당시 대화가 생생하게 떠올랐다. 모두 담요를 깔고 앉아서 넬이 가져온 와인을 홀짝였다. 스칼릿은 자기가 위니를 많이 걱정하고 있다고 말했다. 그리고 자기들은 이웃이라며, 함께 산책을 했다고도 말했다.

프랜시는 윌을 흔들 의자에 부드럽게 앉힌 다음 입에 고무젖꼭지를 물려주고 의자를 가장 빠른 진동 모드로 바꾸었다. 그리고 다시 문자를 보냈다.

-어쩌면 위니가 스칼릿에게 무슨 말을 했을지도 몰라요. 그걸 들으면 도움이 될지도요.

이 문자를 보내자 금방 전화가 왔다. 콜레트였다. 우는 것 같은 목소리였다.

"프랜시, 그만해요. 지금 지푸라기 붙잡고 있는 거나 마찬가지잖아요."

이제는 프랜시도 울기 시작했다.

"아니에요. 그 파란색 담요가 나왔잖아요. 그럼 경찰은 어젯밤까지 위니 트렁크조차 확인을 안 했다는 거 아닌가요?"

"아뇨. 경찰은 그런 말 안 했어요. 다시 확인한 거예요. 누군가가……."

"어젯밤 내내 잠도 안 자고 생각해봤어요. 만약 위니가 스칼릿에게 우울증에 대해서 털어놨다면, 다른 얘기도 했을지 몰라요. 그게 뭔지 알아보면 단서가 나올 거예요. 누군가 놓치고 있는 게……."

"아니라고요."

콜레트의 목소리에서 참을 수 없다는 기색이 느껴졌다.

"잘 들어요, 프랜시. 지금 힘들다는 거 알아요. 우리 모두 힘드니까요. 나 진짜 걱정되기 시작했어요."

"알아요. 나도 그래요. 걱정되는 건……."

"아뇨, 내 말은 프랜시 당신이 걱정된다는 뜻이에요. 지금 제정신으로 생각하고 있지 않잖아요. 그러니 가서……."

"하지만 아기가 죽었다는 말은 없었어요. 시체를 찾지 못했으니까요."

프랜시는 어쩌나 심하게 목이 메는지 숨이 막혀 죽을 것 같았다.

"아직은 살아 있을지도 몰라요. 시체를 찾은 건 아니잖아요. 그러니 아기를 구할 시간이 있는 건지도 모른다고요. 그 애는 엄마랑 같이 있어야……."

"아니라고요!"

외마디 말이 프랜시의 귓가를 할퀴었다.

"프랜시, 그 애는 엄마랑 같이 있을 수 없어요. 아기를 해친 게 바로 엄마라고요. 현실을 받아들여요. 이젠 다 끝이에요."

* * *

프랜시가 전화기를 소파에 던졌다. *끝이라고?*

그런데 누군가 문을 미친 듯이 세게 두드리는 소리가 들렸다. 가슴이 뛰었다. 카란 씨구나. 프랜시 때문에 벌어진 이런 상황에서 더는 살 수 없다고 말하러 왔구나. 이제 우리를 쫓아내겠구나. 자신과 로웰, 아기는 이제 갈 곳이 없어지겠구나.

"저기요? 프랜시?"

남자의 목소리가 들렸다.

프랜시가 문으로 가까이 걸어갔다.

"누구세요?"

"대니얼이에요."

"대니얼이라고요?"

머리가 빙빙 돌았다. 그 이름, 어디서 들었는데, 대니얼이라.

눈을 감고 관자놀이를 짚었다. 기사가 떠올랐다. 어머니가 돌아가시고 나서 위니가 했던 인터뷰가 떠올랐다. *나는 대니얼에게 쭉 의지해왔어요. 대니얼이 있었기 때문에 슬픔을 이겨낼 수 있었어요.*

그는 문을 더 세게 두드리고 있었다.

위니의 남자친구일까? 그가 이 아파트에 왔다고? 위니가 보낸 건가? 어쩌면 뭔가 소식을 갖고 있을지도 몰라. 마이더스를 찾아낼 실마리가 될까?

"프랜시, 문 열어요. 제발. 나 할 이야기가 있어요."

프랜시가 잠금장치를 풀고 문을 조금 연 다음 복도를 내다보았다. 외마디 말이 속삭임으로 흘러나왔다.

"토큰?"

* * *

"당신이 위니의 남자친구였다고요?"

"그래요. 아주 오래전 일이죠."

"그러면 지금은…… 다시 만나는 건가요?"

"아니, 아니에요. 그런 거."

윌이 다시 소리를 질렀다. 프랜시가 일어났지만 토큰이 먼저 윌에게 다가가 흔들 의자에서 아기를 안아들었다. 가슴에 아기를 꼭 안은 그는 아파트 거실을 왔다 갔다 하기 시작했다.

프랜시가 다시 소파 의자에 앉아서 아기를 계속 지켜보았다.

"하지만 당신 두 사람은……."

"우리는 그저 좋은 친구일 뿐이에요."

토큰이 바닥을 내려다보며 프랜시의 시선을 피했다.

"어머니가 돌아가시고 나자, 위니는 우리 사이를 끝냈어요. 나 말고도 모든 사람과 관계를 끊었죠. 위니 마음을 돌리려고 갖은 수를 다 써보았지만, 날 만나주지 않았어요."

"이해가 안 가네요. 그럼 여기는 왜 왔어요?"

그러자 토큰이 이상한 소리로 웃었다. 너무나 씁쓸하게 들리는 소리였다.

"솔직히 말하면 모르겠어요. 그냥 당신을 만나고 싶었어요. 당신은 이 상황을 정확하게 파악하는 유일한 사람이니까."

"그게 무슨 소리예요?"

"위니는 아무 짓도 안 했다는 거, 알잖아요."

프랜시는 너무나 피곤해서 정신이 멍했다. 토큰이 윌을 안고 있는 게 싫었지만, 머리가 어지러웠다.

"체포 이력 말인데요. 대체……."

"어떻게 알아냈어요?"

"머그숏*을 봤어요."

"그럴 줄 알았어요. 온라인에서 찾았군요. 하지만 왜……."

"아뇨. 온라인이 아니에요. 누가 우리한테 우편으로 보냈어요."

그러자 토큰이 발을 멈췄다.

"누구한테 보냈다고요?"

"우리요. 나랑, 콜레트랑 넬한테요."

"우편으로 왔다는 게 무슨 말이죠? 누가 보냈어요?"

"난 몰라요. 우편으로 왔으니까요. 콜레트 것은 시장님 사무실로 왔대요. 보낸 사람 주소가 없었어요."

토큰은 눈을 감았다.

"시장 사무실로요? 이해가 안 가네요."

---

* 범인을 식별하기 위해 구금 과정에서 촬영하는 얼굴 사진의 은어

"왜 체포된 거예요?"

"난 사람을 죽일 뻔했어요."

그러자 프랜시가 일어나서 토큰의 품에서 윌을 빼내고 그에게 등을 돌리며 윌을 감쌌다.

"나가요. 당장. 경찰을 부르겠어요."

"아뇨, 프랜시. 내 말 들어봐요. 그런 게 아니에요. 위니를 보호하려다가 그랬어요. 위니가 위험했으니까."

프랜시가 다시 그를 마주 보았다.

"위험했다고요?"

"위니한테는 스토커가 있어요."

"그래요. 알아요. 아치 앤더슨 말이군요. 나도 기사 봤어요."

토큰이 고개를 끄덕였다.

"위니가 나랑 헤어지고 난 다음에 일어난 일이에요. 위니는 몰랐지만, 나는 위니가 다시 촬영하기 시작했을 때 리허설 현장까지 위니를 따라갔던 적이 있어요. 스토커 없이 안전하게 도착하는지 확인하려고요. 위니는 그놈이 더 이상 안 따라다닐 거라고 생각했지만, 그는 오드리의 장례식장에 불쑥 나타났죠. 그때 위니가 정말 큰 충격을 받았어요. 그래서 난 그녀가 안전한지 확인하고 싶었고요."

"그래서 어떻게 됐어요?"

"위니 어머니가 돌아가시고 나서 촬영을 다시 시작한 지 사흘째 되는 날이었어요. 그놈은 위니가 지하철에서 내리는 곳 길모퉁이에서 기다리고 있었어요. 난 처음에 그놈인지 확신할 수 없었지만, 어쨌든 가까이서 지켜보았죠. 그놈은 위니를 따라 촬영장 안으로 들어간 다음, 그 애를 잡아서 억지로 계단으로 끌고 갔어요. 나는 곧바로 달려들었죠. 그놈은 날 보지도 못했어요. 그놈 머리를 바닥에 너무 세게 내리치는 바람에 두개골을 부수고 말았거든요. 그놈은 몇 주간 입원했어요."

"그래서 교도소에 갔어요?"

"9개월을 살았어요. 경범죄 폭행을 인정하고 낮은 형을 받았죠. 1년을 선고받았지만 모범수로 일찍 나왔어요. 위니의 변호사가 요청해서 판사가 이 사건을 비공개 처리했고, 언론에 나오지 않을 수 있었어요. 그 뒤 위니는 드라마를 그만두고, 대중의 시선에서 멀어지기 위해 무척 애썼어요."

"그 스토커는 퇴원했어요? 아치 앤더슨은 어떻게 됐어요?"

"싫증났는지 웨스트버지니아로 이사 갔어요. 거기서 강도 행각을 벌이다 노부부를 죽이고 말았죠. 지금 11년째 교도소에 수감되어 있어요."

프랜시가 고개를 저었다.

"그건 기사화되지 않았는데요."

토큰이 프랜시를 슬쩍 바라보았다.

"기사가 안 났다고요?"

윌의 이마에 입을 맞추는 프랜시의 입속이 바짝 말라왔다. 그 스토커가 지금 교도소에 있다니.

"그럼 당신과 위니가 친구라는 걸 왜 우리에게 말하지 않았죠?"

토큰이 소파에 앉았다.

"위니는 사생활을 아주 중시해요. 못 느꼈어요? 아이들이 태어나자, 나더러 5월맘 모임에 오라고 권했던 것도 위니였지만 우리 이야기는 하지 말자고 하더군요. 사람들이 꼬치꼬치 캐물을 테니까요. 위니는 지난 이야기를 하는 걸 좋아하지 않아요."

"믿을 수가 없네요. 위니 때문에 교도소에 가다니."

한 줄기 그림자가 스치고 지나간 토큰의 얼굴이 어두워졌다.

"진짜예요. 그리고 지금도 나는 기꺼이 갈 수 있어요. 위니를 보호하기 위해서라면 뭐든지 할 거예요."

그가 바닥으로 눈을 내리깔고 말했다.

"그리고 마이더스를 위해서도."

프랜시가 잠시 토큰을 바라보다 소파 옆자리에 앉으며 입을 열었다.

"들어봐요. 나한테 생각이 있어요. 어제 떠오르더라고요. 뭔가 도움이 될 것 같아요."

토큰은 계속 바닥을 바라볼 뿐이었지만 프랜시는 그의 표정이 살짝 변하는 걸 본 것도 같았다. 드디어 고개를 든 그는 미소를 짓고 있었다.

"위니를 도울 수 있다는 거죠?"

제21장

13일째

수신: 5월맘님

발신: 맘동네 친구

날짜: 7월 16일

제목: 오늘의 조언

생후 64일 우리 아기,

아기를 낳은 엄마가 되면, 온 세상 사람들이 전부 한마디씩 이래야 한다느니 저래야 좋다느니 훈수를 두는 것 같죠. (하하, 생각해보니 지금 이 조언도 그러네요?) 그런 상황에 어떻게 대처할까요? 우선, 모든 의견을 너무 심각하게 받아들이지 마세요. 다른 사람들이 주는 정보를 일일이 듣고 있는 것만큼 자존감이 상하는 일도 없답니다. 그리고 조언은 기본적으로 좋은 뜻에서 하는 말이라는 사실을 잘 알아두세요. 우리가 아기를 이 세상 그 무엇보다 사랑하고 있기는 하지만요, 엄마 말고도, 아기를 안전하게 키우는 데 자기 몫을 하고 싶어 하는 사람들이 참 많으니까요. (그 대표적인 분이 바로 아이 할머니시죠!)

콜레트는 침대에 누워서 찰리의 뺨에 비치는 햇살을 손가락으로 쓸어보았다. 찰리의 손이 콜레트의 허리를 감고 있었다.

"지난 15년 동안 자기가 내 앞에서 운 적이 손에 꼽을 정도였다는 거 알아?"

콜레트가 고개를 끄덕였다. 눈을 감자 어제 경찰서로 잡혀 들어가는 위니의 모습이 떠올랐다. 다시금 슬픔이 왈칵 밀려들었다.

"진작 전부 다 이야기하지 그랬어."

찰리가 이렇게 말하며 콜레트를 품에 끌어당겼다. 어젯밤 위니가 나온 뉴스를 본 뒤에 콜레트는 마침내 모든 것을 털어놓았다. 경찰 수사일지를 복사하고 USB를 훔쳤다고, 어떻게든 잘해보려고 안간힘을 쓰고 있었다고, 포피가 너무 걱정됐고, 주의 깊게 아기를 보면서 혹시 나아지고 있지는 않은지 열심히 관찰했다고, 좋은 배우자가 되기 위해 정말 노력했다고, 글도 계속 쓰려 했다고.

"이제 어떻게 하고 싶어?"

찰리가 콜레트에게 물었다.

"모르겠어."

아기 모니터 화면에서 포피가 칭얼댔다. 콜레트가 일어나 앉았지만, 찰리가 그녀의 등에 손을 얹었다.

"잠시만 애가 알아서 있게 하자."

콜레트는 다시 찰리의 품에 안기며 눈을 마주했다.

"사실은 거짓말이야. 내가 어떡하고 싶은지 난 알아. 아이가 문제없나는 걸 확인받고 싶어. 아이와 집에 있고 싶어. 그러나 때가 되면 다시 글을 쓸 거야. 이제는 내 이름으로 책을 낼래."

콜레트가 고개를 돌려 베갯잇으로 눈물을 닦았다.

"이제 뭘 어떻게 써야 할지 아무런 생각도 나지 않지만 말이야."

콜레트의 말에 찰리가 미소를 지었다.

"그럼 다른 사람들이 하는 대로 해봐. 아기 키우는 일에 대한 글을 써봐."

그때 포피가 더 크게 울었다. 콜레트가 말했다.

"애한테 가봐야겠어."

"내가 갈게."

찰리가 이렇게 말하고 일어나 앉은 다음 바닥에서 팬티를 찾아 입었다.

"오늘 토요일이니까 잠깐 침대에서 쉬어. 더 자."

콜레트는 찰리가 방을 나서는 모습을 보았다. 이윽고 모니터 안에서 그가 요람에 누운 포피를 안아 들고 키스하며 달래는 소리가 들렸다. 그녀는 다시 이불을 끌어당겨 털썩 누웠다. 찰리의 향기가 베개에 아직 감돌고 있다. 창문 밖 화재용 비상계단에서 찌르레기 소리가 들려왔다. 콜레트가 며칠 전 설치한 모이통에서 모이를 먹는 소리였다. 눈을 다시 감고 나니, 오늘 온종일 이러고 있었으면 좋겠다는 마음이 들었다. 집에서 가족과 함께 있자. 위니가 감옥에 가는 모습이나 곧 마이더스의 시체가 발견되었다는 소식이 들릴 거란 생각은 잠시 잊어두자.

그런데 침대 옆 탁자에 놓아둔 휴대폰이 울렸다. 받고 싶지 않았지만, 그럴 수가 없었다.

자리에서 일어난 콜레트가 휴대폰을 집어 들었다.

"여보세요."

"오고 있어요?"

콜레트는 잠시 아무 말도 하지 않았다.

"아뇨."

"벌써 9시가 다 됐어요. 그럼 나오고 있는 거죠?"

콜레트가 눈을 비볐다.

"넬, 난 잘 모르겠어요. 난……."

"콜레트. 안 돼요. 이러지 말아요. 오겠다고 했잖아요. 우리 둘다."

넬이 잠시 침묵하다 말을 이었다.

"지금 진지하게 말하는 거예요, 콜레트. 우리는 이 일을 해야 해요. 하겠다고 약속했잖아요."

* * *

콜레트가 노란색 원피스를 입고 주방에 들어갔을 때 찰리는 커피를 내리고 있었다. 포피가 그의 발밑 흔들의자에 앉아 웃으며 옹알이하고 있었다.

"나 잠깐 나갔다 올게."

"그런 말 없었잖아. 어디 가는데?"

콜레트가 찰리에게 키스하며 말했다.

"빨리 처리해야 할 일이 있어. 금방 돌아올게. 그리고 오늘 저녁 우리 뭐 하게?"

찰리가 콜레트의 허리를 감싸 안고서 엉덩이를 꼭 붙였다.

"하나밖에 안 떠오르는데."

콜레트가 웃었다.

"그래, 그것도 있고, 오늘 저녁에 레스토랑 예약했어."

"우리 셋이 외식하는 거야?"

"아니, 나 시터 구했어."

"말도 안 돼. 누구?"

"소냐, 아래층 사는 애 있잖아. 그 애 2년 동안 쌍둥이를 돌봤던 거 알고 있었어?"

찰리가 미소를 지었다.

"당연히 알고 있었지. 고마워. 오늘 저녁 아주 즐거울 거야."

찰리가 콜레트에게 한참을 키스했다.

"우산 가져가. 비가 올 것 같네. 그리고 빨리 돌아와."

* * *

넬이 더 스폿 커피숍 앞에서 기다리고 있었다. 비를 피하려고 머리 위에 올린 신문지에서 물이 뚝뚝 떨어졌다. 손에는 아이스커피를 들고 있었다.

"미안해요. 늦었어요."

콜레트의 말에 넬이 커피를 마저 마시고는 빈 잔을 쓰레기통에 버렸다.

"자, 가요. 프랜시가 벌써 세 번이나 전화했다고요."

콜레트가 걸음을 재촉해 넬과 보조를 맞추었다. 이래야 한다는 건 알고 있었다. 프랜시는 어젯밤 콜레트의 집에 불쑥 나타났다. 눈이 퉁퉁 부어 두서없이 말을 내뱉었다. 토큰이 자기 집으로 찾아왔노라고, 그와 위니가 고등학교 시절 사귀었다고 했단다. 프랜시는 토큰에게 지난번 5월맘 모임 때 위니에게 우울증이 있다고 말해준 사람이 스칼릿이었으며, 위니의 집 맞은편에서 본 여자도 분명 스칼릿이었을 거라고 말했다고 했다.

프랜시가 콜레트에게 말했다.

"토큰이 그러는데, 내가 스칼릿에게 이야기해보는 게 좋겠대요. 내 생각이 정말로 좋다고 했어요. 하지만 몇 번이나 메일을 보냈는데도 스칼릿은 답이 없어요. 토큰은 날더러 직감을 믿고서 계속 시도해보라고 말했어요. 나는 스칼릿을 뒤쫓고 싶어요. 우리 둘 다 이게 마이더스를 찾아내고 위니를 도울 수 있는 마지막 희망이라고 생각해요."

"프랜시, 말도 안 되는 생각이에요."

콜레트가 말했지만 프랜시는 완강했다.

"아뇨. 그렇지 않아요. 우리는 위니가 우울증인 것도 몰랐잖아요. 게다가 스칼릿은 뭐든 다 아는 사람이에요. 언제나 정답을 알고 있어요. 내가 빌게요. 우리는 스칼릿이랑 이야기해봐야 해요."

콜레트는 프랜시의 필사적인 눈빛을 떨쳐낼 수가 없었다. 지금 넬과 함께 언덕을 급히 내려가고 있는 동안에도 그 눈빛이 계속 그녀를 따라다녔다.

넬이 물었다.

"자, 그래서 계획이 뭐죠?"

"프랜시가 이 편지를 안에 두고 오게 해주는 거예요. 그런 다음 커피를 마시자고 프랜시를 끌고 가야죠. 그리고 프랜시를 설득해봐요. 우리가 얼마나 걱정하고 있는지 이야기해주자고요."

"그냥 편지 같은 거 다 때려치우고 커피숍으로 바로 가면 좋으련만. 이 편지를 읽으면 스칼릿이 뭐라고 생각하겠어요?"

"알아요. 정말 웃기는 짓이죠. 하지만 달리 방법이 없네요."

하늘에서 천둥이 치더니 빗줄기가 더욱 거세졌다. 콜레트가 넬 옆에 바짝 붙어서 우산을 씌워주었다.

"나 찰리의 편집자와 이야기했어요. 그랬더니 편집자도 첫 애 낳고 나와 같은 경험을 했다더군요. 심리치료사를 세 명 추천해줬어요."

그러자 넬이 말했다.

"잘됐네요. 프랜시가 병원에 가기 싫다고 하면, 우리가 직접 로웰에게 전화해요. 프랜시가 이러는 데는 뭔가 더 큰 이유가 있다는 걸 남편도 알 필요가 있으니까요."

모퉁이를 돌자 블록 저 끝 건물 앞에 프랜시가 서 있는 게 보였다. 누군가가 그녀에게 우산을 씌워주고 있었다.

"저 사람 로웰인가요?"

콜레트가 묻자, 넬이 눈을 가늘게 뜨고 바라보았다.

"토큰인데요. 프랜시가 토큰도 온다고 했어요?"

"아뇨. 그래서 난 우리 셋만 하는 줄 알았는데."

그들이 다가가자 프랜시가 봉투를 들고 말했다.

"늦었네요. 이 편지 읽어보고 싶어요? 토큰이……."

프랜시가 말하다 말고 남자를 바라보았다.

"미안해요. 그러니까, 대니얼이 보기에는 괜찮다고 했어요."

콜레트가 말했다.

"괜찮을 거예요. 뭐라고 썼는데요?"

그러자 프랜시가 봉투에 침을 발라 붙였다.

"어젯밤 말한 대로 썼어요. 혹시 스칼릿이 도움이 될 만한 사실을 알고 있는지 우리가 궁금해한다고요."

"잘했어요."

콜레트가 대답했다. 프랜시는 숨을 크게 들이켜고 정문 계단을 올라갔다. 토큰이 콜레트 가까이 다가왔다.

"같이 써도 될까요?"

토큰이 콜레트의 우산을 턱짓으로 가리키며 말했다. 콜레트와 넬이 옆으로 비켜서서 그가 들어올 자리를 만들었다. 그의 어깨가 콜레트의 어깨에 닿았다. 목덜미에 그의 숨결이 닿는 게 느껴졌다. 셋은 프랜시가 우산을 쓴 채로 고개를 숙이면서 우편함의 이름을 살펴보는 모습을 지켜보았다.

"내 생각이 맞았어요! 스칼릿의 아파트였어요."

프랜시가 이렇게 말하자마자 어떤 여자가 문을 열고 나오면서 프랜시의 엉덩이를 쳤다.

"미안해요."

여자가 이렇게 말하며 문을 붙잡았다.

"들어가실 건가요?"

프랜시가 세 사람을 슬쩍 돌아보았다. 콜레트는 고개를 저었다.

"아니에요. 그냥 두고……."

하지만 프랜시는 문으로 다가갔다.

"네, 고맙습니다."

"이런 제길."

넬이 이를 악물며 말했다.

"우리도 가요."

콜레트는 프랜시가 건물 안으로 사라지는 모습을 지켜보다가 이렇게 말했다. 콜레트가 정문으로 오르는 계단으로 달려갔고, 넬이 그 뒤를 따라갔다. 그들은 닫히는 문을 가까스로 잡았다.

"들어올래요?"

콜레트가 토큰에게 소리쳤지만 그는 후드를 뒤집어쓰며 말했다.

"아뇨. 나는 여기서 망보는 게 낫겠어요. 혹시 모르니까요."

"그래요. 잘 보고 있어요."

넬이 이렇게 말하고서 연극조로 목소리를 낮추어 속삭였다.

"혹시 우리가 사흘 내로 돌아오지 않으면 경찰에 신고해요."

콜레트와 넬은 현관으로 들어갔다. 카펫이 깔린 계단 위를 향해 콜레트가 외쳤다.

"프랜시, 빨리 편지 두고 내려와요."

넬 역시 계단 위로 고개를 들고 말했다.

"나 진짜 이럴 시간 없어요. 엄마가 오늘 다시 돌아간다고요."

콜레트가 넬을 따라 3층으로 올라갔다. 계단 위로 열린 문이 보였다. 문 옆 벽에 프랜시의 젖은 우산이 세워져 있었다. 콜레트는 아파트 안에 발을 들여 자그마한 주방으로 들어갔다. 이삿짐 상자가 복도를 따라 단정하게 열을 지어 쌓여 있었다. 상자 위에 커다란 글씨가 보였다. 냄비와 프라이팬, 테이블보, 접시. 조리대 위에는 아이 젖병과 산전 비타민, 중국 약재와 모유를 잘 돌게 하는 차가 보였다.

거실은 타일이 붙은 하얀 아일랜드 조리대를 사이에 두고 부엌과 공간이 분리되어 있었다. 프랜시가 거실 가운데 서서 둘러보고 있었다. 넬이 물었다.

"여긴 어떻게 들어왔어요?"

"문이…… 그냥 열렸어요."

콜레트가 문손잡이를 바라보았다. 누군가 망가뜨려서 헐거워진 문 옆 바닥에 나사가 떨어져 있는 게 보였다.

"프랜시, 여기 억지로 들어왔어요?"

"아니요. 손잡이가 헐거웠어요."

콜레트가 말했다.

"이거 법적으로 정말 문제 있는 행동이에요. 편지는 바깥에 두고 가요."

"그럴 거예요."

프랜시의 목소리가 어딘가 공허했다. 프랜시는 콜레트 곁을 지나쳐 늘어선 상자 옆을 살그머니 지나 침실로 갔다.

"잠시만 기다려요."

콜레트가 한숨을 쉬다가 넬을 보았다. 넬은 부엌 조리대에 있던 노트를 넘겨보는 중이었다.

"우와, 이것 좀 봐요. 아기에게 젖을 먹이고 기저귀를 갈아준 횟수와 시간을 기록한 표가 있네요."

넬이 페이지를 계속 넘기며 덧붙였다.

"세상에. 심지어 애가 트림한 시간까지 다 적어놨어요."

"어머, 넬은 안 그래요?"

콜레트의 말에 넬이 대답했다.

"아, 당연히 나도 적어놓죠. 하지만 서배스천이 트림한 것만 적어요. 그런 쪽으로는 완벽하게 기억하는 저장 장치를 갖춰놓았거든요."

프랜시는 다시 부엌으로 돌아와 아무 말 없이 그들 곁을 지나쳐 미닫이문을 열고 자그마한 테라스로 나갔다. 난간을 따라 꽃과 허브 화분이 늘어져 있고, 토마토도 자라고 있었다. 그녀는 잠시 뒤뜰 너머를 바라보다가 안으로 들어왔다. 머리카락에 빗방울이 송송히 맺힌 프랜시는 부엌 바로 옆에 있는 벽장을 들여다보았다.

"혹시 여기에 스칼렛이 CCTV나 아기 모니터를 뒀을 가능성이 있을까요?"

"아뇨. 말도 안 돼요."

콜레트가 다가와 벽장을 닫고 프랜시의 어깨에 손을 얹었다.

넬도 가까이 다가왔다.

"콜레트 말이 맞아요, 프랜시. 이제 우리 커피숍으로 가요. 요 며칠 정말 힘든 나날이었죠? 내가 머핀 사줄게요."

넬이 자기 허릿살을 꼬집었다.

"봐요. 여기도 머핀 있고요."

프랜시가 코를 닦으며 말했다.

"스칼릿이 편지를 보고 전화해줄까요?"

"네. 그럴 거예요. 프랜시는 올바른 일을 하고 있으니까요. 하지만 지금은 나가야 해요."

콜레트의 말에 프랜시가 고개를 끄덕였다.

"가방 가져올게요. 침실에 놔뒀거든요."

프랜시가 아파트 뒤편에 있는 침실로 향했다. 콜레트가 테라스 미닫이문을 닫았다.

넬이 복도를 들여다보았다.

"혹시 화장실 쓰면 좀 이상하려나요? 커피를 마시지 말걸 그랬어요."

넬이 이렇게 말하다가 표정을 싹 바꾸고는 현관문 쪽으로 가까이 다가갔다.

"왜 그래요?"

콜레트의 물음에 넬이 손을 들어 올렸다.

"쉬잇, 조용히 하고 들어봐요. 아기가 울고 있어요."

"스칼릿일 리는 없어요."

콜레트가 속삭였다.

"알아요. 이사 간 곳에 있겠죠. 그렇죠?"

하지만 잰걸음 소리가 계단에서 들려왔다.

"쉬잇, 아가야. 쉬잇. 우리 다 왔단다."

"어떡해요. 스칼릿이 왔어요."

넬이 콜레트의 팔을 꽉 잡고 속삭였다.

* * *

콜레트가 넬을 따라 복도를 달려 침실로 가서 문을 닫았다. 스칼릿이 주방으로 들어오는 소리가 들렸다. 넬이 속삭였다.

"이제 우리 어쩌죠?"

"모르겠어요."

넬이 창문으로 달려가 바깥을 내다보았다.

"여기 비상계단 같은 건 없을까요?"

"프랜시, 우리 말 듣고 있어요? 스칼릿이 왔다고요."

콜레트가 말했지만 프랜시는 듣고 있지 않았다. 그들이 뭐라 했는지 전혀 듣지 못한 것 같았다. 방 한쪽에 둔 자그마한 원목 책상 앞에 서서 맨 위 서랍을 뒤지는 중이었다. 얼굴에는 아무런 표정이 없었다. 스칼릿이 주방에서 노래하는 소리가 들렸다.

"잘 자라, 내 아기. 내 귀여운 아기, 아름다운 장미꽃 너를 둘러 피었네. 그래, 우리 귀염둥이. 이제 맘마 먹을 시간이야. 쉬이, 조용히 해야지. 엄마 여기 있잖아. 먼저 엄마 젖은 옷부터 갈아입을게."

이윽고 침실 문이 열렸다. 방 안이 온통 스칼릿의 날카로운 비명으로 가득 찼다.

＊ ＊ ＊

"콜레트."

스칼릿의 머리가 축축하게 젖어 등 뒤에 늘어져 있었다. 얼굴은
공포에 질려 있었다. 스칼릿이 넬과 프랜시를 바라보았다. 손으로
는 비옷 아래 아기 띠 안에서 꿈틀대는 그녀의 아기를 보호하려는
듯 감싸 안았다.

"여기서 뭐 하는 거예요?"

콜레트가 불안한 얼굴로 웃었다.

"스칼릿, 세상에나. 일이 참 민망하게 되었죠. 정말 미안해요. 이
게 어떻게 된 거냐 하면……."

그때 프랜시가 한 걸음 나섰다.

"스칼릿, 우리는 위니 때문에 여기 왔어요."

"위니요? 이해가 안 되네요. 그래서 나한테 메일을 보낸 건가요?"

"그래요. 그런데 답장을 안 했잖아요. 그래서 어쩔 수 없이 여기
까지 왔어요."

프랜시의 목소리는 묘하게 날이 서 있었다. 눈빛도 거칠었다. 그
순간 어떤 생각이 콜레트의 머릿속을 스쳤다. 토큰은 어디 있지?
아래층에서 망보고 있었을 텐데. 어째서 스칼릿이 왔다는 걸 알려
주지 않았지?

"프랜시, 솔직히 말할게요. 아마 답장을 썼다 하더라도 제발 메
일 좀 그만 보내라고밖에 할 말이 없었을 거예요. 나한테 이메일을
몇 통이나 보냈는지 알아요? 좀 성가셨다고요."

454

"나 어제 위니의 집에 갔었어요. 그리고 발코니에 서 있던 당신을 봤어요."

"발코니라고요? 무슨 뜻이에요? 우리는 집에 없었는데."

"아뇨. 내가 분명히 봤어요. 꽃에 물을 주고 있었잖아요."

스칼릿이 고개를 저었다.

"알았어요⋯⋯."

프랜시가 계속 말했다.

"위니는 당신에게 비밀을 털어놓았죠. 그래서 지난 모임 때 당신이 우리에게 이야기한 거고요. 위니가 자기는 우울증이 있다고 털어놨다면서요."

그 순간 스칼릿의 아이가 배고픈지 큰 소리로 울었다. 스칼릿이 아기를 어르기 시작했다.

"맞아요. 그런데⋯⋯."

프랜시의 목소리가 뻣뻣하게 나왔다.

"그날 밤 스칼릿은 집에 있었죠? 시댁 식구들이랑?"

"나는 아는 걸 형사들에게 전부 이야기했어요."

이렇게 말한 스칼릿은 프랜시를 보던 눈길을 콜레트와 넬에게 돌렸다.

"미안하지만요, 지금 당신들이 뭘 하는지 대체 알 수가 없네요. 계속 이메일을 보내질 않나, 지금은 또 여기 와서 내 아파트 문을 따고 들어오질 않나. 이건 정말 도를 넘어선 행동 아닌가요."

스칼릿의 목소리가 분노를 띠었다.

"불법이라는 건 말 안 해도 알겠죠."

퍼펙트 마더

콜레트는 민망한 마음에 목덜미에 열이 확 올랐다.

"스칼릿, 미안해요. 우리는 그저 편지 하나만 놓고 가려고⋯⋯."

"여긴 대체 어떻게 들어왔어요?"

"이 집 문이 잠겨 있지 않았어요."

프랜시의 대답에 스칼릿의 얼굴이 새빨개졌다.

"문이 잠겨 있지 않았다고요? 이런 바보 같을 데가."

콜레트가 애써 목소리를 가다듬었다.

"들어올 생각은 없었어요. 우리는⋯⋯."

"여기 들어올 마음은 없었어요. 그냥 우리가 조용히 나가면 어떨까요?"

넬이 걸어와 프랜시의 팔꿈치에 손을 얹었다.

스칼릿의 아기가 더 크게 울었다. 스칼릿이 주방으로 돌아서며 말했다.

"잘 생각했어요."

콜레트는 그 말을 듣고 한숨을 내쉬었다.

"자, 가요."

넬이 프랜시를 문 쪽으로 이끌었지만, 프랜시는 잡힌 팔을 빼고 다시 책상으로 걸어갔다. 넬이 위협적인 목소리로 말했다.

"프랜시, 이러는 거 재미없어요. 빨리 나와요."

하지만 프랜시가 말없이 책상 맨 위 서랍에 쌓여 있는 종이 더미를 집어 들었다.

"유선이 막혔을 때 민간요법. 꼭 알아두어야 할 잠 신호."

"프랜시, 지금 뭐 하는⋯⋯."

프랜시가 다음 종이를 보여주었다. 온라인 기사를 출력한 종이였다.

그웬돌린 로스가 아기 실종 관련 혐의로 체포되다

라흘란 레인, 국무부 인턴인 앨런 애버딘과의 불륜을 시인하다

프랜시가 종이를 또 넘겼다. 넬이 보낸 이메일도 있었다.
-졸리 라마. 7월 4일 저녁 8시. 다들 온다고요. 특히 위니는 와야 해요. 거절은 거절하겠어요.

노트를 펼치는 프랜시의 손이 덜덜 떨렸다. 그들은 다 함께 거기에 쓰인 글을 읽었다.

만약 그들이 내 말을 안 믿으면 어떡하지? 어젯밤 나는 이 질문을 입 밖으로 내고야 말았다. 우리가 지어낸 이야기들을 간파해버리면 어떡하지?
그래서 내가 감옥에 가면 어떡하지?
하지만 조슈아는 나에게서 등을 돌려버렸다. 그 말을 하는 것만으로도 조슈아가 겁을 낸다는 걸 난 알고 있다.

프랜시가 다음 페이지를 넘기자 페이지 사이에 끼어 있던 종이가 몇 장 떨어졌다. 넬이 반으로 접혀 있던 종이들을 집어 펼쳤다.

토큰의 범인 식별 사진이었다. 모두 세 장이었다.

콜레트가 눈을 감았다. 머리 위 채광창에 떨어지는 빗소리만 들릴 뿐이었다.

"맙소사."

넬이 숨죽여 말했다.

가요. 프랜시가 입 모양으로 말했다.

* * *

스칼릿이 문 옆에 서 있었다. 아기가 또 앙칼지게 울었다.

"아기가 배고픈가 봐요. 내가 도와줄까요?"

프랜시의 말에 스칼릿이 대답했다.

"여기서 나가요. 남편이 주차하고 바로 올라올 거라고요. 내가 장담하는데, 남편은 절대로 이해 못 할 거예요."

콜레트가 스칼릿에게 다가갔다. 머릿속에 이미지가 떠올랐다. 문을 열고 복도로 나가자. 계단으로 달려 내려가서 후끈 달아오른 인도에 발을 디디자. 그리고 전속력으로 집에 달려가서 이 모든 게 사실은 다 허구였다고 생각해버리자. 아무 일도 없었던 거라고. 하지만 콜레트는 넬과 프랜시의 눈빛을 차례대로 마주했다. 콜레트는 자신도 모르게 천천히 스칼릿에게 다가갔다.

"지금 뭐 하는 거예요?"

스칼릿이 말했다. 두 손은 아기의 머리를 감싸고 있었다.

콜레트가 비옷 후드를 잡았다. 스칼릿은 뒤로 물러섰지만, 콜레트는 아기의 머리카락, 그리고 얼굴을 얼핏 볼 수 있었다.

"마이더스."

콜레드 뒤에서 프랜시의 목소리가 들렸나. 스칼릿은 재빨리 주방으로 걸어갔다. 콜레트가 휘청거리는 다리로 그녀를 따라갔다.

콜레트가 스칼릿을 잡자, 아기가 더 큰 소리로 울었다. 콜레트가 아기 띠 안에 억지로 손을 넣고 아기를 감싼 띠를 떼어냈다. 그때, 스칼릿이 싱크대로 몸을 던지는 게 느껴지고 칼을 꼭 쥔 주먹이 보였다.

그 순간, 옆구리에 불타는 고통이 느껴졌다. 넬의 목소리가 들렸다. 포피의 얼굴이 보였다.

그러다 사방이 암흑으로 변했다.

* * *

나는 칼을 탁자 위에 놓았다.

프랜시가 미동도 없이 서 있었다. 넬이 바닥에 쓰러진 콜레트 옆에 무릎을 꿇었다. 아이가 내 품에서 비명을 질렀다. 나는 아기를 내려다보며 말했다.

"이게 다 뭐예요. 여러분 때문에 조슈아가 화났잖아요."

"스칼릿, 대체 지금……."

프랜시가 가까이 다가오며 말했다.

"마이더스 이리 내요."

"마이더스요? 마이더스는 죽었어요. 얘는 조슈아라고요."

아기의 눈에 공포가 깃든 게 보였다. 그래서 나는 귓가에 속삭여 주었다.

"걱정 마, 우리 아가. 다 잘될 거란다."

방 안이 뒤틀렸다. 공기에는 먼지가 자욱하니 반짝였다. 이 사람들, 우리 집에 놀러 왔구나.

나는 오늘 5월맘 모임을 주최하고 있다.

넬이 울면서 귀에다 휴대폰을 대고 있었다. 빠르게 생각해야 했다. 다가가 넬의 손에서 휴대폰을 빼앗았다.

"무슨 짓이에요! 돌려줘요. 콜레트를 구해야 한다고요."

넬은 미친 듯이 굴었다. 나는 차분하게 넬의 휴대폰을 싱크대에 넣고 물을 틀었다.

"모임 때는 휴대폰 쓰지 말아요. 무례하잖아요."

나는 프랜시를 바라보았다.

"휴대폰 내놔요."

"나도요?"

"그래요. 휴대폰 이리 줘요."

프랜시가 반바지 뒷주머니에 손을 넣었다. 언제나 똑같은 완두콩 초록색 바지에는 우유 얼룩이 져 있었다. 프랜시는 제대로 맞지도 않는 저 군복 같은 바지를 모임 때마다 입고 나온다. 불쌍한 여자다.

"내 휴대폰을요? 난 안 가져……."

나는 콜레트 위를 넘어가서 프랜시의 몸을 홱 뒤집고 손톱으로 물렁한 팔을 할퀴어가며 그녀의 뒷주머니에서 휴대폰을 꺼내 넬의 휴대폰이 담긴 싱크대에 던졌다. 그리고 모락모락 김이 오르는 뜨거운 물속에 잠긴 휴대폰 위에 주방세제를 짜 넣은 다음 거품 속으로 사라지는 모습을 지켜보았다. 그러나 찬장 유리에 비친 내 얼굴을 보았다. 눈 아래가 어찌나 거뭇거뭇한지, 머리는 어쩜 이렇게 떡이 지고 더러운지. 꼴이 말이 아니었다.

나는 머리를 매만진 다음 눈가의 주름을 문질러 폈다. 모임에 나갈 때는 좀 더 신경 써서 멋진 모습으로 나가야 하는데. 이 여자들이 외모에 얼마나 신경을 쓰는지 나도 뻔히 안다.

나는 프랜시에게 고개를 돌렸다.

"미안해요. 무례하게 굴 생각은 없었어요. 조슈아가 요새 좀 칭얼대는 게 심해서 나도 힘들어지기 시작한 참이거든요. 하지만 여러분도 내 상황을 이해하겠죠?"

나는 아파트 문으로 다가가서 잠금장치를 채우고 체인을 걸었다. 그런 다음 복도에 둔 이삿짐 앞에 무릎을 꿇고 온 힘을 다해 문앞에다 상자를 밀었다. 일어서자 좀 어지러웠다. 냉장고로 가면서 윗입술에 맺힌 땀을 닦았다. 나는 다른 엄마들에게 말했다.

"공원까지 갈 필요가 있나요? 여기서, 우리 집 거실에서 모여요. 여기가 더 편해요. 난 아기에게 젖도 먹여야 하거든요."

나는 냉동실로 가서 얼려두었던 몇 안 남은 젖병을 꺼냈다. 내젖이 다 말라가기 전에 마지막으로 유축해두었던 모유였다. 더 체계적으로 행동할걸 그랬다. 밤중에 일어나 모유를 유축하기 위한알람을 맞춰두고, 허브를 더 먹고, 역한 맛이 나지만 젖이 돌게 하는 차를 더 마셔둘걸. 내가 실패했다는 게 다시금 실감이 난다.

나는 젖병을 전자레인지에 넣으며 프랜시에게 말했다.

"앉아요. 그리고 말이죠. 모유를 전자레인지에 돌리면 영양소가 파괴된다느니, 그럴 거면 젖병은 플라스틱이 아니라 유리를 써야 한다느니 그런 말은 하지 말아요. 나도 다 알고 있으니까. 나도 책을 읽었다고요. 하지만 나는 나만의 방식대로 아기를 키우기로 했어요. 말하자면 어머니들, 다 지랄 마세요 방식이죠."

나는 웃었다. 그리고 부엌 바닥에 피를 흥건히 흘려놓은 콜레트를 바라보며 말했다.

"콜레트, 당신이 그 책 대필 작가를 하도록 해요."

소파로 젖병을 가져온 다음 다른 이들을 바라보다 무언가를 깨달았다.

"잠깐만요. 여러분 아기들은 어디 있어요?"

프랜시는 아무 말이 없다가 순간 표정이 변했다. 마음을 가다듬는 것처럼 보이더니 조슈아를 내려다보며 말했다.

"오늘은 여자들끼리 모이는 날이에요. 기억 안 나요? 오늘 애들은 데려오지 않기로 했잖아요. 그렇죠, 넬?"

"여자들끼리 모인다고요?"

나는 아기 띠를 풀어 내린 다음 조슈아의 입에 젖병 꼭지를 대주었다.

"재미있을 것 같아요. 내가 이메일을 못 받았나 봐요. 여러분이 배고프지 않으면 좋겠는데. 오늘 모임이 예상치 못하게 열렸잖아요."

콜레트가 주방 바닥에서 신음을 흘렸다. 넬이 콜레트의 셔츠를 벗기고 옆구리에 난 상처를 핸드 타월로 압박하는 모습이 보였다.
나는 콜레트에게 물었다.

"오늘은 머핀 안 가져왔어요?"

넬의 얼굴이 창백했다.

"머핀요?"

"그래요. 콜레트는 항상 머핀을 가져왔죠. 우리 나머지 엄마들은
빈손으로 우울하게 오는데."

조슈아가 내 품속에서 꿈틀댔다. 젖병을 떼자, 트림을 했다. 트
림이라고 보기에는 좀 부족했지만 어쨌든 이것도 트림으로 칠 것
이다. 일어서서 노트에 메모하려고 하다가 그러지 않는 편이 낫겠
다고 생각해서 다시 자리에 앉았다. 나중에, 이 사람들이 간 다음에
해야지.

프랜시가 말했다.

"자, 그러면 커피 좀 주실래요?"

"커피요? 유선 막힌 건 어쩌고요? 카페인 마시면 상태가 심해진
다고 내가 말했잖아요."

"이제는 마셔요. 아이에게 분유를 주거든요."

"분유를 준다고요? 정말요? 진짜 안됐네요."

조슈아가 나를 바라보고 있었다. 아이의 눈빛을 계속 피해봤자
소용없다는 걸 난 안다. 지금 보이는 건 책망하는 눈빛과 분노다.
지금 보니 이 애는 자기 아버지를 정말 많이 닮았다. 왜 일을 이 지
경으로 만들었냐고 묻고 있었다. 왜 약속한 대로 더 좋은 방법을 생
각해내지 못했느냐고. 나는 시선을 외면했다.

"커피요? 찾아볼게요."

나는 일어서서 좁은 주방으로 가 찬장을 열었다.

"안 되겠어요. 벌써 커피포트를 이삿짐에 쌌어요. 대신 젖 도는 차를 드려야겠네요. 머그컵은 어디 있을까요?"

나는 물을 올려놓고서 문 앞에 쌓아둔 상자 맨 위를 뒤져 머그잔을 찾았다. 내가 꺼낸 건 '케이프 코드는 연인과 함께'라는 문구가 박힌 싸구려 머그잔이었다. 2년 전, H 박사와 내가 처음으로 주말을 함께 보냈을 때 그가 장난삼아 사준 것이었다. 다른 곳에서 섹스했던 건 그때가 처음이었다. 보통 우리는 그의 진료실에서 부드러운 소파에 누워 섹스했다. 혹시라도 다음 예약 환자가 일찍 올 상황에 대비해서 백색 소음 기계를 있는 대로 크게 틀어놓았지. 그 주말, 그는 처음으로 나를 좋아한다고 말했고, 머지않아 나는 그가 얼마나 괴물 같은 인간인지 알게 되었다.

찬장 깊숙한 곳에 따지 않은 피클 병조림과 검은콩 통조림 캔도 있었다. 나는 통조림을 열고 검은콩 캔을 깨끗한 그릇에 담은 다음, 물이 끓자 차와 함께 커피 테이블로 가져갔다.

"좋네요."

프랜시가 말했지만 그 표정에는 내가 힘들여 내온 것에 감사하는 기색이 없었다. 그래, 알겠어. 내가 과자라도 구워서 내놓지 않았다고 비난하고 있구나. 프랜시는 차를 들었다.

"고마워요. 자, 그럼 이제 이 모임에서 항상 하던 걸 해볼까요."

"내 출산 이야기를 듣겠다는 건가요? 하긴 그건 내 아이디어였죠?"

프랜시가 고개를 끄덕였다.

"게다가 오늘은 스칼릿 집에서 모였잖아요. 그러니까 이야기를 해야죠."

난 아기 옷에 달아둔 고무젖꼭지를 조슈아에게 억지로 물렸다.

"음, 난 어머니날에 아기를 낳았어요. 그때 나는 잠깐 잠이 들었는데……."

순간 프랜시가 끼어들었다.

"아뇨. 그 전부터죠. 임신했을 때부터 해야죠."

"아, 알았어요. 어디 보자. 그러면요, H 박사는 아기를 더 낳고 싶어 하지 않았어요. 그 사람은 내가 자기를 속였다고 주장했지만 나는 분명히 피임약을 먹었거든요. 그러니까 내가 그 1퍼센트였던 거죠." 나는 웃었다. "피임약 설명서에 쓰인 경고문 있잖아요. 1퍼센트의 확률로 피임이 안 될 수도 있다고요."

"H 박사가 누구예요?"

"H 박사는 내 정신과 상담 선생님이에요. 그리고 조슈아의 아빠예요. 한때는 그를 남자친구라고 부른 적도 있죠."

나는 그 순간을 떠올리며 몸을 움츠렸다. 우리는 가끔 퀸스의 호텔 옆 바에서 만났다. "내 남자친구는 위스키 사워로 주세요." 그날, 나는 바텐더에게 그렇게 말했다. 바텐더는 치렁치렁한 옷을 입고 플라스틱 귀걸이를 늘어뜨린 70대 여자였다. 그녀의 뒤에 놓인 먼지 쌓인 플레이버드 보드카 병들 사이에 담배꽁초가 수북한 스티로폼 컵이 보였다.

바텐더가 칵테일을 만들려고 돌아서자 내 옆에 앉은 H 박사가 심하게 화를 내며 말했다. "다시는 날 그렇게 부르지 마. 우리가 빌어먹을 10대 커플도 아닌데." 그가 내 귓가에 속삭이며 손으로 내 허벅지를 꽉 잡았다가 떼었다. 그날 밤 그의 얼굴이 내 다리 사이에 머물렀을 때 난 보았다. 손가락이 닿은 자리에 다섯 개의 푸른 멍이 남아 있었다.

나는 프랜시에게 말했다.

"그 남자는 유부남이었어요. 하지만 우리는 2년 동안 만났죠."

나는 눈을 내리깔았다.

"알겠지만, 가끔 보는 사이였어요."

프랜시가 고개를 끄덕였다.

"그러면 지금 주차하고 있는 남자가 그 의사 선생님인가요? 당신 남편이라는?"

"뭐라고요?" 아, 맞아. 내가 그렇게 말했었지. "아뇨. 난 남편이 없어요."

"그러면 H 박사는……."

"그 남자랑 안 만난 지도 몇 달 됐네요. 내가 조슈아를 낳겠다고, 혼자 알아서 키우겠다고 했거든요. 그놈은 미쳤어요. 내가 읽어본 바에 따르면 자기애적 인격 장애가 있죠. 그런 사람들은 사랑을 하기가 어렵다고 해요. 사실을 말하자면, 그것도 그 사람이 알려줬죠. 당신 아버지가 사랑할 수 있었던 유일한 사람은 자신뿐이었습니다. H 박사는 항상 말했어요. 이런 제길. 실은 그놈은 쭉 자기 이야기를 하고 있었던 거예요."

목구멍 안쪽으로 무언가 받쳐 올라오는 느낌에 놀라버렸다. 말하기가 쉽지 않았다.

"어쨌든, 우리 부모님은 그다지 좋은 부모라고 볼 수 없었어요. 그래서 나는 아기를 낳을 계획이 없었어요. 그런데 조슈아가 생긴 거예요. 난 아기를 너무 낳고 싶었어요. 플라스틱 테스트기에 가느다란 분홍색 두 줄로 양성 표시가 나타났던 그 순간부터 나는 조슈아를 알아왔어요."

나는 조슈아의 등을 문지르며 그날을 생각했다. 그 애가 내 속에서 자라는 걸 느끼며 얼마나 기뻤던가. 난 욕조에 몸을 담그고 아기에게 책을 읽어주었다. 아기와 함께 아침마다 산책하러 가면서, 나중에 아기를 여기에 데려오겠노라고 약속했다. 모래밭을 맨발로 걸으며 돌멩이를 아기에게 골라주고 나무 타는 법도 가르쳐주는 미래를 상상했다. 아이들이 할 만한 것들은 모두 다 시켜주리라 다짐했는데.

"그 애는 참 활발한 꼬마였어요. 어찌나 발로 많이 차던지. 언제나 자기가 바라는 걸 이야기해댔죠."

나는 차에 설탕을 다시 부으며 웃었다.

"여러분도 알죠? 배 속에 있을 때 애들은 엄마한테 이야기를 하잖아요?"

하지만 프랜시의 공허한 표정을 보고 나는 화제를 바꾸었다.

"미안해요. H 박사는 언제나 내가 너무 말을 많이 해서 사람을 죽도록 따분하게 만든다고 했어요."

나는 손가락으로 관자놀이를 누르면서 생각을 가지런히 정리하려고 했다. 내가 하는 말에 집중해야 한다. 조슈아가 나를 보는 눈빛에 정신이 팔려서는 안 돼.

"스칼릿, 집중해야지."

나는 혼잣말을 하고 프랜시에게 미소를 지었다.

"나는 아주 구체적인 출산 계획을 생각했어요. 무슨 말인지 아시죠. 무통 주사 안 맞고, 태어나면 캥거루 요법을 하고, 아기에게 세균 샤워를 시키면서 낳고, 내가 먼저 안아보기 전에는 아기를 씻기지 않고. 그런데 사실은 아무도 그 계획에 관심이 없는 것 같더라고요. 내가 아기를 안아보기도 전에 사람들이 아기를 빼앗아서 작은 탁자 위에 올려놓고 전기랑 선을 다 이어놨어요."

나는 계속 말했다

"그때 의사 이름도 기억이 안 나요. 하지만 의사가 뭐라고 소리를 지르는 건 들었어요. 사람들에게 막 명령을 내렸죠. 그 여의사가 기계 옆에 서 있는 건 봤어요. 아기를 방 밖으로 데려가면서 나한테 얼굴 한번 안 보여줬어요. 우리 아이 모습이 이제껏 상상했던 그대로일까 볼 시간도 없었어요."

그러다 다른 의사가 들어왔다. 찢어진 부분을 꿰매야 한다면서. *누워 계셔야 해요, 어머니. 우리는 환자분을 먼저 돌봐야 해요.*

나는 프랜시에게 병을 내밀었다.

"안 드세요? 넬은요?"

넬의 눈이 퉁퉁 부어 있었다. 그녀가 고개를 저었다.

"어쨌든, 허혈성 저산소 뇌병증이랬어요. 의사가 그렇게 말하더군요. 다시 말하면 아이는 나오다가 질식한 거래요. 아니, 정확히 말하자면 태아 사망이죠. *태아 사망.* 무슨 여성 펑크 밴드 이름 같지 않나요?"

나는 웃기 시작했다. 웃음을 멈추기가 생각보다 힘들었다.

"미안해요."

간신히 웃음을 그친 나는 말을 이었다.

"웃을 일 아니라는 거 알아요. 솔직히 말하자면, 정말 죄책감에 시달리고 있어요. 난 임신 기간 동안 정말로 조심했는데. 아기를 지키려고 온갖 노력을 다 했는데. 어떻게 된 건지 모르겠어요. 아기를 해칠 마음은 전혀 없었는데……."

프랜시가 내 다리를 잡았다.

"스칼릿, 그건 당신 탓이 아니……."

나는 일어서서 그녀의 동정심 어린 얼굴에서 돌아섰다.

"어쨌든, 또 다른 여자가 들어와서는 나한테 묻더군요. 자기들이 데려가기 전에 혹시 아들을 한번 안아보겠느냐고요. 내가 아기를 안아보고 싶은지도 몰랐어요. 그래서 물어봤어요. '다들 그렇게 하나요?' 그랬더니 여자가 대답했어요. '네. 마지막이니까요.' 그러더니 아기를 데리고 왔어요. 누가 아기 머리에 모자를 씌워놨더라고요. 정말 다정하고도 단순한 마음씨였어요. 아기가 추우면 어떡하나 내가 걱정할 겨를이라도 있을 거라고 생각했었나 봐요."

나는 잠시 말을 멈추고 차가운 콩 더미를 손으로 집어 입에 넣었다. 순간 너무 배가 고팠다. 마지막으로 식사한 게 언제였더라.

"애가 죽었다는 신고는 48시간 내로 해야 한대요. 사람들이 그러더군요. 난 사망신고를 하지 않았어요. 솔직히 말하면 그래서 좀 불안해요. 그것도 범죄에 해당할까요?"

나는 조슈아를 어르면서 발코니로 걸어가 미닫이문을 열었다. 신선한 공기를 마시고 싶었다. 책장에 놓아둔 쌍안경을 들고 뒤뜰 너머 위니의 아파트를 바라보았다. 지금 위니는 뭘 하고 있을까. 대니얼이 이틀 전 방문한 걸 끝으로 지금껏 그녀를 보지 못했다. 그때 대니얼은 커튼을 열고 위니에게 저녁을 차려주었다. 위니는 커피 테이블 위에 놓인 접시에 손대지 않았다. 대니얼이 무릎에 둔 티슈 상자에서 휴지를 뽑아 위니에게 건네주었는데.

아, 맞아. 이제야 기억이 난 나는 쌍안경을 제자리에 올려놓았다. 위니는 집에 없어. 감옥에 갔잖아.

나는 프랜시 쪽으로 돌아섰다.

"어쨌든 대략 다 이야기했네요. 내 출산 이야기는 이래요. 마침내 내 순서가 와서 좋네요. 그날 밤에도 나서서 이야기하고 싶은 기분이 들기는 했어요. 위니는 거절했잖아요. 하지만 왜 그랬을까. 그땐 부끄러웠나 봐요."

넬이 물었다.

"그날 밤이라뇨?"

"7월 4일이요. 졸리 라마에서요."

"거기 있었다고요?"

"네, 나도 술집에 있었어요. 처음에는 여러분을 보면서 바에 있었죠. 나도 모여 앉은 데 끼어들려고 했지만 기분이 이상했어요. 나는 이 모임에 진짜로 어울리는 사람은 아니라고 쭉 생각해왔거든요. 그런데, 그때 남자가 다가오더라고요."

나는 그를 보았다. 남자는 거기 서서 날 바라보고 있었다. 그가 원하는 게 뭔지 알고 있었다. 위니에게도 똑같이 다가가는 걸 방금 봤으니까. 바에 서 있던 그 자리에서 노골적인 눈빛과 마주쳤다. 그 미소. 마침내 다가오면서 내 몸을 훑어 내리던 모습. 위니는 그를 대번에 거절했지만 나는 어쩔 수가 없었다.

나는 프랜시에게 말했다.

"그가 술을 사주겠다기에 좋다고 했어요. 한 잔이 또 두 잔으로 이어졌죠."

화장실 칸막이 안에서 내 셔츠를 걷어 올리던 남자의 손이 떠오른다. 나더러 같이 집에 가자고 애원했었지. 정말로 그랬다면 어떻게 됐을까.

"정말 간만이었거든요."

프랜시는 꼼짝도 못한 채였다.

"그 남자 빨간 모자 쓰고 있었죠?"

"다들 봤군요? 하긴 누구라도 기억할 만한 얼굴이죠. 진짜 잘생겼으니까요. 하지만 레드삭스 모자는 정말 짜증났어요."

넬이 말했다.

"이해가 안 가네요. 그럼 어떻게 아기를 데려갔나요? 알마가 있는데……."

"알마는 운이 좋았죠."

"운이 좋았다고요?"

"네. 당신이 준 열쇠를 가지고 내가 술집을 나섰을 때, 난 알마를 해쳐야 할 거라고 생각했거든요. 하지만 그럴 필요 없이 일이 아주 쉬웠어요. 알마는 새근새근 자고 있었으니까."

넬의 턱에 눈물이 맺혀 있었다.

"내가 열쇠를 줬다고요?"

"네, 우리 그날 술집에서 대화했잖아요. 기억 안 나요?"

넬이 질끈 눈을 감았다.

"기억나요. 그랬다고 생각했었죠. 그런데 다들 스칼릿은 안 왔다기에. 다들 나랑 이야기했던 건 젬마라고 했어요."

"아니었어요. 잠시만요."

나는 이렇게 말하고 일어서서 자그마한 옷장으로 가 맨 위 서랍에서 금발 가발을 꺼냈다. 머리에 써보았지만 어쩐지 잘 맞지 않았다. 가발 안을 들여다보자 거기에 들어 있던 위니의 휴대폰이 발밑에 떨어졌다.

"아, 여기 있었구나. 어디다 뒀나 했네."

나는 가발을 다시 쓰고 넬 쪽을 돌아보았다.

"어때요, 기억나요?"

"당신이었어."

"그래요. 날 못 알아보다니 믿을 수가 없었어요. 콜레트와 대니얼, 아, 그러니까 토큰이 내 바로 옆에서 10분이나 이야기했는데도 난지 모르더라고요. 물론 두 사람은 아주 그렁그렁한 눈으로 서로를 바라보느라 정신없었죠. 콜레트, 기억나요? 그때 대니얼한테 시장님 일을 한다고 말하면서 비밀 지켜달라고 부탁했었잖아요.

나는 결국 내 행운이 어디까지 이어지나 두고 보기로 했어요. 그래서 가까이 다가가서 여러분이 무슨 이야기를 하나 들었죠. 나는 테라스 난간에 서서 휴대폰으로 얼굴을 가리고 있었어요. 그러다가 넬, 당신 사진을 찍었죠. 미친 듯이 정신을 놓고 있는 모습 말이에요."

나는 어쩔 수 없이 웃음이 나왔다.

"그 *사진*을 호이트 형사한테 보냈더니 예상했던 것보다 일이 훨씬 잘 풀리던데요. 난 그냥 호이트 형사가 당신을 추적할 거라고 생각했어요. 그럼 내가 시간을 벌 테니까요. 그런데 그 사진에 사람들이 정신이 팔려버려서 진짜 문제를 보지 못하더라고요. 그래서 경찰은 아기를 찾아내지 못했죠."

나는 단지에 손을 넣어 피클을 하나 더 꺼냈다.

"전부 다 지켜봤어요. 위니가 휴대폰을 두고 가고, 당신이 그 앱을 지우는 것도 봤죠. 휴대폰을 핸드백에 넣더군요. 그러다 당신은 화장실에서 나오는 나랑 부딪혔어요. 난 그때 집에 가야겠다고 생각하고 있었죠. 넬, 나한테 그랬잖아요. '자, 나랑 담배 한 대 태워요. 진짜 간만이네요'라고."

나는 말을 계속 이었다.

"우리는 흡연 구역으로 갔어요. 거기서 아주 친절한 남자분이 당신에게 담배를 줬죠. 난 레드 와인 잔을 들고 있었고, 넬 당신은 카멜 라이트를 태웠죠. 내가 자낙스* 네 알을 탄 진 토닉을 마시면서. 그래서 30분 안에 나는 위니의 휴대폰과 열쇠를 손에 넣었어요. 진짜예요. 나랑 조슈아가 결국 함께 있게 되다니. 단 *1*초도 가능할 거라고 생각해본 적이 없었는데. 아기를 돌려받게 될 거라고 생각하

---

* Xanax. 신경안정제와 수면제로 처방되는 약.

고 이제껏 엄마 모임에 나갔던 건 아니었거든요."

"모임, 모임에 왔을 땐 아기가 있었잖아요."

프랜시의 말에 나는 눈썹을 추켜세웠다.

"아뇨, 유모차 안에는 도자기 인형을 넣어두었어요. 이제 알겠죠? 다들 한 번도 아기를 안아보겠다는 말을 하지 않아서 고마웠어요. 엄마 모임 사람들이 전부 자기만 신경 쓰는 인간들이라 나한테는 참 유리했죠."

"맙소사, 그러면……."

넬이 말을 하다 말고 흐느꼈다.

"넬을 따라 화장실에 들어갔어요. 당신은 나랑 싸우려고 했지만, 그땐 완전히 제정신이 아니었죠. 잠깐만요. 이게 무슨 소리죠?"

아파트 복도에서 무슨 소리가 들린 것도 같았다.

"누가 또 오나요?"

그러자 프랜시가 머그잔을 들었다.

"아니에요, 그런데 제 차가 식었어요. 혹시 한 잔 더 마실 수 있을까요?"

"드릴게요."

나는 조슈아를 어깨에 얹고는 콜레트 위를 넘어가 부엌으로 들어갔다.

"그래서 스칼릿, 조슈아랑 웨스트체스터로 이사한다고요? 좋겠네요."

내가 버너를 켜자 프랜시가 물었다. 나는 그녀를 돌아보았다.

"웨스트체스터요? 웨스트체스터 같은 데서 죽은 듯이 지낼 생각은 전혀······."

그러다 내가 했던 말을 떠올렸다.

"그것도 거짓말이에요. 세상에. 끔찍하네요. 사실은 지금 어디로 가야 할지 모르겠어요. 엄마는 몇 년 전에 돌아가셨고 난 죽어도 아빠랑 같이 살지는 않을 거라서요. 우리는 이제까지 뉴욕 북부에 있는 위니의 집에 며칠 있었어요. 하지만 거기로 돌아갈 수는 없죠."

그러자 프랜시의 눈이 휘둥그레졌다.

"잠깐만요. 그렇다는 말은······?"

"위니도 알고 있냐고요? 당연히 아니죠. 하지만 열심히 찾아보면 인터넷에서 아주 많은 정보를 찾아낼 수 있어요. 대니얼의 머그 숏도 거기서 찾았어요. 넬의 진짜 정체도 나오던데요. 불륜을 저질러서 얼굴이 팔린 사람이라 기억이 나더라고요. 그래서 렉시스넥시스 검색엔진에서 찾아봤죠. 위니 로스의 뉴욕 북부 저택 주소도 검색하니까 다 나오던데요. 경찰이 작성한 위니 어머니의 사망 보고서를 보니까 있었어요. 설마 근처에 열쇠를 숨겨놨을까 싶었는데, 가보니까 짜잔! 있더라고요. 화분 밑에요. 우리 엄마도 집 열쇠를 그런 데 숨겨놓고 다녔거든요."

조슈아와 함께 지냈던 사흘간의 조용한 생활을 떠올리자 속이 착 가라앉았다. 그곳에서 얼마나 평화롭게 지냈던가.

"할 수만 있었다면 아직도 거기 있었을 텐데. 하지만 헥터가 나타나 잔디를 깎으면서 상황이 어그러졌어요."

프랜시의 얼굴이 심각해졌다.

"헥터라고요. 스칼릿, 그럼······."

"어쩔 수 없었어요. 헥터가 우릴 봤거든요. 아침을 먹으려고 스크램블드에그를 만들고 있는데 주방에 나타난 헥터를 보고 처음에는 믿을 수가 없었어요. 난 '지금 브루클린에 있어야 하는 거 아닌가요?'라고 말했죠. 헥터를 지켜보고 있었거든요. 헥터는 매일 밤 기자들이 우울한 기분으로 집에 돌아갈 때쯤 위니의 집에 오곤 했어요. 먹을 걸 사다 주고 집을 정리해줬거든요. 그러니까 북부 저택에는 올 시간이 아니었는데…… 내 계획에는 없었지만 일단 오긴 했으니까, 그 대가를 치러야 했죠. 그리고 지금은 위니도 그렇죠."

나는 걸어가서 테라스 문을 닫았다. 아래층에서 사이렌 소리가 요란하게 들려왔기 때문이었다. 그런 다음 프랜시의 머그잔을 들고 주방으로 갔다. 끓는 물이 튀지 않게 조심해가면서 새로 꺼낸 티백 위에 부었다.

"말이 나왔으니 말인데요. 솔직히 나는 위니를 감옥에 보내고 싶지 않았어요. 그 불쌍한 여자는 충분히 시련을 겪었잖아요. 그래서 난 다른 사람이 혐의를 받도록 애썼다고요. 내가 경찰 정보 제공 번호에다 전화를 몇 번이나 했는지 아시나요. 벤치에 앉아 있던 백인 남자도 알려주고, 한 블록 떨어져 사는 성범죄자도 알려줬는데. 알마에 대해서도요. 불쌍한 것. 그녀는 머지않아 추방되겠죠."

나는 주전자를 스토브에 올려놓았다. 그런데 그 순간 등 뒤에서 요란한 소리가 들렸다. 넬이 상자를 옆으로 치우고 있었다. 프랜시가 자물쇠를 더듬거리며 열었다. 무슨 일인지 미처 깨닫기도 전에 대니얼이 아파트 안으로 밀고 들어왔다.

"대니얼! 누가 노크하고 있는 줄 알았어요. 늦었잖아요."

대니얼이 프랜시에게 말했다.

"스칼릿이 오는 걸 보고 문자를 보냈어요. 나도 건물 안으로 들어가려고 했는데……."

그러다 그가 말을 멈추고 넬 옆에 쓰러져 있는 콜레트를 보았다.

프랜시가 조용히 말했다.

"대니얼, 이 여자가 마이더스를 데리고 있어요."

그러자 그가 이상한 표정을 지으면서 나를 찬찬히 바라보았다. 천천히 다가오는 그의 모습이 순간 무척 크게 보였다. 우리를 둘러싼 빛이 변하는 느낌이 들었다. 구름이 몰려와 태양을 가리듯 방 안에 회색이 드리워졌다. 다리의 힘이 풀려버린 나는 조슈아의 머리를 꼭 안고 조리대로 손을 뻗었다. 임신 초기 이후로 이렇게 언짢은 느낌이 든 적은 없었다.

"당신이 마이더스를 납치했다고?"

대니얼이 나에게 말했다.

"애 이름은 조슈아예요."

"조슈아?"

"대니얼, 나한테 가까이 다가오지 말아요. 가서 앉아요. 저기서 콩 먹어요."

그러자 프랜시도 그의 옆에 서더니 나에게 한 발짝 다가오며 말했다.

"스칼릿, 우리는 도와주려는 거예요. 오늘 하루 힘들었죠. 아기랑 둘이서만 있었잖아요."

"맞아요. 힘들었어요."

"나도 알아요."

프랜시가 조슈아의 등에 손을 얹었다.

"정말 그렇죠. 힘들어요."

나는 대니얼을 바라보았다. 딱딱하게 굳은 표정이었지만, 어쩐지 그에게서 일말의 슬픔이 느껴졌다.

"대니얼은 훨씬 더 힘들겠죠. 남자의 몸으로 아이를 보려니."

나는 애써 웃었다.

"알아요. 고등교육을 받은 부자 백인이, 하, 얼마나 삶이 힘드실까. 하지만 정말이지. 집에서 살림하는 남자라니, 그러기란 쉽지 않으니까요."

"아기 이리 줘요."

대니얼이 말하더니 내 팔을 잡았다. 그의 피부는 부드럽고 악력은 강했다. 여자의 몸에 닿는 그의 손길이 이럴 것이라고, 내가 상상한 그대로였다.

"아뇨. 안 줄 거예요. 당신도 당신 아기 있잖아."

사이렌 소리가 점점 커졌다. 등이 벽에 닿았다. 계단을 올라오는 발소리가 들렸다. 젬마일까. 유코일지도 모르겠네. 요가를 하는 그 여자는 매번 모임에 늦었지. 그런데 문이 확 열리더니 검은 셔츠를 입은 남자 무리가 방 안에 몰려들었다.

프랜시가 마이더스의 이름을 소리쳐댔다. 토큰이 조슈아를 손으로 잡았다. 모두 소리를 질러대서 나는 머릿속이 어지러웠다. 이게 다 무슨 일인지 이해가 안 가.

비 냄새가 나는구나.

난 계단을 내려가고 있다. 비틀거리며 계단을 내려가서 배를 내밀며 길가로 나간다. 택시가 서둘러 와주기를 간절히 바란다. 허리에 통증이 느껴진다. 택시 기사의 표정이 보인다. 다리 사이에서 새어 나오는 액체의 냄새가 난다. 침대에 누우면서 H 박사가 여기 있으면 좋았을 거란 생각을 한다. 그레이스. 그 간호사가 나더러 숨을 쉬라고 말한다.

고통이 느껴지고, 암흑이 찾아온다. 뭔가 잘못되었다는 걸 알고 있다. 잘못돼도 너무 끔찍하게 잘못되었다. 조슈아를 잃어버리는 것이다. 또다시.

"잠깐만!"

프랜시가 내 팔을 잡고 있었다. 대니얼이 나에게서 조슈아를 잡아챘다.

"아직 아기를 데려가지 말아요. 얼굴을 보게 해줘요. 어떻게 생겼는지 보고 싶어요!"

내가 소리를 질렀다.

"손 들어!"

그레이스가 고함을 질렀다. 하지만 그레이스가 아니다. 경찰이었다.

"부탁이에요. 아기를 씻기지 말아주세요. 아기를 안고 싶어요. 태어나자마자 피부를 맞대고 접촉해야 한다고요."

가슴이 쥐어짜는 듯이 아팠다. 압박이 느껴졌다.

"정말 중요하단 말이에요."

"손 들어!"

그레이스가 더 크게 소리를 지르고는 총을 똑바로 내 심장에 겨 눴다.

나는 벽에 붙어 손을 들고 눈을 감았다.

마지막이구나.

손가락이 거미처럼 벽을 더듬었다. 난 자석 테이프를 붙여 벽에 보관해둔 칼을 찾았다. 매끄럽고 차가운 날붙이가 느껴졌다. 손가 락으로 칼 손잡이를 감고 당기자 자석 판에서 칼이 떨어지는 게 느 껴졌다. 서로에게서 떨어져 나가는구나.

프랜시의 비명이 들릴 때도 그 전율이 계속 느껴졌다. 반짝이는 빛이 보인다. 발코니 창문으로 쏟아지는 태양 빛의 가느다란 광선 이 칼날에 쏟아져 내린다.

눈을 감았다. 그리고 칼이 내 피부에 닿기 바로 전, 다시 한번 그 이름을 불러본다.

조슈아.

1년 후

수신: 5월맘님

발신: 맘동네 친구

날짜: 7월 4일

제목: 오늘의 조언

생후 14개월 우리 아기,

독립기념일을 맞이하여, 오늘의 조언은 바로 독립에 대한 내용이랍니다. 전에는 겁 없던 우리 아가였는데, 이제는 엄마가 눈에 안 보이기만 하면 모든 걸 무서워한다는 걸 혹시 눈치채셨나요? 예전엔 참 귀엽던 이웃집 강아지가 갑자기 무시무시한 맹수로 보이거나, 천장 그림자가 팔 없는 귀신처럼 느껴지는 거죠. 아기가 자신의 세계 속 위험을 감지하기 시작하는 건 정상적인 행동이에요. 그래서 지금부터 엄마가 할 일은, 아기가 이런 공포를 뚫고 나가게 도와주는 거랍니다. 아기 스스로 안전하다고 느낄 수 있게 해주세요. 그리고 엄마가 눈에 보이지 않더라도, 엄마는 항상 곁에서 지켜주고 있다는 걸 알려주세요.

위니가 선글라스를 끼고 짧은 머리를 묶고서 야구모자를 쓴 다음 자그마한 정원으로 나갔다. 재빨리 길을 건너, 땅만 보고 고개를 숙인 채로 맞바람을 맞으며 걸어갔다.

중절모를 쓴 어떤 남자가 공원 입구에 앰프를 두고 마리오네트를 매단 줄을 양손에 잡고 서 있었다. 아이들이 남자 앞에 일렬로 앉아 놀라움 가득한 얼굴로 입을 헤 벌리고 인형을 바라보았다. 순간 바람이 휙 불어와 남자의 모자가 날아갔다. 위니는 군중에게서 등을 돌리고 반대쪽으로 걷기 시작했고, 공원을 둘러싼 돌벽이 끊어진 곳까지 이어진 인도를 내려갔다. 위니는 아치형 문 아래 깔린 자갈길 쪽으로 유모차를 돌렸다. 언덕을 오르고 넓은 잔디밭을 지나자 사람들이 보였다. 걸음을 늦추고 사람들을 살펴보았다. 젊은 여자 두 명이 비키니 차림으로 엎드려서 이야기하며 웃는 모습이 보였다. 손에 아이스커피를 든 여자들은 앞쪽 잔디밭에 《뉴욕 타임스》를 펼쳐놓았다. 내려가는 길에는 몇십 명쯤 되는 남자들이 웃통을 벗고 축구를 하는 중이었다. 그들은 서로 크리올어*로 소리를 질렀고, 뛰어가는 길마다 먼지가 일었다. 위니는 저 멀리서 일행을 발견했다. 그들은 약속한 장소인 버드나무 아래에 담요를 깔고 앉아

---

* 유럽의 언어와 서인도 제도 사람들이 사용하던 아프리카어의 혼성어.

있었다.

　왼쪽 길가에 꽃이 핀 층층나무가 보였다. 나무 아래에 여남은 명의 사람들이 플라스틱 탁자를 펴놓고 탁자 다리에다 빨갛고 하얗고 파란 풍선들을 끈으로 묶어 달아놓았다. 위니는 꽃에서 눈을 돌리고는 잔디밭을 가로질러 걸어갔다. 1년 전, 엄마의 나무였던 저 나무 아래 앉아 있던 자신의 모습이 떠올랐다. 그날 밤 이후로 그녀는 공원에 오지 않았다. 그 밤, 졸리 라마에서 나와 텅 빈 거리를 정처 없이 20분쯤 헤매다가, 마음먹고 여기에 왔다. 7월 밤의 열기와 모기 때문에 견딜 수 없을 정도였지만, 옹이진 나무줄기에 등을 대고 다리를 접고 앉아 엄마에게 편지를 썼었다.

　편지 쓰기는 수년간 지켜온 습관이었다. 오드리가 죽은 날 밤 위니는 가죽 표지 일기장을 하나 발견했다. 엄마가 아이스크림을 사러 나간 다음 거실 탁자 위에서 은색 포장지로 싼 일기장을 보았다. 첫 페이지에 오드리가 섬세한 글씨체로 적은 문구가 있었다. '오늘 우리 딸이 열여덟 살 성인이 되었구나. 하지만 넌 언제나 나의 아기란다. 생일 축하해, 위니.'

　이제 일기장은 페이지가 다 찼다. 위니는 언제든 엄마에게 하고 싶은 말이 있을 때마다 긴 편지를 쓰곤 했다. 「블루 버드」를 그만두었다고, 대니얼과 헤어졌다고, 집안 돈으로 무용을 전공하는 어린 학생들을 위한 장학재단을 세웠다고. 마침내 아치 앤더슨이 감옥에 갔다고, 그리고 그 주에 스페인에서 출장 중이던 아버지가 심장마비로 돌아가셨다고. 2년 전, 오드리에게 다시 편지를 써서 좋은 정자 기증자를 찾았노라 알렸던 곳도 바로 그 나무 아래였다. 이제 그녀는 아기를 가질 것이었다.

마이더스가 유괴된 날 밤, 위니는 원래 엄마의 나무에 올 생각이 없었다. 하지만 알마가 도착하자마자, 사람 많은 술집에 가느니 혼자 있는 게 낫겠다는 마음이 들었다. 마이더스의 방에 슬쩍 들어가서 자고 있는 아들에게 잘 있으란 키스를 한 다음, 책장에서 일기장을 꺼냈다. 잔디밭에 모인 사람들이 하늘을 수놓는 불꽃놀이를 보고 있던 늦은 밤, 위니는 공원 가로등 불빛 아래에서 편지를 쓰며 울었다. 엄마, 내 아기는 참 순해. 품에 안고 있으면 얼마나 작은지 몰라. 아기 눈은 꼭 엄마 눈을 닮았어. 아기가 위니를 볼 때마다 그녀는 마치 어머니를 보는 것 같다는 생각이 들었다.

근처에 있던 사람들이 갑자기 생일 축하 노래를 부르기 시작했다. 위니는 버드나무 아래에서 손짓하고 있는 넬을 보았다. 위니는 걸음을 재촉하며 그날 밤의 기억들을 밀어내려 했다. 그런데 자리를 편 곳에 가보자 잘못 왔다는 걸 알았다. 이 여자들은 누굴까.

그중 한 여자가 물었다.

"안녕하세요. 무슨 일로 그러시죠?"

"위니!"

그 순간 옆에 있던 나무에서 프랜시가 손짓했다.

"여기예요!"

프랜시 뒤로 콜레트와 넬이 담요 위에 포장된 선물을 늘어놓고 있었다. 베아트리스, 포피, 윌이 근처에서 땅을 파며 놀고 있었다.

"죄송해요."

위니가 여자에게 말했다. 이쪽으로 걸어오는 프랜시의 품에는 태어난 지 2주 된 딸 어밀리아가 보였다. 그 애는 프랜시의 가슴에 맨 아기 띠에서 잠이 들었다.

"왔군요. 위니가 와서 정말 기뻐요."

프랜시의 목소리에 안도감이 깃들어 있는 게 느껴졌다. 위니는 프랜시를 따라 옆 나무로 갔다.

"우리 저 나무 자리 뺏겼어요."

콜레트가 웃으면서 위니를 올려다보았다.

"젊은 엄마들이 차지했죠. 그래도 좋은 쪽으로 생각하자고요. 우리는 이제 저 초짜 엄마들이 어떤 기분일지 몰라도 되니까."

위니가 고개를 저으며 콜레트를 바라보았다. 콜레트는 가방에서 냅킨과 접시를 꺼내고 있었다.

"이번에 물어보면 다섯 번째이긴 한데, 또 물어봐야겠네. 그냥 내가 하면 안 돼요?"

하지만 콜레트가 넬의 손을 치웠다.

"나도 냅킨 정도는 들 수 있어요. 사실 포피랑 나, 어제 마지막으로 물리치료 받고 왔어요. 이제 포피는 또래 평균만큼 컸어요. 그리고……."

콜레트가 상처가 났던 옆구리에 손을 얹으며 말을 이었다.

"나도 다시 나다운 모습이 되어가는 중이고요."

프랜시는 위니를 지켜보고 있었다.

"위니는 잘 지냈어요?"

"잘 지냈어요."

"그래요? 집 밖으로도 나오고 그러는 거죠?"

어떤 커플이 나무 저 너머로 뻗은 인도에서 롤러블레이드를 타고 지나갔다.

"간간히 나와요."

콜레트가 커다란 케이크 통 뚜껑을 열었다.

"케이크 모양이…… 네모난 오렌지네요?"

넬의 물음에 콜레트가 손가락에 묻은 아이싱을 핥으며 말했다.

"원래는 집 모양이었는데. 내가 직접 만들었어요."

"말도 안 돼. 정말 이걸 만들었다고요?"

"진짜 예쁘네요."

프랜시가 말했다.

"이 집은 비율이 딱딱 맞네요. 로웰은 사람들한테 우리가 방 세 개짜리 집을 샀다고 말하지만, 사실은 그 방이라는 것 중 하나는 거의 벽장밖에 안 되는 수준이에요. 날 위해 이렇게 집 모양 케이크까지 만들어주다니 좋네요."

프랜시가 냅킨을 한 장 꺼냈다.

"아, 이놈의 호르몬. 출산하고 나면 만사가 다 감정적이 된다는 걸 까먹고 있었어요. 여러분이 정말 그리울 거예요."

프랜시가 코를 풀며 말했다. 넬이 웃었다.

"프랜시, 당신은 롱아일랜드로 이사 갈 운명이에요. 크리스마스 쯤 되면 거기 시장님이 되지 않을까 싶은데요. 이 상태라면 애 여섯도 거뜬히 낳는 건 물론이고요."

"엄마, 저기."

마이더스가 위니를 올려다보며 유모차 안에서 꿈틀거렸다. 아이는 다른 아이들을 가리키고 있었다. 위니가 버클을 풀어주자, 마이더스는 스르르 바닥으로 내려오더니 흙장난하는 아이들 쪽으로 달려갔다.

콜레트가 케이크를 나눴다. 모두 잠시 말없이 케이크를 먹었다.

"나, 이 말을 해도 되는지 모르겠지만, 그냥 말할래요. 어젯밤에 그 방송 봤어요."

콜레트의 말에 넬이 대답했다.

"그럴 거라 생각했어요. 나도 봤거든요."

넬이 위니 쪽을 슬쩍 바라보며 물었다.

"우리 이 이야기, 해도 되나요?"

위니는 웃었다.

"괜찮아요."

사실은 위니도 그 방송을 보았다. 「아기 마이더스: 새로운 모성과 대혼란의 이야기」라는 제목의 프로그램은 마이더스 유괴 1주년을 맞이하여 특별 제작된 방송으로, 황금시간대에 편성되었고 퍼트리샤 페이스가 출연했다.

어젯밤 늦게 대니얼이 위니의 집에 찾아왔다. 햄버거와 여섯 병들이 맥주도 가져왔다.

"네가 보고 싶어 할지는 모르겠지만, 만약 보고 싶다면 나랑 같이 봐."

사실 위니는 사건의 전말을 대부분 이미 알고 있었다. 마이더스가 집에 돌아온 뒤 며칠이 지났을 때, 마크 호이트 형사가 위니를 찾아와 스칼릿의 자백 내용을 모두 알려주었기 때문이다. 사산을 했고, 그 후로 병원에서 퇴원해 집에 온 다음부터 스칼릿은 어두운 아파트에 앉아 쌍안경으로 위니를 지켜보며 마이더스가 자신의 아기라는 환상에 빠졌다고 했다. 그리고 5월맘들에게 거짓말해서 위니가 우울증에 걸렸다는 말을 퍼뜨리고, 자기 차 문을 따달라며 나이 어린 열쇠공에게 3백 달러를 주고서 위니 차의 문을 딴 다음, 마이더스의 아기 담요를 차바퀴 안쪽에 구겨 넣었다는 내용이었다.

"그 여자, 스칼릿을 인터뷰했잖아요. 정말 가슴 아프더라고요."

콜레트의 말에 프랜시가 케이크를 먹다 말고 멈추었다.

"그걸 봤단 말이에요? 난 차마 TV를 틀지도 못했는데."

"페이스가 교도소에 가서 직접 스칼릿을 만났어요. 스칼릿은 아직 치료감호 구역에 있지만, 관계자들이 퍼트리샤 페이스가 한 시간 정도 카메라를 앞에 두고 스칼릿과 마주할 수 있게 허락해줬어요. 분명히 교도소에 엄청난 액수를 기부했겠죠."

넬이 고개를 저었다.

"스칼릿을 돌봐줄 사람은 정말로 아무도 없는 거예요?"

"나도 그 생각은 안 하려고 애쓰는 중이에요."

프랜시가 말을 이었다.

"어밀리아를 낳으면서 계속 스칼릿이 어땠을까 생각했어요. 상상이 되나요? 거기 앉아서 무슨 일이 일어나는지도 모르고 있었다니. 아기를 어디로 데려가는지도 모르겠는데, 들려오는 소식이란 게……."

콜레트가 대꾸했다.

"아뇨. 난 상상하고 싶지도 않아요."

"사람들이 어밀리아를 나한테 안겨주었을 때, 난 계속 간호사에게 '애는 괜찮아요? 숨을 쉬나요?'라고 물었어요. 그래서 간호사들이 다 괜찮다고 몇 번이나 말해주었죠. 그제야 아이가 진짜 태어났다는 걸 마음 놓고 믿을 수 있더라고요."

"스칼릿이 퍼트리샤 페이스에게 말했잖아요. 우리가 마이더스를 찾아낸 날, 칼로 자기를 찔렀는데도 살아남은 게 제일 후회스럽다고."

콜레트는 버드나무 아래에 둥글게 모여 앉은 초보 엄마들을 바라보았다.

"그리고 이 말도 했어요. 유모차에 인형을 넣고 놀이터에도 가고 음악 강좌도 들었는데, 아무도 눈치채지 못했다고요."

위니가 접시에 놓인 자기 몫의 케이크를 포크로 이리저리 움직였다.

혹시 망상에 빠져본 일이 있나요, 위니?

자해하는 상상을 해본 적 있나요?

당신의 의료 기록을 살펴보았습니다. 어머니가 돌아가신 뒤에 몇 번 불안감에 시달린 적이 있던데요. 이런 질문 드리기 죄송하지만, 위니, 혹시 마이더스를 해치고 싶다는 생각을 해본 적이 있습니까?

넬이 말했다.

"난 끝까지 못 보겠더라고요. 스칼릿의 아버지가 딸을 학대했다는 이야기요. 그리고 정신과 의사가 임신을 시키다니. 정말 인간쓰레기들 아닌가요."

* * *

모두 위니에게 밖으로 나오라고 계속 이야기했다. 5월맘, 대니얼, 소아과 의사까지. 사람들은 몇 시간만이라도 잠시 마이더스를 놓아두고 쉬는 시간을 가지는 게 좋겠다고 소리를 높였다. 하지만 위니는 쉬고 싶지 않았다.

"네 휴대폰에 깔 앱을 찾아봤어. '피카부!'라는 건데, 켜놓으면 계속 아기를 볼 수 있어. 난 사람들 말이 옳다고 생각해, 위니. 넌 좀 쉬어야 해."

그 일이 있기 하루 전, 대니얼은 공원에서 샌드위치를 먹으면서 말했다.

하지만 위니가 휴대폰을 탁자 위에 놓았을 때, 열쇠도 그 안에 두었더랬다. 그 생각만 하면 아직도 마음속에서 후회가 왈칵 치솟는다. 눈을 감고 술집에 있던 자신의 모습을 떠올렸다. 아이스티를 한 잔 더 주문했었지. 그때 루실이 대니얼에게 전화해서, 어텀이 울음을 그치지 않는다며 집에 와달라고 말했다. 그다음엔 어떤 남자가 다가와서 너무 가까이 몸을 붙이며 그녀의 허리에 손을 댔다. 남자의 입에서 나는 악취와 쿵쿵대는 음악, 이리저리 밀려드는 젊은 남녀들.

그곳에서 나가야 했다.

알 수 있었다. 나무에 기대어 일기장을 무릎에 놓고서 잔디밭 너머로 불꽃놀이를 바라보고 있던 그때, 경찰차 사이렌 소리가 들렸다. 20년 전 그녀의 현관문에 나타난 경찰관의 눈빛을 보았던 그때

와 똑같은 느낌이었다.

"무슨 일이 난 거야."

위니는 가방 속에서 미친 듯이 휴대폰을 찾았다. 알마에게 전화해서 마이더스는 괜찮은지 물어봐야 했다. 뒤꿈치가 까지고, 신발이 살갗을 긁어댔다. 돌길을 오르고 인도를 전력질주하는 동안 보도를 울려대는 자신의 발소리에 머리가 쿵쿵 울렸다. 집 문이 열려 있고 경찰관이 보였다. 알마는 흐느껴 울었고, 사람들은 위니에게 질문해댔다. 어디 있었습니까? 술집을 떠나는 모습을 혹시 본 사람이 있습니까? 혹시 알 만한 사람 중에 마이더스를 해치려 드는 사람이 있었습니까?

콜레트가 말했다.

"어쨌든, 이제 그만해요. 실은 여러분에게 보여줄 것이 있어요."

콜레트가 가방 속에서 제본한 책 세 권을 꺼내서 모두에게 하나씩 나눠주었다.

"제 소설이에요."

넬이 책을 꽉 집어 들었다.

"완성했어요?"

"수술하고 나서 두 달 동안 꼼짝 않고 있으려니까 글 쓸 시간이 많더라고요."

넬이 책장을 휘리릭 넘겼다.

"빨리 읽어봐야지, 못 기다리겠어요. 찰리의 편집자는 뭐래요?"

"확실하게 정해질 때까지는 뭐라 말하고 싶지 않지만 좋아하긴 했어요. 출판하고 싶대요."

콜레트의 눈이 신난 기색으로 빛났다.

바람이 다시 불어왔다. 넬이 샴페인 병을 따는 소리에 프랜시가 비명을 질렀다.

"이걸 잊고 있었네요."

넬이 모두에게 플라스틱 샴페인 잔을 돌렸다. 그들은 잔을 부딪쳤다. 그때 옆에 있던 버드나무 아래 엄마 모임 사람들이 왁자하게 웃었다.

그중 빨간 여름 원피스를 입은 여자가 말했다.

"내가 늘 하는 생각이 바로 그거예요. 어제 네일아트 받고 있었거든요. 그러다가 순간 아이를 카시트에 둔 채 길에다 두고 왔다는 생각이 드는 거예요. 하지만 사실 애는 시어머니랑 집에 잘 있었어요. 어쨌든 손톱은 완전 망쳤죠. 가끔 나 이러다가 미치는 거 아닌가 싶더라고요."

프랜시가 그쪽을 슬쩍 바라보고서 자그마하게 웃었다.

"초짜 엄마들이네요."

그러고는 어밀리아를 아기 띠에서 풀어 안았다.

"등이 너무 아파요. 누가 아이 좀 안고 있어줄래요?"

"내가 안을게요."

콜레트가 아기를 받아들며 어밀리아의 검은 곱슬머리에 입을 꾹 맞추었다.

"세상에 갓난아기 냄새만큼 달콤한 게 또 있을까요."

"케이크가 더 달콤해요."

프랜시가 이렇게 대꾸하고서는 넬을 바라보았다.

"그 책 여기서 다 읽고 가려고요?"

그러자 넬이 콜레트의 제본 원고를 옆자리에 내려놓았다.

"아뇨. 내일 읽을게요. 이제 워싱턴 D.C.로 가는 기차를 타야 해요. 유급 출산휴가에 대한 고위급 회의가 있거든요."

넬이 이제 어깨까지 기른 머리를 뒤로 묶었다. 머리카락은 이제 본연의 색을 되찾았다. 넬은 사이먼 프렌치사를 그만두고 지금은 여성평등연맹의 이사로 일하고 있다.

"내용을 좀 들어보겠어요?"

위니는 넬의 말에 최선을 다해 귀를 기울이려 했지만, 자꾸만 집중이 되지 않았다. 버드나무 아래 모여 앉은 엄마들 쪽에 신경이 쓰였기 때문이다. 빨간 원피스를 입은 여자가 일어서서 유모차들을 대놓은 쪽으로 걷기 시작했다. 여자는 유모차 안을 슬쩍 들여다보며 모여 앉은 엄마들 쪽으로 소리쳤다.

"어제 그 기사 읽었어요? 속싸개가 영아돌연사를 유발한다고들 하던데요."

"말도 안 돼요. 내가 읽은 책에서는 정반대로 말하던데."

위니는 프랜시 쪽으로 다시 고개를 돌렸다. 프랜시는 지금 케이크를 한 조각 더 먹으려고 손을 뻗다 말고 칼을 쥔 채로 동작을 멈추었다. 그들 뒤에서 소란이 벌어지는 중이었다. 잔디밭 가운데 앉은 여자가 아이의 이름을 소리쳐 부르고 있었다.

"롤라!"

여자가 선 채로 한 바퀴를 돌면서 두 손으로 나팔을 만들어 입에 댔다. 그녀 옆으로 남자가 허겁지겁 달려왔다.

"못 찾겠어요."

"롤라!"

여자의 고함소리가 바람을 뚫고 들려왔다.

"1분 전까지만 해도 여기 있었어."

위니의 시선이 마이더스에게 향했다. 아이는 피크닉 테이블 옆에서 두 손으로 흙을 파는 중이었다.

"롤라!"

"무슨 일이에요?"

콜레트가 부부 쪽을 바라보며 물었다.

"저기 있네."

넬이 언덕 위를 가리키며 말했다.

"저 위에 여자애가 있네요."

위니는 저 멀리 보이는 어린 소녀를 발견했다. 아이는 자기 이름을 부르는 부부에게서 멀어지며 숲속 오솔길 쪽으로 달려가고 있었다.

콜레트가 일어섰다.

"가서 애를 데려와야 해요."

"그래요. 빨리 가요."

프랜시가 케이크 칼을 탁 놓고 어밀리아를 받아 들려고 했다.

"아이 이리 줘요."

"롤라!"

그 순간, 위니는 그들이 앉은 자리 옆을 휙 지나가는 무언가를 느꼈다. 털이 갈색과 흰색인 자그마한 스패니얼 강아지였다. 개는 입에 구겨진 테니스공을 물고 있었다. 부부가 무릎을 굽히고 개를 잡았다. 개가 그들 사이에서 펄쩍펄쩍 뛰면서 턱과 가슴을 장난스럽게 연신 핥아댔다.

"다시는 너 풀어주나 봐라."

남자가 이렇게 말하며 개의 목에 줄을 맸다.

콜레트가 얼굴이 빨개진 채 제자리에 앉아 억지웃음을 지었다.

"심장이 멎는 줄 알았다니까요."

모두 아무 말이 없었다. 그러다 넬이 담요 위에 있던 선물을 집어 프랜시에게 건네주었다.

"자요. 열어봐요."

프랜시가 콜레트에게 받은 선물을 뜯었다. 값비싼 구리 믹싱볼 세트였다. 위니는 덜덜 떨리는 손을 애써 진정시키려 했다. 잔을 풀밭에 내려놓았을 때, 저 멀리 어떤 형체가 눈에 들어왔기 때문이다.

어떤 여자였다. 여자는 엄마들이 둘러앉은 바로 너머, 그늘진 오솔길에 서 있었다. 선글라스를 끼고 검은 셔츠를 입은 여자는 챙 넓은 모자를 썼다. 그리고 버드나무 아래에 앉은 엄마들과 마이더스가 놀고 있는 자리 사이를 흘끔흘끔 바라보았다.

"솔직히 말해서, 나는 이사 가는 곳에 기대보다 걱정이 더 커요. 여러분이 놀러 와주세요."

프랜시가 다른 선물에 손을 뻗으며 말했다. 콜레트가 대꾸했다.

"걱정 말아요. 꼭 놀러 갈게요. 여러분, 그럴 거죠?"

"그래요."

위니가 대답했다. 그 여자의 얼굴을 알아볼 수는 없었지만, 모자 아래 보이는 숱 많은 갈색 머리칼은 똑같았다. 날렵한 턱선도 똑같았다.

그녀일 리 없어. 아닐 거야.

프랜시가 어밀리아의 이름이 쓰인 아기 담요를 옆으로 치워놓았다. 위니가 선물한 것이었다. 프랜시는 기저귀 가방에서 젖병을 꺼냈고, 그걸 본 넬이 물었다.

"*분유*예요?"

"말했잖아요. 이번에는 다르게 키울 거예요. 더 이상 완벽한 엄마 같은 건 안 할래요."

프랜시의 웃음소리가 위니의 귓가를 날카롭게 찔렀다.

"나 화장실 가야겠어요."

빨간 원피스 입은 여자가 이렇게 말하고는 버드나무 아래에서 일어나 오솔길을 따라 올라갔다. 원피스 자락이 바람을 타고 엉덩이에서 휘날렸다.

"우리 애 좀 봐주시겠어요?"

여자가 뒤에서 소리를 질렀지만, 엄마 모임에 앉은 이들은 그 목소리를 듣지 못한 것 같았다. 누군가 이야기하고 있었다. 그들은 프레첼 봉지를 서로 나누었다.

모자를 쓴 여인은 그들을 지켜보고 있었다.

"마이더스."

위니가 아들을 불렀지만, 아이는 돌아보지 않았다. 여자가 버드나무 쪽으로 걸어오기 시작했다. 바로 마이더스 쪽으로.

"마이더스!"

위니가 일어섰다. 벌떡 일어서서 나무 아래로 달려가는 동안, 야구모자가 머리에서 떨어지고 맨발 아래 날카로운 나뭇가지가 밟혔다. 위니는 마이더스의 팔을 획 잡아챘다. 마이더스가 울음을 터트리는 소리를 듣고 버드나무 아래 있던 사람들이 위니 쪽을 바라보았다. 바로 그때, 여자가 모인 사람들에게 다다랐다. 그녀는 선글라스를 벗었다. 그제야 위니는 여자가 검은 셔츠를 입은 게 아니라 가슴에 아기 띠를 하고 있다는 걸 알았다.

여자가 말했다.

"안녕하세요. 여기가 5월맘 모임인가요?"

"네."

마이더스가 자기 어깨를 움켜잡고 있었다.

"아, 여기군요. 제가 제대로 왔는지 감이 안 잡혔어요."

그녀는 모자를 벗어 바닥에 놓고는 어깨에 멘 배낭을 내렸다. 그러고는 아기 띠에서 아기를 꺼냈다.

"저는 그레타예요."

"그레타! 드디어 왔군요."

여자들이 자리를 옮겨가며 그녀가 앉을 공간을 만들었다.

"엄마, 아파."

마이더스가 흙투성이 얼굴 위에 눈물자국을 내며 울었다. 위니는 무릎을 굽히고 앉아 아들을 꼭 껴안았지만 마이더스는 비명을 질렀고, 버드나무 아래 여자들은 말을 멈추고 위니를 바라보았다.

"답답해, 엄마. 아파."

"미안해. 정말 미안해."

위니는 아들에게 속삭였다.

"위니." 누군가 자신의 이름을 부르는 소리가 들렸다. "위니."

위니, 꼭 와야 해요. 우리가 이렇게 말하잖아요.

위니, 아기 낳을 때 이야기를 해봐요.

이해가 안 되네요, 위니. 술집을 떠날 때 아무도 당신을 보지 못했다고요?

"위니, 괜찮아."

뒤를 돌아보자 대니얼이 옆에 서 있었다.

"왔구나."

"당연히 와야지."

대니얼이 마이더스를 일으킨 다음 미소를 지었다.

"자, 가서 앉자. 괜찮아."

위니는 대니얼의 손을 잡았다. 살그머니 깍지를 껴온 그의 손이 이끄는 대로, 위니는 등을 돌렸다. 버드나무 아래 앉은 여자들은 그 모습을 지켜보았다. 따뜻한 여름 바람이 앉은 자리에 휘날리는 가운데, 엄마들은 걱정스러운 눈빛으로 저마다 가슴에 품은 아기를 꼭 안았다.

이 작품에 가사를 인용하도록 너그러이 허락해준

빌리 아이돌에게 깊은 감사를 표합니다.

『퍼펙트 마더』 작업을 처음 의뢰받았을 때, 아기 엄마들의 스릴러라는 독특한 설정에 가슴이 두근거렸다. 한 장 한 장 우리말로 옮기면서 생각했다. 과연 이 소설을 스릴러라고 봐야 할까. 오히려 요즘 화두인 여성의 삶, 특히 억압된 모성에 대한 소설이라고 봐야 하지 않을까.

그렇다면 스릴러 소설이라는 건 과연 뭘까?

스릴러가 무엇인지 그 정의는 무척 분분하다. 공포심을 불러일으키는 소설, 독자에게 조마조마한 마음을 주는 이야기, 등장인물의 액션이 끌고 가야 하는 플롯 등. 그중 가장 납득할 만한 설명이 있었다. 그에 따르면, 스릴러는 세 가지 조건을 만족해야 한다.

첫째, 긴장을 자아내는 객관적이고 공포스러운 위험이 있을 것.

둘째, 이 위험을 보며 독자가 자발적으로 몰입할 것. 셋째, 모든 게 다시 좋아지리라는 희망이 존재할 것.

이 기준에 따르면 『퍼펙트 마더』는 스릴러다.

첫째, 객관적인 위험. 소설에서 객관적인 위험은 아기를 잃어버린 엄마 위니에게서 나타난다. 하지만 이것이 어찌 위니 혼자만의 이야기이겠는가. 내 아기가 한순간에 사라질 수 있다는 것은 생각하고 싶지 않을 정도로 끔찍한 공포인 것을. 세상 그 어떤 엄마가 "우리 아기는 안전할 거야"라고 단언하며 그 공포에서 벗어날 수 있을까? 프랜시와 넬, 콜레트는 위니에게 닥친 유괴 사건으로 인해 자신들도 모르게 공포에 휩싸인다. 작고 연약한 아기, 그리고 그만큼 한없이 연약한 엄마라는 존재. 게다가 완벽하지 못한 엄마가 범죄자로 몰릴 수밖에 없는 사회 현실이야말로 어쩌면 숨어 있다 발목을 잡아채는 음침한 공포가 아닐까.

둘째, 위험을 보며 독자가 자발적으로 몰입할 것. 여성으로, 또 엄마로 살아가는 독자라면 『퍼펙트 마더』 속 인물들의 공포에 어쩔 수 없이 몰입할 것이다. 아기를 잃은 위니의 마음, 그리고 프랜시와 넬, 콜레트의 짓눌린 삶은 완벽한 엄마가 되기 위해 몸부림쳐본 사람이라면 눈물을 글썽이며 공감하게 된다. 어쩌면 범인의 심정에도 공감하는 독자가 있을지 누가 알까.

마지막, 다 괜찮아질 것이란 희망. 그러나 안타깝게도 이 소설은 오롯이 희망만을 주지는 않는다. 잃어버린 아기는 다시 엄마의 품으로 돌아올까? 그래서 아이가 무사하다면 이제 엄마들은 안도의 한숨을 내쉬고 완벽한 엄마로 돌아가게 되는 걸까?

아니, 엄마들은 그 이후에도 결코 마음을 놓지 못할 것이다. 아직도 세상은 완벽한 엄마상을 들이밀며 조금만 잘못되어도 모든 게 엄마 탓이라고 손가락질하지 않는가.

그걸 깨닫는다면, 책을 덮는 순간부터 공포가 시작될지도 모르겠다. 몰랐던 공포를 희망과 함께 제시하는 소설 『퍼펙트 마더』는 이 공포를 느낀 이에게 다시없는 스릴러가 될 것이다.

2019년 7월
심연희

옮긴이 **심연희**

연세대학교와 동 대학원에서 영문학을 전공하고 독일 뮌헨대학교에서 언어학과 미국학을 전공했다. 현재 영어와 독일어 전문 번역가로 활동 중이며 다수의 저서를 옮겼다. 그중 대표적인 것으로 『어른이 되기는 글렀어』『고양이는 내게 행복하라고 말했다』『마셔왕의 딸』『흑인의 영혼』『이사도라 문』시리즈, 『도그맨』시리즈, 『지구 최후의 아이들』시리즈 등이 있다.

퍼펙트 마더

초판 1쇄 발행 2019년 7월 22일
초판 3쇄 발행 2019년 11월 19일

지은이 에이미 몰로이
옮긴이 심연희
펴낸이 김선식

경영총괄 김은영
기획 김정현 **책임편집** 이상화 **디자인** 문성미 **크로스교정** 조세현, 정지혜 **책임마케터** 이고은
콘텐츠개발2팀장 김정현 **콘텐츠개발2팀** 문성미, 정지혜, 이상화
마케팅본부 이주화, 정명찬, 최혜령, 이고은, 권장규, 허지호, 최두영, 김은지, 박재연, 박태준, 배시영, 기명리, 박지수
저작권팀 한승빈, 이시은
경영관리본부 허대우, 박상민, 윤이경, 김민아, 권송이, 김재경, 최완규, 손영은, 이우철, 이정현

펴낸곳 다산북스 **출판등록** 2005년 12월 23일 제313-2005-00277호
주소 경기도 파주시 회동길 357 2, 3층
대표전화 02-704-1724 **팩스** 02-703-2219 **이메일** dasanbooks@dasanbooks.com
홈페이지 www.dasanbooks.com **블로그** blog.naver.com/dasan_books
종이·인쇄·제본·후가공 (주)갑우문화사

ISBN 979-11-306-2317-7 (03840)